JAIME BAYLY

Los amigos que perdí

punto de lectura

A mi padre,
el amigo que no perdí.

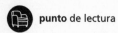

punto de lectura

LOS AMIGOS QUE PERDÍ

© 2000, Jaime Bayly
© 2000, Santillana S. A. (Alfaguara)
© 2007, Santillana S. A.
Av. Primavera 2160, Santiago de Surco, Lima, Perú
© De esta edición:
2007, Santillana USA Publishing Company, Inc.
2105 NW 86th Avenue
Doral, FL 33122
(305) 591-9522
www.alfaguara.net

ISBN 10: 1-59820-877-2
ISBN 13: 978-1-59820-877-1

Cubierta: Sally Sánchez Lizarbe
Diseño de colección: Punto de Lectura, S. L.

Primera edición: marzo de 2007

Printed in USA by HCI Printing.
Impreso en Estados Unidos por HCI Printing.

Índice

QUERIDÍSIMA MELANIE 7

QUERIDO DANIEL 55

MI QUERIDO SEBASTIÁN 139

RECORDADO MANUEL 197

ILUSTRE DOCTOR GUERRA 291

Queridísima Melanie:

Ayer, después de tanto tiempo sin hablarnos, te llamé a tu casa en Nueva York. Estaba nervioso. No sabía bien qué decirte. Pensé: ojalá me conteste la máquina. Así fue. Escuché tu voz, tu perfecto inglés: *Hi, this is 464-2151, if you want to leave a message either for Melanie or Eric, please speak after the tone.* No sé si me alegró saber que sigues con Eric. Supongo que sí. A pesar de que no lo conozco, le tengo simpatía. En realidad, lo vi una vez, hace años, en Austin, una mañana en que tú y yo caminábamos felices y un chico más bien bajito, de pelo negro, te pasó la voz y te saludó desde lejos, con una cierta (encantadora) timidez, como respetando nuestra complicidad, y tú le sonreíste y le dijiste algo de paso y creo que quedaron en verse pronto. Tú estabas decepcionada de un pintor muy guapo, profesor de la universidad, que prometió llamarte y no cumplió. Ya te habías desencantado de Brian. Estabas sola. Necesitabas un hombre, la ilusión del amor. No sospeché siquiera vagamente que ese chico tímido, cuyo rostro no alcanzo a recordar, se convertiría en tu hombre. Es bueno saber que siguen juntos. Por la manera suave y distante como te saludó, me quedé con un bonito recuerdo de Eric.

Traté de hablarle a tu contestador con una voz cálida: *Hola Melanie. Soy Manuel. Es domingo, son las cuatro de la tarde, te estoy llamando desde mi casa en Miami. Conseguí tu teléfono en información. Espero que no te moleste esta llamada. Te llamo porque voy a ir a Nueva York en dos semanas y me encantaría verte. Si te provoca que nos veamos, llámame a mi casa al 305 361 4020. Me encantaría saber de ti. Si no, te mando un abrazo, espero que estés muy bien, te recuerdo siempre con mucho cariño. Chau, chau.* Me sentí bien de haberte llamado. No dudo que habrás notado mis nervios, mi inseguridad. Odiaría que hayas pensado: otra vez el pesado de Manuel entrometiéndose en mi vida, para luego escribir sobre mí. Te llamé simplemente porque te extraño. Y no me atrevo a decirte que nunca más escribiré sobre ti. Quizás siempre escriba, sobre ti, pensando en ti. Es lo que estoy haciendo ahora. Es una manera de decirte que, aunque no me llames y no me hables más, siempre te voy a querer.

Esta mañana me levanté a las diez —tú sabes que soy un dormilón y que adoro levantarme tarde y sin prisa—, bajé a la cocina y vi apenado que el teléfono no había grabado ningún mensaje. Todavía no me has llamado. Sé que no me llamarás. Por eso me he sentado a escribirte esta carta.

Recuerdo bien la última vez que nos vimos. Fue en Lima, hace ya un par de años. Pasé por el departamento de tu madre en el malecón, a pocas cuadras del hotel donde estaba alojado, y, muerto de miedo, como te imaginarás, porque no quería cruzarme con tu madre, que debe de estar furiosa conmigo por los libros que he publicado, toqué el timbre y, al oír la voz amable de la empleada, me animé a preguntar por Laura, tu hermana, que no sabía si seguía en Nueva York o había regresado a Lima. Dije mi nombre por el intercomunicador y esperé resignado a que apareciese tu madre en bata por la ventana diciéndome un par de palabrotas. Tu madre, que es una dama, es incapaz de decirme un par de lisuras desde la ventana, lo sé, pero yo, que siempre me espero lo peor, temía que ella me echase a gritos de su casa. No fue así, por suerte. Para mi sorpresa, apareciste tú por la ventana del quinto piso y, con el pelo mojado y una sonrisa inesperada y maravillosamente dulce, me dijiste *chino, qué haces aquí, espérame que ahorita bajo*. No demoraste mucho en bajar. Nos dimos un gran abrazo, un abrazo como los de antes, y es que nadie, Melanie, nadie me abrazó tan rico como tú en aquellos años en que fui tan malo contigo (y conmigo). Hablamos cuatro cosas sin importancia, yo por supuesto embriagado por la felicidad de ver que todavía me querías un poquito, y me dijiste que solo habías ido a Lima unos pocos días y te dije que estaba alojado en el hotel a la vuelta y me dijiste que odiabas ese hotel porque había llenado de carros y ruido el vecindario y quedamos en vernos ese fin de semana, antes de que te fueras, porque en ese momento estabas apurada, ibas a salir con un chico que estaba contigo arriba. Prometí llamarte, reprimí mis deseos de preguntarte quién era el afortunado que estaba contigo arriba escribiendo en la computadora, y nos despedimos bonito.

El hotel definitivamente no te gustó. Me sorprendió que me dijeras que te parecía un hotel huachafo, de mal gusto. Yo lo encuentro elegante, refinado, incluso lujoso, y nada de eso, para serte franco, me molesta en absoluto. Si bien el hotel no te gustó, aceptaste quedarte allí conmigo, aunque intuí que no estabas tan contenta de verme como la otra mañana. Te veías linda, como siempre: tu pelo ensortijado, tu invencible sonrisa, tus ojos que me vieron caído, ese cuerpo armonioso, de una palidez tan sensual, que alguna vez acaricié pero que nunca fue mío en verdad.

Pasamos al bar. Yo, en general, detesto los bares, porque no bebo alcohol, no fumo y no tolero que fumen a mi lado y me intoxiquen con el humo, pero el bar del hotel estaba desierto y además nos permitieron subir a *la mezzanine*, como dijo Carlita, la adorable camarera, y creo que allí, en ese lugar privado, con una enorme mesa de billar, la más grande de Lima según nos dijo la dulce Carlita, y un sillón de cuero muy bonito en el que rápidamente nos instalamos —yo por supuesto dándote mi mejor perfil, el derecho—, creo que allí te sentiste más cómoda que afuera, en el lobby y la biblioteca, que, aún no me explico por qué, no te gustaron para nada. Pedimos jugos y alguna cosita rica para picar. Carlita se marchó con su uniforme verde que hacía juego con la mesa de billar.

Me contaste que te habías ganado una beca para hacer un doctorado en sociología en Yale, pero que solo aguantaste un semestre y luego te trasladaste a Columbia, donde estabas feliz, pues habías cumplido un viejo sueño, irte a vivir a Nueva York, y habías hecho buenos amigos y vivías sola pero seguías con Eric, que se había quedado en Austin. Te dije que te admiraba, que me sentía orgulloso de ti. Sigo admirándote. Has hecho una brillante carrera académica. Maestría en Austin, doctorado en Nueva York. Y sola, Melanie. Sin la ayuda económica de tus padres. Gracias a tu inteligencia y tu espíritu de lucha. Nunca imaginé que la chica reilona que se paseaba tan leve por la vida, aquella chica que conocí en la universidad, llegaría tan lejos como has llegado. Yo, te lo dije en el bar solo para robarte una sonrisa, a duras penas terminé el colegio. Y mira tú todo lo que has logrado por tus propios méritos. Si yo fuera tu padre, estaría tan orgulloso de ti. Tu padre, ese señor tímido, delgado, demasiado civilizado para una ciudad tan caótica como Lima, ese señor que no triunfó como arquitecto ni prosperó en los negocios solo porque siempre hizo las cosas derechas y obedeció las leyes, ese señor que nació en el país equivocado y escogió equivocadamente el mundo cruel de los negocios y que, como me dijiste alguna vez, habría sido tanto más feliz como científico en una buena universidad norteamericana, tu padre, don Antonio, a quien vi hace años en el aeropuerto de Lima y prefirió tímidamente no saludarme, tu padre debe de estar tan orgulloso de ti. Bien por eso, Melanie.

Yo te conté que seguía viviendo en Miami, haciendo televisión, porfiando por escribir. Te dije que por fin había aceptado mi sexualidad y había hecho buenos amigos en Miami. Mentiras. Solo quería impresionarte, darte una imagen de madurez. No sé si me he liberado ya de las culpas que me han impedido aceptar serenamente —y gozar todo lo posible— mi condición de bisexual o, si quieres que sea más preciso, de bisexual con una inclinación más fuerte a las mujeres. Digo esto último porque yo de ti, hace ya más de diez años, me enamoré, a mi torpe manera pero me enamoré, y no era el mío un amor encendido por el deseo físico sino por la complicidad y

11

la ternura, y no me atrevo a decir que tú te enamoraste de mí, pero si algo parecido al amor sentiste por mí, estoy seguro de que no estuvo inspirado por mi cuerpo esmirriado y mis presurosos besos de principiante. Me duele confesarte ahora la verdad, Melanie: tengo treinta años, nunca me he permitido la felicidad de amarte, no tengo amigos aquí en Miami, la ciudad en la que sigo viviendo, solo y en silencio, y aquello que te dije en el bar del hotel, *en Miami me siento libre y puedo ser feliz como me dé la gana*, me suena ahora falso. Y demasiadas mentiras te dije cuando me enamoré de ti. No quiero seguir mintiéndote. La verdad es que no sé qué diablos hago en Miami, no sé cuándo voy a tener el coraje de regresar a Lima y darle la cara a mi destino.

Quizás nada de esto te interesa ya, quizás yo sea solo un recuerdo amargo para ti, pero voy a seguir escribiéndote esta carta, no porque tenga una vaga esperanza en salvar nuestra amistad, a la que tú al parecer has decidido poner punto final, sino porque simplemente siento la necesidad de decirte todas estas cosas y otras más, pedirte disculpas por las imprudencias que cometí y seguramente te disgustaron y hasta te hicieron sufrir, darte una explicación, si la encuentro y me suena convincente, y sobre todo decirte que, pase lo que pase, será difícil dejar de recordarte con cariño.

Eso mismo intenté decirte en el bar del hotel, aquella tarde neblinosa. Mirándote a los ojos, que me devolvían una mirada fría y desconfiada, y tratando de contener las lágrimas, esfuerzo que coroné con dignidad, te dije que nunca escribí con rencor hacia ti, que nunca quise hacerte daño, y que los personajes de mis primeras novelas que alguna gente en Lima dijo que estaban

12

inspirados en ti, dos chicas lindas, un poco ingenuas, mimadas por la vida, no eran en realidad tú misma, mi amiga Melanie, y ni siquiera se te parecían demasiado, aunque tal vez sí las había imaginado pensando en ti, extraña manera de seguir recordánte y queriéndote, pero casi todo lo que esas mujeres hacían en mis novelas eran inventos míos, pura ficción, y no un recuento o testimonio de lo que tú y yo habíamos vivido. Sé que no te convencí. Parecía una contradicción: escribí pensando en ti pero en esos personaje no estás tú, y lo que ellas viven en mis libros no es lo que vivimos juntos. Pero es la verdad: no pude evitar la urgencia de escribir sobre las turbulencias de mi pasado, tampoco pude impedir que tu recuerdo azuzara mis fantasías, sin embargo es cierto que mucho de lo que escribí pensando en ti fueron puras fantasías y que nunca quise hacerte daño ni cobrarme una revancha. ¿Por qué, Melanie, si siempre fuiste tan buena conmigo?

Poco importan ya mis explicaciones. Nada de lo que diga te convencerá de que no quise dañarte, de que nunca quise burlarme de ti o someterte al escarnio de los chismosos. Eso sentí mirándote en el bar. Permaneciste en silencio y, cuando terminé de hablar, me dijiste, con deliberada indiferencia, que no habías leído mis libros ni los pensabas leer. Me quedé helado. No me esperaba esa respuesta. Me dolió. Creo que es lo peor que le puedes decir a un escritor: *No te he leído, no me interesas.* Pero comprendí tus razones: cuando te vinieron con el chisme de que yo había escrito maliciosamente sobre ti, decidiste no leerme, ignorarme. Me sorprendió tu dureza. Yo no habría podido. Yo, en tus zapatos, curioso y chismoso como soy, hubiera corrido a leer aquellos libros que, según decían, hablaban de mí o me aludían vagamente. Seré franco contigo, Melanie: me apenó que no quisieras leerme, que mis libros te interesaran tan poco. Y sentí que seguías enojada conmigo. Sentí tu frialdad. Sentí que no me tenías el menor respeto como escritor, que mis libros te parecían poca cosa. Eso, te confieso, hizo que te sintiera distante. En otro momento me contaste que querías escribir. *Pero yo no escribiría sobre mi vida*, añadiste, y fue evidente que me lo dijiste con una cierta condescendencia, con un leve aire de superioridad. Después seguimos hablando de cualquier cosa —y de verdad eché de menos que te interesaras siquiera un poco por mis hijas, que son un amor y no tienen la culpa de nada—, pero me quedó la triste sensación de que yo te pedí perdón y tú no me lo concediste. Pues ahora te pido perdón de nuevo. Por una sencilla razón: si bien no quise hacerte daño, creo que te lo hice igual. Nunca quise que mis libros te fastidiasen en modo alguno —al contrario, pensé que te podía halagar el hecho de que escribiera de ti con cariño—, pero no negaré que seguramente te fastidió, y con razón, que cierta gente dijera que yo te había retratado en mis libros. Aquella vez me dijiste algo que volvió a sorprenderme: *Lo que más me molestó fue que todos decían que me habías hecho quedar como una tonta*. Nunca quise dejarte como una tonta, Melanie. Nunca pensé que fueras tonta. Al contrario, creo que eres brillante, además de adorable. El tonto soy yo, que, por escribir deprisa y apasionadamente, no pensé con la debida calma que debía protegerte de los chismes, rumores, malentendidos y comidillas de Lima.

Cuando nos despedimos en la puerta del hotel, sentí que ya no éramos amigos, que nuestra complicidad se había roto para siempre. Ahora que pasan las horas y no me llamas, me digo que no volverás a confiar en mí, a abrirme tu corazón. Es una pena. Yo te sigo queriendo, aunque tú no me quieras más. Ojalá algún día leas mis libros y sientas el cariño que yo sentí cuando los escribí pensando en ti.

Me he detenido un momento a pensar en los recuerdos más intensos que tengo de nuestra amistad. Y pienso ahora que esa amistad se rompió con los años por la misma razón que la hizo especial: porque la simpatía natural que nos inspiramos al concernos acabó mezclándose —peligrosa, equivocadamente— con nuestros deseos, mis confundidos deseos, tus pudorosos deseos. Sospecho hoy, en un ejercicio de especulación perfectamente inútil, como inútiles son sin duda estas líneas, que si no hubiéramos tratado, con menos ardor que espíritu juguetón, de ser amantes, nuestra amistad habría resistido mejor los embates del tiempo y yo, tal vez, hubiese sabido ser tu amigo. Pero fueron esos primeros besos —los míos desesperados, los tuyos despaciosos— y esas primeras caricias furtivas y aquellas refriegas nocturnas de las que tu pequeño carro fue testigo, fueron esos juegos los que acabaron minando nuestra amistad. Porque me revelaron, de un modo brutal, mi incapacidad de amarte bien, mi absoluto extravío en las brumas del deseo. Y porque te mostraron a ti, por entonces tan inocente, que detrás de mis sonrisas mansas habitaban, agazapados, inquietantes, unos fantasmas con muy malos modales.

¿Te acuerdas de nuestro viaje a Arequipa? Debo advertirte que mis recuerdos de ese viaje son borrosos, inciertos, algo que atribuyo al masivo consumo de marihuana que me permití en esa ciudad tan bonita, a la que acudimos para visitar a la familia de tu madre. Tú, Melanie, sin duda más inteligente que yo, te abstuviste de fumar marihuana, aunque no de reírte a mares conmigo y celebrar las gracias, distracciones, ocurrencias y travesuras que aquellas hierbas rojizas provocaban en mí, tan tímido en cambio cuando estaba sobrio. En realidad, si algo recuerdo bien de aquel viaje, más que nuestros paseos a pie o la música que escuchamos con un solo *walkman* compartido, un audífono para ti y el otro para mí, lo que nos obligaba a caminar bien apretaditos, si algo recuerdo —te decía— es que la marihuana era entonces mi más leal compañera, pues la fumaba desde la mañana hasta la noche, en intervalos de tres o cuatro horas, y eso no parecía molestarte sino más bien divertirte, lo que multiplicaba con creces mi cariño por ti y además creaba entre los dos una hermosa complicidad hecha de apachurrones, Charly García, atracones de chocolatitos La Ibérica y conversaciones con tu abuela. Chisporrotean en mi memoria tres imágenes arequipeñas que entonces, creo, me deslumbraron: la adicción de tu abuela a la Coca-Cola, pero no a cualquier Coca-Cola sino en particular a la Coca-Cola en botella pequeña de vidrio, la que, según ella, tenía más gases y era indudablemente más dulce que las otras; el descubrimiento de que tenías en esa ciudad un tío homosexual y una tía arisca, que ambos eran hermanos, que la salud de tu tío estaba siendo devorada por una enfermedad mortal, y que tu tía bebía mucho y se enzarzaba en peleas feroces con su madre, es decir tu abuela; y, por último, la contemplación gozosa, en un cine desierto de espectadores pero lleno de pulgas, de una escena inolvidable en la que un cura es arrojado gloriosamente a las cataratas de un río caudaloso, lo que provocó en mí una extraña sensación de júbilo por la que ahora pido perdón.

También quiero recordar un viaje que hicimos juntos al Caribe. Yo te invité. Tú decidiste escaparte unos días de la universidad. Tus padres se opusieron a que viajaras conmigo, pero terminaste imponiendo tu voluntad. Aquellos días caribeños habrían de ponerte en evidencia mi mediocre espíritu aventurero: solo me interesó conocer a fondo la piscina del hotel, el cuarto de masajes, los baños de vapor y, en un rapto de audacia, un cine del malecón en el que vimos, aterrados, en función de noche, *Atracción fatal*, película que el numeroso público boricua, que presenció con nosotros las resurrecciones de la pérfida Glenn Close, premió con fuertes aplausos y gritos de *¡qué palo!*, *¡qué palo!*, entendiéndose *palo* como algo excelso, sublime, superior. No conocimos playas, museos, casinos ni mercadillos turísticos —el calor y la pereza nos derrotaron miserablemente—, pero yo tuve la suerte de conocer tus bellísimos senos, pues me concediste la dicha nunca bien agradecida de acariciarlos, besarlos y sentirlos altivos, aunque, buena alumna de colegio religioso, me prohibiste, al mismo tiempo, explorar y recorrer los embrujos al sur de tu ombligo. Todo lo que aprendí en ese viaje se reduce a esto, mi querida Melanie: de la siesta despiertas siempre muy malhumorada.

Me parece que la primera gran desilusión que te llevaste conmigo fue cuando te dije, a mitad de un bobo invierno limeño, que me iba a vivir a Buenos Aires. Te sorprendió (y lloraste por eso) que fuese capaz de imaginar mi futuro prescindiendo por completo de ti. Así me lo dijiste: *Te vas a Buenos Aires ¿y no me llevas contigo?* Me defendí débilmente diciéndote que al comienzo sería muy duro y por eso era mejor que me marchase solo, que si las cosas me salían bien, quizás entonces tú podrías darme el encuentro. Intentaste disuadirme, me sugeriste que no abandonara la universidad, te apenó que devolviese mi departamento alquilado y rematara mis pocas cosas, pero, al final, llorosa y derrotada, tuviste la grandeza de acompañarme esa mañana nublada al aeropuerto y desearme suerte en mi aventura argentina. Años después, no sé si ahora te acuerdas, me confesaste que aquella mañana en el aeropuerto, viéndome partir solo, comprendiste que yo no estaba enamorado de ti. ¿Sabes lo que pienso ahora? Que me fui a Buenos Aires porque no me atrevía a decirte los secretos que te escondía y me atormentaban, porque no tuve el coraje de mirarte a los ojos y decirte tranquilamente: creo que soy bisexual. Ese viaje, me digo ahora, fue una fuga, una confirmación más de mi probada cobardía. Pero también creo ahora que, bien mirada, mi repentina ausencia te hizo un favor: para olvidarme, te fuiste al Cusco, conociste a un chico guapo, te permitiste una aventurilla con él y, casi sin darte cuenta, te sacudiste de mí. Por eso nunca contestaste mis llamadas desde Buenos Aires. Por eso, cuando regresé unos meses después, ya habías dejado de verme como el hombre de tu vida —si alguna vez me viste así, lo que en todo caso habría que atribuir a tu debilidad por la cerveza helada— y me veías apenas como un chico travieso, con el cual podías divertirte pero del que no ibas a enamorarte otra vez. Solo quiero decirte ahora lo que no te dije entonces, en ese aeropuerto limeño que parecía estación de tren, abrigado por mi casaquita de cuero y mis (pocos) dólares en efectivo: gracias por haber ido al aeropuerto a despedirme, solo tú eres capaz de esos gestos de nobleza.

Tiempo después, eras tú la que partía y yo el que se quedaba. Por supuesto, ingrato como siempre he sabido ser, no fui hasta el aeropuerto a desearte buena suerte —y ahora lamento esas pequeñas mezquindades mías—, pero al menos te llamé por teléfono y nos despedimos cordialmente. Estábamos algo peleados. Tú habías terminado tus estudios en la universidad —si recuerdo bien, no te desaprobaron en un solo curso, así de aplicada eras— y no habías tardado en ganar una beca para hacer tu maestría en Austin. Las circunstancias que provocaron nuestro distanciamiento me producen ahora lástima y vergüenza. Todo debo atribuirlo a mi infinito egoísmo. Yo me enojé contigo por la más estúpida de las razones: porque habíamos tenido intimidad sexual. Fueron pocos aquellos encuentros en los que finalmente me concediste el placer de acariciar y besar tu cuerpo entero, de entrar temblorosamente en ti, y ellos tuvieron lugar en la alfombrada soledad de mi departamento, y aún me duele decirte que, a pesar de tu belleza y tu dulce esmero por educarme en esos goces —te veo sentada a horcajadas sobre mí, los ojos cerrados, revuelto el pelo ensortijado, tu cuerpo agitándose con el mío, y sé muy bien que nunca más entraré en ti—, esos encuentros me dejaron una sensación de amargura, y desasosiego. Debido a la ambigua naturaleza de mis deseos, que ahora conoces mejor, no pude sentir amor cuando nuestros cuerpos se confundieron, hace ya diez años. Me quedé frustrado, insatisfecho, pensando que era un hombre solo a medias. Esa amargura la volqué contra ti. Todavía recuerdo mi patética venganza: te llevé a almorzar a una pizzería y, cuando tú solo eras mimos y arrumacos conmigo, animada sin duda por la cervecita espumosa que tenías al lado, te dije: *No me gusta hacer el amor contigo*. Fue un golpe bajo, lo sé. Tú no merecías esa vileza, tanta ingratitud. Ni siquiera intenté explicarte, con buenos modales y mirándote a los ojos, que no tenías la culpa de nada, que mi frustración se debía a que te ocultaba mi condición de bisexual. Una vez más, y a pesar del cariño que sentía por ti, te hice daño. Desviaste la mirada hacia la calle, alejaste de ti la pizza vegetariana, lloraste en silencio, me dijiste fríamente —y mirándome a los ojos, con un valor que yo nunca tuve contigo— que no te llamase más y te marchaste enojada, caminando rápido. Perdón, Melanie. Sé que te hice daño y te pido perdón. Créeme que me arrepiento de haber sido tan torpe.

Voy a hacerte ahora una confesión impúdica, pero tú ya sabes que el sentido del pudor, que mi familia me inculcó con tanto ahínco cuando era niño, lo he perdido casi por completo, algo de lo que curiosamente me enorgullezco, pues siento que he aligerado bastante el equipaje que llevo conmigo y que el pudor suele ser enemigo encarnizado del placer. Tú no me viste aquella noche: estabas bailando con Rafael, nuestro amigo, el adorable y dulce Rafael, que hacía una linda pareja contigo, y una oscura marea humana se sacudía en esa discoteca subterránea, y vi desde lejos —rencoroso, agazapado— que estabas feliz con Rafael, que lo mirabas con un brillo sospechoso, que tu sonrisa era también una promesa, y me sentí miserable porque supe que me habías olvidado y que él te haría gozar como yo no podría jamás, y algo se incendió en mis entrañas cuando, acabada la canción, te vi abrazar a Rafael y besarlo en los labios. Sentí rabia, una rabia ciega trepándome por dentro, sofocándome. Sentí ganas de gritarte, insultarte, humillarte. No estaba furioso con Rafael; era a ti a quien odiaba como nunca te había odiado. Nada justificaba mi rabia, lo sé —yo te había maltratado y tú eras libre de salir con quien quisieras—, pero, víctima de mi propia miseria, me sentía intoxicado por el rencor y quería una venganza. Celos, despecho, pura abyección: esa noche supe lo que es un ataque de celos —nunca he vuelto a caer tan bajo. Caminé entonces hasta tu departamento, engatusé con mis conocidas mañas al portero del edificio para que me abriese la puerta, subí al piso nueve y te esperé en la puerta. Me da vergüenza decirte el plan que tramé contra ti, pero te lo digo igual: cuando llegaras sola, después de haber gozado con Rafael, solo quería decirte *puta*, y luego besarte violenta, apasionadamente. ¿Por qué sentí esos celos tan sórdidos? ¿Por qué quería agredirte, si era yo quien te había apartado bruscamente de mi vida? No lo sé, Melanie. No tengo idea. Solo te cuento lo que sentí y pensé aquella noche mala. Por suerte, nunca llegaste. Te esperé hasta las cuatro de la mañana y me cansé de esperarte. ¿Sabes lo que hice antes de irme? Tan cegado estaba por la furia y el deseo que, de pie frente a la puerta de tu casa, me toqué con violencia, pensando en ti y en Rafael y en mí, y dejé en el suelo las manchas húmedas de mi derrota. Te prometo que nunca más dejaré, en la puerta de tu casa, las huellas de mis ardores confundidos.

Muy distinto fue lo que tú dejaste en la puerta de mi departamento, antes de viajar a Austin. Viniste un día muy temprano, sabiendo que yo dormía, saludaste al portero, que no dudó en hacerte pasar porque tú le sonreías siempre con una distraída coquetería a la que no estaba acostumbrado, y, sin decirme nada, sin tocar el timbre, dejaste, debajo del felpudo, una máquina de escribir nueva, que habíamos visto en una tienda cercana y que yo nunca me animé a comprar, más por ocioso que por tacaño. Cuando encontré la máquina de escribir y la llevé a mi pequeña mesa de trabajo, en la que a veces me sentaba a escribir desvaríos en un cuaderno que ni tú podías leer, no imaginé que tú, Melanie, a pesar de todo, te habías acordado de mí y me la habías regalado. Encontré, al abrirla, una nota escrita a mano con tu ordenada caligrafía de colegio exclusivo: *Si quieres ser un escritor, escribe.* Hoy, que estoy lejos de ti, pienso con tristeza que esa máquina está guardada en un depósito y que aquella nota tuya, tan simple y a la vez tan sabia, debí conservarla. Pero no he olvidado —y creo que no lo olvidaré— que siempre creíste en mí como escritor. Qué cruel ironía, me digo ahora, que tú, Melanie, que tuviste el gesto de regalarme una máquina de escribir, terminaras siendo una de las víctimas más conspicuas de mis desmanes literarios. Pronto voy a rescatar esa máquina del depósito. Debería tenerla cerca de mí. Es el mejor regalo que me hiciste. La voy a traer a mi casa y, cuando te extrañe, tal vez escriba, en respuesta a aquella nota que me dejaste: *Escribo gracias a ti, Melanie.*

Calculo ahora, desde mi estragada memoria, que había pasado poco más de un año sin que nos viésemos cuando tomé la arriesgada decisión de ir a visitarte por sorpresa a Austin, donde vivías sola en un pequeño apartamento cerca de la universidad. En tus cartas me decías que te sentías muy sola, que a veces te arrepentías de haberte marchado a esa ciudad en la que no tenías amigos; me escribías letras de canciones tristes, sobre todo canciones de Bosé, que tanto nos gustaba, y yo, leyéndote, sentado en la alfombra de mi departamento, imaginaba que habías llorado escribiéndome esas cartas y que ni siquiera Bosé consolaba tus lágrimas. Solía llamarte tarde en la noche, cuando regresaba de trabajar, y te oía suspirar, lamentar tu suerte, hundirte en silencios y adelgazar tu voz hasta el llanto, y nada podía hacer, desde mi pequeña madriguera limeña, para mitigar tus penas, para darte ánimos, salvo decirte, soñando un poco, que ya pronto iría a Austin a vivir contigo, que tú eras —a pesar de mis flaquezas y frustraciones, a pesar de mis oscuros deseos— la mujer de mi vida. Ahora que ha pasado el tiempo y me resigno a tu silencio, sé que no eras la única mujer de mi vida, pero entonces, cuando te lo decía llorando yo también, lo sentía de verdad, y no exagero si te digo que fuiste tú, Melanie, la primera mujer de la que, arrastrado por una pasión turbia y dolorosa, me enamoré.

Todavía alcanzo a ver, entre las brumas de mis recuerdos —que son como fotos cubiertas de humo—, la sorpresa en tu rostro cuando me viste entrar, con estudiada timidez, a la cafetería Around the corner, en la que trabajabas como camarera. No me esperabas. No sabías que llegaría esa tarde de verano a Austin; menos te imaginabas que había conseguido la dirección de la cafetería solo para pillarte desprevenida, solo para demostrarte —con mi repentina aparición, con esas rosas para ti— cuánto te seguía queriendo. Tenías puesto un pequeño mandil blanco que te cubría hasta las rodillas y llevabas una bandeja con un plato de comida y unos refrescos: toda una camarera, la más linda sin duda del estado de

Texas, que ese verano ardía, como ardía yo en deseos de abrazarte en medio de esa cafetería bulliciosa. Me miraste, paralizada por mi súbita presencia, dijiste *chino loco, qué haces aquí*, dejaste a toda prisa el pedido que llevabas y viniste a abrazarme con tanto cariño que algunos en la cafetería, al ver mis flores y nuestra emoción y tus brazos rodeándome, aplaudieron graciosamente: fue nuestra interpretación libre y tercermundista de *Pretty Woman*, película que vimos juntos y que, aparte de hacernos llorar como bobos, cambió por unos días el curso de mi vida —y sobre todo de mi manera de andar, pues a la salida del cine, tú fuiste testigo, yo trataba de caminar con el olímpico aire de triunfador de Richard Gere y sentía que mi única ambición en la vida era ser como él en la película. Aquel encuentro en Around the corner, un día cualquiera a las tres de la tarde, interrumpiendo tu esmerada rutina y sorprendiendo a tus amigas camareras, que me saludaron todas con simpatía —salvo una gordita que solo tenía ojos para ti—, fue sin duda uno de los momentos más hermosos de nuestra amistad. ¿Qué será de esa cafetería? ¿Existirá todavía? Si algún día regreso a Austin, me tomaré una foto allí donde te sorprendí y me abrazaste como si en ese instante no hubiese nadie en el mundo más importante que yo, pero no te la mandaré a Nueva York, porque entiendo que ya nada quieres saber de mí. Te diré algo más: aquella tarde aprendí a admirar tu sencillez y tu espíritu de lucha. Sentado en una esquina, saboreando unos helados de chocolate que tú misma me trajiste a la mesa, te vi atender a esos amables comensales tejanos con una mezcla de empeño, simpatía, rigor y delicadeza que me dejó deslumbrado. Yo, con lo vago que soy, y con los mimos que me consiento, no podría jamás ser un buen camarero: me despedirían enseguida. Pero tú ibas y venías, sonriente y profesional, y saltaba a la vista que los clientes se derretían por ti, sobre todo los hombres, que te dejaban generosas propinas, y que ninguna de los otras camareras, con las que hablabas en tu coquetísimo inglés, podía igualar esa combinación tuya de belleza y eficiencia. Qué orgulloso me sentí viéndote trabajar así, duro y parejo, sin quejarte, sonriendo a cada cliente, guardando las propinas con aire distraído, sin mirar nunca los billetes. La gente que estaba allí almorzando no sabía de dónde venías, pero yo sí. Yo sabía que creciste en una familia con dinero, que fuiste al colegio más exclusivo de la ciudad, que —como yo— siempre tuviste empleadas y empleados a tu servicio, que fuiste entrenada para vivir como una princesa y no para fatigarte como camarera. Sin embargo, y solo por orgullo, para no vivir del dinero que te enviaba tu padre —pues esa plata la ahorrabas en el banco, pensando devolvérsela algún día con una gran sonrisa de triunfadora—, estabas trabajando ahora como camarera, y vaya si lo hacías bien. Me embriaga una sensación dulzona cuando te recuerdo preguntándome en inglés, con una media sonrisa, si deseaba té o café. Te deseaba a ti. Debí pararme, llevarte de la mano a la cocina y darte un beso lento —como los que tú me enseñaste. No importa que nunca más me ofrezcas, con tu mandil y tu libreta, un postrecito más. Bastó con aquella tarde. Nunca mejor atendido, Melanie.

No permitiste aquella vez que me alojara en un hotel. Me pediste que me quedase en tu departamento. Me sorprendió que vivieras en un lugar tan pequeño y oscuro, desprovisto de todo encanto. Tampoco me dejaste dormir en el sofá. Me sentí feliz cuando me dijiste que querías que durmiera en tu cama. Tenías un enamorado en Austin llamado Brian, un joven delgado y misterioso, pero aun así me quisiste en tu cama, a tu lado. Brian se enojó por eso. Te dejó una nota agresiva, diciéndote que no quería verte mientras yo estuviese allí. Dormimos juntos todas las noches que pasé en Austin, pero tú no quisiste hacer el amor conmigo, y yo comprendí bien tus razones: estabas enamorada de Brian, yo era uno de tus mejores amigos, no querías que nos confundiésemos de nuevo. Gracias a ti, a tu prudencia y sensatez, no volvimos a entremezclar peligrosamente la amistad con los deseos. Tú habías conseguido un amante mejor que yo —me lo confesaste a oscuras, entre risas, haciéndonos cosquillas debajo de las sábanas— y comprendías que yo buscaba, muy a mi pesar, otras pieles ardiendo conmigo. No volvimos a hacer el amor, aunque me atrevería a decirte que la juguetona complicidad que nos inventamos en tu cama —puro cariño, adormecido el instinto— fue también una manera de hacer el amor. Y fue por eso, porque ya presentías las oscuras pulsiones de mi corazón, que un sábado a mediodía, interrumpiendo nuestra modorra infinita, saltaste de la cama, me empujaste a la ducha, nos vestimos de negro —ese color que nos hermanaba— y me llevaste a una librería en la que se vendían principalmente libros sobre la bisexualidad. No dijiste nada dramático, solo me llevaste a aquella librería. Fue toda una revelación para mí. Me sentí en el paraíso. Compré muchas novelas, me sentí libre, adoré tu sonrisa a mi lado. Ahora creo que solo estabas tratando de decirme: sé que eres bisexual y yo te quiero así, no trates más de pelear contra tu naturaleza, acéptate, reúne todo el valor del que seas capaz y atrévete a conocer todo

26

esto, los libros, la belleza, la gente como tú. Gracias por sacarme de la cama y llevarme a esa librería, Melanie. Creo que algo cambió en mí aquella mañana. Intuí, a lo lejos, que estabas señalándome, con tu discreta elegancia, el mundo al que pertenezco.

Me aferro también a otro recuerdo de aquella corta visita a Austin: Bosé nos hizo bailar todos los días. Tenías un disco de Bosé, *Los chicos no lloran*, que adorabas, del que te habías hecho adicta. ¿Te acuerdas? Lo ponías a toda hora. Bailábamos con Bosé en las mañanas, los dos con nuestras rotosas piyamas que consistían solo en camisetas viejas —la tuya blanca, la mía celeste— lo bastante largas como para disimular mal que nunca nos gustó dormir con ropa interior; y bailábamos también ciertas tardes en que te animabas a cocinar, es decir, a servirnos leche con cereales y *muffins* de frambuesa; y volvíamos a bailar en las noches, cuando abrías una botella de vino y lamentabas la ausencia de Brian, que seguía castigándote con su rencoroso silencio. Te sugerí que llamaras a Brian y le dijeras que, en mis preferencias íntimas, como en casi todas las demás, yo pertenezco a la honrosa minoría, pero tú no quisiste premiar así las inseguridades de tu enamorado, del que, si quieres que te diga ahora la verdad, nunca me pareció que estuvieras de veras enamorada. Enamorada estabas de Bosé, no de Brian y menos aún de mí. Había algo en la hermosa música de Bosé —su cadencia tristona, la inocencia rota, esa cosa desgarrada de mujer, una cierta dignidad después de todo— que te seducía fuertemente y hacía que te derritieras. Yo me enamoré contigo de Bosé, y lo bailamos juntos, cada uno a su aire —tú mirándome, yo mirando tus pies—, y el día que decidí marcharme, pues ya la sombra de Brian nos agobiaba y se cernía amenazante, bailamos por última vez *Los chicos no lloran*, y yo, desoyendo a Bosé, lloré bailando, bailé llorando. Tiempo después —quién lo hubiera dicho— conocí a Bosé. Me cautivó. Admiré su arte, sus silencios. Antes de despedirnos, le pedí que firmase para ti su último disco. Por ahí lo tengo. Dice sobriamente: *Gracias, Melanie. Tu amigo, Miguel.*

Apenas había transcurrido un año cuando volví a Austin a visitarte, aunque esta segunda vez tuve la delicadeza de anunciarte mi llegada. Te habías mudado a un departamento más bonito, en un segundo piso, con aire acondicionado y vista a la calle. Vivías sola. Seguías haciendo tu maestría. Ya no trabajabas como camarera: estabas mucho más contenta como profesora de español en la universidad. Te pagaban mejor y te dejaban más tiempo libre, pues dictabas el curso de español tres veces por semana. No tenías enamorado, y lo lamentabas, y fue evidente para mí que necesitabas desesperadamente un hombre a tu lado. Habías peleado con Brian. Te aburrías con él. No te sentías enamorada. Fue doloroso, pero tenías que hacerlo. Brian, que te adoraba, encajó mal el golpe. Quedó en el suelo. Seguía llamándote, te rogaba una última oportunidad. Tú habías pasado buenos momentos con él —me confesaste que nadie te había hecho gozar como ese jovencito desgarbado—, pero no dudabas un segundo de que querías estar sola y conocer otros hombres. Brian no soportaba la derrota, tus silencios, que no le contestaras las llamadas. Dejó la universidad, se fue a Nueva York, consiguió trabajo como lector de ancianas millonarias —iba a sus departamentos de lujo y les leía muy despacio y con entonación teatral los libros que ellas, viejitas miopes y trémulas, ya no eran capaces de leer solas— pero no por eso dejó de llamarte. Brian era el mejor amigo de tu máquina contestadora. Dejaba varios mensajes al día —mensajes alegres o llorosos, promesas de amor, jadeos obscenos, quejas, preguntas resentidas, *solo te pido que me hables, baby*— pero tú te habías hecho el firme propósito de no contestar sus llamadas compulsivas. Yo, en secreto, quería hablarle, ofrecerle mi amistad. Había visto fotos de él y me parecía encantador. Te confieso ahora que hubo ocasiones en las que, estando yo solo en tu departamento, Brian llamó y comenzó a balbucear derrotado en el contestador, y estuve a punto de levantar el teléfono, pero no lo hice porque me parecía una deslealtad contigo. Brian era el pasado para ti. Con él habías aprendido a perder ciertas inhibiciones, a gozar de tu cuerpo. Ahora querías un hombre de verdad. Brian te parecía un niño mimado. No lo sentías a tu altura. Y yo no era para ti un hombre de verdad. Yo era un hombre roto, lisiado. Tú sabías de qué pie cojeaba. Me hablabas con ilusión de un arquitecto, que habías conocido recientemente y te parecía muy atractivo. Sin embargo, el arquitecto te llamaba rara vez, no parecía mostrar demasiado interés en ti, y además corría el rumor de que era gay, lo que por momentos te deprimía, pues me decías que, por alguna extraña razón, siempre terminabas enamorándote de unos hombres tan sensibles y perfectos que, claro, eran también gays o bixesuales. Te sugerí que lo llamaras, lo invitaras a salir y le dijeras, a tu manera, y usando todos tus indudables encantos, que él te gustaba: así, como los valientes, sin más rodeos. Te reías y entretenías la idea de atreverte a confesárselo, aunque tú y yo sabíamos que tu educación limeña —tus pudores y refinamientos, tu magnífico orgullo— te impediría hacer tal cosa. El arquitecto te tenía en el bolsillo, tanto que soñabas a menudo con él y —según me confesaste una noche, medio riéndonos— incluso a veces te tocabas pensando en él, pero el elusivo y misterioso caballero, a quien no alcancé a conocer, y de quien no pude ver siquiera una foto, nunca llamaba, a diferencia de Brian, que virtualmente había secuestrado tu teléfono. Tú pasabas todo el día en la universidad. Salías muy temprano, tras consumir tu dosis brutal de cafeína, y volvías por lo general de noche, rendida, y, nada más entrar a tu casa, corrías al teléfono a oír los mensajes en tu contestador con la esperanza de que el arquitecto por fin hubiese llamado, pero solo te encontrabas con la voz de Brian, que borrabas enseguida sin remordimientos, saltándote sus súplicas y lloriqueos, y a veces también con la vocecilla de Mike, tu amigo gay. Mike era tu alumno de español. Te caía muy bien. Se habían hecho buenos amigos. Apreciabas la franqueza y naturalidad con que llevaba su condición de homosexual. Te parecía libre, fresco, gracioso, tan diferente a los gays torturados que habías conocido en Lima. Ciertas noches iban juntos a la mejor discoteca gay de Austin y se divertían a morir. Yo no conocía a Mike, solo su voz, pero te confieso que le tenía celos. No quería que tuvieras otros amigos. Yo era tu amigo, ex amante, confidente y protector, hermano incestuoso, masajista y cosquilleador: ¿para qué necesitabas a un amiguito afeminado como él? No te decía nada de esto, claro, pero cuando Mike venía a tu casa y tocaba la puerta, yo nunca le abría, me escondía en la cocina y deseaba en silencio que ese jovencito, estudiante de artes y empleado de la biblioteca pública, consiguiera por fin un fogoso marchante y se olvidase de ti. Celos. Otra vez celos por ti, Melanie. Celos que se desvanecieron felizmente cuando, llevado de la mano por ti, que me sacaste de la cama con caricias y arrumacos, y me crispaste los nervios a pura cafeína, te acompañé a tu clase de español y tuve ocasión de conocer a Mike, aquel chico distraído sentado en la primera fila. Mike no tenía ninguna gracia. Era poca cosa. Seré franco contigo, aunque te enojes por ello: era bien feúcho el tal Mike. Perdí todo interés en él. Además, estaba fascinado contigo, la profesora de español. Desde mi carpeta en la última fila, fui testigo de que tus clases eran un ejercicio de discreta seducción, pues en ellas desplegabas, suave y dulcemente, unos encantos y aptitudes, una meticulosa preparación, unos embrujos latinos a los que tus diez o doce alumnos, casi todos hombres por cierto, no se podían resistir. Cautivado por tu belleza —el poder de tu sonrisa, los misterios que tu pelo escondía, aquellas manos de algodón, la inquietud de tus labios, el aroma a café en tu cuello— y por tu preciso dominio de los verbos, adjetivos y sustantivos, salté rápidamente a la conclusión de que ese puñado de alumnos hechizados aprenderían contigo el español, el latín, el ruso y hasta el alemán, con tal de seguir mirándote y escuchándote. Repite ahora conmigo, bellísima profesora de español: *Melanie-es-muy-bonita; Manuel-quiere-mucho-a-Melanie; ¿por-qué-Melanie-está-molesta-con-Manuel?*

Habrás olvidado seguramente el incidente de las ampollas. Yo no lo olvido y, rencoroso como soy, todavía te culpo a ti, te culpo y disculpo por supuesto. Todo comenzó inocentemente cuando me presentaste a Patrick en la cafetería de la universidad. Interrumpiendo

31

nuestra feroz batalla con *bagels* y *muffins* —combate para el que estabas fieramente dotada a media tarde, cuando arreciaba el hambre—, saludaste a un joven alto, de agradable figura, que llevaba una mochila al hombro y cuyo rostro se me antojó del todo acariciable. Dicho joven respondía al nombre de Patrick. Casi me arrancó de cuajo la mano, pero la sonrisa que me obsequió al saludarme mitigó mis dolores. Mientras Patrick iba por un jugo y me permitía así la gozosa contemplación de su humanidad, no tardaste en susurrarme que tenía una enamorada, bailarina para más señas, que esa zigzagueante señorita se hallaba por esos días en Boston, ciudad a la que su natural pujanza la había llevado en busca de mejores horizontes, y que —uso tus palabras— *Patrick estaba para comérselo*. Carecía yo de razones para poner en entredicho tu afirmación. Coincidimos rápidamente, entre susurros y sonrisas, que Patrick no merecía sufrir tan injusta soledad, y que cualquiera de nosotros estaría más que dispuesto a ofrecerle cariño, comprensión, una sana amistad. Te dije que el muchacho me parecía un tejano muy digno y primoroso. Es más, te rogué que olvidaras al arquitecto y que invitaras a Patrick a tu casa. Riéndonos nos hallábamos cuando él regresó con su bandeja, su jugo y su pan con queso cremoso y, tras el natural intercambio de preguntas y trivialidades, asunto en el que me jacto de ser ducho, Patrick me sorprendió con una inesperada invitación: esa misma tarde tenía un partido de fútbol, ¿quería yo jugar en su diezmado equipo? Me ofrecí enseguida, con un brillo sospechoso en la mirada que solo tú detectaste, a jugar de arquero, árbitro, juez de línea, recogebolas o aguatero. La sola idea de verlo jugando conmigo —y la indudable posibilidad de felicitarlo tras la euforia del gol— despertaron en mí una verdadera ansiedad por vestirme de corto y saltar a la cancha. ¿Recuerdas mi entusiasmo, Melanie? Seré breve para no aburrirte: Patrick me prestó unos viejos botines de fútbol que me quedaban ajustadísimos; pensé que los gringos serían unos gansos jugando fútbol y que me daría un banquete con ellos; ya en la cancha, y antes de que comenzara el juego, palmoteé a Patrick y le di ánimos con más entusiasmo del debido; los gringos corrían como aviones y yo, azorado, jadeante, los veía pasar; jugué como defensa y fui el hazmerreír de mi equipo; Patrick jugó espléndidamente y convirtió dos goles y yo aproveché ambas ocasiones para confundirme con él en abrazos efusivos; no me gustó que me mirase enojado cuando nos metieron un gol más por mi culpa; tampoco me gustó que me pidiese salir de la cancha para que entrase un gordito remolón que llabía llegado tarde; sin embargo, me repuse de tal desaire aplaudiendo y vivando a mi ídolo, al pie de la línea de cal, con sistemática histeria de waripolera; perdimos y fue mi culpa, lo sé; en el camino de regreso, Patrick se detuvo en un supermercado y bebimos jugos helados; me ardían los pies como si hubiese caminado sobre clavos; yo solo quería que me invitase a tomar una ducha reparadora en su casa, para comentar las incidencias del partido, si tú me entiendes bien; Patrick no me invitó a su ducha, no me concedió esa dicha; entré a tu casa odiando para siempre la básica estulticia del fútbol y con los pies incendiados, calcinados; todavía hoy, años más tarde, me duelen las ampollas; mírame los pies, Melanie, los tengo hechos polvo; y ahora tú soplándome los pies y echándome cremitas justicieras y riéndote de mis rotas ilusiones futboleras; y yo tres días postrado en tu cama, sin poder hollar suelo tejano, dispuesto a morir de dolor de ampollas; y el Patrick, canalla, malvado, egoísta, bañándose solito: ¿y ahora quién le va a alcanzar la toalla, si la bailarina se fue al norte?; y yo ahora sonriendo y pensando que si Patrick me invitase a jugar otro partido de fútbol bajo el inclemente sol del estado de Texas, no vacilaría un segundo en acudir a su llamado y en calzar de nuevo aquellos botines pezuñentos, así de ciega es la pasión y así de frágil la memoria. Sóplame más los pies, por favor, Melanie, sóplame y no te rías, desgraciada, que tú tienes la culpa de mis ampollas.

Por entonces yo soñaba con ser un escritor. Tú me animabas a inscribirme como alumno de literatura en la universidad y a quedarme a vivir un tiempo en Austin. Me había gustado esa ciudad. Era tranquila y amigable. Veías mucha gente joven. Se podía vivir cómodamente sin mucho dinero. Pero yo no quería estudiar en la universidad. Me parecía una respetable manera de perder tiempo y dinero. Presentía que abandonaría tarde o temprano ese forzado intento por alcanzar un grado académico. Te lo decía: *Yo no he nacido para la universidad*. Tú te reías y me decías: *Eres un vago, nadie ha nacido para la universidad, pero si no tienes un título, no eres nadie.* Supongo que tenías razón. Hoy no tengo un título y soy nadie. Pero me he dado el gusto de hacer lo que he querido. Por eso me fui a Madrid. Me apenó mucho dejarte. Esas semanas que pasé contigo en Austin las llevo en el corazón. Tú sabías, sin embargo, que yo soñaba con vivir en Madrid. Quería hacerme escritor allá. Sentía que ese era mi destino. Una mañana, caminando por las calles apacibles de tu vecindario tejano, te dije que mi sueño era publicar una novela en España. Sonreíste, me tomaste de la mano y me dijiste: *Entonces tienes que irte.* Tu sueño era mudarte a Nueva York al terminar tu maestría, conseguir un trabajo que te hiciera feliz y —esto no me lo decías, no tenías que decírmelo, estaba en el aire— encontrar a un hombre que te amase. Han pasado los años y, no sé si te has dado cuenta, has cumplido tus sueños, querida Melanie. A mí tampoco me ha ido mal. Pero lamento mucho que publicar mi primera novela, aquella antigua ilusión que tú supiste mantener viva en mí, me costase perder tu amistad. No lo sospechaba cuando nos despedimos esa mañana en la puerta de tu departamento, el taxi amarillo esperándome abajo. Me abrazaste con fuerza, prometiste que irías a visitarme a Madrid, robaste mis lágrimas con tus besos y me dijiste apenada: *¿Por qué siempre te vas cuando más te necesito?* No supe responderte. Aún ahora no tengo la respuesta. Una vez más, te dejaba sola. Si bien tenía las ganas, el tiempo y el dinero para quedarme un semestre en Austin, una fuerza extraña —la oscura noción de mi destino— me llevaba lejos de ti, a Madrid, una ciudad en la que no conocía a nadie. Pero era ellí, en Madrid, me decía, donde por fin me sentaría a escribir. Curiosa idea. Sé que arrepentirse es un ejercicio blando e inútil, pero ahora pienso que debí quedarme contigo, Melanie. ¿Por qué diablos tenía que hacerme escritor en España? ¿No podía escribir también en Austin? Ya sabes, soy testarudo, cabezadura. Sin embargo, me digo también que tal vez mi ausencia ayudó en algo a que te enamorases de Eric. Quizá yo era entonces —sin que ambos lo supiéramos— una distracción, un obstáculo para que ese amor surgiera. Porque tú empezaste a salir con Eric a los pocos días de mi partida. Tiempo después me contaste que él no te había llamado cuando estuve allá contigo porque pensaba que nosotros éramos todavía, en cierto modo, una pareja. Veámoslo entonces así: hice bien en partir. Porque tú te enamoraste de Eric —ese chico tan dulce que te saludó fugazmente una tarde en que el sol resplandecía y yo todavía cojeaba por las ampollas y tú, en shorts y un polito, lucías perfectamente adorable— y Eric resultó siendo, al menos hasta ahora, el hombre de tu vida. Y porque yo me atreví a escribir en Madrid, más concretamente en la sección infantil de la biblioteca pública del Retiro —ya sabes que me refugié entre libros y dibujos para niños porque a media mañana, cuando llegaba a la biblioteca, el área infantil estaba desierta, y además tenía cierto morbo rumiar en un ambiente tan inocente mis historias fracasadas. Me preguntaste hace años: *¿Por qué siempre te vas cuando más te necesito?* Yo te pregunto hoy: ¿Nunca me vas a perdonar?

Te llamaba a menudo desde Madrid. Rara vez te encontraba. Solía dejar mensajes en tu contestador. Temía convertirme en un intruso, en un fastidio, en otro Brian. Te llamaba desde una cabina de la Telefónica, en la Gran Vía. No era un lugar propicio para la calidez. Usaba esos teléfonos públicos —teléfonos que olían— porque era más barato que llamarte del hotel. Sentado en una cabina individual, rodeado por paredes de vidrio por las cuales se filtraban ecos y rumores de otras conversaciones, contemplando los rostros desesperados de inmigrantes pobres, hablaba deprisa contigo, te preguntaba cuatro cosas, mentía para contentarte —sí, había hecho amigos; sí, estaba escribiendo mucho; sí, me sentía feliz en Madrid—, te rogaba que vinieras a visitarme y, cuando escuchaba el pito amenazante, me despedía con una promesa: *El libro que estoy escribiendo te lo voy a dedicar a ti.* Incumplí esa promesa. Me enamoré de Mar. Me fui con ella a Washington. Escribí el libro gracias a ella. Por eso se lo dediqué a ella. Lo siento, Melanie. Era el destino, una vez más. Pero en el corazón del libro estuviste —estás— tú. Fue también una manera de dedicártelo. Aunque, lejos de agradecérmelo, terminaste molesta conmigo. Yo sentí que ese libro le pertenecía a Mar. Todavía hoy lo siento así. En todo caso: perdón por incumplir mi promesa.

Tú tampoco cumpliste la vaga promesa de ir a Madrid. Lo comprendo perfectamente. No tenías mucho dinero, te estabas enamorando de Eric. Me contabas de él por teléfono. Me pareció que te daba miedo ilusionarte demasiado, idealizarlo. No me decías gran cosa. Sentía, y me dolía, que no querías compartir conmigo los pequeños detalles de esa relación que —lo podía intuir bien a miles de kilómetros, desde aquella olorosa cabina pública de la que acababa de salir un pobre africano abrumado por la soledad— era lo que habías estado buscando tanto tiempo, una verdadera promesa de amor. No te voy a mentir: sentí celos. Aunque sabía que no podía ser tu pareja, que ya no me veías como un amante —y por eso en mi última visita habías preferido que durmiese en el sofá; y por eso, cuando te abracé desnudo antes de entrar a la ducha, evitaste delicadamente mis besos y sonreíste coqueta pero distante—, aunque sabía que ya no podía ser tu hombre, tampoco podía evitar que la súbita presencia de Eric en tu vida me incomodase un poco. Nunca estabas en casa. Cuando te llamaba, te sentía apurada. Si Eric estaba contigo, no podíamos hablar, te cortabas. Sentí que, ahora que te habías enamorado de él, yo te importaba menos. Me sentí desplazado, olvidado. Sé que fui un tonto, pero me costó trabajo aceptar que estabas enamorándote de un hombre y que ese hombre no era yo. Los celos otra vez. Ninguna mujer me había provocado tantos celos como tú.

Tiempo después, peleaste con Eric. Me llamaste llorando a Washington. Eric te había dejado y se había ido a San Francisco a visitar a su ex novia. Estabas deshecha. Creías que no iba a regresar a Austin. Nunca te había sentido tan golpeada. Comprendí que te habías enamorado de verdad. Te sentías culpable. Lo habías tratado mal; fuiste engreída, caprichosa; te irritaba profundamente que siguiese hablándose con su ex novia; cuando él te dijo que quería ir a visitarla unos días, te enfureciste y le dijiste a gritos que si se iba solo a ver a su ex, no querías verlo más; Eric se fue en silencio y, contra lo que te esperabas, no regresó a pedirte permiso para irse a San Francisco, simplemente hizo maletas y partió. Me decías una y otra vez, desconsolada: *No va a regresar, se va a quedar allá con esa gringa bruja que lo llama todo el día.* Estuve a punto de ir a verte. Me moría de ganas de abrazarte. No pude. Estaba con Mar, no quise dejarla sola. Pero te hice llegar unas flores al día siguiente. Me agradeciste desde el corazón, hacía tiempo que no me hablabas así, la partida de Eric nos había acercado otra vez. Mi voz más egoísta —aquella que cobra fuerza en las noches de insomnio— me decía: mejor que Eric no regrese, así Melanie te va a querer más. Mala voz, mal consejo. Yo no sabía qué decirte. *Si sientes que fuiste injusta con él, llámalo y pídele perdón, dile que lo extrañas*, te aconsejé. Pensé que no me harías caso, orgullosa como eres. Lo llamaste, sin embargo. Y Eric volvió. Le perdonaste esa aventurilla con su ex. Muy bien. Me alegra que sigan juntos. Pero te voy a decir algo que no te dije entonces: quizás debiste haber tirado a la basura la tarjeta que te envié con las flores, antes de que Eric la viese. Di instrucciones para que escribieran: *Love, Manuel.* Sé —es puro instinto— que a Eric, cuando se reconcilió contigo, le molestó encontrarse con mis flores y mi tarjeta de amor. Lo sé porque su voz cambió, dejó de ser amistosa. Cuando te llamaba y él contestaba, me hablaba con absoluta frialdad. Mensaje ahora para Eric, en el optimista escenario de que con Melanie, hayas aprendido a leer español y, sobre todo, de que ambos se animen a leer esta carta: no te preocupes, querido Eric; comprendo que te fastidiaran mis flores y mi declaración de amor; no quise hacerte trampa, solo consolar a tu chica; por lo demás, te entiendo perfectamente, yo sé lo que es sentir celos por la mujer que ahora duerme contigo.

Después de todo lo que vivimos, merecía que me visitaras cuando fuiste a Washington, querida Melanie. No te digo esto con rencor, pues solo encuentro, en mi fatigado corazón, un sentimiento de ternura, de dormida calidez por ti. Pero mentiría si te dijera que no me ilusioné con la idea de verte cuando me contaste por teléfono que irías un par de semanas a Washington, a casa de tu tío el físico nuclear, donde te encontrarías con tu madre. Yo vivía entonces con Mar, la mujer de mi vida, en un pequeño apartamento en Georgetown, a pocas cuadras de la universidad. Ella hacía su maestría, yo escribía. Eran días intensos que cambiarían para siempre mi vida. Tú y yo hablábamos por teléfono los domingos en la noche. Mar aceptaba nuestra amistad, no hacía preguntas indiscretas, aunque tampoco era tu más fiel admiradora. No te perdonaba, sospecho, que, en un momento de crisis entre ella y yo, tú me aconsejaras que la dejase. Aquella vez te llamé agitado a Austin y te conté los detalles de la crisis; tú me escuchaste pacientemente y, con una frialdad que me sorprendió, me dijiste *déjala, haz tus maletas y ándate cuanto antes de allí.* Pero yo no te hice caso. Y, cuando me reconcilié con Mar, le conté, con toda imprudencia —y por eso te pido disculpas—, que habías abogado por la ruptura. Si bien tomó las cosas con calma y lo entendió como una expresión de celos de tu parte —pues creía que tú y yo seguíamos jugando vagamente con la idea de ser unos amantes erráticos, perdidos, que al final de muchas batallas volveríamos a encontrarnos—, me parece que no olvidó ese incidente, que tomó nota de que podías ser mi aliada, pero no la suya. Por lo demás, tú tampoco eras demasiado cariñosa con Mar. Nunca me preguntabas por ella. Cuando contestaba tus llamadas, solo preguntabas por mí, no la saludabas ni fingías tenerle una cierta simpatía. ¿Tenías celos de ella, como yo de Eric? No lo creo. Tú estabas muy feliz con Eric; estoy seguro de que hacía mucho tiempo habías dejado de verme como un hombre deseable. Sin embargo, no puedo descartar que sintieras una cierta antipatía por Mar. Ignoro las razones de esa postura, pero puedo especular: yo me alejé un poco de ti desde que me enamoré de Mar; tú ya no eras la mujer más importante de mi vida; ya no te llamaba todas las noches a escuchar el relato de tus días enloquecidos y a darte todos los consejos que me pidieras; ya no era más tu cómplice, confidente, hermano mayor y protector en la sombra, aunque, desde luego, aún me sentía tu amigo incondicional. Mar te conocía desde el colegio. Te recordaba como una chica tímida, callada, a diferencia de ella, que, según me han contado, era muy graciosa. Se conocieron en el colegio, pero no fueron amigas. Mar nunca hablaba mal de ti, era incapaz de mezquindades o recelos contigo. Sabía que yo te quería a pesar de todo, y respetaba en silencio esa extraña fidelidad mía —digo extraña porque no he sabido ser leal a nada ni a nadie, ni siquiera a mí mismo—. A veces incluso preguntaba por ti con un vago cariño, perdonando —así de generosa era ella— la hostilidad que disimulabas mal en el teléfono. Por eso, porque yo tenía muchas ganas de verte y porque Mar parecía estar sinceramente ilusionada con tu visita y la posibilidad de que se hicieran amigas, me dolió mucho —nos dolió— que pasaras por Washington y no tuvieses tiempo de vernos aunque sea un ratito. Yo nunca te habría hecho ese pequeño desaire: anunciarte mi viaje a Austin, pasar dos semanas allá y decirte al final que no tenía tiempo de verte. Mejor hubiera sido que no me dijeras nada de tu viaje a Washington. Aquella vez sentí que nuestra amistad se había roto, que ya no me querías. Curiosamente, al llegar a Washington me llamaste. Parecías tener ganas de verme, y así me lo dijiste, aunque sin demasiado entusiasmo. Algo pasó, sin embargo. Quizás te molestó que te invitase a mi departamento, para así estar juntos los tres: Mar, tú y yo. O tal vez llegó tu madre de Lima y te dijo que mejor no me vieras —tu madre, pienso ahora, nunca me quiso: me veía como una amenaza a tu felicidad, como una mancha en tu buena reputación limeña—. No lo sé. El hecho cruel es que pasaste por Washington y no quisiste verme. Yo no tenía tu teléfono. Preferiste no dármelo, con la excusa —que

41

me pareció creíble— de que no querías molestar a tu tío. Me llamaste dos o tres veces, me contaste que estabas atareadísima visitando museos, prometiste que mañana o pasado vendrías por Georgetown y pasarías un ratito a verme, pero al final, nada, solo tu ausencia y tu silencio, partiste sin despedirte, y el regalo que compré para ti —la colección completa de Peter Gabriel, todos sus discos— lo tengo todavía conmigo. Tu viaje a Washington, mi contrariada ilusión de verte, la amargura de sentir tu indiferencia: aquella fue la primera señal de que nuestra amistad parecía condenada a extinguirse, aun antes —y eso me consuela— de que saliera mi primera novela y te enojaras conmigo porque, según me dijiste, en ella te hice quedar como una tonta. Te ruego —sé buena, no me maltrates así— que no me vuelvas a hacer eso. Si pasas por Miami o por Lima y simplemente no quieres verme, prefiero que no me llames antes y me digas que vas a visitarme. No seas mala. No juegues ping pong con mi corazón. Algún día, cuando finalmente me perdones, antes de que ya seamos viejos, me concederás tal vez la felicidad de caminar contigo en otoño, abrigados, pisando hojas secas, por las calles de Washington que tantas veces recorrí pensando en ti.

Nuestro penúltimo encuentro tuvo lugar en Lima, al final del verano. Te habías mudado a Lima. Eric se quedó en Austin. Vivías en el departamento de tu madre, cerca del malecón, aunque, cuando llegase Eric, que había prometido ir a visitarte y pasar unos meses contigo, querías alquilar un departamento para los dos. Te fuiste de Austin porque tu visa de estudiante expiró y, dado que ya habías terminado tu maestría, no podías renovarla y tampoco conseguir un trabajo, pues esa visa

no te autorizaba a trabajar, solo a estudiar, y tus estudios
—por fin: ya estabas harta— habían concluido. Menuda
sorpresa: me llamaste a casa de Mar; le dijiste a ella que
estabas en Lima y querías verme; ella, con esa estupenda
nobleza suya, me llamó enseguida al celular y me dio tu
teléfono; yo, manejando por el caos de Lima en un carro
que acababa de comprarme, horrorizado por la violencia del tráfico, pensando vender el carro y largarme de
regreso a Washington, no tardé un minuto en llamarte,
para que veas cuánto te quiero siempre; tú me hablaste con una calidez que yo creía perdida, me dijiste que
querías verme; deduje que habías naufragado un poco
al volver a Lima y querías aferrarte a mí en esa ciudad
que ya nos era un tanto extraña, después de varios años
viviendo afuera; quedamos en vernos esa misma noche,
tú y yo solos, sin Mar, a la que, sin embargo, te acordaste
de mandar saludos. De pronto, en el momento más inesperado, cuando yo me esforzaba por reinsertarme sin
mucho dolor en la turbulenta vida limeña, nuestra amistad parecía renacer gracias a ti. Te recogí esa noche, en
mi carro nuevo japonés —color verde oscuro, asientos
de cuero—, del departamento de tu madre, y me sentí,
como al principio, fascinado por ti, cruel y dulcemente
fascinado por ti. Sin que hicieras ningún esfuerzo, con
solo abrazarme, mirarme, sonreírme, decirme *chino*, me
cautivaste en el acto, me dejaste herido, fulminado, a tus
pies —tus lindos pies, aquellos que besé y acaricié antes
de que se fueran a otras tierras—. Manejé lentamente
por Miraflores, dando vueltas sin saber adónde ir, mientras tú y yo, tomados de la mano, jugábamos a recrear,
aunque solo fuese por esa noche, el romance que nos
había revolcado con fuerza años atrás. Fue aquella una

noche mágica, la última de nuestra amistad. Comimos en un sitio agradable, Le Bistrot, en una mesa esquinada, con el aire cómplice de los amores furtivos, a escondidas. Apagué el celular y, sin importarme que más allá algún amigo escritor estuviese viéndonos —y subrayo su condición de escritor porque ellos después lo cuentan todo: está en su naturaleza—, besé tus manos, tus olvidadas mejillas, y acaricié por debajo de la mesa tus piernas de bailarina frustrada, unas piernas que ¡cuántas veces bailaron conmigo *devórame otra vez* en la rockola de la playa! Esa noche yo quería besarte. Me sentí enamorado de ti, de tu pelo embrujado, de la inocencia perdida de tus manos, de tu sonrisa. Habían pasado casi diez años, y cada uno había vivido en el camino su cuota de amores y desilusiones, y ahora, en esa mesita del restaurante, sentía como si todo comenzara de nuevo, como si estuviésemos en la pastelería Sueca, a mitad de los años ochenta, inventando, entre sonrisas y biscotelas, las claves de nuestro primer amor. Por eso quería besarte esa noche. Pero no te lo dije. No me atreví. Tuve miedo de asustarte. Vi en tu mirada, ya los dos en el carro contemplando el mar oscuro, que acaso tú jugabas con la idea de llegar esa noche hasta el final, de abrirte a mí y reencontrarte con la erizada piel de mi espalda, con la sinuosa furia de mis besos bajando por tu cuerpo de vainilla. ¿Te acuerdas cuando, bailando en las sombras, enardecidos por el alcohol, me cantabas en el cuello *devórame otra vez* y yo acudía presto a tu llamado? No te devoré aquella noche, pero ganas, lo sabes bien, no me faltaban. Te llevé a casa de tu madre, apagué el motor del carro japonés que poco o nada te había gustado, escuchamos música en silencio —en la radio tocaban una bonita canción, *Desesperada*, de Marta Sánchez— y fuiste tú quien vino a mí y me besó en los labios. Nos besamos como antes, sin ardor ni premura, con calculada morosidad, con esa mezcla inquietante de culpa y deseo, y, cuando quise besarte también el cuello y ahí atrás de la oreja para arrancarte un suspiro, dijiste *mejor no, mejor me voy a dormir*, y me diste un fugaz besito en la mejilla y bajaste del carro. No supe entonces lo que sé ahora: que ese sería nuestro último beso. De haberlo sabido, no habría dudado tanto: te hubiese llevado abajo, a la playa, y, como lo hicimos alguna vez en tu carro, te hubiera amado con pasión y, también, con el amargo presagio de la derrota.

Pocos días después nos volvimos a encontrar. Me llamaste a casa de Mar, me confesaste entre risas que Lima te tenía al borde del colapso y, dado que ella había salido y yo estaba solo, te animaste a decirme que vendrías a visitarme hasta los extramuros de la ciudad, a aquellos bucólicos parajes en los que me había refugiado del alboroto y el chismorreo limeños. Fue una sorpresa verte llegar en tu pequeño carro blanco: pensaba que tu familia se había ocupado de venderlo cuando te fuiste a Austin. Parecías algo nerviosa. Podía sospecharlo, no tenías que decírmelo: te inquietaba la posibilidad de encontrarte con Mar. Por eso no quisiste entrar a su casa, a pesar de mi insistencia. Apenas diste una fugaz miradilla a la sala —y elogiaste el refinamiento que exhibía—, cruzaste palabras conmigo y, a la vista de tu incomodidad, fue evidente que querías salir a dar una vuelta, lo que hicimos enseguida. No imaginé que volveríamos a estar juntos en tu carrito blanco. Aún hoy lo recuerdo con cariño. Cuando estoy en Lima y veo un carro como el tuyo, lo sigo con la mirada y me pregunto, invadido por una cierta melancolía, si acaso será el mismo en el que, acompañados por buen rock argentino y ciertas hierbas aromáticas, las ventanas empañadas por nuestros alientos sofocados, urdimos la secreta conspiración de los besos y las miradas, de un amor que algo tenía de prohibido. ¿Te acuerdas cuando chocaste, Melanie? Esa mañana, en la rotonda de la universidad, me enteré de que habías sufrido un accidente. Dijeron que te habían chocado saliendo de tu casa y que el choque había sido fuerte, pues tu carro había dado una vuelta de campana —las ruedas hacia arriba, tú de cabeza—, y que, si bien no estabas grave, te habían llevado sangrando a la clínica. Aún no éramos grandes amigos, pero la noticia me estremeció. A punto estuve de ir a verte a la clínica. Creo que empecé a enamorarme de ti el día en que regresaste con una pierna enyesada a la universidad: nunca el yeso había sido tan sexy. Ahora manejabas despacio por esas calles cercanas al lugar donde te estrellaste años atrás, tu carrito ya envejecido y ruidoso, yo —padre de familia— apretado por el cinturón de seguridad, cuando, tras bordear un parque en el que retozaban los perros de un querido empresario de la televisión —sabía que eran de él porque yo pasaba por ahí y les tiraba panes cuando trabajaba en su canal, a modo de agradecimiento por creer en mí—, nos encontramos de pronto en el cruce donde te chocaron hace tiempo. Te recordé el incidente. Me dijiste que aquella vez pensaste que te morías. Te pregunté: *¿Todavía eras virgen cuando tuviste el accidente?* Riéndote, me dijiste: *Claro, tonto, si yo dejé de ser virgen contigo.* Nunca te he creído cuando me has dicho eso. He tenido la sensación de que me estás tomando el pelo, de que en realidad solo quieres halagarme. ¿De verdad fui tu primer hombre,

Melanie? Me abruma pensar que fue así. Merecías algo mejor. Sabes de mi infinita torpeza como amante. Sabes también de la infinita ternura que me inspiraste. En todo caso, tú fuiste la primera mujer a la que amé —en el corazón y también ahí abajo, donde se pierde el control—. Por eso nunca te voy a olvidar. Ahora nos veo sentados en una mesa de un café solitario de Camacho. Tras recordar tu accidente y pasar por la fatídica esquina, viste a media cuadra ese café y decidiste que, así desolado como se veía, parecía un lugar propicio para comer algo y hacernos confidencias. Ya era de noche. Tocaba un pianista de aire triste. Se paseaba sobre las mesas desiertas un gato negro —tú y los gatos, Melanie, tú siempre rodeada de gatos mimados—. Detrás de la caja registradora, una mujer joven bostezaba. Había escuchado el rumor de que la dueña de ese café era una escritora lesbiana. Pedimos jugos y ensaladas. Me contaste de Eric —qué ilusión tenías de que te visitara pronto: me confesaste que nunca habías estado tan enamorada—, te conté de Mar. Entonces me sorprendiste. Hablando de tus amigas limeñas que no habían cambiado y seguían igualitas y solo pensaban en casarse con un millonario y tener hijos de revista y sudar todas las mañanas en el gimnasio hasta quemar con rabia esos últimos kilitos de grasa y después sentirse regias comprando en el Jockey Plaza los días de semana —porque los fines de semana invade el pueblo y hay que salir corriendo—, me contaste de pronto, con una extraña seguridad, que las ideas feministas habían cambiado de un modo radical tu manera de entender las cosas, de ver el mundo, de mirarte a ti misma. Mencionaste escritoras feministas que yo solo conocía de nombre; citaste libros que no había leído y sé que nunca leeré —y te pido perdón por mi frivolidad, pero no siento por ello un gramo de culpa sobre mis escuálidos hombros—; expusiste con tu conocida lucidez —y con una pasión que yo te desconocía— tus nuevas ideas sobre la mujer; me dijiste que siendo bisexual yo debería estudiar el feminismo, pues tanto las mujeres como los gays y bisexuales hemos sido víctimas de una injusta opresión machista; y en fin te declaraste feminista abierta, combativa, orgullosa y militante. No creas, por favor, que me burlo de ti. No: simplemente me sorprendió el ardor de tus convicciones. Desde mi ignorancia —y mi probado carácter pusilánime—, me pareció un poco extraño que defendieras con tanto celo las ideas feministas. Yo, en general, siempre he sentido simpatía por las feministas, solo que prefiero escucharlas cuando están a oscuras. No te molestes: es solo una broma. Tú eres la pensadora feminista más inteligente y hermosa que mis ojos han visto jamás. Tocaba mustio el pianista, brincaba sigiloso el gato negro, luchaba contra el sueño la cajera, languidecía aquel perdido cafetín, relucía ante mí el poderoso brillo de tu inteligencia: así recuerdo ahora esa noche en las afueras de Lima. Cómo habías cambiado. Te veía y eras una intelectual. La Melanie despistada y risueña que conocí —aquella que gozaba con los campamentos en la playa, los conciertos de Fito Páez, el cafecito en Barranco y las telenovelas de Verónica Castro— se había reinventado y era ahora una Melanie fuerte, feminista. Te di la razón en todo, me sentí orgulloso de ti, pensé: qué lejos has llegado, Melanie. Sin embargo, me preocupó que hablaras mal del capitalismo, de la sociedad de consumo. No me pareció prudente discutir, así que callé mis discrepancias. Además, te notaba convencida de que el capitalismo era un sistema viciado de injusticias y que la sociedad de consumo estaba en franca decadencia. Pero te digo ahora mi opinión, aun a riesgo de contrariarte: si sigues pensando que el capitalismo es malo, sospecho que estás equivocada. Yo no he leído a Friedman, a Mises ni a von Hayek, y mucho menos a Adam Smith —apenas tengo tiempo de hojear la prensa del corazón y ya me da sueño—, pero sé bien —créeme esta vez— que el capitalismo, con todas sus imperfecciones, es una maravilla, y que los países más libres y prósperos —por ejemplo, los Estados Unidos, el formidable país en el que tenemos la suerte de vivir— han alcanzado esos niveles de libertad y prosperidad gracias a la innegable eficacia —y superioridad moral— de la democracia y la economía de mercado, dos sistemas que, bien mirados, son caras de una misma moneda: la supremacía de la libertad individual, aquella sagrada libertad que hoy te permite vivir tu feminismo radical en Nueva York y a mí, escribir malamente en una isla vecina a Miami. Te pido perdón ahora por esta parrafada. No quería aburrirte. Odio las discusiones políticas. Solo quería decirte que celebro —y admiro— tu conversión al feminismo, y que encuentro contradictorio amar a Nueva York —como sé que la amas tú— y al mismo tiempo criticar el capitalismo —que es la esencia misma de esa ciudad, el sistema que la ha hecho florecer—. ¿Sigues siendo feminista, Melanie? Sospecho que sí. ¿Te sigues declarando anticapitalista? Por favor dime que no. Qué ganas tengo ahora de verte, escucharte y hacerte mil preguntas. Pero tú, chica mala, me condenas al silencio. Ya verás, seguiré escribiéndote porfiadamente mi amor incondicional —incluso si te haces comunista te seguiré queriendo— hasta que un día, rendida, de nuevo sonriente, me mires a los ojos y me des un beso en la mejilla mientras caminamos por Central Park.

Aquí me tienes ahora, fatigado, recordándote en silencio. No te he vuelto a ver desde aquella tarde en que viniste al hotel y me dijiste que no me habías leído ni me leerías. Cruzo los dedos para que algún día rompas esa promesa. Me partiría el corazón que ni siquiera leyeras esta carta. Ayer le dije a un amigo, tomando un jugo de naranja en Lincoln road: *No sé por qué, a la gente que más quiero siempre la hago llorar.* Sé que a ti te hice llorar, Melanie. Me regalaste tu amor cuando eras una niña inocente y descubriste poco después que yo —turbios los deseos, terco el instinto— era incapaz de quererte bien. Sé también que mis libros te hicieron daño. Lo siento de verdad. Siempre te quise, te sigo queriendo. Todavía busco en otras mujeres anónimas —esa chica despreocupada que toma un café cerca mío, aquella hermosa canadiense que conocí en un hotel de la playa— el más leve rasgo que evoque tu belleza: el pelo díscolo, la sonrisa virgen, la quietud de tus manos. Mi recuerdo más vivo de ti son tus manos. Fue una suerte conocerlas, besarlas, merecer sus caricias. Como ves, estoy triste. Presiento que esta carta es una despedida. No voy a llamarte más. O mejor: voy a tratar de no llamarte más. No quiero ser impertinente. Si ya no me quieres y has decidido olvidarme, debo aceptar la derrota con dignidad. Viviré con el cálido recuerdo de tu amistad. Debo decirte, sin embargo, que doy gracias por haberte conocido. Aprendí muchísimo de ti. Tú me enseñaste a querer, a llorar, a besar. Tú hiciste que mi vida fuese más bonita. Tú, Melanie, mejoraste mis días confundidos. Por eso te llevo siempre en mi corazón. Ahora que ya no estoy más contigo y soy tan solo un pálido recuerdo, escucha mi voz a lo lejos susurrándote: *Gracias por haber sido mi amiga.* Y te ruego por última vez eso que tanto te hacía reír cuando te lo decía con voz suplicante: *Por favor déjame besar tus hoyuelos.*

Ahora estoy solo y en silencio, como me gusta pasar los días. He desconectado el teléfono. Sé que no llamarás. Seré fuerte y no te volveré a llamar. Con suerte, el destino organizará, a su traviesa manera de hacer las cosas, un encuentro inesperado entre nosotros. No quiero hacerme ilusiones, sin embargo. Prefiero pensar que no te veré más. Escribo esto último —no te veré más— y duele. Me consuelo pobremente con mis recuerdos de ti. Por eso he querido escribir esta carta: para seguir queriéndote, para no olvidarte. Afuera, el sol resplandece en la piscina y yo, derrotado, de pie frente a la ventana, veo tu sonrisa dibujada en el fondo turquesa de esas tibias aguas. No tengo una sola foto tuya, Melanie. ¿Tendrás una foto mía? Quiero creer que sí. Es una pena que los momentos que viví contigo no quedaran registrados en unas cuantas fotografías. Quisiera tener al menos una foto contigo. A falta de una imagen tuya, te busco en mi memoria, en la piscina de esta casa. Apenas eso soy ahora, Melanie: un hombre solo que te busca en su piscina. Imagino, mimándome un poco, que más tarde, cuando decida poner fin a estas horas de silencio, sonará el teléfono y, tras resistirme a levantarlo, distinguida precaución que se ha hecho habitual en mí, oiré tu voz atropellada —atropellada porque estás nerviosa, aunque no quieras reconocerlo— filtrándose por las polvorientas rendijas de mi contestador: *Hola Manuel, soy Melanie, no te llamé porque estuve de viaje, acabo de regresar y escuché tu mensaje y sí, llámame cuando vengas a Nueva York, tenemos que vernos, hace tanto que no sé nada de ti, y no te digo para que te quedes en mi departamento porque es chiquito y estoy con Eric, además que tú eres un huachafo que solo se queda en hoteles de lujo, pero bueno, llámame cuando quieras y avísame con tiempo los días que vas a estar acá, me muero de ganas de verte, chino, qué bueno que vengas pronto, trae ropa bien abrigadora porque hace un frío maldito, te vas a congelar, bueno, te dejo porque estoy corriendo, llámame cuando te provoque, tú nunca molestas, tontito, tú siempre vas a ser mi chino adorado.* ¿Sabes lo que haría si me llamaras y me dijeras todo eso que nunca me dirás? Tomaría el próximo vuelo a Nueva York, me alojaría en un hotel tranquilo, te llamaría al entrar en mi habitación y correría a abrazarte con unos magníficos girasoles, que, no lo he olvidado, son tus flores favoritas. Abrazándote en la puerta de tu casa, te diría: *He venido a pedirte perdón. Sé que no me porté como un buen amigo. Lo siento. Sacrifiqué nuestra amistad por mi ambición como escritor. No me enorgullezco de eso. Pero eso pasó. Y lo que no ha pasado —ni va a pasar— es mi cariño por ti. No puedo dejar de quererte. Eres una de las mejores personas que he tenido la suerte de conocer. Cambiaste mi vida y ahora te lo agradezco. Sin ti probablemente no estaría aquí, no habría escrito nada, me hubiese suicidado o seguiría metiéndome coca. Tú llenaste mi vida de ternura y esperanza. Por eso te digo gracias, Melanie. Gracias por haberme salvado de los infiernos, por haber creído en mí cuando yo era una desgracia. Gracias por seguir siendo mi amiga del alma. Te pido por favor que me des una oportunidad más para demostrarte que te sigo adorando, que he aprendido a ser tu amigo. Y ahora, ¿nos podemos tomar una foto, que no tengo una sola foto contigo?* Pero todo esto, me duele admitirlo, es un ejercico inútil, una boba fantasía. Sé que no llamarás. Por lo visto, has decidido extirparme de tu memoria como se retira a un tumor canceroso, al que después, para seguir viviendo a plenitud, tienes que olvidar. Sé que no te abrazaré con flores amarillas en Nueva York. Me hago ahora la promesa de que no te llamaré más, y no por rencor sino por respeto a ti. Las flores amarillas las usaré para mirarlas y olerlas cuando, como ahora, me aferre a escribir, ese vicio que me redime de mi pasado. Sé que no me darás una nueva oportunidad. Me quedo sin ti, Melanie, chica linda. Yo tengo la culpa de tu ausencia. Por eso ahora soy un hombre solo que mira su piscina. La contemplo en silencio, recordándote, y a veces me sonríes desde la quietud de las aguas. Ya lo sabes, es el precio de mi egoísmo: soy un hombre que te busca en su piscina. Dondequiera que vaya, te seguiré buscando.

Querido Daniel:

Escribo gracias a ti. Tú me enseñaste a escribir.
Recuerdo con qué paciencia y cariño corregías mis primeros artículos cuando entré a trabajar a *La Nación*, el
periódico que dirigía tu padre y que nosotros, jóvenes
soñadores e irresponsables, terminamos quebrando unos
años después. Tú eras el jefe del suplemento dominical y
yo apenas un imberbe reportero de quince años que estaba de vacaciones en el colegio. Eras flaco, medio ciego y
narigón, y a nadie escondías tu debilidad por el trago y
la poesía. Vivías encerrado en tu despacho, escribiendo
editoriales sobre filosofía, leyendo, contemplando una
foto de Borges con la mirada extraviada y, perdona que
diga esto, metiéndote el dedo en la nariz, algo que hacías
maniáticamente mientras escribías o leías. Tu suplemento se llamaba, me parece, *Punto de Vista*, y combinaba
sabiamente la reflexión, la crónica literaria, las fotos de
sociedad y el destape de la vedette de moda, tarea esta
última que acometías con intafigable curiosidad y para la
que me reclutaste a poco de conocernos. Por eso, todas
las semanas, ya entrada la noche, llegaban a tu oficina
unas mujeres de curvas agresivas y miradas insinuantes

y tú las entrevistabas a fondo y sin meterte el dedo en la nariz. Que las mujeres te gustaban mucho era algo bastante obvio; y que no discriminabas con demasiado rigor, también. Te habías iniciado precozmente, seduciendo a una profesora de alemán en el colegio, y desde entonces, a pesar de que no tenías un cuerpo espléndido ni un rostro de galán de cine, habían pasado por tus manos muchas mujeres ansiosas por escucharte recitar un poema más. Cuando te conocí tenías una novia. Se llamaba Penélope y era muy linda. Dulce, reilona, ligeramente gordita —pero de una gordura apenas perceptible y se diría que hasta sexy—, Penélope se moría por ti y por eso pasaba las tardes en tu oficina, ayudándote en lo que le dijeras. Penélope no escribía; su función era escucharte leer tus editoriales y celebrarlos con esa deliciosa ingenuidad tan suya y llenar de vitalidad esas oficinas oscuras en las que transcurrían nuestras vidas. ¿Qué habrá sido de Penélope? No duró mucho tu romance con ella. Un buen día desapareció del periódico y de tu vida. Nunca pregunté qué pasó. Tiempo después me dijiste que se fue a estudiar a los Estados Unidos. Suerte, linda Penélope, dondequiera que el destino te haya llevado.

Han pasado los años y poco o nada he sabido de ti, mi querido Daniel. La última vez que te vi fue en el Museo de la Nación, hace ya más de un año. Aquella noche me tocó hacer un discurso y procuré entretener al auditorio de notables con una sucesión de bromas más o menos afortunadas. A mitad de mi estudiado monólogo, alcancé a verte en las primeras filas. Por eso dije, y eso no lo tenía estudiado, que celebraba ver entre el público a unos pocos amigos muy queridos y entonces mencioné tu nombre con cariño. Fue un gesto de afecto y también una manera de pedirte disculpas porque supe por amigos comunes que cuando conté la historia del periódico que quebramos —y la poblé de algunos personajes caricaturescos que parecían inspirados en ti, tu padre y tu tía—, te enojaste conmigo, y tu padre, un caballero intachable con quien tengo una impagable deuda de gratitud, se molestó más aún. Tú supiste agradecerme ese gesto de una manera que me sorprendió: nada más terminar la ceremonia, te me acercaste, me diste un abrazo corto y efusivo y dejaste que algunos fotógrafos despistados nos hicieran varios retratos en los que sonreímos con la perdida complicidad de los viejos tiempos: fue un momento entrañable que ahora te agradezco, Daniel, porque sentí frente a las cámaras que, a pesar de todo, tú y yo seguíamos siendo amigos en esa misma forma juguetona que dio inicio a nuestra amistad. Lástima que no tuvimos un momento de tranquilidad para hablarnos a solas; sin duda debí esquivar a los ganapanes que me acosaban y pedirte dos minutos para hablarte lo que era menester, pero sucumbí a las viejitas y a los borrachines zalameros que me decían que mi discursito humorístico había sido *lo máximo*; ni siquiera me di tiempo para pedirte tu teléfono, aunque me temo que de haberlo hecho hubieras pensado que era yo, una vez más, haciendo demagogia, porque a pesar de las promesas no te iba a llamar. ¿Por qué no te he llamado todos estos años que he tenido ganas de verte? Podría decirte que no tengo tu teléfono, lo cual es verdad, pero sería engañarte bobamente, pues bien sabes que conseguir tu número me tomaría dos minutos. La verdad es que me da miedo sentarme a hablar contigo. Sé que me harás reproches y me sentiré avergonzado y en el fondo tendrás la razón, aunque yo pueda defenderme diciendo que es del todo lícito que un escritor use su experiencia para inventar ficciones y al hacerlo se inspire en personas de la vida real y que no es lícito en cambio que esas personas —de las que el escritor ha saqueado pedazos o fragmentos con la sigilosa minuciosidad de un espía— reclamen nada, pues los personajes ficticios adquieren vida propia y no son ellas en verdad: te podría decir esas cosas, pero sé que no te convencería y a mí tampoco, y que la verdad pura y dura es que preferí publicar un libro divertido en vez de proteger nuestra amistad y ser agradecido con tu padre, que, después de todo, me dio trabajo y al hacerlo cambió mi vida para bien, pues me introdujo amablemente en el mundo fascinante del periodismo, el chisme, las letras y la intriga política, actividades en extremo divertidas y a las que siento que pertenezco de un modo natural. Déjame decirte ahora lo que tal vez te diría si tuviese el valor de llamarte e invitarte a tomar un té en el hotel tan bonito donde ya me siento como en casa: te diría que a ningún otro amigo le debo tanto como a ti; que, de todos los amigos y enemigos que tuve en Lima desde mi juventud hasta el momento en que me sentí obligado a alejarme, ninguno dejó una huella tan honda y valiosa como la que tú marcaste en mí; que las pocas cosas que sé de periodismo las aprendí gracias a tu endiablado talento y sobre todo a tu cariñosa disposición para enseñar entre cervecitas heladas las muchas cosas que sabes; que tú me elegiste como amigo cuando yo con dieciséis años era apenas un náufrago balbuceante que huía de mi pasado y me refugiaba puerilmente en la pasión por el fútbol; que la primera vez que mi nombre salió impreso en el periódico, en un reportaje sobre los niños pirañas que malvivían en las calles robando cuanto podían, fuiste tú quien ordenó la publicación de ese artículo y mandó a imprimir mi nombre en tipografía bien grande para que todos lo viesen pero especialmente mi familia; que me encantan tu nariz y tu miopía y sin duda te prefiero con anteojos que con esos lentes de contacto que al parecer te son tan convenientes cuando sales en televisión; que debiste publicar aquellos poemas desgarrados que me leías en tu biblioteca de la azotea cuando eras joven y te emborrachabas tres días seguidos en las cantinas del centro para sentirte un poco como el poeta agonizante en París; que no solo eres el amigo más leal que he tenido pero también el mejor periodista que he conocido en esa ciudad deliciosamente chismosa que es la nuestra; pero sobre todo te diría: perdóname, Daniel, por no haber sido un buen amigo después de tantas cosas buenas que tú me diste.

¿Te acuerdas cuando te decía Dani y no Daniel? Tú eras Dani para mí porque así escuché que te decían tus familiares más cercanos, a diferencia de los empleados del periódico, que por lo general te decían Flaco. ¡Cómo te quería la gente más humilde de *La Nación!* A pesar de que eras el hijo del director y podías hacer lo que te diese la gana, te comportabas siempre como uno más, y bromeabas con todos, y no faltabas a los campeonatos de fulbito y a las polladas bailables y a los bautizos y matrimonios de los obreros de talleres que te adoraban y hacían padrino por enésima vez (¿cuántos ahijados tienes en Lima, se puede saber?), y una vez que concluías tus tareas solías tener tiempo para irte a tomar una ronda de cervezas y dos también con los engrasados muchachos de talleres que celebraban tu labia jocosa y tu cabezadura para el trago de cualquier calaña. Yo no te acompañaba en esos recorridos trasnochados por las más bravas cantinas del centro, y ahora te agradezco que no me llevases a emborracharme porque sabes que el alcohol no va conmigo y me hunde en severas depresiones. Sin embargo, recuerdo ahora, y créeme que con considerable vergüenza, que en dos ocasiones fuiste testigo de que me emborracho fácilmente y entonces emergen amargamente los efluvios de mi estómago: en una ocasión fuimos con tu tía Julia a un bar de Miraflores y me tomé una cantidad imprudente de *gin tonics* (recuerdo bien que fueron ocho) y por eso cuando salimos del bar de madrugada y entramos tambaleándonos al auto marrón de tu tía y ella empezó a manejar, yo sentí que mi cabeza zigzagueaba como sabía hamacarse el finado Garrincha y entonces sentí un motín intestinal y bajé presuroso la ventana y arrojé mis miserias a las castigadas calles de nuestra ciudad, para espanto de tu tía y sorprendente júbilo tuyo, que celebraste esa vomitadera con un espíritu de camaradería que ahora agradezco emocionado porque, joder, ¿a quién le parece tan gracioso y hasta plausible que un muchacho esmirriado vomite media vida por la ventana del carro de tu tía, que mañana seguramente vas a tener que lavar tú con una resaca maldita? Me abochorna también el recuerdo vivo de aquel domingo en que fuimos a almorzar a la casa elegantísima de mi tío, el ministro de finanzas, en compañía de tu señor padre, digno director del periódico no más leído pero sí más aguerrido de nuestro país, y entonces cedí a la pérfida tentación del *pisco sour*, que yo, a mis escasos diecisiete años, no sabía calibrar debidamente, y fue por eso que escuché embobado el discurso de mi tío el ministro y sonreí con beatífica idiotez a todo aquel que osó dirigirme la palabra y comí sin medida y les dije por separado a todos esos politicastros vanidosos e ignorantes que sin duda daban la talla para ser presidentes y debían pensar seriamente su candidatura en la próxima elección, algo que me hizo muy popular en el almuerzo pantagruélico de mi tío el ministro, que por supuesto también pensaba en su candidatura presidencial y en la conveniencia de tener a un sobrino imberbe y casi borracho que escribiera zalamerías de él en el periódico de derechas a cambio de un *pisco sour* más, y, como cualquier alma despierta hubiese podido vaticinar, aquella bebedera descontrolada acabó por reducirme a la posición horizontal y casi se diría que fetal, pues así mismo me tendí en el asiento trasero del carro guinda suavecito de tu señor padre tan pronto como nos despedimos de mi tío el ministro y subimos al auto que ese día por ser domingo manejaba tu papá y no ese chofer alucinado llamado Pacheco, que era, por cierto, compinche tuyo de bares y bulines, y a poco de iniciar el ascenso por los cerros de La Molina me vi urgido, rompiendo el protocolo, a rogarle a tu señor padre (que era también mi jefe máximo) que por favor parase un momentito porque me sentía mal, pedido desesperado que tu padre supo concederme con esa natural amabilidad que siempre le conocí, y fue entonces cuando caminé tres pasos por esos arenales, me quebré y derramé masivamente los residuos de aquel pisco traidor ante la mirada serena y comprensiva de tu padre —que con seguridad te había visto vomitar peores borracheras— y tus risas solidarias, que ya no me sorprendieron como aquella noche saliendo del bar con tu tía, pero lo mejor vino después, porque cuando entré al carro y cerré la puerta y los miré con una vergüenza infinita, tú me dijiste: *Muy bien, Manuelito, ya eres todo un periodista*, y tu

61

padre se rió (que Dios lo bendiga, don Raúl) y apenas comentó: *Cabeza de pollo nos había resultado el buen Manuelito*. Porque era así como ustedes me llamaban, Manuelito, y ese diminutivo afectuoso era también inspiración tuya, como idea tuya fue llevarme al almuerzo de mi tío el ministro y sugerirme que le entrase derecho al *pisco sour* porque estaba delicioso. Pocos ciudadanos de nuestro sufrido país me han visto vomitar dos veces, mi querido Dani: perdóname por infligirte semejante castigo, y déjame añadir que estos recuerdos espirituosos solo acrecientan la certeza de que tú fuiste el amigo más leal y generoso de cuantos he tenido. ¿Te molestarás si me permito recordarte aquella otra mañana en que llegaste considerablemente borracho a jugar un partido de fulbito defendiendo los verdes colores del suplemento *Punto de Vista* en el campeonato interno del periódico? Era domingo, te acordarás, y yo ya vestía de corto y me batía con fiereza en la defensa, multiplicándome para neutralizar los avances de los ásperos adversarios de Linotipo, y nuestro sufrido entrenador, el Zorro Ramírez, nos exigía a gritos que pusiéramos más hombría en la cancha, claro que no con esas palabras, pues el Zorro aludía una y otra vez a nuestros órganos genitales en forma despectiva, y fue entonces cuando apareciste en esa desalmada canchita de cemento, acompañado por cierto de una señorita que a juzgar por su mirada y sus arrastrados pasos tampoco había dormido, y tú, Daniel, borracho pero solidario con tus compañeros del suplemento que éramos vapuleados malamente por los brutos de Linotipo, no dudaste en correr al camerino, cubrir tu osamenta con ropas verdes y arrugadas, echarte un trago de cerveza tibia para cortar en seco la borrachera y pedirle al Zorro que te hiciera entrar a la cancha: ¿cómo diablos iba a contrariarte el gritón del Zorro, si había estado tomando toda la noche contigo y sabía de tu habilidad para desbordar por la derecha y además seguramente tenía ganas de coquetear con tu amiguita mientras tú fatigabas esas gastadas zapatillas de tu hermano menor? No lo digo ahora para halagarte, Dani: fueron los diez minutos más inspirados que yo había visto en mucho tiempo en una cancha de fulbito. Entraste, pediste la pelota y no la soltaste más. Ante la conmoción de los exaltados atletas de Linotipo, y alentado por los gritos de esa amiguita de dudosa reputación que te habías levantado en alguna esquina puñalera del centro de Lima, diste una lección de habilidad pura, de insolente picardía, birlando la pelota de tus rivales y escamoteándolos casi se diría que con desdén, y así, flaco, desgarbado, con unas piernas tan huesudas que parecían canillas, apestando a trago, te convertiste, por diez minutos, en el amo y señor del partido, aunque es justo decir también que no convertiste un gol ni te acercaste siquiera al arco contrario, pues al parecer no estabas interesado en marcar un gol sino únicamente en bailotear, hacer piruetas, engatusar al rival con argucias y mañoserías, regar la canchita de tus inspiradas florituras: fue la tuya una soberbia exhibición de fulbito magistral y perfectamente inútil, y te digo ahora que yo nunca, sobrio ni borracho, alcancé a brillar como lo hiciste tú esa mañana neblinosa ante diez o doce personas que te aplaudían porque te admiraban y también porque sabían que tú después pagarías el cajón de cerveza que habían fiado a tu nombre. De pronto, empalideciste. Pensé que se te había caído un lente de contacto y por eso deambulabas con la mirada extraviada, ajeno ya al ir y venir de la pelota. Fue evidente que las musas te habían abandonado de golpe y que algo se había roto entre tu pecho y espalda. Las ocho o diez personas que tomaban cerveza tibiona en esa banca de cemento que mal podría llamarse tribuna no me dejarán mentir: nadie adivinó que cuando te acercaste al borde de la cancha eras víctima de un terrible malestar: todos pensamos que el Zorro te daría instrucciones precisas o tu amiga trasnochada un besito: yo al menos no vi venir lo que se vino. Porque lo que se vino fue un huaico que brotó de tus entrañas, humedeció la cancha, salpicó sobre el Zorro, enmudeció al público y se prolongó casi hasta la puerta del camerino, pues tú, con plausible delicadeza, corriste vomitando con dirección a los vestuarios, lo que me dejó boquiabierto, pues no debe de ser nada fácil correr y vomitar casi al mismo tiempo. Ninguno de quienes estuvimos allí presentes recordamos ahora con decepción o contrariedad que el partido tuviese que suspenderse indefinidamente porque la cancha era un asco resbaladizo; lo que todos, estoy seguro, aún celebramos es que, unos minutos después, ya repuesto y duchado, tú salieras del camerino y nos dijeras a gritos que el campeonato continuaba en la cantina de al lado y que todos los tragos iban a cuenta del periódico. Dani condenado: por eso te adoraba el periódico entero, por eso yo te admiraba tanto y ahora que te recuerdo te admiro todavía más. Tú me viste vomitando como un niño en los carros de tu familia y yo te vi arrojándolo todo en una cancha de fulbito: ¿no son esas pequeñas miserias las que forjan una verdadera amistad? Dicho esto, déjame preguntarte: ¿dónde aprendiste a jugar tan bien fulbito, flaco del diablo?

El otro día que estuve en Lima, el chofer del taxi, un hombre calvo y rechoncho llamado Pedro Ames, que se sabe todos los chismes del mundo del espectáculo, me comentó riéndose que te has hecho fama de mujeriego empedernido y que eres un asiduo concurrente a Las suites de Barranco, que, como bien sabe cualquier limeño atento, es una exclusiva casa de citas que ofrece los esmerados servicios sexuales de un grupo de jovencitas de diferentes nacionalidades, pero mayoritariamente rusas y caribeñas. Don Pedro me dijo que habías peleado con Rosario, tu enamorada, una actriz guapa y talentosa, y que te has abandonado a los mimos de las cubanas pujantes que se alquilan a ciento cincuenta dólares la hora en Las suites de Barranco (y te aclaro que sé la tarifa porque don Pedro me la contó: dejo constancia que no he visitado aún dicho local ni tengo planes de hacerlo en el futuro cercano, pues corre el rumor de que en sus cuartos hay cámaras escondidas que registran las furtivas piruetas amatorias de políticos y hombres de negocios, a quienes luego al parecer someten a chantajes tras mostrarles las cintas en que ellos aparecen en diversas contorsiones, posturas y refriegas de índole sexual; espero, mi querido Daniel, que no te hayan pillado desprevenido esas camaritas arteras, y que si ya capturaron en video tus hazañas íntimas, al menos tengan explícita constancia de que no solo eres un hombre aventajado por el poder de tu inteligencia). Desde luego, no me sorprende que digan que eres un mujeriego, aunque sí me apena que circule el rumor, espero que infundado, de que te has separado de Rosario, esa chica tan bonita con la que últimamente salías retratado en periódicos y revistas: si me permites el comentario, hacían una linda pareja. Supe de tu debilidad por las mujeres a poco de conocerte. Te gustaban las flacas y las rellenitas, las coquetas y las mustias, las maduras y las lolitas, las vírgenes y las putas, las damas ricachonas y las vedettes olorosas: tú solías proclamar con orgullo que, en cuestión de mujeres, *todo hueco es trinchera*, y no le hacías ascos a ninguna, y por eso todas las secretarias del periódico te querían con el mismo ardor que tú profesabas por Borges. Siempre había al menos una mujer en tu vida, y por lo general sabías multiplicarte para complacer a varias al mismo tiempo, sin hacer distinciones étnicas, culturales, económicas o de credo religioso, algo que sin duda no heredaste de tu padre, hombre recto como pocos y fidelísimo a su esposa de toda la vida, doña Beatriz, tu madre, a la que recuerdo como una mujer en extremo paciente y bondadosa, y además conocedora de las muchas virtudes del silencio. Tus amigos del periódico te decían a veces *pingaloca*, un apodo cariñoso y procaz que hacía obvia alusión a los desafueros de tu vida sexual, al imperio absoluto que ejercía en tu vida tu (decían que gigantesco) pene, del que por cierto, debo aclarar ahora en salvaguarda de mi mancillada honra, nunca fui testigo presencial. Pude haberlo sido si hubiese entrado contigo al cuarto de la prostituta aquella noche, como me sugeriste, pero, aterrado, decliné, y ahora no me arrepiento. Era la primera vez que me llevabas al Cinco y medio, un prostíbulo decadente en las afueras de Lima, y por suerte aquella habría de ser la única ocasión en que nos aventuramos juntos al comercio sexual con mujeres, aunque debo confesarte, incorregible Daniel, que yo había hollado ese recinto puteril en una oportunidad anterior, cuando apenas tenía dieciséis años, una noche trágica en que algunos amigos comunes del periódico —tres para ser más exacto: el legendario gordo Jiménez, su fiel lazarillo Perico, que tenía unas orejas del tamaño de un avión bimotor, y un muchacho judío de bigotines rubicundos llamado Abraham Gelman, quien luego interrumpió sus estudios de derecho para dedicarse a la venta de alfombras, detalle que menciono con la esperanza de que algún día acceda a hacerme un descuento sustancial— pasaron a medianoche sin previo aviso por la casa de mis abuelos, donde por entonces vivía refugiado de mi pasado, y me convencieron, a pesar del miedo que me devoraba, para sacarme la piyama, vestirme rápido, subirme al auto de Abraham y acompañarlos *a remojar la pichina*, como dijo en tono jocoso el orejón de Perico, es decir a tirar con las mujeres de ese burdel llamado Cinco y medio debido a que según decían estaba ubicado en el kilómetro cinco y medio de la carretera central. Yo temblaba en el asiento trasero, querido Daniel, y no porque hiciera frío sino porque no me sentía preparado para enfrentar tamaño desafío y menos en compañía de esos tres bucaneros, que, claro está, se jactaban de ser clientes VIP de ese prostíbulo y otros aún peores, y que se sentían orgullosos y eufóricos de saber que aquella noche yo me estrenaría sexualmente gracias a ellos, o sea, como decía Perico, que por fin me tocaba debutar porque ya era hora de darle un descanso a mi trajinada mano derecha. No negaré que en efecto la había trajinado y que desde muy tierna edad me había procurado dulces placeres solitarios pensando en una chica en ropa de baño del club de playa, en las calatas de la penúltima página de una revista, en mi tía Lía, en mi prima Vania que era tan linda y, sobre todo, de un modo algo compulsivo, en la rubia angelical de Farrah

Fawcett, de quien tenía algunas fotos en traje de baño bien escondidas, no las fuese a encontrar mi madre como halló un malhadado día la revista *Playboy* que me había prestado el buen Ramón Pérez, que terminó devorada por las llamas (la revista, claro está, porque el buen Ramón terminó devorado por la fe y se hizo padre misionero y supongo que nunca más pensó en la posición misionera). Aquella noche con esos tres prostibularios amigos me sobrevino mi primera grave desgracia sexual, y no sé por qué te estoy contando esto, Daniel, pues supongo que poco o nada te importa este episodio de mi vida urogenital, pero te ruego que me tengas paciencia y comprendas que debido a ese trauma o contratiempo es que me sentía tan tenso cuando unos meses después me llevaste a visitar ese burdel, y ahora recuerdo que te mentí, porque te dije, solo para complacerte, que era mi primera visita y por fin habría de inaugurarme sexualmente, aunque esto último no era en rigor una falsedad, pues la noche trémula con aquellos tres amigos con ansias de remojarse terminé haciendo un fiasco considerable a la hora de la verdad y, ya de regreso en mi cama, hundido en una depresión, sintiéndome menos hombre que nunca. A eso iba: a la hora de la verdad. Fue el mañoso de Perico quien escogió la prostituta para mí y le confió al oído que me tratase con cariño porque yo estaba "cero kilómetros" y ansioso por aprender, y aquella mujer sufrida me miró con simpatía y me condujo discretamente hasta el cuarto desalmado y pestilente donde debíamos entrelazar nuestros cuerpos e intercambiar nuestras más íntimas secreciones, y entonces ella me desvistió y lavó ahí abajo con agua fría, lo que me pareció una crueldad que debería estar penada por la ley, y me tendió en la cama y procuró por todos los medios habidos y por haber que mi virilidad despertase, pero yo, Daniel, perdóname la franqueza, me sentía disgustado en el estómago e incapaz de sentir placer alguno, pues todo me resultaba forzado y repugnante, y las imágenes que me devolvía el enorme espejo del techo me daban escalofríos en lugar de excitarme: una mujer cansada y aburrida que se sumergía entre mis piernas, una cama de combate, la ropa en la sillita coja, el papel higiénico en la mesa de noche, esa tenue luz rojiza que envilecía los cuerpos, mi cara de angustia y, en mi imaginación, la cara de pena de mi madre, las lágrimas de la Virgen. Claro que fracasé. Claro que la prostituta me consoló como pudo. Claro que les mentí a mis amigos y les dije con fingida euforia que me había echado dos polvos al hilo. Claro que me sentí humillado, confundido, asqueado de mí mismo. Esa noche comencé a sentirme un hombre lisiado. Me quedé con el trauma, Daniel, de que no era sucifientemente hombre como para tener una erección con una mujer y metérsela entre las piernas y hacerla gozar como me contabas tú que hacías delirar a todas tus mujeres, incluso a las putas que tiraban contigo y que, me jurabas, no gritaban fingiendo sino más bien agradecidas por la potencia de tu virilidad. Y así me quedé, lastimado en mi hombría y con un desasosiego que no cedía, hasta que tú me llevaste al Cinco y medio ese viernes que cerramos el suplemento pasada la medianoche y se te ocurrió invitarme a una fiesta del periódico. Allí nos encontramos con tu tía Julia, una mujer menuda, de pelo rizado y ojillos vivarachos, que me trataba con mucho cariño y ejercía considerable influencia en la vida del periódico, pues era la secretaria de tu padre y además su cuñada, lo que le daba un poder indudable que ella usaba para mimarnos a nosotros, sus amigos, y también para castigar a sus agazapados adversarios. Julia era coqueta, traviesa y solterona. Perdóname por contar esto, Daniel, pero no miento si recuerdo que tu tía solía contar riéndose que una noche te había encontrado violando a una aspiradora Hoover, tu miembro viril succionado por los aires calientes, tus ojos en blanco, extasiado por las impensadas maravillas que una Hoover puede hacer pasada la medianoche. De la dulce y afectuosa Julia circulaban toda clase de rumores en los pasillos del periódico, pero el más persistente era que tenía como amante al moreno Gerardo Zambrano, redactor de deportes, bombero voluntario, abstemio, declarado apolítico y notable jugador de fulbito. Sin embargo, esa noche en la fiesta saltó a la vista que Julia no tenía interés en el moreno Zambrano, quien por cierto solo bebía aguas gaseosas y preferiblemente de colores claros, sino en el geniecillo de las finanzas Percy Osores, recién llegado de una beca de medio año en Columbia, experto en los movimientos de la bolsa. Joven, pelirrojo, de rostro afable y salpicado de pecas, Osores descollaba sin esfuerzo gracias a su inteligencia y simpatía. Todos supimos enseguida que Julia quería aprender los secretos de la bolsa con Percy Osores. Tragos van, tragos vienen, viniste de pronto, Daniel, y me dijiste que habías convencido a tu tía para que nos llevara al Cinco y medio. Me quedé sorprendido, por decir lo menos. ¿Al burdel con tu tía Julia? ¿Pero no estaba cautivada por Percy Osores y su sapiencia del subibaja bursátil? Pues la tía Julia no era mujer convencional y al parecer era contigo bastante dadivosa, porque en efecto accedió a llevarnos al burdel, aunque acompañada por Percy Osores, claro está, porque una dama como ella no podía dejarnos en aquel prostíbulo arrabalero y volver manejando solita a esa hora de la noche por la carretera. ¿Te acuerdas, Daniel? ¿Recuerdas que tu tía no dejaba de preguntarme si de verdad yo seguía casto y qué cositas quería hacer con la putita y si de solo pensarlo ya se me ponía durito el pajarito? Tu tía Julia se reía feliz de mi ingenuidad y mi evidente nerviosismo, y tú me dirigías una mirada tranquilizadora de hermano mayor, y el bueno de Percy Osores, que iba manejando, le miraba las piernas con descaro a tu tía, lo que me hacía pensar que en realidad ellos nos llevaban al burdel no tanto por hacernos un favor sino porque en cualquier caso irían para allá a alquilar uno de esos cuartitos de dos horas por cincuenta dólares. Entonces llegamos a ese oscuro lugar del pecado y nos despedimos de tu tía y Percy y ellos nos desearon suerte —y a ti no parecía importarte que la depredadora mirada del financista Osores delatase un afán creciente por dar cuenta de tu tía— y pasamos al prostíbulo de las luces rojizas, no sin que antes el portero te saludase llamándote por tu nombre, *buenas doctor Daniel*, lo que sin duda te halagó e hizo que le dieras una generosa propina, para luego detenerte un instante, sacar de tus bolsillos un condón, entregármelo con seriedad y decirme: *Prohibido cachar sin forro, que te quemas de todas maneras, y no quiero que te me quemes en tu debut, Manueli-to.* Lindo gesto de tu parte, Dani. Gracias de verdad por alcanzarme ese preservativo. Gracias por evitarme el dolor y la vergüenza de contraer una enfermedad venérea. Guardé el condón, respiré hondo, juré vengar mi honor viril y te acompañé a la barra. No fui yo quien la escogí: ella vino y se sentó a mi lado y, tras cruzar las piernas y presentarse como Tamara, me pidió que le invi-

71

tase un ron con Coca-Cola. Mi magro sueldo quincenal de reportero a medio tiempo se evaporó en la caja resgistradora del burdel: pagué los tragos, reservé el cuarto número once, le dejé una propina al hombre del bar y otra más suculenta a Tamara para que me tratase con el debido cariño, y entonces, Daniel, ignorando la insinuación que me habías hecho para entrar a tirar juntos, y mientras tú conversabas feliz con un par de chicas bastante más presentables que la mía, me sentí desplumado y a merced de la bandida de Tamara, que no paraba de fumar, hablarme cositas disforzadas, toquetearme la pierna y echarse un trago más. No me deseaste suerte ni me viste enrumbar resueltamente al cuarto once: nada, Dani, te olvidaste de mí y ni siquiera me diste un par de consejillos antes del combate. ¿Hubo tal combate, me preguntarás ahora con justificada suspicacia? Porque ya sabes que la primera vez fracasé y capitulé miserablemente a pesar de los esfuerzos bucales de la pobre mujer que me fue dada por el destino. Seguramente habrás olvidado que yo, al salir, y luego de esperarte largo rato en la barra, te conté, solo porque me lo habías preguntado, que todo estuvo perfecto y sí, claro, me la clavé dos veces, que era lo único que tú, camino al prostíbulo, me habías aconsejado: que lo hiciera una segunda vez antes de vestirme, pero en ningún caso pagándole un dinero extra por el servicio doble, pues, en tu opinión, esa era la prueba de fuego para medir si uno había sabido hacer gozar a la prostituta: si ella accedía a dejarse hacer gratis una segunda vez, era porque había disfrutado la primera; si en cambio se rehusaba y exigía un dinerito extra, uno había fracasado. ¿Qué te dije aquella noche? Lo previsible en un jovenzuelo asustadizo como yo: que sí me la comí rico, que sí me la clavé por partida doble, que no me cobró la segunda porque bien que le gustó a la mamona. ¿Qué te digo ahora, Daniel? Que la mujer ni se enteró. La buena de Tamara, a la que pretendí engañar —pues me preguntó si era mi debut y le dije que no—, no tardó en advertir que yo temblaba como un polluelo y tal vez por eso me trató con una delicadeza que yo no esperaba y, tras hacerme maravillas con su boca, logró que mi sexo se irguiese y diese claras señales de vitalidad, y entonces, fue una pena, yo quise que ella se montase a horcajadas sobre mí, aprovechando rápidamente mi erección, pero Tamara, confiada en que yo sabría sostenerla, se tomó un respiro, se lavó la boca, se acomodó en la cama, abrió ampliamente las piernas y me invitó a echarme sobre ella y poseerla. Joder, Daniel: para entonces ya me había enfriado. De solo pensar en que no debía ablandárseme, que no debía encogérseme, ocurrió: me puse tu condón y mi virilidad se durmió de pronto. Cuando me eché sobre Tamara, todo yo era flacidez, pesar y vergüenza por una derrota más. Ella me esperó y suspiró y me arengó y me tocó y maniobró y lo intentó, pero todo fue en vano: volví a fracasar. Tamara, tan profesional ella, se ofreció a hacerme otro servicio oral, pero yo decliné, pues me sentía incapaz de producir otra erección. Una vez más, sentí que mi hombría había quedado por los suelos. Mientras te esperaba en la barra y te imaginaba haciendo malabares con las dos chicas que alquilaste aquella noche, pensaba con amargura que tal vez las mujeres no me gustaban en verdad, que quizás era impotente cuando estaba con una mujer y me pasaría el resto de mi vida masturbándome, que no era un hombre de verdad. Tú saliste eufórico, por supuesto, y me contaste tus hazañas, que yo celebré con la complicidad que te debía, pero confieso ahora que ya de regreso, en ese ómnibus viejo que nos dejó en el parque, yo me sentía más triste e inseguro que nunca. Una herida se había abierto en mi corazón. Yo te sonreía pero me sabía un hombre roto. Empezaba a adiestrarme en el oficio de mentirles a quienes más quiero. ¿Cómo iba a atreverme a decirte la verdad? ¿Qué pensarías de mí? ¿Me mirarías con un gesto burlón y me dirías que a lo mejor yo era homosexual? Todo eso se agolpaba en mi cabeza y ensombrecía mi ánimo. Dos mujeres, dos fracasos. Y no tenía a nadie en el mundo a quién contárselo. Por eso cuando llegamos al parque y me invitaste un emoliente y, mientras despuntaba el amanecer y olisqueaban nuestros zapatos unos perros chuscos, me dijiste que cualquier día me llevabas de vuelta al burdel porque yo había resultado ser *un cacherito de ley*, yo apenas pude fingir una sonrisa, apurar un trago de emoliente y esconderte la vergüenza profunda que me abrumaba y me hacía sentir un hombrecillo patético, inferior a ti. No me lleves más al prostíbulo, Daniel. Nunca más. Todavía hoy me duele. Cuando quieras nos vamos a tomar otro emoliente al amanecer, pero al prostíbulo, te ruego, no me lleves más.

No sé si te interesará o estoy fatigando tu curiosidad y tu paciencia, pero me provoca contarte, prometo que brevemente y ahorrándote los detalles escabrosos, la tercera y última vez que fui a un prostíbulo, ya no el Cinco y medio, sórdido escondrijo que nunca más visité y me trae los peores recuerdos, sino una casa de masajes supuestamente exclusiva, lugar que me fue recomendado por un amigo y al que acudí a solas una tarde afiebrada en que me sentí nuevamente urgido a probarme que podía ser

74

hombre. ¿Quién me había hecho creer que la hombría a los dieciocho años consiste en disfrutar sexualmente de una prostituta? No lo sé. Ahora me siento estúpido por haber actuado de un modo tan vulgar y autodestructivo. Incluso me enorgullezco, Daniel, de no haber sido capaz de tener una erección frente a esas mujeres extrañas a las que les había pagado por desvestirse. Mi cuerpo, mi sensibilidad, mis instintos no se rebajaron tanto y en cierto modo protestaron: ahora me siento bien por eso, pero entonces no supe entender nada y me confundí. Por eso fui a esa casa de masajes y, para hacerte la historia breve, volví a llevarme un fiasco: no tuve una erección, no sentí ningún placer ante los penosos afanes de la mujer por excitarme, me retiré apesadumbrado y con la firme convicción de no volver nunca más a un prostíbulo, lo que por suerte cumplí hasta hoy (y no dudo, Dani, que cumpliré hasta el final de mis días, o sea que no me esperes en Las suites de Barranco: suerte y que te diviertas, pero yo paso de esos lugares). Pero no me entiendas mal, querido Daniel: no te reprocho nada. Podría decirte que cometiste un error al llevarme aquella noche al burdel y que ese error me lastimó bastante, pero me sentiría un tonto si te dijera tales cosas. Sé bien que me llevaste porque creías hacerme un favor: seguramente pensaste que yo gozaría de aquella experiencia como gozabas tú y que ir a tirar juntos era una manera de celebrar nuestra amistad. Así lo entiendo y por eso, aunque me dolió, te lo agradezco. Porque sé que tus intenciones fueron las mejores. Han pasado muchos años y ahora pienso que nadie debería ir nunca a un prostíbulo porque es un acto contrario a la propia dignidad y porque además uno se convierte en cómplice de la inmoralidad que consiste en alquilar el cuerpo de una persona (pobres prostitutas, Daniel: ¿te das cuenta de que al pagarles te conviertes en responsable de la humillación a la que ellas se están sometiendo, que de ese modo tú las envileces y contribuyes a que sigan denigrándose?). Pero también entiendo que nunca quisiste hacerme daño y que si me llevaste al burdel pensando que ya me tocaba conocer sexualmente a una mujer, lo hiciste por las siguientes razones: porque me querías regalar un placer, porque te encantaban los prostíbulos y quizá también porque estabas borracho. Te digo entonces, a pesar de los desgarros y extravíos que aquellas experiencias me causaron y de los que tú no eres en modo alguno culpable: gracias, Daniel. Viviré siempre con el recuerdo agridulce de esa noche en los extramuros de la ciudad, en aquella casa poblada de gente sin orgullo. Pasaré por alto tu moral relajada y tu espíritu libertino; me aferraré más bien al recuerdo de tu sonrisa victoriosa en el ómnibus de regreso y de tus palmadas en mi espalda mientras nos sofocábamos con esos emolientes baratos. Gracias por la experiencia, aunque resultase amarga: así se aprende. Ahora bien, a riesgo a parecer un predicador, me atreveré a decirte, que espero sinceramente que los rumores que me contó don Pedro, el chofer del taxi, sean falsos en lo que a ti concierne, y que por consiguiente no seas cliente de Las suites de Barranco ni de prostíbulo alguno: tú eres un hombre extremadamente valioso, Daniel, y perdóname si peco de impertinente, pero solo deberías hacer el amor con la persona a la que amas y nunca empequeñecerte moralmente para tener sexo con una mujer de alquiler. Te quiero imaginar fuerte, orgulloso, consciente de tu dignidad y tu autoestima; te quiero pensar con una mujer que te adore y merezca; te quiero creer fiel a ella y creyente en las virtudes mágicas del amor (el amor, mi querido Daniel, solo existe si crees en él: es como Dios); te quiero soñar con una mujer que te hace feliz y saca los mejores sentimientos de ti; en fin, te quiero, Daniel. ¿Debería avergonzarme, por ser hombre, al decirte que te quiero? No lo creo. Te quiero limpiamente: como amigo de otros tiempos, como maestro de periodismo y otras mañas, como leal compañero de aventuras. No está de más decirte que nunca, ni una sola vez, te deseé: nunca te pensé como un hombre, siempre te recordé como un amigo ejemplar. No tenía que confesarte esto último, pero me provocó decírtelo igual, porque sé que ha circulado con insistencia el rumor de mi bixesualidad —rumor que, por otra parte, yo mismo encendí y alenté, principalmente por un excesivo afán de protagonismo pero también, para no ser demasiado severo conmigo, por mi determinación de ser un escritor y publicar con honestidad aquellas historias que brotaban con turbulencia de mi imaginación— y quería que supieras, en consecuencia, que, al margen de la veracidad de aquel rumor, asunto que no corresponde tocar ahora y del que acaso hablaremos a solas algún día si me concedes la felicidad de volver a verte, nunca cruzó por mi mente un deseo físico que estuviese inspirado por ti. ¿Está claro, legendario Daniel de las imprentas y las cámaras de televisión, que no me resigno a la idea de perderte como amigo, y que estoy dispuesto a pedirte disculpas una y mil veces con tal de restaurar la complicidad perdida? Hay amigos que te mejoran, que te hacen volar más alto, que rescatan tu lado más estimable: tú eres uno de esos, Daniel, y por eso ahora te echo de menos.

¿Recibiste el libro que te envié no hace mucho?

Estaba en Lima y se me ocurrió mandarte con el chofer mi última novela. Pensé bien la dedicatoria antes de escribirla: *Para Daniel, que me enseñó a escribir y sobre todo a peinarme.* Espero que la comprendieses bien y acaso sonrieras al leerla. ¿Sabes por qué la escribí? No dudo que recuerdas bien las correcciones que solías hacerme cuando te entregaba mis primeros artículos en el periódico, pero ¿recuerdas también que me enseñaste a peinarme? Sospecho que has olvidado aquella mañana en el Cusco. Curiosamente, yo guardo un recuerdo entrañable de los días que pasamos juntos en el hotel y, en particular, de la mañana en que me enseñaste a peinarme. Fue tu padre, generoso como siempre, quien nos invitó al Cusco. Se celebraba en esa ciudad un congreso de periodistas y don Raúl quiso que lo acompañásemos. Tú y yo nos alojamos en un cuarto muy agradable con camas separadas. Es decir, dormimos juntos, si mal no recuerdo, dos noches o quizás tres. Yo dormía bien abrigado, pero tú, no obstante la delgadez de tu complexión y los estragos que seguramente causaban en tu estado físico las costumbres licenciosas que te permitías, te aventurabas a pasar la noche apenas con ropa interior, desafiando el frío andino y exhibiendo ante mí, sin pudor alguno, tu endeble musculatura de intelectual. Dormimos bien o al menos bastante, y por eso nos dejó el tren ese domingo en que debíamos partir a Machu Picchu. La noche anterior habíamos estragado nuestros cuerpos con abundante alcohol y tabaco. Domingo a mediodía, quietud en la habitación, largos bostezos, la boca pastosa, nuestras caras maltrechas reflejadas por el espejo del baño, un persistente dolor de cabeza: tú y yo en calzoncillos, devastados por la resaca, mirándonos en ese espejo grande bajo la luz blanquecina de un fluorescente, no parecíamos las promesas del periodismo y la literatura que tu padre, absolutamente sobrio, y seguramente ya instalado en el acogedor Machu Picchu Pueblo Hotel, decía que éramos. Entonces me miraste con tus gruesos anteojos de poeta y filósofo, fijaste tu mirada en mi pelo mientras yo me cepillaba los dientes sin demasiado empeño y me dijiste: *Manuelito, deberías cambiar de peinado.* Desde luego sorprendido pero también halagado de que en ese estado de aturdimiento tuvieras un momento para pensar en mi corte de pelo, te pregunté por qué. Me dijiste: *Porque la moda no es usarlo con raya al costado sino como lo uso yo, con raya al medio.* ¿Desde cuándo eras tú un entendido en cosas de la moda, condenado Daniel? ¿Estabas al tanto de los últimos desfiles en París y Nueva York? ¿Seguías de cerca las últimas creaciones de los estilistas de vanguardia? Ahora sonrío cuando pienso en la rotundidad de tu afirmación: la raya al medio estaba de moda. Corrían los primeros años ochenta, y es verdad que tú usabas una pronunciada y enfática raya al medio que te daba un aire a Oscar Wilde plebeyo. Yo no sé si estaba de moda peinarse así: solo sé que te admiraba y quería ser como tú y además sabía que tenías un éxito descomunal con las mujeres, o sea que algo debía de ayudar ese ancho surco que partía tu pelo en dos mitades. No era necesario que insistieras, Dani, estaba dispuesto a que me peinases como quisieras; pero igual me dijiste: *Tu raya al costado se ve muy anticuada.* Nunca antes, te confieso, había cuestionado mi corte de pelo, incluso te diría que nunca lo había observado detenidamente: así era y así había sido siempre y así por lo tanto debía ser. Desde muy pequeñito, mi madre me había peinado con raya al costado, pero bien al costado, casi rozando mi oreja izquierda, y yo no tenía razones para pensar que mi cara debía verse de otra manera. Era la mía una raya borrosa y un poco zigzagueante, porque mi pelo muy lacio no permitía fijarla recta y firme como la tuya, y porque además yo me había negado siempre a usar esa cosa grasosa llamada gomina que servía para dejarte el pelo tieso y en su sitio y con aspecto de cantante habanero de los cincuenta, y mis certezas sobre la conveniencia de ese corte de pelo y de aquella raya tan sureña en particular eran también borrosas y un poco zigzagueantes. Por eso te pregunté si, en tu opinión, yo me vería mejor con una raya al medio como la tuya. No lo dudabas; insististe; te miraste en el espejo con obvia satisfacción; hiciste un corto y elocuente alegato a favor de la raya al medio en cualquier caso y en el mío en particular. Me conmueve ahora recordar con qué paciencia y cariño cogiste el peine, humedeciste mi pelo y, dejándome sentir la espesura de tu aliento, peinándome lenta y afectuosamente, dejaste marcada en mi cabeza tu flamante creación, una raya al medio tan severa como la tuya y aún más, lo que sin duda establecía entre nosotros un nuevo parentesco, una más honda complicidad, y déjame decirte que si me ponía unos anteojos como los tuyos, sin duda pasaba como tu hermano menor; también me conmueve recordar, mi querido Daniel, que con esa raya al medio me veía como un papanatas redomado, pero de eso prefiero no ocuparme ahora, pues sé que tus intenciones fueron nobles y eso es lo que de veras te agradezco. Me río, gran Daniel del peine audaz, pensando en lo extrañamente tontos que nos veíamos los dos con esas rayas al medio; me sigo riendo cuando me doy cuenta de que ahora los dos usamos raya al costado, como sin duda corresponde, dicte la moda lo que se le antoje dictar; pero de verdad me emociono cuando evoco el momento en el que quisiste mejorar mi cara, actualizarla, dotarla de un cierto toque moderno y atrevido, y me peinaste por primera y última vez en nuestras vidas, y los dos nos miramos al espejo y nos felicitamos de vernos tan a la moda, pero en realidad lo que nos procuraba esa sensación cálida parecida a la alegría no era el hecho estético de nuestras caras (porque, no nos engañemos, nos veíamos como personajes de tiras cómicas) sino la gracia de peinarnos igual, de vernos tan parecidos, de extender nuestra amistad al terreno capilar. Peinarme fue un hermoso gesto de amistad, y así lo atesoro y agradezco, Daniel. Con excepción de los muchos peluqueros que se han ocupado de arreglar o desmejorar mi apariencia, tú eres el único hombre que me ha dicho cómo debo peinarme y que más aún me ha peinado bajo los efectos de una resaca incendiaria: gracias, gracias, gracias. Pero, por favor, por lo que más quieras, por Friedman y von Hayek, por nuestros compartidos ideales libertarios: ¡no vuelvas a peinarme, desgraciado! ¿Y después te sorprendes y te enojas porque yo, a la vuelta de unos años, escribí una historia con ánimo jocoso en la que uno de los personajes se parecía mucho a ti y cometía toda clase de extravagancias y tropelías? ¿No te parece que me asistía el derecho natural a cobrarme la revancha después del severo daño moral que me infligiste aquella mañana? ¿No crees, mi querido Daniel, que el hecho luctuoso de que yo no tuviese una enamorada desde los dieciséis años en que tú me hiciste la raya al medio hasta los diecinueve en que finalmente me emancipé de tu creación y volví a la raya al costado, aunque no tan al costado, no crees que esa larga sequía amorosa, que el repetido desdén que yo sufría de las mujeres tuvo algo que ver con esa raya al medio que tú perpetraste en mi cándida cabeza? ¿Admites ahora tu culpa y te arrepientes de ella, condenado? Arrepiéntete, Daniel. Pídeme perdón. Ponte de rodillas y camina. Ponte de rodillas sobre chapitas de Coca-Cola y camina. Eso y nada menos es lo que mereces. Eso y mi rencor. Pero te perdono, mal amigo y peor peluquero, porque sé que lo hiciste por la mejor de las razones: porque me querías como se quiere a un hermano menor. Y eso eras tú para mí, Dani: el hermano mayor que nunca tuve.

Quisiera recordarte dos pequeños episodios que pudiesen parecer pintorescos pero que en mi opinión revelan tu profundo sentido del deber. Del primero de ellos fui testigo: un sábado en la tarde corriste, en estado de ebriedad, desde un restaurante en San Isidro hasta la puerta del diario *La Nación*, en el centro de Lima. ¿Por qué corriste solo, borracho y tarareando la canción de Rocky durante esa hora y veinte minutos? ¿Qué te hizo correr como un enajenado esos ocho kilómetros y fracción? Dos razones simples: te acordaste de que tenías que corregir las pruebas del suplemento y no tenías plata para el taxi. Caíste en cuenta de ello a mitad de un almuerzo sibarítico al que nos había invitado el queridísimo Adrián Gallagher, jefe de la página editorial y generosísimo protector de ese grupúsculo de jóvenes conspiradores que nos habíamos reunido en *La Nación* y a quienes, con su curioso sentido del humor, nos llamaba *los genios*. De pronto, interrumpiendo el masivo consumo de corvinas y cervezas, te pusiste de pie, dijiste un par de cosas irreproducibles, nos anunciaste que habías olvidado corregir el suplemento y, ante nuestra mirada de asombro, saliste corriendo y no paraste de correr y fueron los abnegados porteros del periódico quienes, hora y veinte más tarde, te vieron llegar exhausto, jadeando, sudoroso y todavía un tanto chispeado por los tragos, pero decidido a cumplir tus tareas periodísticas en primerísimo lugar, aunque tuvieras que alejarte de la cuchipanda sabatina con el admirado Adrián Gallagher, el hombre más bueno que he conocido. ¿Cuántos periodistas del mundo han osado correr semejante trecho, y con diez cervezas burbujeando en las venas, solo para cumplir a cabalidad sus deberes profesionales? Aquella fue una hazaña tuya, Daniel, y ahora la reinvindico con orgullo, aunque al día siguiente el suplemento saliera plagado de errores, pero eso poco o nada importa, lo que cuenta es tu intención. El segundo episodio que quiero rememorar, para poner en evidencia tu agudo sentido de la responsabilidad, me lo contaste tú mismo una noche a la salida del periódico, manejando tu viejo convertible que tenía tanto encanto y hacía un ruido endemoniado, lo que nos obligaba a conversar a gritos: me contaste que tu enamorada de entonces, una chica muy linda llamada Pilar Gallo, quien dicho sea de paso me había acompañado a mi fiesta de promoción a pesar de que tenía cinco años más que yo, era al parecer consumidora frecuente de cocaína, vicio que aborrecías y no estabas dispuesto a sumar a tu larga lista de debilidades y pecadillos, y por eso, dado que Pilar se resistía a abandonar la cocaína y tú a dejarla a ella, tuviste que tomar una decisión drástica: una noche iban los dos en tu convertible y tú manejabas y ella sacó un poco de cocaína dispuesta a aspirarla y tú perdiste la paciencia, pues le habías rogado numerosas veces que la dejase, y entonces le arrancaste el papelito con coca y lo tiraste a la calle y ella se quedó pasmada y luego montó en cólera y te insultó feamente, por lo que te viste obligado a detener el coche y decirle gallardamente: *O la coca o yo, elige.* Pilar no meditó demasiado su elección y por eso te mandó al diablo enseguida y tuviste que consolar tu soledad con alguna vedette opulenta de aquellas que entrevistabas todos los jueves para el suplemento, pero yo me sentí orgulloso de ti cuando me contaste que, si bien estabas enamorado de ella y gozabas muchísimo de sus indudables dotes amatorias, no estabas de ninguna manera dispuesto a tener como pareja a una chica coquera: *Eso sí que no, Manuelito, yo con coqueras ni a la esquina.* Yo, que he padecido en carne propia los estragos que provoca el consumo de cocaína, y que nunca osé seducir a la bellísima Pilar Gallo —pero créeme que lo pensé y por eso puedo imaginar cuán apreciables eran los placeres que ella te procuraba—, aplaudo ahora la entereza que demostraste al conminarla a elegir entre la cocaína y tú: yo tampoco iría ni a la esquina con una cocainómana, querido Daniel. Quizás si tú hubieras seguido siendo mi amigo, yo no me hubiese flagelado unos años después con ese polvillo blanco. Ahora bien, ¿no era un bombón Pilar Gallo? ¡Qué mujer hermosa y encantadora! ¿No te parece, Dani, que me saqué la lotería cuando me acompañó a mi fiesta de promoción? ¿Y alguna vez te conté que fue ella quien me sugirió invitarla? Así mismo ocurrió, y ahora se me eriza un poco la piel cuando pienso en ella, en su cariño alocado, en su confundida dulzura: yo le conté que no tenía a quién invitar a mi fiesta (porque entonces yo no salía con chicas y quizás cierto corte de pelo las espantaba) y entonces ella me miró con esa avispada coquetería que la hacía tan adorable y, te juro que no adiviné ni remotamente lo que

84

me diría, me sugirió: *Si no tienes con quién ir a tu fiesta, ¿por qué no me invitas a mí, Manuelito?* y yo por supuesto me quedé tieso y cuando por fin recuperé el aire le pregunté si estaba bromeando cruelmente o de veras estaba dispuesta a acompañarme a la fiesta del colegio en la casa lindísima de Tommy Samuelson y ella, los ojazos marrones, los labios voluptuosos, la piel de melocotón, radiante el pelo de amazona, me dijo que le encantaba la idea de ir conmigo a mi fiesta de promoción, y créeme, Daniel, que a mí esa idea inesperada y subversiva (porque yo tenía dieciséis años y Pilar ¡veintiuno!) me encantaba todavía más, dado que me había entregado a ciertos placeres solitarios pensando en ella, y entonces fui osado y le propuse que si me acompañaba teníamos que fingir esa noche que éramos enamorados, y ella se rió y le pareció genial y aceptó y en efecto fuimos juntos a mi fiesta y ella fingió ser mi enamorada y no exagero si te digo que media fiesta empalideció de envidia al verme llegar de la mano de esa mujer bellísima y adorable, y no me importa si ella llevaba en la cartera medio kilo de cocaína refinada, yo a Pilar Gallo la voy a querer toda mi vida porque me hizo tan feliz aquella noche en que me sentí, gracias a ella, todo un hombre de éxito. ¿Qué será de la vida de la adorable Pilar? ¿La volviste a ver, Dani? Si la ves, dile que la adoro. Y si lees esta carta, Pilar: eres un amor; siempre te voy a recordar con cariño; no pude encontrar una pareja más linda y divertida para mi fiesta.

Permíteme sonreír cuando recuerdo que podríamos ser cuñados. ¿O ya has olvidado que fuiste enamorado de mi hermana Milagros? Las circunstancias en que Milagros entró a trabajar a *La Nación*, tiempo después de que yo fuese contratado por ese diario, me resultan ahora un tanto esquivas, pero me parece que tu madre tuvo en ello una intervención decisiva: mi hermana, que escribía cuentos y poemas en secreto (cuentos y poemas que yo a veces leía a escondidas, metiéndome en su cuarto y hurgando entre sus papeles), tenía la ilusión de entrar a trabajar al periódico donde yo (con la audacia que solo da la ignorancia) ya me permitía firmar reportajes y hasta breves artículos de opinión, y por eso se entrevistó con tu madre, editora del suplemento femenino, y consiguió sin demasiado esfuerzo que le diesen una oportunidad como redactora, que ella no desaprovechó, pues rápidamente se convirtió en el brazo derecho de doña Beatriz y una de las firmas habituales de ese suplemento, que, la verdad, no era demasiado apasionante y dudo que fuese leído masivamente: con perdón de tu señora madre, Daniel, a quien por cierto recuerdo con todo mi cariño y gratitud, ese suplemento era un verdadero plomazo, palabra que era grata a la jefa de informaciones, doña Rosa Gálvez, quien solía decir, al terminar de leer un artículo aburrido: *Esto es un plomazo*. Así fue como mi hermana comenzó a trabajar en el periódico y te conoció. Milagros era una mujer atractiva, soñadora, sensible; la veo caminando con su aire distraído por los pasillos de aquel vetusto edificio, vestida con ropas holgadas y extravagantes que mal disimulaban su graciosa figura; entre tantos reporteros obesos con aliento a ron y mirada patibularia, mi hermana parecía un ángel despistado, una mujer irreal; no exagero si digo que el periódico entero contuvo el aliento cuando ella subió por primera vez las crujientes escaleras de madera y caminó como bailando hasta las oficinas de tu madre. Desde entonces, todos me querían más, especialmente los periodistas veteranos de mirada turbia, y yo podía comprender que ese cariño no era para nada desinteresado, y es que ¿quién no quería conocer a la chica misteriosa que había entrado a trabajar al suplemento de la mujer? Yo me llevaba estupendamente con mi hermana. Vivíamos juntos en casa de los abuelos. Solíamos encontrarnos por las mañanas, pasadas las ocho, en la cocina y sentarnos a desayunar juntos (ella apenas un café con leche; yo un plato gigantesco de avena con leche) y hojear la prensa del día y tal vez contarnos nuestras cosas personales, aunque nunca demasiado íntimas. Yo hablaba más que ella, y me sentía más inteligente de lo que en realidad era, y ella me escuchaba con una paciencia infinita, y ahora recuerdo con bastante vergüenza esas parrafadas que le despachaba en las mañanas, pero la verdad, Daniel, es que nos encantaba hablar de cualquier cosa con tal de estar una hora juntos temprano por la mañana. Digo que evitábamos los temas íntimos porque así nos había educado nuestra familia: ante todo, pudor y discreción. Pero tú sabes, querido amigo, que mi hermana no había tenido enamorados cuando la conociste. Milagros tenía ya veintiún años y, que yo sepa, solo había salido con un muchacho rubio, apuesto, hijo de uno de los hombres más acaudalados del país, pero la relación fue fugaz y accidentada, porque al parecer ese joven se enamoró de ella y le pidió que fuesen una pareja formal, momento que Milagros consideró oportuno para cortar de raíz los afanes amorosos de su primer pretendiente y volver al estado de soledad contemplativa que parecía tan natural en ella. Muchos años después, me encontré con ese caballero en un aeropuerto y me pareció tan refinado y encantador que en verdad lamenté que mi hermana no le hubiese dado una oportunidad: ahora vivía en San

Francisco, estaba casado y parecía un hombre feliz. Pero las cosas del amor, como tú bien sabes, son siempre inciertas, elusivas y difíciles de entender, y yo suelo pensar que interviene decisivamente en ellas ese elemento caprichoso que es el azar. No miento, pues, si te digo, añorado Daniel, que mi hermana virtualmente carecía de experiencias románticas cuando se hizo amiga tuya. Podríamos suponer que el corto tiempo en que salió con Pepe Torres califica como una experiencia romántica, pero incurriríamos, me parece, en un grave error: a juzgar por las versiones que tiempo después escuché en boca de mi hermana, esa experiencia debería considerarse más bien como terrorífica. ¿Te acuerdas de Pepe? Todos le decían Loro y bastaba conocerlo dos minutos para saber por qué: el pobre no paraba de hablar, y es justo decir que por lo general hablaba cosas divorciadas de la razón, la lógica y el sentido común; es decir, que no solo hablaba desmesuradamente y a toda prisa sino que, peor aún, decía una cantidad considerable de disparates y mentiras, y además creyéndose gracioso, lo que confería al espectáculo de su caribeña locuacidad una cierta tristeza. A Pepe lo queríamos sus amigos porque era tan bueno y tan parlanchín y tan notoriamente mitómano que al final daba pena. Nunca supe de qué argucias se valió el Loro para convencer a tu padre y hacerse contratar como reportero a tiempo parcial de la sección de investigaciones especiales: alguna mentirilla seguramente le contó, algún persuasivo embuste fabricó, pero lo cierto es que de pronto lo vimos instalado en un escritorio metálico de las oficinas de informes especiales, a las que, por cierto, casi nadie quería ir a parar, porque corría el rumor de que allí se concentraban unos humos tóxicos que emanaban de talleres y enfermaban gravemente del pulmón a quienes los aspiraban. No fueron esos humos los que acabaron con la corta carrera periodística de Pepe Torres: fue su propia ineptitud y falta de escrúpulos, pero de eso hablaremos luego, si no te molesta. Porque solo quería evocar contigo el momento inquietante en que el Loro, recién llegado al periódico, de vacaciones en la universidad donde estudiaba leyes, se hizo amigo de mi hermana Milagros y, peor aún, comenzó a salir con ella con claras intenciones románticas. ¿Qué vio mi hermana en Pepe Torres para animarse a acompañarlo al cine, a sus torneos de cricket, al Club Nacional y a excursiones por librerías en las que el Loro, mitómano curtido, seguramente hablaba de libros que en su vida había leído? Nadie lo supo nunca, y yo solo puedo atribuir ese descuido de Milagros a su carácter ingenuo, distraído y enormemente bondadoso: la teoría más plausible para mí es que la buena de mi hermana se apiadó del insufrible Loro, de quien hasta sus amigos se burlaban cruelmente, y, casi como un acto de caridad tan propio de ella, alma buena como pocas, se sujetó un tiempo en la cintura esa corona de espinas llamada Pepe Torres, quien, por cierto, espero que nunca haya sujetado de la cintura a mi linda y purísima hermana. Por suerte, el destino quiso que el Loro se alejase pronto de ella, aunque no sin antes hacerse amigo de mi padre: grande fue mi sorpresa un fin de semana en que me hallaba visitando a mis padres en su espaciosa casa de campo, allí donde yo había pasado los mejores momentos de mi infancia, cuando de pronto llegó, ruidoso y eufórico como de costumbre, conduciendo a toda prisa su auto deportivo, el aguerrido Pepe Torres, a todas luces pretendiente de mi hermana y futuro abogado de la Lima mimada, y, tras saludarnos a todos con una felicidad desbordante y un tanto perturbadora, se sentó a beber y fumar con mi padre, a quien además trataba de tú, lo que a mí me parecía un escándalo, y cuyos comentarios o bromas celebraba con unas risas estruendosas que parecían las de un enajenado. ¿Tú supiste, Daniel, por qué mi hermana se desencantó del buen Pepe Torres? Yo nunca lo supe, y mi timidez natural, sumada al pudor que me fue inculcado para tocar estos temas del corazón —pudor que acaso he logrado vencer escribiendo—, me impidieron preguntarle a Milagros por qué un buen día se cansó de complacer al Loro y decidió refugiarse en los libros, la meditación y la poesía. Si me encuentro un día por la calle con Pepe Torres, no dudaría en darle un abrazo; pero mentiría, Daniel, si te dijese que me hubiese gustado tenerlo como cuñado. Algún día quizás me atreva a preguntarle a mi hermana cuáles fueron las circunstancias en que interrumpió su amistad con tan improbable caballero; entretanto, me siguen embargando, como supongo que a ti, la perplejidad por lo que ocurrió y una gratitud muy honda por la forma como terminó. Lo que todos sí supimos sin asomo de duda fue la razón que precipitó la salida intempestiva del periódico del flamante reportero de investigaciones especiales, don Pepe Torres. ¿Te acuerdas, Daniel, de aquel escandalillo tan cómico y a la vez penoso? La historia, no me dejes mentir o exagerar, fue como sigue: al intrépido Loro le fue encomendada una investigación sobre el conflicto limítrofe entre el Perú y Ecuador, tarea que asumió con entusiasmo y que en pocos días fructificó de un modo admirable, pues escribió un extenso, preciso y documentado reportaje sobre aquel diferendo fronterizo y las escaramuzas bélicas y diplomáticas que provocó a lo largo de los años, informe que mereció las felicitaciones de tu padre y salió publicado en página entera, con la firma destacada y en letras negritas de Pepe Torres, Reportero de la Unidad de Investigaciones. Hasta allí, la parte bonita de la historia; pero entonces ocurrió la catástrofe: a los pocos días de publicarse dicho reportaje, y mientras el Loro todavía andaba pavoneándose y anunciándole a media redacción que tras concluir sus estudios de Derecho ingresaría a la academia diplomática para algún día zanjar de una buena vez el conflicto con el vecino país del norte, llegó a la dirección del periódico una carta, firmada por el dueño de una editorial de textos escolares, denunciando que el artículo de Pepe había plagiado desde la primera palabra hasta la última un fragmento de un libro de historia publicado por dicha editorial. Alarmado, tu padre ordenó una discreta investigación, la que arrojó a las pocas horas el siguiente (escalofriante) resultado: en el cajón superior del escritorio de Pepe Torres, cajón que ni siquiera estaba bajo llave dicho sea de paso, fue encontrado el libro escolar en mención, marcado con plumón amarillo en las páginas que efectivamente habían sido copiadas textualmente en su fraudulento reportaje. Según me contaron en el periódico, la defensa de Pepe, al ser confrontado con el libro plagiado, fue, se diría, un tanto débil: argumentó que dicho texto escolar le había servido como *material de consulta*. ¿Recuerdas cómo nos reímos todos en el periódico, Daniel? A pesar de las abrumadoras evidencias en su contra, Pepe Torres se resistía a aceptar la verdad y se encendía afirmando que había escrito el reportaje sin copiar a nadie y que en todo caso era una infeliz coincidencia que lo hubiese escrito igual —¡exactamente igual, una página entera!— al texto escolar: ante tamaña desvergüenza, y a la vista de la porfiada mitomanía del Loro, tu padre se vio obligado a separarlo del periódico y publicar la carta del editor de textos escolares, acompañada de unas disculpas breves y sentidas que él mismo escribió. Así terminó la corta vida periodística de Pepe Torres, y es bueno dejar constancia de que nunca se entregó a la diplomacia ni, por fortuna, tuvo en sus manos las complejas negociaciones limítrofes, tema que al parecer se resolvió sin su ayuda. Me atrevería a decir ahora (corrígeme si exagero, Dani) que mi hermana se libró de una montaña rusa emocional y que el periódico no sufrió una pérdida dolorosa cuando Pepe Torres, por las circunstancias ya descritas, se alejó de nuestras vidas. Solo volví a verlo en una ocasión, años después, en el comedor de un club de golf, y los breves minutos en que me agasajó con el vértigo de su conversación me dejaron en estado catatónico y reflexionando sobre la grave inconveniencia que habría sido tenerlo como cuñado.

Desaparecido el Loro de la vida de mi hermana, irrumpiste tú, audaz poeta, tratando de capturar su corazón, y por un momento pareció que lo habías logrado, pero no contabas con el carácter impredecible de Milagros, poeta como tú y antigua habitante de las nubes. ¿Llegaste a besar a mi hermana? ¿Se comprometieron a ser enamorados o solo jugaron tímidamente el juego de la seducción? Mujeriego experto como eras, ¿lograste acostarte con ella o al menos lo intentaste? Supongo que tú veías en Milagros no tanto la incierta posibilidad del amor, sino más concretamente los placeres seguros de la carne; ignoro si tus apetitos fueron recompensados, pero más te vale que la hayas tratado con el debido cariño, porque mi hermana es un tesoro; no dudo que ella, en cambio, se dejó deslumbrar por la ferocidad de tu poesía, tu devoción por Borges, tu insana porfía por usar medias blancas y, claro que en último lugar, la comodidad de tu viejo auto convertible; me atrevería a apostarte que era virgen cuando comenzó a salir contigo y me gusta pensar que así mismo la dejaste, lo que, de ser cierto, porque en ese punto ya no me atrevo a apostar nada, habría que atribuir a la fe religiosa de Milagros, a sus sólidos principios morales, y ciertamente no a tu desinterés por conocerla íntimamente. Despreocúpate, viejo amigo: no estoy celoso y nunca lo estuve. Más bien vi con abierta simpatía la posibilidad de que mi hermana y tú fuesen una pareja. Yo te admiraba, te veía como un intelectual brillante y además bondadoso (combinación que, como sabes, es bastante infrecuente), y, a pesar de que me preocupaba tu afición al trago y a las mujeres fáciles, te creía capaz de hacer feliz a Milagros, que siempre fue una mujer solitaria y se diría que incomprendida. Dicho de otra manera, Dani, pensé que eras suficientemente loco como para comprender y querer a la loca de mi hermana. Los meses que salieron juntos y por eso mismo descuidaste un poco nuestra amistad, ¿fueron felices? No lo sé, y me encantaría que un día me contases cómo fue tu relación con ella, qué triunfos conoció y a qué abismos se asomó, y, sobre todo, por qué terminó abruptamente, dejándote bastante malherido y a ella, en cambio, tan tranquila. Es hora ya de decirte las cosas derechamente: si hubieras logrado descifrar los misterios insondables que escondía mi hermana, si hubieses sido capaz de hacerla feliz (porque no dudo que la querías), nada me habría gustado más que tenerte como cuñado. Tampoco te mentiré: las cosas con mis padres no hubiesen sido fáciles. Con la fama de juerguero, bala perdida, bebedor y putañero recio que te habías echado encima, era apenas natural que te viesen con manifiesta desconfianza, y así me lo pareció aquella vez que saludaste juguetonamente a mi padre en la puerta de la casa, y él te contestó el saludo con la seriedad de un banquero profesional que sabe estudiar a quien viene a pedirle prestado. Queda dicho, entonces, que nunca tuve celos ni me opuse a tus afanes de seducir a mi hermana, y más aún que habría sido un honor saberme cuñado del mejor poeta, ensayista, filósofo y locutor matinal que ha dado el Perú en los últimos lustros; dicho esto, déjame hacerte una preguntita: ¿por qué te dejó mi hermana a solas con tu sombra afilada? No quisiera ofenderte, admirado Daniel, y menos ahora que solo intento disculparme contigo y expresarte mi eterna gratitud, pero, apelando a la franqueza que debe existir siempre entre amigos, me veo obligado a decirte lo que siempre sospeché: Milagros te dejó porque tú insististe demasiado en enseñarle los placeres carnales; tú querías sexo y ella se asustó; pensaste que era tuya porque se estremecía con tus poemas pero habrías de llevarte una amarga sorpresa. Te recuerdo taciturno cuando ella se alejó de ti. Perdiste y lo siento, pero quizás te faltó paciencia. En todo caso, no estaba en el destino que fuesen amantes. Ya repuesto del dolor que esa derrota seguramente provocó en ti, volviste a ser el buen amigo de siempre, dispuesto a corregir mis artículos impresentables y a invitarme un par de cervecitas pasada la medianoche, cuando salíamos de talleres dejando corregidas las pruebas. Algún tiempo después, mi hermana se marchó a un pueblo de provincias y dejé de verla. Los más cínicos me decían riéndose que Milagros se había marchado por culpa tuya; que tú la habías espantado con tus mañas de amante trajinado y lujurioso; que, después de sobrevivir a los asedios románticos de Pepe Torres, y luego de soportar heroicamente las acometidas de tu indomable virilidad, a la pobre no le había quedado otro camino que esa ruta pedregosa que la llevó, cruzando la cordillera, hasta aquella aldea donde se recluyó. ¿Te sentiste en cierto modo culpable cuando supiste que la chica que te dejó se había mudado a un pueblito en los Andes? Yo, por supuesto, nunca pensé que hubieses tenido nada que ver en su decisión de irse tan lejos. No te sientas mal, Daniel. Tú no tuviste la culpa de su partida. Tú siempre fuiste un caballero. Ahora bien, dime la verdad: ¿eras tú quien, durante años, le envió a Milagros unas cartas de amor anónimas y afiebradas, rogándole que regresase de la provincia para casarse contigo? Tómate dos cervezas, sé valiente y confiesa: fuiste tú.

Yo guardaba en una maleta vieja las centenares de columnas que publiqué en el periódico gracias a tu padre y a ti, quienes, a despecho de mi inexperiencia y juventud, tuvieron la audacia de concederme un espacio en la página tres, sección política, para que escribiese, con la más olímpica arbitrariedad, mi opinión sobre los variados asuntos de actualidad. No sé si recuerdas que esa columna se llamó "Banderillas": déjame decirte que de todas las cosas que hice en el periódico, aquella columnita delirante es sin duda la que recuerdo con más emoción. Yo tenía apenas dieciocho años, acababa de entrar a la universidad, vivía con mis abuelos, devoraba libros de historia y política, no tenía inquietudes románticas, llevaba sin saberlo la herida de mi pasado y, tal vez por eso mismo, de una manera inconsciente, ardía en deseos de llamar la atención. Esa columna que ustedes me dieron en el periódico, sin que hubiese hecho ningún mérito, salvo el de escribir con cierto desparpajo y criticar ferozmente a los políticos embusteros, me dio la oportunidad de ser alguien, de afirmar mi orgullo malherido, de vengar mi pasado. A pesar de que nada sabía sobre toros, la llamé "Banderillas" porque en ella me permitía hincar, zaherir y clavar palitroques sobre el lomo de los políticos y los famosos, con la imprudencia que solo se tiene cuando uno acaba de salir del colegio, y, gracias a la generosidad de tu padre —a quien algunos en la redacción llamaban burlonamente *El Padre Raúl* debido a sus firmes ideas religiosas—, la ilustré, en la parte superior, con una foto mía que ahora odiaría ver en manos enemigas: yo aparecía en blanco y negro frente a mi máquina de escribir, con una pelusilla trinchuda como toda forma de pelo —pues hacía poco me habían rapado al entrar a la universidad, costumbre salvaje que ahora denuncio como una violación de los derechos humanos en mi país—, mirando a la cámara con la determinación y la estulticia de un fanático, como diciéndoles a mis enemigos: a pesar de esta cara y de que no he podido tener una erección frente a una prostituta desnuda, yo voy a ser famoso a cualquier precio, y más les vale no cruzarse en mi camino, bribones. Daniel, siendo mi amigo, ¿cómo pudiste permitir que esa foto se convirtiese en mi retrato oficial, en la cara que veían todas las mañanas los hombres más poderosos del país, en el seguro hazmerreír de mis viejos amigos del colegio? Estoy seguro de que mejor hubiese sido publicar mi huella digital en lugar de esa foto deleznable, pero ahora ya es tarde y solo puedo resignarme a enviar un mensaje a mis adversarios: si alguno logra introducirse más o menos furtivamente en los archivos del fenecido periódico y llega a capturar aquella foto mía, estoy dispuesto a negociar, a dejarme chantajear, a pagar una fuerte suma en efectivo a cambio de los negativos. Años más tarde, Daniel, cuando vivía solo en un minúsculo departamento y pasaba las noches consumiendo cocaína como un enfermo, abría aquella maleta vieja y releía mis columnas y, tragado por un remolino autodestructivo, sentía vergüenza de mí mismo: vergüenza de esos adjetivos rebuscados, de las frases lapidarias, de mi temeridad para opinar con tanto énfasis sobre asuntos de los que poco o nada sabía. En esa maleta guardaba también un premio que gané como la revelación del año en la televisión peruana: era una pequeña escultura de plástico dorado, que me rehusé a recibir personalmente, ausentándome de la ceremonia de premiación, aunque no por razones políticas o morales sino por otras de carácter más prosaico: no tenía plata para alquilar un smoking y además estaba tieso de aspirar coca. ¿Qué fue de esa maleta? ¿Dónde fueron a parar mis recortes de columnista famoso y mi premio de revelación del año que recibió por mí el hombre más decente de la televisión peruana, don Humberto Martínez Morosini? Pues una madrugada de cocaína me llené de rabia y me acerqué a la ventana y abrí la maleta y la arrojé a la calle, como si de ese modo desesperado pudiese borrar mi pasado, suicidarme un poco, estrellar contra el pavimento húmedo de las cuatro de la mañana a ese jovenzuelo imberbe y arrogante que se olvidó de su familia y sus amigos del colegio y los años dulces de la juventud con tal de ser famoso, condenadamente famoso. A la mañana siguiente, el portero del edificio tocó mi puerta y me entregó el premio roto: el hombrecillo de plástico dorado había sido decapitado al caer, y así lo guardé conmigo, y ahora ignoro qué fue de su paradero, en cuál de mis mudanzas terminó por extraviarse. Mis columnas, esos recortes amarillentos, no las vi más, las eché por la ventana y se las llevó el viento madrugador y seguramente acabaron confundidas con la basura de alguna esquina desolada: así terminó mi primera aventura periodística, en la calle, como terminamos nosotros, tú y yo, en la calle también cuando quebró el periódico tras una larga agonía. Pero fue divertido mientras duró. Gocé escribiendo esas columnas, Dani. Me sentí importante. Sentí, por primera vez en mi vida, que tenía poder. Y me gustó. Y ahora quiero decirte algo: nadie me elogió más bonito que tú en aquellos días casi adolescentes para mí. Algunos amigos del periódico me habían advertido que debía moderar mis críticas, suavizarlas un poco; *te estás ganando muchos enemigos poderosos y eso al final se paga*, me decían; al despacho de tu padre llegaban cartas de ministros y parlamentarios quejándose por los epítetos que yo graciosamente les endilgaba; uno de los dueños del periódico, amigo de mis padres, me mandó una nota diciéndome que mis ataques eran *ad-hóminem* y por consiguiente inaceptables; mi admirado abuelo me comentó en una reunión familiar que ciertas columnas mías podían ser demasiado cáusticas, y me leyó una en particular en la que me burlaba de un ex presidente militar, y sin duda tenía razón; mi padre se enojó conmigo porque critiqué con dureza a un jefe militar muy amigo suyo, y esa no sería la primera vez que se llevaría un disgusto al leerme, y ahora me apena haberle causado tantas contrariedades; en fin, la razón por la cual mis columnas tal vez llamaban la atención de algunos lectores despistados

—su insolencia, su mordacidad, la actitud lapidaria de no tomar prisioneros y liquidar a todos en el campo de batalla— era también la causa de que ciertos personajes aludidos se sintieran maltratados, heridos en su honor, furiosos conmigo y con ganas de ajustar cuentas. Pocos jóvenes tenían en Lima tantos enemigos poderosos como yo: mi cálculo secreto era ser presidente a los treinta y cinco años y entonces cerrar el círculo de la revancha con mi pasado. En medio de tantas críticas, protestas y sugerencias de que atenuase la ferocidad de mis ataques, tú viniste un día caminando por el pasillo del segundo piso, me detuviste un instante y me dijiste: *No le hagas caso a nadie, me encanta cómo escribes, tus columnas son geniales, eres lo mejor que tiene este periódico, dales duro y sigue fiel a tu estilo.* Me quedé pasmado. No me esperaba tamaño elogio y menos viniendo de ti. Todos mis detractores podían irse a un lugar inhóspito donde no les diese el sol: me bastaba saber que estabas conmigo para sentirme feliz. Esa tarde escribí con más virulencia que nunca. Tú —mi amigo, mi maestro, mi jefe, la mejor pluma del periódico— me habías elogiado con un entusiasmo y un afecto que yo no merecía. Nadie iba a meterme miedo, ningún politicastro conseguiría callarme. Me dije, lleno de orgullo, que si te gustaba tanto mi columna, entonces todo estaba bien: no sabes la felicidad tan grande que me diste, Daniel, y ahora la recuerdo con emoción y te la agradezco de veras. Permíteme agradecer también a José María Cipriani, editorialista del periódico y distinguido parlamentario, una de las cabezas más lúcidas que he conocido. José María fue mi padrino como columnista. Yo lo leía con verdadera admiración: la limpieza de su prosa, el poder de sus ideas, el humor fino e inesperado, su erudición, todo cuanto él escribía me parecía deslumbrante. Yo quería escribir como José María Cipriani, y creo que se me notaba bastante. José María, generoso como siempre, se tomaba el trabajo de corregirme, me hacía observaciones y sugerencias, celebraba mis aciertos y se reía de mis desafueros. Fue él quien convenció a tu padre para que me diese una columna de opinión. A menudo me susurraba, con un brillo pícaro en la mirada, algún tema, una certera banderilla, y yo desde luego le hacía caso, pues lo tenía como mi más preclaro mentor intelectual y me jactaba de ser su discípulo y no intentaba disimular mi ambición de escribir como él. Sin duda, José María advertía mis esfuerzos por copiar su estilo, sus latinismos, sus palabras más caras, y eso al parecer le halagaba: todavía lo veo, sentado en su despacho de la página editorial, celebrando, con una risa corta y ruidosa, algún disparate que yo había escrito, probablemente instigado por él, maestro ejemplar y escritor fantasma de mis "Banderillas", a las que él hubiese preferido llamar "El Tábano". ¿No te molestas, Dani, si le digo algo más a nuestro querido doctor Cipriani? Admirado José María: gracias por todas las cosas que me enseñó; le pido disculpas por los excesos picarescos de cierta novela mía que comprensiblemente le molestaron y que, créame, estuvieron exentos de toda mala intención; me atrevo a decirle, después de tantos años sin verle, que siempre lo recuerdo con afecto, admiración y gratitud; por último, sepa usted, admirado amigo, que sigo queriendo escribir con la limpieza y lucidez de las que siempre hizo gala en sus libros y artículos periodísticos; lo abrazo desde aquí con humildad, querido José María. Perdona, Daniel, por desviarme, pero no me parecía justo agradecerte solo a ti, que elogiaste mis columnas cuando más lo necesitaba, sin mencionar también al doctor Cipriani, con quien tengo una impagable deuda de gratitud.

A propósito de deudas, ¿aún recuerdas qué hiciste con el cheque de la suculenta liquidación que te pagó el periódico a los pocos meses de quebrar? Seguramente habrás olvidado que fuiste tú quien me llamó por teléfono para avisarme que, en una discreta oficina de San Isidro, un señor me esperaba con un cheque a mi nombre por varios miles de dólares. ¿A cambio de qué? A cambio de nada: de los pocos años, no más de cuatro, que trabajé en el periódico de tu padre. Te podrás imaginar que tu llamada fue como música celestial para mis oídos. Entonces yo vivía solo, asistía a la universidad con el único propósito de comerme esos sánguches tan ricos de la cafetería de artes y, por las noches, dedicaba mis exhaustas energías al consumo indistinto de marihuana y cocaína, en compañía de algunos amigos sinvergüenzas que por suerte nunca te presenté, y con el fondo musical de Charly García, testigo fantasmal de mis enloquecidas aspiraciones. Al día siguiente de tu llamada, acudí presuroso a la discreta oficina donde me esperaba ese cheque. Tenías que ser tú, buen amigo, quien me diese tan estimable noticia. Claro que no estabas allí: ya habías cobrado y seguramente estabas celebrando tres días enteros con sus noches. Quien me recibió fue un señor de baja estatura, correctamente vestido, con una carita mansa de oso de peluche, llamado Hugo Gamarra. Créeme, Daniel, que nunca he cobrado un cheque con tan pasmosa facilidad: el señor Gamarra me dio la mano, me hizo firmar un papel, no dijo una palabra de más, me entregó mi cheque y me enseñó cortésmente el camino de salida. Así da gusto cobrar; así da gusto estar desempleado; por eso me marché pensando: lástima que el periódico no pueda quebrar un par de veces más. A ese señor con cara de osito de peluche, que tan atentamente me pagó mi liquidación, lo vi tiempo después en la televisión: acababa de jurar como ministro de estado, y tampoco dijo una palabra de más. Ignoro si fue un ministro competente aunque apostaría que honrado sí lo fue; lo cierto es que guardo por dicho caballero una comprensible simpatía, y cada vez que lo veía en la tele, pensaba: ¿no tendrá algún otro chequecito para mí, señor ministro? Pero no: solo fue un cheque, aunque lo bastante holgado como para pagar una cantidad escalofriante de cocaína que los bastardos de mis amigos y yo aspiramos las noches posteriores. No sé en qué te gastaste tu liquidación, querido Dani, pero has de saber, y no te digo esto con orgullo sino más bien avergonzado, que yo me la gasté íntegramente en una orgía de coca y marihuana que me dejó, tres días más tarde, parado en la azotea de mi edificio, solo, recitando en voz baja el discurso de mi inauguración presidencial y considerando seriamente arrojarme a los brazos de la multitud, una vez concluida mi alocución. Querido amigo: menos mal que no estuviste allí. Y señor ex ministro: ¿no le quedó un sencillo para mí?

De pronto irrumpe una imagen perdida en algún rincón de mi estragada memoria: la tarde aquella en que consumimos cocaína juntos. Te confieso que me duele el corazón de solo pensar en eso. Ahora no me atrevería a aspirar cocaína. Sé que podría morir. Mi corazón quedó bastante maltrecho después de tantas noches salvajes. ¿Sabes que el riesgo de sufrir un infarto aumenta treinta veces cuando aspiras cocaína? Yo no lo sabía entonces, pero tampoco me asustaba demasiado la idea de morirme. En el fondo creo que me odiaba, Daniel. No quería divertirme: quería escapar de mí, ser otro, olvidar esos desgarros íntimos que venían de muy atrás. Aquellas noches en blanco, sin poder dormir, de espaldas a mi familia y a Dios, el corazón me dolía y yo cobardemente aspiraba más cocaína, tratando de que mi cuerpo reventase por fin: no me atrevía a tirarme por la ventana pero sí entretenía la idea de colapsar lleno de coca, muerto por sobredosis a los veinte años, como si ello tuviese algún encanto glamoroso. Por eso, cuando recuerdo mirándome en el espejo con los ojos desorbitados y la lengua inquieta, todavía me duele un poco el corazón, y le doy gracias a Dios por haberme dado fuerzas para salir de esa agonía. Hace más de diez años que no consumo cocaína, y estoy seguro de que nunca más seré tan cobarde y estúpido como para aspirarla de nuevo y, así, volver a escaparme de mí mismo: ese hombre endurecido, angustiado, con ganas de morir, ese hombre en coma ya dejó de existir, Daniel. ¿Cómo dejé la cocaína, si por largos años estuve atado a ella y llegué a aventurarme a lugares peligrosos con tal de conseguirla? No lo sé. Dios seguramente me ayudó. Tuve una suerte increíble. Pude ver con una mínima lucidez el futuro que me aguardaba si persistía en esa locura autodestructiva. Mi orgullo me salvó. Mi orgullo y una mujer que no sé si llegaste a conocer. Se llama Melanie y fue mi primer amor. Melanie me quiso de verdad. Le conté llorando que yo era un cocainómano. Me prometió que me ayudaría. Y peleamos juntos para que yo dejase la cocaína. Melanie me amó como nadie nunca me había amado hasta entonces. Dedicó sus mejores energías, sus más lindas sonrisas, toda su infinita ternura a la causa de alejarme de la coca. No le asustaba tanto la marihuana: llegamos a fumarla juntos; pero sí le parecía repugnante y suicida aspirar cocaína. Melanie fue mi ángel de la guarda. Ella me salvó del infierno de la coca. No podía fallarle, Daniel. Le mentí más de una vez, cedí a la tentación y me drogué sin decírselo, pero luego me abrumó la culpa y se lo confesé llorando y ella me abrazó y lloró conmigo y me dio fuerzas para seguir peleando. Por eso siempre la voy a adorar. Sé que me he puesto serio, Daniel, pero este tema me toca muy íntimamente, y créeme que dejar la coca fue un asunto muy serio. Espero que tú también la hayas dejado para siempre. Tienes una cabeza demasiado valiosa —y un físico demasiado endeble, si me permites la observación— como para arriesgarlo todo por unos breves momentos de euforia química. Supongo que nunca fuiste un adicto como yo; solo nos castigamos con cocaína una vez y me pareció que no perdiste el control; quizá tuviste más problemas con el alcohol, porque con los tragos sí te era fácil abandonarte y llegar a extremos penosos; en todo caso, estoy seguro de que has logrado erradicar esos vicios de tu vida y, ahora que tienes hijos y una mujer preciosa que te ama, sabes cuidar tu salud y tu paz espiritual. Te pido perdón, Daniel, por haberte invitado coca esa tarde en mi departamento. Yo era un monstruo: no pensaba, no sentía, vivía para el placer más desenfrenado. Pero, ¿realmente valía la pena el placer de aspirar cocaína? Si hacemos una fría ecuación entre el costo y el beneficio, ¿era más grande el placer de la primera hora que el dolor que me agobiaba al final y me hundía en terribles depresiones? Sin duda, el sufrimiento excedía largamente los cortos momentos de excitación; esa sensación triunfal de euforia que seguía a las primeras aspiraciones de cocaína quedaba más tarde empequeñecida por la pesadilla de ver ante uno mismo la propia decadencia física y moral, el abismo por el que caíamos. Es decir, Daniel, que, como tú bien sabes, ni siquiera era tan rico meterse cocaína: era un tormento seguro, una manera idiota de flagelarse y malgastar el dinero. Si trato de encontrarle algún sentido a esa mala experiencia que me tocó vivir, creo que solo encuentro este: ahora tengo la responsabilidad moral de usar aquella lección que aprendí dolorosamente —que consumir drogas envilece tu cuerpo y tu espíritu— para evitar que otras personas pasen por esa misma pesadilla. Por eso me siento fuerte y seguro como para decirte, a pesar de los cinco años que me llevas y el respeto que tengo por tu enorme inteligencia, que nunca más lleves cocaína a tus narices y que hagas todo lo que puedas para salvar de ese vicio a otras personas. Yo no soy un puritano ni un cucufato; he tenido mi cuota de vida licenciosa; lo poco que sé lo he aprendido sobre todo en los tropiezos; por eso me uno con celo de apóstata a ese eslogan simplón pero sabio que dice: a la droga dile no. ¿Qué recuerdo de aquella tarde penosa en que la cocaína nos hizo hablar atropelladamente cosas que ni siquiera eran del todo sinceras? Pálidas imágenes: tu visita inesperada en mi departamento, en aquel séptimo piso encima del banco donde luego estalló un coche bomba; la sorpresa dibujada en tu rostro cuando te ofrecí cocaína tras sacar el papelillo de mi billetera; los huevos revueltos que te preparé porque me dijiste que era mejor comer antes de llenarnos de coca; las cornetas de los heladeros que pasaban remolones por la calle y que se confundían con los Beatles, tus ídolos, sonando en mi tocadiscos; la muda contemplación de tu importante nariz inhalando ese polvillo blanco y juraría que hinchándose, creciendo, haciéndose gigantesca y majestuosa; nuestra animada conversación, apenas interrumpida por esas delgadas líneas blancas sobre la mesa de vidrio que nos hacían hincarnos de rodillas y aspirar hondo; la convicción compartida de entrar en política para defender los ideales libertarios y capturar el poder por la vía democrática desde luego; el acuerdo tácito de que el candidato presidencial debía ser yo y que el ministerio de economía sería tuyo sin lugar a dudas —y de las cuentas secretas en Suiza se hablaría a su debido momento—; la melancólica certeza de que la gente no cambia, cuando me contaste que estabas envuelto en una furtiva relación amorosa con una secretaria jovencita a la que, además de educar en las cosas del sexo, estabas tratando de inculcar pasión por las ideas liberales; la irritación que nos asaltó cuando descubrimos que tu nariz y la mía habían arrasado con mi provisión de cocaína; el arriesgado trayecto que hicimos a un parque para conseguir más droga; el elogio que hiciste de mi sangre fría para negociar con ese truhán descamisado que me vendió unos pocos gramos a cambio de un billete arrugado de veinte dólares; tu escasísima habilidad para conducir con prudencia y serenidad ese auto japonés que habías comprado a plazos y que en verdad sonaba un tanto achacoso, si no te ofendes; las cervezas heladas que bebimos en aquel bar impresentable, allí donde trasnochaban los más aguerridos especímenes de la fauna farandulesca local; tu nariz creciendo; los recuerdos del periódico; mis ganas de contarte que fracasé con aquella prostituta que elegiste para mí, pero luego mi incapacidad para decir esa verdad o cualquier otra, pues la coca falseaba todo en mí; la violencia con que nos cayó encima la noche y con ella la vergüenza de empezar a arrastrar las palabras, de sentir que la presidencia quedaría vacante porque yo era solo un pobre coquero miserable; la llamada que hiciste a tu chica para decirle alguna mentira piadosa; el cariño antiguo en tu mirada, un cariño que ni la coca lograba eclipsar; pero sobre todo la poderosa sospecha creciendo en mí de que Lennon no murió asesinado y eras tú hablándome de Friedman, del egoísmo saludable, de Ayn Rand y el admirable señor von Hayek que lo vio todo muy claro antes que nadie. Mira, Daniel, te voy a hacer ahora una promesa: nunca seré presidente ni tú ministro de economía, pero algún día me leeré todo von Hayek y seré un liberal decente como tú. Por lo pronto he comenzado mis estudios liberales alquilando una estupenda película sobre la vida de Ayn Rand: déjame ir despacio, pues. En todo caso, tengo una buena preparación para convertirme en liberal: he sido un libertino. Como dijiste tú aquella noche antes de despedirnos, *¡salud por la buena línea, compañero!* Algún día fundaremos un partido liberal y sacaremos el cuatro por ciento de la votación nacional y el jurado de elecciones nos borrará del resgistro por incompetentes. Mientras tanto, ejercitemos conscientemente nuestra libertad alejándonos para siempre de las drogas, que son enemigas de la lucidez. ¿Es un trato? Yo leeré Mises y von Hayek, siempre que tú no vuelvas a hinchar tu nariz de cocaína. En cualquier caso, te pido disculpas nuevamente por haberte corrompido aquella tarde y te prometo que nunca más volveré a tentarte con las caspas de Atahualpa, mi querido Lennon de aquella Lima adorablemente horrible. No es broma: te juro que pensé que eras Lennon y que la balacera frente a Central Park fue solo una treta que urdiste para huir del acoso de la prensa y encontrar la paz de ser uno más.

Pudiste ser un congresista de lujo, Daniel. El parlamento se privó de un representante esclarecido, insobornable y provocador. Pensé que te invitarían a integrar las listas parlamentarias de la coalición que, según todas las encuentas, ganaría las elecciones y se haría del poder. Yo quería votar por ti. Me parecía un acto de justicia: no dudaba de tus calidades morales e intelectuales para darle brillo a un escaño, y de paso podía agradecerte así los numerosos gestos de amistad que tuviste conmigo cuando era apenas un aprendiz de reportero. Mis informantes, gente confiable, me aseguraban que ocuparías un lugar preferencial en la lista parlamentaria. Ya entonces nos veíamos rara vez. No había ocurrido, que recuerde, ningún incidente que nos enemistase; simplemente te habías casado y mudado a una ciudad lejana, donde presentabas un noticiero de televisión, mientras yo me las ingeniaba para ganar dinero en Santo Domingo, hospitalaria ciudad que me premió con un programa de debates en la televisión y en la que me permití todas las extravagancias caribeñas, como vivir en un hotel de lujo y darme masajes asiáticos todas las mañanas. Digamos entonces que el destino nos había alejado, pero la amistad, desde luego, seguía firme y en pie. Supe, te decía, que el candidato presidencial de la coalición tenía simpatía por la lucidez, el rigor intelectual y la intransigencia con que defendías, en reuniones partidarias y artículos periodísticos, tus ideas liberales. No me sorprendió. Yo sabía bien que pocos ciudadanos estaban mejor equipados que tú para defender persuasivamente la superioridad moral de la libertad. Por eso di por hecho que el candidato confiaría en ti, te asignaría un puesto en su cuota parlamentaria y, con el favor popular, llegarías, rozando los treinta años, al congreso de la república. Me equivoqué. Subestimé tu espíritu de francotirador. Todo ocurrió en Arequipa, la hermosa ciudad en la que te habías instalado con tu mujer. Yo viajé como reportero de un periódico, acompañando al candidato presidencial de la coalición que tú y yo defendíamos, y debo reconocer ahora que me porté mal contigo. En primer lugar, porque no asistí al bautizo de tu hijo, alegando que mis múltiples ocupaciones como corresponsal itinerante me lo impedían, lo que era cierto solo en parte: la verdad es que, luego de escribir mis despachos y enviarlos al diario, me pasaba horas vagando por las viejas librerías del centro de la ciudad. Pero, sobre todo, falté a nuestra amistad cuando me invitaste a tu programa de televisión, que se emitía todas las noches en directo y ya te había granjeado una considerable legión de admiradoras, en particular mujeres maduras que veían en tu afilada nariz una promesa de otras protuberancias. ¿Te acuerdas de aquella noche en tu casa? Reuniste a un grupo de amigos del periódico —el legendario gordo Fernando Jiménez, los hermanos Miguel y Marcos Arteaga, Ernesto Zevallos, Luis Alberto Alvear— para celebrar el bautizo de tu hijo. También estaban tus padres, que me saludaron con mucho cariño, y tu tía Julia, siempre tan amorosa conmigo, y un par de venezolanos ricachones que querían hacer negocios contigo. No asistió el candidato de la coalición, y fue evidente que estabas decepcionado por eso. Sin embargo, todos en la reunión sabíamos que Fernando, Miguel y tú eran los delfines favoritos del candidato, sus más leales colaboradores, y por eso suponíamos que serían premiados con buenas posiciones en la lista al congreso. Bebimos champagne; no corrieron drogas que yo sepa, y es que para entonces yo al menos había dejado de consumirlas; nos tomamos fotos; nos reímos como en los viejos tiempos del periódico. En ese ambiente distendido, me dijiste que querías que te acompañase a presentar el noticiero esa misma noche. Me sorprendiste, bribón. Yo llevaba encima varias copas de champagne y no me sentía en condiciones de salir leyendo las noticias en televisión, oficio para el que, dicho sea de paso, tampoco me siento nunca en condiciones, aunque esté completamente sobrio y haya tomado mi dosis regular de vitaminas. Digamos también que, al escuchar tu generosa invitación, pude notar, sin aguzar demasiado el olfato, que te hallabas en ese estado de burbujeante felicidad que solo da el champagne: me dije que eras osado al beber sin mesura antes de ir a decir las noticias, y pensé que podía ocurrirte lo que le pasó a un legendario locutor, quien, debiendo decir que el presidente había salido del hospital apoyado en dos muletas, dijo en cambio, para sorpresa de la audiencia, que el presidente salió apoyado en dos mulatas, confusión que, por cierto, elevó considerablemente los índices de popularidad de dicho gobernante. Tu invitación, dado el apremio, me exigió contestarte enseguida. Me dijiste que podías prestarme un saco y una corbata y que saldríamos al estudio en una hora. Pero yo me sentía relajado por el champagne, Daniel, y de verdad me abrumaba la idea de ponerme una corbata, maquillarme, fingir ser un hombre serio y de pronto echarme a leer deprisa las noticias del día. Pensé: estoy medio borracho y él está bastante más borracho que yo y vamos a dar un espectáculo

110

bochornoso si aparecemos juntos en la tele y, peor aún, yo con una corbata prestada que no sé si me va a gustar. Porque tus corbatas, no te ofendas querido amigo, no siempre me han parecido perfectamente encomiables, salvo una vez, hace años, en que le dijiste al queridísimo Adrián Gallagher, jefe de la página editorial, que te gustaba mucho la corbata que llevaba puesta, y entonces el increíble Adrián Gallagher, el hombre más bueno que conocí, se quitó la corbata con una magnífica sonrisa, extendió su brazo cansado y te dijo: *Es tuya, genio,* y tú por supuesto te la pusiste enseguida y ese momento no lo olvido porque me conmovió y creo que aquella fue la corbata más linda que usaste jamás, Daniel. Entonces me armé de valor y te dije que prefería no acompañarte esa noche a la televisión. Vi en tu mirada que te había sorprendido. Me preguntaste por qué no aceptaba tu invitación, si nos podíamos divertir mucho. Te dije la verdad: *Estoy con tragos, no quiero hacer un papelón.* Tú me dijiste, con esa actitud juguetona que siempre celebré en ti, que precisamente por eso querías llevarme a tu programa, para salir los dos animados por el champancito del bautizo, y, para reforzar tu postura, invocaste una larga tradición de ilustres locutores borrachines en la televisión, argumento que encontré irrefutable. Sin embargo, me mantuve firme en que en realidad no me provocaba. Fui egoísta, como quería nuestra admirada Ayn Rand, pero eso te molestó. Porque, incapaz de disimular tus verdaderos sentimientos —tú siempre has sido muy transparente, y más todavía si llevas alcohol en la sangre—, me dijiste herido: *Lo que pasa es que mi programa es poca cosa para ti, tú ya eres internacional y no atiendes provincias, por eso me tiras arroz.* Me dolió, pero lo disimulé con una sonrisa blanda, y te dije que no era eso, que era el champagne y nada más. Basta de hipocresías, mi querido Daniel: también era eso. Yo me sentía demasiado importante como para desdorar mi radiante imagen internacional en un noticiero provinciano de ínfima audiencia y con aspecto de televisión universitaria. Ah, la vanidad. Si un pecado he de confesarte es ese: la vanidad, la soberbia, mi ego insaciable. Tú lo advertiste a pesar del champagne (o por eso mismo) y comprendo que te doliese mi actitud. Te pido disculpas ahora. Nunca he salido contigo en televisión y créeme que me encantaría, aunque no borrachos por supuesto, pues todo sería más divertido si estuviéramos lúcidos y cada uno eligiera su corbata. Por eso, años después, te invité a mi programa en Miami, pero tú me hiciste saber, a través de Ximena, mi queridísima colaboradora, que preferías exonerarte del viaje y la entrevista conmigo porque tu padre había quedado muy resentido con mi libro sobre la vida enloquecida del periódico y creías que si venías a mi programa él se podía sentir ofendido. Ese fue el mensaje que recibí: *Dice Daniel que le gustaría ir a tu programa pero que no le puede hacer eso a su papá.* Me dio pena, por supuesto, y te entendí bien, pues sé lo mucho que quieres a tu padre, un hombre justo y bueno, y pude imaginar que mi novela, a pesar de ser solo un extravío de mi imaginación, le hubiese molestado, teniendo en cuenta que uno de los personajes se le parecía demasiado y quedaba como un hombre blando, ingenuo, despistado y además gobernado por la conspiradora de su cuñada. En fin, Dani, estamos empatados: yo no fui a tu programa y tú no viniste al mío. Pero, en lo que me toca, pido disculpas. Invítame otra vez y allí estaré. Claro que ahora apareces muy temprano por las mañanas y te confieso que esas son horas crueles para mí, pues ya sabes que nunca he sido madrugador y que la vida para mí suele ser una idea abstracta antes de las diez de la mañana. Volviendo a Arequipa: según entiendo, fue allí donde perdiste la candidatura al congreso. ¿Por qué la perdiste? Conocí la versión de muy buena fuente: en una reunión partidaria a la que asistió el candidato presidencial, te tocó hablar como representante esclarecido de las juventudes liberales y entonces pronunciaste un discurso flamígero, acusando al candidato de siniestras desviaciones izquierdistas y haciendo un severo llamado a preservar el celo y la ortodoxia liberales, seriamente amenazadas por los devaneos socialistones del candidato y por las concesiones que ese ilustre señor hacía a otros grupos de la coalición, los que, por ejemplo, creían en ese mejunje indescifrable llamado socialcristianismo, que tú denunciaste como un mascarón de proa del comunismo internacional. No sé si estabas lúcido y sobrio cuando hablaste, pero era la tuya una acusación muy grave: que el candidato no era un liberal de verdad y estaba siendo corrompido por las ideas perniciosas de la progresía internacional. Supe que terminaste tan encendido discurso haciendo un enérgico llamado a las bases y a la juventud impoluta, arengándolos a entregarse incondicionalmente al credo liberal —y no al candidato, de quien había que sospechar— y provocar un cisma si fuese necesario, con tal de salvaguardar la pureza doctrinaria del partido liberal. Me contaron que el candidato, un caballero intachable, te escuchó respetuosamente y salió algo contrariado de dicho conciliábulo, y que por eso decidió retirarte de las listas parlamentarias, lo que, por otra parte, encontré muy comprensible. Ahora sonrío pensando que nunca te importó el poder ni la notoriedad; que prefieres ser un buen liberal que ganar un puesto en el congreso; que estás dipuesto a entregarlo todo por una buena polémica; y que sin duda estás más loco que una cabra del monte. Y por eso se te quiere tanto, Daniel. Y si algún día terminas siendo candidato a algo, sabes bien que votaré por ti.

No solo llevas contigo el dudoso mérito de haber contribuido de un modo significativo a la quiebra de un periódico centenario, tarea en la que yo puse también mi modesto granito de arena, sino que a dicho pergamino añadiste, unos años más tarde, la quiebra de una revista semanal, lo que, según tus detractores, te convirtió, por mérito propio, en una seria amenaza para la prensa nacional, insinuación que me parece de muy mal gusto, pues aquella revista que fundaste y viste naufragar, llamada *Noticias*, fue un esfuerzo valioso que mereció mejor suerte. Yo era un lector asiduo de ese semanario. No me lo perdía. Me invitaste a escribir en él, pero me vi obligado a declinar, pues me había entregado por completo al circo de la televisión, haciendo travesuras, desplantes, mohínes y toda clase de disfuerzos noche a noche, lo que me procuraba un sueldo en dólares, altos índices de audiencia y una vergüenza considerable que no me dejaba dormir tranquilo. Te visité en la acogedora casona que habías alquilado frente a un parque y funcionaba como local de la revista. Me recibiste con el cariño de siempre. Lucías orgulloso de estar al frente de esa nueva publicación. Te felicité como correspondía. Insististe en que debía escribir colaboraciones esporádicas. Te prometí que lo intentaría, aunque tú y yo sabíamos que mis promesas rara vez se cumplían y la televisión me tenía hechizado. ¿Recuerdas, Daniel, que me acompañaste hasta la puerta del carro y, para mi sorpresa, elogiaste mi programa de televisión? Me dijiste que mucha gente me criticaba, repudiaba los excesos histriónicos que yo perpetraba frente a las cámaras, se lamentaba de que un periodista prometedor hubiese terminado haciendo el triste papel de bufón; pero que tú solías defenderme de esas acusaciones, pues, en tu opinión, se notaba que me estaba divirtiendo mucho, lo que ya te parecía rescatable, y además me pagaban un dinero nada desdeñable, que yo podía ahorrar para luego crear un negocio propio, una revista por ejemplo. Sentí que tu opinión era sincera además de generosa; sentí también que querías venderme un paquete de acciones de tu revista, pero me hice el despistado y te agradecí mucho antes de subirme a ese carro azul de ministro que yo manejaba con el debido orgullo y que un amigo bautizó así: *Tu carro de ministro*. Dado que mi programa era un asunto más o menos controvertido de la vida local, tuviste el detalle de llamarme un buen día y proponerme que una de tus reporteras, Lucrecia Serrano, hermana de la adorable Verónica, con quien una vez bailé en Nueva York y a la que confesé después de tres whiskys mi secreta ambición de ser un escritor, me hiciera una larga entrevista. A pesar de que jugaba a misterioso y evadía a los periodistas con poses de divo, accedí encantado a conversar con tu reportera: ¿cómo iba a negarte a ti, mi maestro de periodismo, una entrevista? Lucrecia me citó en un café. Fue seria y atenta. Grabó todo, como es de rigor: puedo odiar a esos reporterillos que te hacen una entrevista tomando apuntes distraídos y luego te hacen hablar con sus horribles palabras cursilonas. Lucrecia me preguntó por mi sexualidad. No me sorprendió. Ya corría en nuestra ciudad el rumor de que no solo me gustaban las mujeres. Contesté haciendo un delicado equilibrio entre la honestidad y la prudencia: *Con mi sexualidad tengo más dudas que certezas*, dije, *y estoy explorándola serenamente para aclarar esas dudas.* Así mismo reprodujo mi declaración la reportera. Las fotos me las hizo una joven de porte marcial que difícilmente ganaría un concurso de simpatía: gracias, Daniel, por escoger una linda foto mía y publicarla en portada, con un titular cariñoso que mencionaba el aparente éxito de mis desmanes nocturnos. Fue un reportaje muy bonito, testimonio de tu generosidad, que, sin embargo, me trajo algunos problemas: mi adorada abuela, que en paz descanse, se encontró aquel domingo, regresando de misa, con mi foto en la portada, y no vaciló, amorosa como siempre, en comprar la revista para sentirse orgullosa de su nieto, pero luego, al leer el reportaje, quedó comprensiblemente mortificada con la declaración que hice sobre mi sexualidad, con lo cual, lejos de contentarla, la dejé preocupada, lo que ahora lamento de veras, pues la recordaré siempre como una mujer extremadamente dulce y bondadosa, que adoraba a su familia; también mi padre se sintió contrariado, pues me reprochó que hubiese dicho que mi madre y él eran muy conservadores y me pidió, con un malestar que ahora encuentro del todo justificado, que por favor no hablase de ellos en la prensa, que yo dijese de mí cuanto quisiera pero que no los tocase a ellos, que siempre habían cuidado mucho su privacidad, y entonces me molestó que intentase censurarme, pues pensé que tenía todo el derecho del mundo de hablar sobre ellos, pero ahora le doy la razón y creo que fue de mal gusto criticarlos llamándolos conservadores: ahora pienso, Daniel, que si uno habla en público de sus padres, debe ser siempre para decir cosas bonitas, y si no vas a decir cosas amables, pues mejor te quedas callado; por último, al día siguiente visité el departamento de Sebastián, un amigo muy querido, que entonces estaba en amores con Sara, modelo famosa y codiciada, y él me llevó a su cuarto mientras ella hablaba por teléfono en la sala y me dijo, algo ofuscado, que los dos habían leído juntos mi entrevista y ella se indignó con las cosas que dije sobre mi sexualidad y le dijo que yo era *un huevón* por confesarle a la prensa mis preferencias sexuales, comentario que no atiné a responder, guardando prudente silencio, pero que no dejó de sorprenderme, pues Sara al parecer se había sentido disgustada con mi confesión y, peor aún, Sebastián, con el que, por cierto, yo había tenido cierta intimidad, parecía darle la razón, insinuando que sobre ese tema no podía ser honesto con la prensa, y el asunto quedó allí y no se habló con Sara, que por lo demás fue siempre muy dulce conmigo y unos años después, tras sufrir una decepción amorosa, acabó violentamente con su vida: descansa en paz, Sara, y que los ángeles te cuiden para siempre. Ya ves que me he puesto triste, Daniel. Porque ese reportaje lastimó a algunas personas que yo quería mucho. Todo fue culpa mía, desde luego. A ti solo te doy las gracias por darme la portada y te pido disculpas por no entregarte las colaboraciones que tantas veces me pediste y te prometo que algún día compraremos el logotipo de *La Nación* y lanzaremos con nuevos bríos ese periódico que tanto quisimos. No pierdas la fe, flaco: algún día volveremos.

Solo una vez visité tu casa, y ahora me pesa tamaña ingratitud. Habías alquilado una casa grande, algo deteriorada por los años, frente a una huaca en Miraflores. Ya salías en la televisión: de pronto te habías convertido en el rostro amable que decía todas las mañanas, en tono juguetón pero con tu agudeza de siempre, las noticias del día, y ya la gente hablaba con admiración de tu inteligencia, tu sentido del humor y, sobre todo, del considerable tamaño de tu nariz, lo que solía provocar cierto tipo de habladurías femeninas. De paso en nuestra ciudad, te llamé por teléfono y acordamos que caería una tarde por tu casona frente a esa huaca triste. Me avergüenza recordar ahora que aquella fue la única vez en que me digné a visitarte. Años atrás me habías llevado a la casa de tus padres, donde solíamos comer potajes exquisitos y hablar cosas incendiarias de política, pero luego la vida nos alejó y no me tomé el trabajo de saber siquiera por dónde andabas viviendo, con excepción de esa fugaz visita que te hice en Arequipa, la noche en que, sedado por el champagne de dudosa reputación que me hiciste beber, me permití desdeñar tu noticiero local. Ahora vivías en Lima y tu casa, no siendo deslumbrante y dando señales de una cierta decrepitud, revelaba sin duda que la televisión te estaba pagando un dinerillo réndidor, el cual, por otra parte, seguramente quedaba muy por debajo de lo que en verdad merecías, pero ya sabemos que en nuestro país se sufre una recesión tan antigua como la república misma. Me recibiste con el cariño y la flacura habituales: ¿ha llegado a tus oídos que en estos tiempos proliferan unos lugares llamados gimnasios donde la gente acude a fatigar sus cuerpos, a endurecerlos, ensancharlos e incluso embellecerlos? Flaco: ¿alguna vez has visto un par de pesas? Me enseñaste con orgullo esa camioneta roja, de hechura japonesa, y dijiste que la habías comprado a plazos gracias a tu éxito en la televisión. Esto me dejó algo melancólico, pues me asaltó el ingrato pensamiento de que en los Estados Unidos, si tienes éxito en la televisión, puedes comprarte una espléndida mansión y el convertible de lujo que siempre soñaste manejar para encontrarte en un semáforo con la chica linda que te despreció y entonces hacerle adiós mientras ella te mira culposa desde su modesto carrito; pero en nuestro país, Daniel, si aprendes a navegar en las aguas turbulentas de la televisión y el éxito te sonríe en grande, apenas te alcanza para comprarte esa camioneta de segunda mano y ni siquiera al contado sino en cómodas cuotas mensuales. Me saludó enseguida la que era entonces tu esposa, Josefina, y saltó a la vista que esa mujer atenta y agradable tenía, sin embargo, un genio de cuidado. Tu gusto por las mujeres, me digo ahora, ha sido siempre lo bastante amplio como para resultar impredecible. Josefina pisaba fuerte, hacía sentir su presencia, no callaba sus opiniones: dijo, por ejemplo, que estaba realmente interesada en tener un programa de televisión, de preferencia por las mañanas y de corte infantil, lo que, a juzgar por tu mirada, poca gracia te hacía, pues, claro, ¿quién quiere que su esposa salga a competirle a uno por las mañanas en otro canal? Josefina no era como esas mujeres dulces y modositas, de cuerpos irresistibles, que una vez vimos, en función pornográfica de trasnoche, en un cine pulgoso; Josefina era más bien una mujer arrebatada y contestona, de aquellas que pisan fuerte y no se andan con mohínes coquetos. Solo Dios y los ángeles saben por qué te enamoraste de ella y en qué aciagas circunstancias se extinguió aquella pasión: ese tema no ha de ser tocado aquí, por respeto a tus sentimientos. Josefina era tu esposa y la madre de tu hijo, y por eso la saludé con el debido afecto y me quedé esperando, hasta el día de hoy, que me ofreciese algo para tomar, pero digamos, en su descargo, que ella salía apurada a hacer algún asunto más o menos urgente y apenas tuvo tiempo de saludarme y pedirme que la ayudase a salir en televisión. Tengo para mí, querido Daniel, que quienes nos ganamos la vida sonriendo a sueldo en televisión, somos personas que padecemos algún trauma, complejo o perturbación sicológica, y no quisiera que te sientas ofendido, por favor, pero en verdad creo que las personas sensatas y honradas no sueñan con hacer carrera pública en la televisión, esa máquina hechicera en la que tan a gusto nos sentimos nosotros, los lisiados del alma. Con la humildad que fue siempre tan natural en ti, me presentaste a tu hijo adoptivo, un chico ya crecido, a las puertas de la adolescencia, lo que me sorprendió bastante: no sabía que habías adoptado a ese joven de piel oscura y mirada asustadiza, y apenas te limitaste a decirme que lo habías recogido de la calle y ahora era como un hijo para ti. Qué habrá sido de ese muchacho, no tengo idea; pero me pareció admirable que tuvieras corazón —y bolsillo— para cuidar de él y ofrecerle un futuro mejor. Admiro a la gente que adopta niños. Me parece un bellísimo acto de amor. Mis vecinos son una pareja española que adoptó a dos niñas rusas: cada vez que los veo jugando en el parque, los admiro de verdad y me conmueve saber que todavía hay gente buena en el mundo. Yo, en cierto modo, también fui tu hijo adoptivo, Daniel. En esos tiempos en que me recibiste en el periódico, tú fuiste como un padre para mí: un padre borrachín y putañero quizás, pero que veía orgulloso mis progresos y me alentaba a abrir con fuerza mi camino. Después de saludar a tus hijos —el chico que recogiste y un chiquilín que correteaba en su andador, que sí era tu hijo biológico—, me llevaste a tu escritorio y me enseñaste tu computadora. Supe entonces que no hacía mucho unos ladrones se habían metido a tu casa y habían robado, entre otras cosas, tu flamante ordenador, en cuyo disco duro tenías casi terminado un libro de ensayos que ibas a llamar *Viva yo* y del que, por desgracia, no tomaste la precaución de sacar una copia, con lo cual te pasó lo peor que puede ocurrirle a un escritor: que se le pierda un libro. Te repusiste del percance sin perder el humor, y ahora me enseñabas la computadora usada que acababas de conseguirte y en la que solías escribir tus artículos de prensa, tu diario íntimo y nuevos apuntes para el libro que te robaron los malhechores. Debo decirte ahora, a riesgo de ser impertinente, que estás en deuda con nosotros, tus lectores. El otro día en el avión me entregaron un diario de negocios, leí tu columna de opinión y pude comprobar que sigues escribiendo con una lucidez aguerrida. Publica libros, Daniel. No dejes que te los roben los intrusos, las amantes, el noticiero de televisión o las muchas tentaciones de la vida moderna: no olvides que eres y serás siempre un pensador, un hombre de ideas, y que tal vez tu mejor contribución sea dejar escritas tus reflexiones. ¿Por qué no dices una mañana en la tele, cuando pasen los avisos de servicio público —el anciano cuyo paradero se desconoce, el enfermo que necesita sangre con urgencia—, que por favor te devuelvan tu computadora para que puedas rescatar tu libro perdido? Quedo a la espera de tus libros, Daniel: no te los robes tú mismo. Aquella visita tan placentera a tu casa concluyó de pronto cuando sonó el timbre. Te acercaste a la puerta y abriste. Era un grupo de muchachos. Pensé que venían a venderte la

Biblia o en el peor de los casos que eran auditores de la oficina de impuestos. Les diste la mano, llamando a cada uno por su nombre, y los hiciste pasar. Sin duda eran tus amigos. Me sorprendió la seriedad de esos muchachos, el rigor de sus miradas, la vejez de sus zapatos. No entendí quiénes eran, a qué venían. Me dijiste, mientras esperaban en una sala contigua, que esos jóvenes eran estudiantes de la universidad y los habías reunido en un grupo de estudios liberales, incitándolos a leer a Friedman, Adam Smith, von Hayek y otras mentes esclarecidas para que más adelante pudiesen esparcir, con celo de predicadores, la verdad libertaria. Te volví a admirar. Te habías convertido en un silencioso misionero del liberalismo, revelándoles a los nativos más propicios la luz de la verdad. Tras estrechar las manos pujantes de esos muchachos, les rogué que me excusaran de no participar en ese conciliábulo liberal, pues tenía que cumplir un compromiso ineludible de carácter personal, a saber —pero no lo dije, claro está—, irme a comer un sánguche de pollo porque me moría de hambre. Te quedaste con esos, tus otros hijos adoptivos, y me marché pensando que eras uno de los hombres más buenos y generosos que he conocido y que tu esposa Josefina, sinceramente, debió invitarme al menos un té helado. No le guardo rencor, que conste, pero tampoco se me aniegan los ojos ahora que sé que otra mujer es la dueña de tu corazón.

Tiempo después, una fría madrugada limeña, te volví a ver, aunque no personalmente sino en la pantalla de televisión. Eran días duros para mí. Al ver diezmados mis ahorros luego de unos años en los que solo me dediqué a escribir, tuve la desafortunada idea de mudarme de regreso a Lima en vísperas de que saliera mi primera novela y me alojé temporalmente en la casa de huéspedes de la familia de mi esposa. La ciudad era un hervidero de chismes, rumores y especulaciones morbosas sobre mi libro: el secreto a voces era que yo revelaría mi secreta condición de bisexual y los amantes hombres y mujeres a los que me había entregado. Afortunadamente, mi esposa y mi hija estaban lejos, en Washington. Supe que la revista más leída de la ciudad destaparía el escándalo, publicando fragmentos de mi libro, que acababa de ser lanzado en España; lo supe porque su editor me llamó por teléfono y me pidió autorización para reproducir breves pasajes de mi novela, elogiándome de paso y llamándome "el Truman Capote peruano", lo que sin duda me halagó, y yo le dije que no veía con simpatía esa idea, pues acabaría por levantar una polvareda innecesaria, y que mejor hablase con mis editores catalanes, cuyos números de teléfono le di a continuación, y tan pronto como nos despedimos, me apresuré en llamar a Barcelona y decirle al responsable de mi editorial que por favor no autorizase a ninguna publicación peruana reproducir fragmentos de mi libro, pedido que él prometió cumplir; entretanto, el editor de la revista siguió llamándome, pero preferí no acercarme al teléfono, con la ingenua esperanza de que perdiese interés y el escándalo se diluyese. Qué torpe fui, ¿no es verdad, Daniel? Si, contra viento y marea, quería publicar ese libro a pesar de las advertencias de mi familia, no debí regresar a Lima cuando su salida era inminente y, avivados por la prensa local, ya circulaban profusamente toda clase de rumores sobre mi sexualidad, mi vida íntima y mis conflictos personales. Debí quedarme tranquilo en Washington, a buen recaudo de las habladurías, y seguir escribiendo sin desmayo, lo que, desde luego, no pude hacer en Lima, agobiado por el pequeño alboroto que se montó. Peor aún, decidí, en tan adversas circunstancias, volver a la televisión, contrariando mi juramento de no rebajarme nunca más a participar de ese circo patético que creía indigno con una vida de escritor, dolorosa decisión que me vi obligado a tomar contra mi voluntad debido a que me quedaba muy poco dinero en el banco y el adelanto que me pagó la editorial española por mi novela fue casi simbólico y a duras penas me alcanzó para cubrir el pasaje aéreo a Lima (y déjame decirte aquí, Daniel, que en aquellos años yo me resignaba alegremente a viajar en económica, algo que ahora me produce una virulenta repulsión). La noche anterior a que saliera la revista, asustado y avergonzado por haber provocado ese estado de conmoción en mi familia, mis amigos y mis ex amantes, recluido en una casa rústica donde me sentía un intruso, en las afueras de una ciudad que ya no era la mía y en la que de pronto me veía como un extranjero, me sentí miserablemente mal y no pude conciliar el sueño, sabiendo que la ola del escándalo me arrastraría y lastimaría a las personas que más quería. Esa madrugada a las seis prendí la televisión y me encontré contigo, impecablemente vestido y luciendo una sonrisa envidiable. Cómo habían pasado los años, Daniel: ahora triunfabas en la televisión y yo me quería esconder debajo de la cama. Te acompañaba en el noticiero una mujer joven, guapa, de porte distinguido e indudable inteligencia. Hacían una pareja muy agradable, presentando las noticias con un aire de informalidad y hasta de travesura que el público al parecer apreciaba, pues los índices de sintonía premiaban con justicia ese informativo matinal y la gente en la calle comentaba las bromas que ustedes se hacían ante cámaras. Me distraje mirándote; pude comprobar que seguías siendo un seductor de cuidado, pues no perdías ocasión de jugar con tu compañera, haciéndola reír una y otra vez y de paso exhibiendo discretamente, sin hacer alardes, tu habilidad para la conversación chispeante y la broma inesperada; noté también que habías dejado de usar los anteojos gruesos de toda la vida, prefiriendo ahora los lentes de contacto, y que el orden minucioso de tu pelo revelaba frecuentes visitas a la peluquería y una saludable dosis de vanidad; te vi, en fin, como todo un ganador, precisamente ese jueves a las seis y media de la mañana cuando yo me sentía un hombre extraviado y malherido, un náufrago varado en las costas de Lima. De pronto, la mujer guapa que te acompañaba en el noticiero mostró la portada de la revista que me había quitado el sueño: ahí estaba mi foto y sobre ella un gran titular que decía BISEXUALIDAD. Escandalizada, la mujer leyó los titulares y notas introductorias del amplio reportaje, que, en páginas interiores, daba cuenta de la publicación de mi novela, mostró las fotos, no intentó disimular su fastidio e indignación con el autor de la novela, que había tenido el mal gusto de escribir sobre el amor entre hombres, y en general expresó su consternación ante ese asunto que, era evidente, le parecía tan desagradable y casi se diría que le daba asco. Echado en la cama, paralizado, el corazón latiéndome a un ritmo enloquecido, sentí poca simpatía por esa mujer, pero comprendí que estuviese sinceramente disgustada por la súbita aparición ante sus hermosos ojos de una historia en la que el amor no tuviese las formas convencionales en que ella había sido educada. No la conozco personalmente, Daniel, pero le tengo aprecio porque sé que ha sido buena contigo y además respeto la calidad de su trabajo; aquella reacción adversa que se permitió ante mi libro la comprendo bien y no me inspira ningún rencor, pues el tema de la bisexualidad suele ser abordado con los sentimientos y no con la razón, y creo que ella habló esa mañana desde los valores, prejuicios y convicciones en que fue educada, y si la vida me hubiese sido tan amable como al parecer le fue a ella, yo quizás también podría haberme expresado en esos términos tan severos que usó al referirse a mi libro: a veces son los golpes, las decepciones, el dolor los que nos hacen más compasivos y tolerantes con los demás. Pero entonces te tocó hablar a ti. La escuchaste con atención y me atrevería a decir que también con paciencia. No la interrumpiste. Dejaste que vapuleara el libro sin haberlo leído y expresase su abierto rechazo a la homosexualidad. Cuando dejó la revista sobre la mesa y por fin guardó silencio, era tu turno, mi viejo amigo, y debo confesarte que el corazón me saltaba desbocado y yo temía que te sumaras a la censura de tu encantadora compañera. Si tú también hubieras dicho que el asunto te parecía vergonzoso y repudiable, creo que habría tomado un par de pastillas para dormir y no me hubiese levantado de la cama en todo el día. Pero, una vez más, me diste una lección de amistad: con un tono sosegado y unas maneras casi británicas, dijiste que te parecía muy positivo que yo hubiese tenido el coraje de escribir un libro sobre la bisexualidad, un tema que en tu opinión no debía ser considerado tabú y por eso mismo debía ventilarse sin complejos, y añadiste muy serio que de todas maneras leerías mi novela, discrepando así con tu compañera, que fue muy enfática en decirle al público que ella no perdería su tiempo leyendo esa cosa repugnante. Te aplaudí, Daniel. Te aplaudí desde la cama y te quise más que nunca. Sentí que eras un amigo de lujo y para toda la vida. Admiré y celebré la prudencia con que te expresaste, pues no elogiaste una novela sin haberla leído pero tampoco la descalificaste por el mero hecho de que abordara el tema de la bisexualidad, así como admiré la manera tan respetuosa —y casi diría tierna— como discrepaste con tu amiga, a la que en ningún momento miraste de mala manera o dijiste una palabra de más, y finalmente agradecí que no mencionaras que en los tiempos del periódico fuimos viejos amigos, lo que hubiese podido provocar el malentendido de que mi libro no te parecía censurable solo porque existía esa amistad entre los dos. Bravo, Daniel. Me sentí orgulloso de ser tu amigo, y ese sentimiento perdura hasta hoy y sé que no me abandonará. En el peor momento para mí, allí estuviste firme como una roca. Tampoco me cubriste de elogios ni me postulaste para el Nobel; no me llamaste después del programa para pedirme que te regalase un librito; respetaste la distancia que se había creado entre tú y yo; pero aquel jueves a las siete de la mañana, cuando yo agonizaba en una cama ajena, defendiste, más que nuestra amistad, la razón, y eso multiplicó el afecto y la admiración que sentía por ti. Me dije: un pensador tan lúcido como Daniel no podía expresarse de otra manera. Me dije: sal de la cama y no tengas vergüenza y camina bien erguido por esta ciudad que sin duda te echará los perros. Me dije: llama a agradecerle por haber defendido mi derecho de escribir sobre ese tema controvertido. Pero no te llamé, Daniel. Lo siento. Debí hacerlo. No te llamé porque la ola del escándalo me tragó, revolcó y expulsó de Lima. A los pocos días fui de madrugada al aeropuerto y me marché con la amarga determinación de

127

que no volvería más a esa ciudad bárbara. Me quedé con las ganas de darte un abrazo antes de partir. En el aeropuerto alguna gente me miraba como si fuese un leproso, un criminal. Y mira tú qué ironía: ya en el avión, hundido en mi asiento de económica para que la gente no me mirase más, pasó una azafata muy dulce, una de esas mujeres que han tenido su cuota de sufrimiento y saben que es mejor no juzgar severamente a nadie, y me sonrió como me sonreía antes la gente cuando solo era el chico famoso de la tele y no el escritor de libros escandalosos, y me entregó un diario de negocios en el que encontré tu columna. ¿La recuerdas? Escribiste una crítica de mi libro. No me pareció excesivamente entusiasta: si bien deplorabas el revuelo histérico que mi novela había provocado, también ponías en entredicho su calidad literaria, diciendo que no pasaba de ser una colección de anecdótas más o menos triviales y escarceos bastante sórdidos. No te mentiré: me dolió tu crítica. Sobre todo me golpeó que comparases mi libro con las *Memorias de un mosquito*, volumen escabroso que confesabas haber leído con ardor en tus años adolescentes. Pero esa pasajera contrariedad no empañó para nada el cariño que sentía por ti. Me dije: Daniel es mi amigo, pero no va a mentir para quedar bien conmigo, y si el libro no le gustó, está bien que lo diga sin rodeos. Me dije: si mi libro le parece apenas mediocre, ¿voy a pelearme con él? Sonreí, le pedí un vaso de agua a la azafata y pensé: a ti no te gusta mi libro, a mí no me gusta tu esposa, pero por encima de nuestras preferencias y aversiones estará siempre el cariño que me inspiras. Los buenos amigos saben discrepar sin pelearse. Ahora te agradezco, Daniel, esa pequeña lección que, sin proponértelo, ignorando seguramente que me encontraba en

Lima, me diste con tu comentario en televisión y tu posterior columna en el periódico. Gracias por defenderme esa mañana brutal. Gracias por leerme. Gracias por dedicarle una columna a mi libro. Gracias por decir tu verdad sin poner en riesgo nuestro afecto antiguo. Ahora bien, flaco canalla, ¿no tendrás a la mano ese ejemplar de *Memorias de un mosquito* que tanto te afiebró?

No quiero terminar esta carta sin darte las gracias por la noche en que me enseñaste a bailar. Me atrevería a apostarte que la has olvidado. Hacía poco nos habíamos conocido en el periódico. Tú salías con Penélope, la primera novia que te conocí y, de todas tus mujeres, la que más dulce fue conmigo. Penélope era amiga de la noche, la cerveza y las discotecas. Esa chica curvosa y reilona vivía para bailar salsa contigo. El destino se la llevó luego a una universidad norteamericana: ¿bailará salsa todavía? Yo era un jovencito ingenuo que no había cumplido los dieciocho. Nunca había ido a una discoteca. Nunca. Quise ir una noche a una fiesta de mi colegio, que se celebró en una discoteca exclusiva, pero no me dejaron entrar. Mis padres no me daban permiso para ir a las fiestas del colegio. Vivía aislado en una casa muy linda en los suburbios. No tenía amigos y menos amigas. No pensaba en chicas. Cuando mi cuerpo adolescente se erizaba por el deseo, me permitía pensar, venciendo la culpa, en mi prima Vania, en mi tía Lía que era tan amorosa conmigo en la piscina y en una chica linda a la que miraba embobado en el club de playa. Pero nunca había ido a una fiesta ni había pisado una discoteca, Daniel. Y ya casi tenía dieciocho. Pronto sacaría mi libreta electoral y estaría legalmente apto para votar. Ya me afeitaba, sabía manejar el carro de mi abuelo, fumaba diez cigarros diarios contados, me metía a las funciones de trasnoche y ciertas noches el revuelo de mis hormonas humedecía las sábanas. Ya era un hombre, Daniel, pero nunca había ido a una discoteca. Ya me sentía un hombre, pero no sabía bailar. Mi hermana Milagros sí sabía. Desde pequeña bailó precioso. Solo una vez bailó conmigo. Fue en una fiesta familiar: puso viejas canciones rockeras, me sacó a bailar y me sacudió como ella quiso. Creo que nunca me había divertido tanto como esa noche en que Milagros me hizo bailar rock sin parar. Yo la miraba fascinado y me movía sin pensar. Mi hermana era la mujer más linda del mundo y también la más pura. Por eso tú terminaste enamorado de ella, supongo. Notaste lo que para mí fue evidente desde que fui un niño y caí hechizado por sus encantos. Pero salvo aquella noche inolvidable en que mi hermana me obligó a bailar, yo nunca había bailado. Atormentaba calladamente mi conciencia la oscura certeza de que no sabía bailar y tampoco besar a una mujer en los labios y mucho menos amarla como un hombre de verdad, a pesar de las películas que veía furtivamente y que a menudo aumentaban mi inseguridad, pues los actores de esas cintas chapuceras tenían unos penes gigantescos y yo me sentía, por comparación, bastante disminuido. A los cines para adultos sí me atrevía a entrar mintiendo, diciéndole al boletero que ya había cumplido dieciocho años o dejándole un billete que acallase su suspicacia, pero a una discoteca no me había aventurado jamás, no solo por temor a que me volviesen a rechazar en la puerta, donde solían mandar prepotentemente unos morenos uniformados, sino también porque, en caso de que me dejaran entrar, ¿qué diablos haría, si no conocía a ninguna chica ni sabía bailar con un mínimo decoro?

Además, mis padres se oponían a que fuese a discotecas. Sostenían que en ellas abundaban las mujeres lujuriosas y sin escrúpulos, que eran antros de perdición donde se bebía alcohol y se consumía drogas y se corrompía a la juventud, que nada bueno aprendería en el mundo de las discotecas. Pero yo pensaba: ¿no sería ya bastante bueno aprender a bailar y conocer a una chica, mejor aún si es un poquito lujuriosa, y regresar a la casa con su teléfono y la ilusión de volver a verla sonreír? Mis padres querían protegerme, me educaban de acuerdo con sus convicciones morales, desconfiaban por instinto de las discotecas —un mundo que ciertamente no habían explorado— y tenían la admirable ilusión de que supiese guardar mi castidad hasta el día en que caminase al altar para desposar, con la bendición de Dios, a la mujer de mi vida. No los culpo: alejarme de las discotecas era para ellos la manera recta de amarme y educarme. Yo, Daniel, ahora pienso también que las discotecas son lugares que empobrecen el espíritu, y por eso las evito sin demasiado esfuerzo, porque sé que en ellas abunda la gente vulgar, los borrachines, los cocainómanos, las chicas alocadas, los despistados que creen que ser autodestructivo es ser medio artista; sé que es altamente improbable conocer a una persona valiosa en una discoteca y que es imposible conversar serenamente y sin gritar y, sobre todo, que cuando salga me sentiré intoxicado por el humo que he tragado y la música que ha taladrado mis oídos. Es decir que mis padres no estaban tan equivocados: las discotecas son por lo general lugares inconvenientes. Pero a los diecisiete años uno no lo sabe y no lo puede entender. A esa edad yo pensaba que la felicidad se hallaba confinada en el mundo prohibido de las discotecas, a espaldas de esos morenos fornidos que solo dejaban entrar a la gente importante o al menos bonita, pero no a mí. Por eso me sentí tan halagado cuando dijiste una noche, a la salida del periódico, para ir a recoger a Penélope y meternos los tres a una discoteca a bailar hasta que nos doliesen los pies. A pesar de la alegría que me embargaba, te advertí que seguramente no me dejarían entrar, dado que aún no era mayor de edad, pero me dijiste, con esa olímpica confianza que siempre tuviste en ti, que lo arreglarías sin problemas, que no me preocupase. Claro que no me atreví a decirte que nunca había visitado una discoteca. Por supuesto que no mencioné mi patética inexperiencia como bailarín. Guardé prudente silencio y confié en que la dulzura de tu novia relajase mi tensión de primerizo y ayudase a que mis piernas se moviesen con algún vago sentido del ritmo. Por fin iría a una discoteca y por supuesto no se lo contaría a mis padres: no te puedes imaginar cuán excitado me sentía, Daniel, mientras tú manejabas, rumbo a la casa de Penélope, la camioneta de doble tracción que te había prestado tu padre. No alcancé a llamar a mis queridos abuelos, con quienes vivía, para avisarles que llegaría tarde, pero tampoco me preocupé, porque ellos sabían que mis quehaceres en el periódico solían tenerme ocupado hasta después de la medianoche y por eso, terminada la telenovela de las nueve, se echaban a dormir sin molestarse en esperarme. Penélope subió a la camioneta con una gran sonrisa y unos olores embriagadores que avivaron mi cariño por ella. Aquí debo hacerte una confesión, Daniel, y te ruego que sepas perdonarme: el cuerpo de tu novia fue mío muchas veces, y en él me perdí extasiado y cabalgué con furor colegial, y besé maravillado su piel lechosa, pero todo ello ocurrió

132

solo en los desafueros de mi imaginación. Sé que hice mal en pensar de ella y amarla en mis fantasías, pero uno a veces no controla sus sueños y menos a esa edad, cuando no has besado siquiera a una mujer. Además, admite por favor que Penélope era una delicia y coqueteaba conmigo sin ningún disimulo. ¿No es verdad que me apachurraba y me decía cositas lindas y me prodigaba toda clase de mimos y arrumacos? No soy de piedra, jefe: Penélope me tenía a mal traer, y yo me esforzaba por no hacer nada que pudiese lastimar nuestra amistad. Pero en las noches solitarias, mientras oía roncar a los abuelos, asaltaba a tu chica y la dejaba rendida y quiero creer que agradecida. No me enorgullezco de ello, pero me comprendo y espero que me disculpes. Penélope y tú decidieron que iríamos a La Miel, una discoteca que al parecer estaba de moda. Era un día de semana y no encontramos colas ni tumultos en la puerta. Puse mi cara más ceñuda, endurecí la mirada, me paré —las manos en los bolsillos— con la actitud más adulta que pude fingir. Pero nunca he sido un buen actor: el portero dijo que ustedes podían pasar pero yo tenía que mostrar mis papeles para demostrar mi mayoría de edad. Toda mi estudiada dureza de pretendido veinteañero se me fue al agua: ya sabía que no me dejarían entrar. Le dije al portero que ya había cumplido los dieciocho, pero insistió en que le enseñase mi libreta electoral y solo atiné a decir, con una voz de niño cantor de Viena, que se me había perdido. Entonces viniste a mi rescate y deshiciste el entuerto: con gran desparpajo, sacaste tu carné de periodista de *La Nación*, se lo diste al señor portero y le dijiste que estábamos haciendo un reportaje sobre las mejores discotecas y sería una pena que no incluyésemos a La Miel en la nota, y que yo era tu reportero asistente y si nos dejaba pasar tú escribirías cosas muy positivas de esa discoteca e incluso podrías mencionar el nombre del señor portero, que ahora sonreía con una amabilidad que bien escondida nos tenía, y entonces, a sugerencia tuya, el señor portero te dio su nombre y apellido, y yo tomé nota para incluirlo en el supuesto reportaje, y por supuesto pasamos los tres y el hombre no nos cobró y se quedó encantado, pensando en madrugar al día siguiente para comprar el periódico y buscar su nombre. Gracias, querido Daniel, por hacerme pasar a la discoteca con una mentira piadosa. Tú inauguraste para mí el mundo prohibido de las noches. Desde entonces se me hizo más difícil quedarme en la cama un sábado en la noche leyendo un volumen más de la historia del Perú: las promesas y tentaciones de La Miel y otras madrigueras noctámbulas hicieron que perdiese bruscamente el interés por conocer los detalles de la guerra con Chile. Si pones a prueba tu memoria de casi cuarentón, ¿nos ves a los tres recién entrados a la discoteca semivacía y recuerdas mi sonrisa incrédula? Compraste cervezas en la barra, me dejaste un vaso frío y espumoso, cogiste de la mano a tu amada Penélope y tomaron posesión de la pista de baile. De pronto, para mi sorpresa, el austero filósofo que yo conocía se transformó, al ritmo de Blades, en un salsero bravo y mañosón. Yo no sabía que eras un diablo de la salsa, Daniel. No sabía que se podía leer filosofía y bailar salsa sin caer en estado de coma profundo. Penélope bailaba lindo y se veía divina, pero bailaba con pasitos normales de chica de su casa, y juraría que se sentía un poquito abochornada por los pasos navajeros y los azucarados requiebres que desplegabas bajo las luces giratorias. Porque tú bailabas como un demonio. Ni siquiera lo

134

hacías con ella: bailabas contigo y ella te seguía como podía. Animado por la cerveza y el bullicio, veía tus contorsiones y me preguntaba cómo habías aprendido a moverte con tanta garra y, de paso, quién te había inculcado la malsana costumbre de usar medias blancas incluso cuando vestías terno y corbata, como era el caso esa noche. Tus medias blancas y el cuerpo plausible de Penélope y tu nariz de mil colores y esa vueltita más con la que adornas tu baile: así los veo ahora, así quedaron en mi memoria. Yo no quería moverme de ese sillón gastado, Daniel. Yo quería seguir tomando cerveza. No tenía la más remota intención de pararme a bailar. Me divertía mirar a las parejas en celo que se besaban en los rincones, pero sobre todo gozaba viéndolos a ustedes. De pronto mi estado de pasmado regocijo se interrumpió. Penélope y tú me llamaron desde la pista de baile, haciéndome señas y gritando mi nombre. Me acerqué enseguida, pensando que querían una cerveza más. Quedé helado cuando me dijeron a gritos que bailase. Sonaba una salsa de moda. Penélope se movía suave y dulcemente, invitándome con la mirada a acompañarla. Me defendí diciendo que no tenía con quién bailar. Me dijiste que bailase con ustedes. Penélope me tomó de la mano, me acercó a ella y me dijo al oído algo que resultó muy persuasivo: *Baila, mi bebito, que a mí no me vas a dejar planchando*. En realidad, cualquier cosa que me hubiese dicho al oído me habría convencido de que quería bailar bien cerca a ella. Su voz cálida sobándome la oreja me dejó sedado e idiotizado. Sin embargo, en un último esfuerzo por salvarme del ridículo, dije que no sabía bailar. Tu consejo fue breve y preciso: *Muévete nomás, hermanito*. Con esa idea en mente, empecé a articular unos movimientos torpes e inconexos que mal podrían definirse como una forma de baile. Penélope y tú se perseguían con la mirada, cimbreaban sudorosos y se rozaban apenitas: yo parecía un robot al lado de ustedes, salseros de campeonato. Penélope se apiadó entonces de mí. Dejó de mirarte, se me acercó insinuante y empezó a bailarme cerquita. Le dije al oído: *No sé bailar, Penélope.* Ella me gritó: *Sigue mi ritmo, sigue mis pasos.* Yo pensé: te sigo adonde quieras, mamacita, pero eso no se lo dije y seguramente debo atribuirlo a la cerveza y media que había bebido ya, Daniel. Solo mirar a Penélope me ablandó bastante. Me acercaba a ella y me movía a su ritmo y le decía con la mirada que soñaba con besarla un día a escondidas, solo besarla y oler los secretos de su cuello. Tú, Daniel, estabas como ensimismado: bailabas con los ojos cerrados, en un trance extraño, abandonado por completo a los ritmos frenéticos que vomitaban los parlantes a tu lado. Yo no lo podía creer: por fin estaba bailando o algo así, y nada menos que con Penélope, y ella me sonreía y se me acercaba tanto que podía oler su pelo, y entonces bailar no era tan difícil si uno tenía a la persona correcta enfrente. Yo no bailé esa noche, Daniel: fue Penélope quien bailó en mí. Y así fui aprendiendo a moverme con cierta torpeza —pero al menos con entusiasmo— en una pista de baile. Y va aquí mi última confesión: lo poco que sé de bailar, que en verdad es bien poco, te lo debo a ti. Porque súbitamente abriste los ojos, me viste con una mueca de espanto, sonreíste de costado y me gritaste al oído que estaba muy tieso, que mirase tus pies. Me detuve y te miré. Bailabas elevando un poco los talones, apoyándote solo en la parte delantera de los pies. En medio del fragor salsero, me gritaste un consejo que no he olvidado: *No apoyes todo el pie, levanta los talones.* Y te pusiste a bailar como un demente con los ojos cerrados. Y levanté los talones y comencé a imitar tus giros y hasta me animé a dar una vueltecita picarona y Penélope me aplaudió y tú me miraste y aplaudiste también porque ahora yo estaba bailando con ese espíritu caribeño y pendenciero que tú, al decirme que levantase los talones, hiciste nacer en mi cuerpo de monaguillo arrepentido. Y así me despido de ti ahora, Daniel, amigo del alma y para siempre: con ese recuerdo que me conmueve, bailando contigo y con Penélope y sintiéndome libre y feliz y aventurándome a darle una vueltita coqueta a tu novia y pensando que amigos como tú se encuentran una sola vez en la vida. *Buena, Manuelito, así me gusta*, me gritas, y yo bailo eufórico y Penélope me acaricia con los ojos y renace en mí el niño travieso que había muerto.

Mi querido Sebastián:

El otro día me contaron que pronto vas a ser papá.
Rodrigo, un amigo nuestro, me dijo que se encontró
contigo en un semáforo y que, eufórico, le gritaste de
carro a carro: *¡Voy a ser papá!* Bien por ti, chico guapo.
Serás un magnífico padre. Celebro, aunque no me creas,
tu inminente paternidad. Estás lleno de amor, eres puro
corazón, tu bebé tiene suerte por eso. Felicitaciones para
ti y Claudia, tu esposa, que debe de estar tan feliz como
tú. Les deseo todo lo mejor en esta hermosa aventura.

Claudia, es una lástima, no me quiere. Sabe que tú
y yo fuimos amantes, y supongo que me tiene celos por
eso. ¿Lo sabe o lo sospecha? No sé si se lo has contado.
Quiero creer que sí: eres un tipo derecho, no le mien-
tes a tu esposa. Te puedo imaginar diciéndoselo: *Solo fue
una aventurilla sin importancia, fumaba tanta marihuana
que no sabía lo que hacía, andaba confundido.* ¿Solo fui eso
para ti, una aventurilla sin importancia? Para mí no: tú
fuiste mi amante, Sebastián. No he soñado con un hombre como soñé contigo.

Sé que Claudia no me quiere porque me lo demostró cuando la conocí. Solo he estado una vez con ella.

Fue aquí en Miami; supongo que lo recuerdas bien. Tú habías sido invitado a mi programa de televisión. No querías venir, pero el canal te obligó y entonces exigiste venir con Claudia. No te voy a mentir: me hacía ilusión que vinieses solo. No para intentar seducirte, solo para tratar de hablar contigo. Pero llegaste con ella. Bien por eso: es tu mujer, la quieres, nada que alegar por mi parte. Yo estaba nervioso. Tiempo que no te veía: cuatro años, para ser más preciso. Sabía que seguías molesto conmigo. Sabía también que no había podido olvidarte, que ciertas noches solitarias seguía pensando en ti. Te encontré en el cuarto del maquillaje: momento de suprema tensión. Traté de parecer relajado y contento de verte. Escondí malamente mi inseguridad. Por suerte me sonreíste. Estabas guapísimo, como siempre. ¿Te he dicho ya que nunca me ha gustado un hombre como me gustaste tú? ¿Te he dicho que, aunque te quiera olvidar, aunque sepa que te he perdido para siempre, me sigues gustando? No quise interrumpirte. Apenas te di la mano, te agradecí por estar ahí, te dije con la mirada que solo siento cariño por ti. Noté tu incomodidad. Es feo estar sentado con la capa de maquillaje encima, y que un intruso —yo— vea cómo te echan base, polvitos y delineador, cómo te peinan suavemente las cejas y te recortan esos pelitos aguerridos que se asoman por los orificios de la nariz. Lo sé y por eso me retiré. Pero fue una emoción muy fuerte darte la mano. Sentí —cómo decirlo— que nuestras manos se conocen y aún se entienden. ¿No te ha pasado al saludar a alguien que tu mano rechaza la del otro, que ambas manos no se acomodan bien? Pues contigo siempre fue perfecto: la discreta alianza de nuestras manos, prometedora señal de que algo teníamos en común. Me pregunto si esa alianza se ha roto para siempre. Mi cabeza me dice que sí.

Claudia, te decía, me saludó como si yo fuese su enemigo. Me quedé helado. A pesar de que sentí su hostilidad y me retiró la mirada, me acerqué a ella, le di un beso en la mejilla y traté de que sintiera, con mi actitud amable y mi temblorosa sonrisa, que le tengo simpatía y nada escondo contra ella. Pero el momento fue desagradable. Pude sentir su crispación, su contenida agresividad. Deduje por eso que ella sabe todo lo que pasó entre nosotros. No debería ignorarlo. Aun si tú lo hubieras negado todo —cosa que me resisto a creer, porque eres una persona decente—, ella se habría enterado igual. No nos engañemos, tú lo sabes mejor que yo: toda la ciudad habló de lo nuestro, y sé que yo tengo la culpa de eso. Hablé demasiado. Se lo dije a mucha gente —y lo conté con orgullo, debo admitirlo—, porque todavía hoy siento orgullo de haber sido amante de un hombre como tú. No supe guardar un secreto. Te delaté. Pero no lo hice, créeme, por malo. Nunca he querido hacerte daño. Lo hice porque el chisme era demasiado bueno —soy un chismoso perdido, no puedo cambiar, perdóname— y también porque me sentía muy especial —glamoroso es la palabra— por haber sido tu amante. ¿Tú me entiendes? Le dije a medio mundo que me acosté contigo y tú te enojaste a muerte y así, por bocón, eché a perder lo nuestro. ¿Sabes algo, Sebastián? Me encanta pensar en ti y, con el sabor amargo de la derrota, escribir *lo nuestro*. Tiene un cierto glamour.

Claudia: no tengo nada en contra tuyo. Te deseo todo lo mejor. Sebastián se ha enamorado de ti y yo respeto eso. Si él te escogió para casarse y tener hijos

141

contigo, es porque eres —no lo dudo— una mujer excepcional. No me permitiste conocerte, te cerraste ante mí, y así está bien, lo puedo entender. Tal vez con el tiempo comprendas que no soy tu enemigo. Si Sebastián es feliz contigo, yo me alegro por ustedes. Tú sabes hacerlo feliz; yo no supe. Yo viví una historia intensa y difícil con él. Pudo ser el hombre de mi vida. No he vuelto a conocer a un hombre como él. Pero me asusté. Cuando sentí que estaba perdiendo el control, que iba a enamorarme ciegamente de un huracán que terminaría por devastarme, tomé la decisión cobarde —que alguna vez lamenté— de alejarme. Me dio miedo atreverme a volar alto, desafiar a la ciudad entera, entregarme a una pasión. Sebastián estaba dispuesto a jugarse todo por mí. Sebastián: te adoro, eres tan valiente. Pero yo te dejé como un cobarde. Me asusté. No tuve cojones. Tomé un avión y me alejé de ti. Peor aún, después regresé y se lo conté a mucha gente —demasiada—. Pero me estoy desviando, Claudia. Solo quiero decirte que eres linda —me impresionó la rotunda belleza de tu rostro, la fineza de tus facciones, esa cosa medio angelical que llevas contigo distraídamente: y eso que estabas nerviosa— y que te veo con mucha simpatía y a mí me tocó perder y a ti ganar, y te felicito por eso. Sebastián es tu hombre, tú ganaste. No pienses que te odio por eso. Al contrario, tengo cariño y respeto por ti. De verdad, te deseo todo lo mejor. Si Sebastián es feliz contigo, pues muchos años de amor para los dos.

Serás un gran papá, Sebastián. Me pregunto ahora si debería mandarte flores cuando nazca tu bebé. Me encantaría. Temo, sin embargo, que a Claudia y a ti les pueda molestar. No quisiera ser impertinente en un momento tan especial. Supongo que al final no me atreveré a mandarte las flores. ¿Sabes una cosa? Creo que tu bebé será hombre. Estoy seguro de que le pondrás un nombre bonito. ¿No lo llamarás Sebastián, verdad? Eres demasiado famoso para que tu hijo se llame como tú. Si le pusieras mi nombre —sé que no lo harás, malo—, no podría evitar quererte siempre, incondicionalmente. Suerte, Sebastián y Claudia, en la aventura de ser padres. Desde lejos, seré un emocionado espectador de sus éxitos.

Aquella noche en el estudio de televisión, la última en que te vi, te fuiste deprisa, como si ya nada quisieras saber de mí. Mentiría si te dijera que no me dolió tu actitud. Frente a cámaras estuviste amable, encantador: todo un profesional. Conversaste conmigo como si nada hubiese pasado entre los dos. Me quedé admirado de tu aplomo. Dominaste la situación. Yo tampoco estuve mal —creo que logré disimular los nervios y hacerte sentir cómodo—, pero tú fuiste la estrella de la noche. Eres una estrella, Sebastián. Cuando actúas, tienes una fuerza brutal que te sale de muy adentro —una especie de rabia, una determinación ciega, la certeza de saber tu vocación— y a ella le añades el irresistible encanto de tu sonrisa de ángel. En eso se parecen Claudia y tú, si me permites el comentario: son dos angelitos. Poca gente tan buena y noble como tú, mi querido Sebastián. Por eso me duele que no me quieras, porque sé —no me engaño— que el malo soy yo. Siempre sentí eso contigo, incluso cuando nos amamos ferozmente: tú eras la inocencia; yo, el lado oscuro. Pero me estoy desviando. Terminada la entrevista, pensé que conversaríamos cuatro cosas sin importancia, preservando la atmósfera cordial que había reinado cuando las cámaras estuvieron encendidas. Claudia no te acompañaba en el estudio; había preferido quedarse en el cuarto de los invitados, allí donde me saludó tan fríamente. Para mi sorpresa, una vez que concluyó el programa te pusiste de pie, me diste la mano como se la darías al más insignificante de los periodistas de la farándula y simplemente te fuiste sin decirme gracias siquiera, gracias por invitarme a Miami, gracias por las flores de bienvenida que nos hiciste llegar a la suite. Nada: me diste la mano y chau. No te vi más. No me atreví a llamarte al coqueto hotelito de Coconut Grove donde se alojaron. Supe por una amiga que te quedaste encerrado todo el fin de semana con Claudia, que el hotelito les pareció aceptable —aunque no les gustó la decoración, pues la encontraron recargada— y que gozaron del jacuzzi. Qué difícil es saber perder con dignidad. Bien por ti, Claudia. Yo nunca gocé con Sebastián en el jacuzzi, pero terminé pagándoles a ustedes esos placeres. Nadie sabe para quién trabaja. Al final, cuando se marcharon, me dio pena que no hubiésemos podido sentarnos a una mesa los tres, comer algo rico y conversar civilizadamente, dejando atrás los rencores y malentendidos. Solo quería decirles que les tengo mucho cariño y les deseo lo mejor. Eso, nada más. Pero sentí que ustedes aprovecharon la invitación para venir a pasear —un poco de cine, ropa interior para ella, discos para él— y que no quisieron verme ni saber de mí más allá de lo estrictamente necesario. Los comprendo, chicos. No estoy molesto: siento que no tengo derecho de molestarme. La culpa de todo la tengo yo. En todo caso, solo espero que algún día podamos hablar bonito. Pero tampoco me hago ilusiones. Sé que para ustedes —una linda pareja que vive con buen gusto y discreción, valores que yo no he cultivado con el debido ahínco— solo soy un recuerdo fugaz y ligeramente irritante. Perdí, Sebastián. Pero te sigo admirando, qué quieres.

No sé por qué —será tu temperamento volcánico—, tú siempre te molestas conmigo. No podemos ser buenos amigos. Tenemos que ser amantes o enemigos. Un tiempo después de nuestro último encuentro, hice que una amiga te llamara y te dijera que estabas invitado a volver a mi programa cuando quisieras. Tu respuesta fue brutal: *No quiero saber nada de Manuel, para mí es un gran huevón.* Me dolió cuando me lo contaron. ¿Eso soy de verdad para ti, un gran huevón? Pues yo nunca diré eso de ti. Tú eres un gran actor y un gran tipo. Después llamaste a mi amiga y te disculpaste. Le dijiste que en realidad no pensabas eso de mí, que te habían llamado en un mal momento y por eso habías dicho esas cosas feas, pero que por favor no te invitaran más a mi programa, porque, la verdad, no querías saber nada de mí: así, todo tranquilo, sin lisuras. Muy bien, chico guapo, no te invitaré más. Tú te lo pierdes. Tampoco sé cuánto tiempo más seguiré haciendo de gracioso malabarista en el circo de la televisión. Pero me consuelo escribiendo de ti. Eso no lo puedes impedir. Y no pienses mal: no escribo de ti porque quiera una revancha; lo hago porque tu recuerdo no me quiere abandonar, y de eso no soy culpable. Es la única manera que tengo de sobrevivir dignamente contigo en el corazón.

Digo que siempre te molestas, mi querido Sebastián, porque, varios años atrás, la penúltima ocasión en que gocé de tus manos y tu mirada, sentados los dos en un estudio de televisión, también terminaste molesto conmigo —incomprensiblemente molesto, debo añadir—. Te hice una linda entrevista. Hablaste cosas que te salieron de muy adentro. Recordaste a tu padre. Te emocionaste. Casi lloraste (lloramos). Rozamos con elegancia el tema prohibido que flotaba en el ambiente como un fantasma impertinente, y que estaba en la mente de cualquier espectador más o menos despierto: *lo nuestro*. Quedó linda la entrevista. Todavía la tengo grabada. Jóvenes, soñadores, audaces, ya con algunas cicatrices, menos tontos por eso mismo: así salimos aquella noche en televisión. No te hice preguntas tontas o fuertes; me porté amablemente contigo. Y te fuiste contento. Lo sé porque empezamos a hablarnos por teléfono, tarde en la noche. Sentí que renacía nuestra amistad, que esta vez no sería tan idiota en dinamitarla yo. Acordamos que solo hablaríamos por teléfono. Me contaste que estabas saliendo con esta chica preciosa llamada Claudia, de la que podías enamorarte. Me alegré por ti y te lo dije. Yo te conté que seguía amando a Mar, lo que tú supiste entender con mucha clase. Todo perfecto. Cuando de pronto abro el periódico esa mañana y leo una entrevista a ti. El titular me golpeó: MANUEL SE CREE EL REY DEL MUNDO. Leí sorprendido la retahíla de pequeñas mezquindades que decías contra mí en ese pasquín infame. ¿Qué había pasado? ¿Por qué me atacabas cuando todas las noches hablábamos cordialmente por teléfono? Todavía no entiendo qué te pasó. ¿Seguías molesto conmigo porque hablé demasiado de nuestra aventura? ¿No me habías perdonado y quisiste una venganza? ¿Alguien te envenenó contra mí? ¿Solo querías quedar bien con Claudia, ganar puntos con ella? No lo sé. Pero, de nuevo, sentí tu rabia, esa rabia ciega y destructiva que brotaba de tus peores entrañas y me dejaba deshecho, en el piso. No te pedí una explicación. Simplemente cesaron las llamadas. Para colmo —y eso me dolió todavía más—, Mar me contó que una noche tarde la llamaste y le dijiste —mentira— que yo te había dicho para irnos a la cama y que ya estabas harto de mí. ¿Por qué hiciste eso? ¿Por qué esa deslealtad, esa pequeña cobardía? No debiste llamarla. Te entiendo, te perdono y te sigo queriendo. Supongo que estabas con tragos —o solo intoxicado por la rabia— y buscaste una venganza. Lástima. Yo no te hablaba por teléfono para irme a la cama contigo; lo hacía para aprender a ser tu amigo, respetando tus ganas de estar con Claudia. En fin, no pudo ser. Pero quiero que sepas que yo no estoy molesto contigo. Paso por alto lo que le dijiste a aquel periódico y a la pobre Mar, que ya bastante había sufrido por mi culpa para que tú la torturases más. Queda atrás: olvidado. Te perdono porque yo fui muchísimo más malo contigo y, sobre todo, porque siempre, Sebastián, siempre te voy a querer.

Ya que estamos recordando las entrevistas que hemos hecho juntos en la televisión, no quiero dejar de mencionar la primera, el cálido encuentro que dio inicio a nuestra amistad, diez años atrás, cuando tú todavía no eras un actor famoso, aunque ya comenzabas a despuntar gracias a tu indudable talento. Habías actuado en un par de obras de teatro que merecieron los elogios de la crítica y el favor del público —y en una de ellas te vi y quedé deslumbrado por tu fuerza en el escenario, para no mencionar los estragos que causó en mí la muda contemplación de tu belleza: a punto estuve de acercarme a tu camerino, una vez acabada la función, y confesarte mi rendida admiración, pero me ganó la timidez— y ya te perfilabas como la estrella que ahora eres. Nuestro primer apretón de manos tuvo lugar en un viejo estudio de televisión, poco antes de la medianoche. Llegaste algo nervioso —no menos de lo que estaba yo esperándote—, con una puntualidad desusada en nuestra ciudad, vistiendo ropa informal y bonita, a diferencia de la mía, el terno y la corbata de rigor, y, tras pasar por el cuarto de maquillaje, que tenía las dimensiones de un baño —y a veces también los olores—, subiste al pequeño tabladillo de madera, te instalaste en un sillón de cuero negro, cruzaste sonrisas tímidas conmigo y me permitiste el placer de entrevistarte, de mirarte y escucharte. Quedé sorprendido: no tenías más de veinte años y, a pesar de que vivías en una ciudad donde todos estábamos bastante confudidos y los que menos lo estaban se marchaban deprisa a lugares más civilizados, tú sabías muy bien lo que querías, querías ser actor, actor de los buenos, actor de verdad, no actor ocasional de temporadas fugaces, no actor como quien cultiva un pasatiempo, como quien colecciona estampillas; tú querías dedicar tu vida entera —tus sueños y ambiciones, tus mejores energías, tu espléndida belleza— al raro oficio de convertirte en otras personas y darles vida ante los ojos del público, usando para ello todos tus ardides de seductor profesional. Admiré tu determinación, la serena firmeza con que aceptabas tu destino. Me confesaste aquella noche, a la luz de los reflectores, moviendo tus manos con discreta elegancia, sonriendo con una mezcla de audacia y candor, que tu familia y tus amigos, cuando les contaste que querías ser actor, trataron de disuadirte y hasta se rieron de ti, pero que todo eso, en lugar de desanimarte, te hizo más fuerte, encendió en ti la terquedad de la pasión,

148

unas ganas locas de demostrarles a ellos, los que más te querían, que tú tenías razón y ellos estaban equivocados. Déjame decirte, querido Sebastián, que has triunfado en toda la línea: diez años después, pocos discutirían que eres un actor formidable. Pero además, desmintiendo los sombríos vaticinios de tus amigos frívolones, que te advertían de las penurias económicas que pasarías por ser actor, has alcanzado unos niveles de comodidad —departamento con vista al mar, auto del año, viajes frecuentes a Nueva York, ropa preciosa, todos los discos que te dé la gana— que ya quisieran ellos, tus amigos despistados que se burlaban de ti porque querías ser actor. Tú has logrado lo que muy pocos consiguen en esa ciudad chismosa y jodida que es la nuestra: prestigio artístico y una cierta prosperidad, respeto de los críticos y cariño del público, hacer dinero y a la vez arte. No digo que las telenovelas en las que has actuado con tanto éxito sean arte, eso sería exagerar —aunque tampoco las desprecio, pues sé que hacer una telenovela es trabajo duro—, pero sí me atrevo a decir que en el teatro y el cine has demostrado, de un modo brutal y se diría que hasta físico, tu innegable sentido artístico, tu instinto de actor dramático. Me apena decirte que, como espectador, he sido ingrato contigo (y sé que también como amigo). Me he perdido casi todas tus obras de teatro, pues solo he visto dos, pero ello no deberías atribuirlo a un deliberado propósito de evitarte, sino a un puñado de razones que enseguida menciono sin orgullo: hace años que no vivo en Lima; me da pereza ir al teatro; huyo cobardemente de los lugares públicos, más aún tratándose de Lima, que, como sabes, puede tratarte con alguna aspereza; me aburrí un poco la última vez que fui a verte.

¿Te acuerdas de esa noche? Tú hacías de poeta torturado. Yo fui a verte con Mar. Estuviste brillante. Pero yo
solo tenía ojos para Mar. Por eso nos marchamos antes
de que terminara la función. Sé que eso te molestó, que
lo tomaste como un desaire. Te pido disculpas si herí tu
orgullo de artista. Fui torpe, lo sé, debí quedarme hasta
al final. No quiero mentirte, sin embargo: a pesar de tu
brutal talento como actor —algo que siempre me ha inspirado respeto y admiración—, sentí que esa obra de teatro no era sino eso mismo, puro teatro, pura palabrería,
puro artificio; que lo que estaba viendo desde el palco
con Mar era una impostura, una vana pretensión; que
la vida no estaba allí, en el escenario, sino a mi lado, en
esa mujer bellísima y misteriosa que me tenía cautivado.
Por eso le dije a Mar para irnos, porque la vida estaba en
otra parte. Mis rendidas disculpas por la ofensa perpe-
trada, admiradísimo poeta torturado. Tus películas, en
cambio, sí las he visto todas. Tengo dos en la memoria:
tú como loco violento —estuviste genial pero la película
me pareció sórdida, desagradable— y tú como borrachín
—bravo, bravísimo: lo mejor que has hecho en cine, me
parece—. Lástima que no actuaste en aquella película
basada en mi novela. Me hubiera parecido delicioso que
hicieras el papel del cínico bisexual. ¿Recuerdas cuando,
en los mejores momentos de nuestra extraña amistad,
yo te decía que algún día escribiría un guión y haríamos juntos una película y tú, por supuesto, serías la gran
estrella, y la ciudad pacata se estremecería con nuestras
audacias? Tú te reías de mí y me decías: *¿Qué pretendes
ser, Almodóvar?* Pues te confieso ahora, aunque te sigas
riendo de mí, que no he renunciado a la ilusión de hacer
una película contigo. Yo quisiera actuar en ella. Quisiera

hacer una escena de amor contigo. Quisiera darte un beso. Claudia no tendría derecho a molestarse: solo sería ficción, puras mentiras. Sé que solo así volverías a besarme.

Tú fuiste, Sebastián, el primer hombre que me besó. Cierro los ojos y siento la ferocidad de tus labios, la avidez de tu lengua; revivo el cosquilleo de tu barba de tres días en mi cuello que era tuyo. Tú fuiste el primer hombre que me besó, el primer hombre al que me entregué con pasión, y por eso ahora te recuerdo con gratitud y sé que no podré olvidarte. Después de aquella primera entrevista que hicimos en la televisión, viniste no sé cuántas noches a mi departamento en tu auto negro —un carrito ya maltrecho que querías vender—, y, animados por el vino y la música, sin intuir los peligros que nos acechaban, nos entregamos a conversar, a conocernos, a revelarnos esos oscuros secretos que sellaron nuestra complicidad. Tú eras, a mis ojos, el chico más lindo de la ciudad, lindo y tierno, lindo y soñador. Me sentía tan afortunado de haberte conocido, de tenerte allí frente a mí, echado en el sillón de cuero, contándome cosas de tu vida. De esas, las primeras noches de nuestra amistad, cuando nuestros cuerpos aún no se conocían y todo era una inquietante promesa, recuerdo con porfiada intensidad el hechizo que tus manos ejercieron sobre mí. Yo no podía dejar de mirarlas. Esas manos preciosas, me decía, tienen que ser mías. La sola idea de tus manos recorriendo mi cuerpo, atreviéndose a tocarme, excitaba mis sentidos, alborotaba mi imaginación. Tú hablabas y sonreías; yo te escuchaba, mirándote las manos. Hasta que por fin, gracias a tu audacia, nos besamos. Ya te ibas, era tarde, pero antes se hizo un silencio, vi el incendio en tu mirada y, con una violencia que me sacudió, entraste como un tornado en mi boca. Nadie me había besado así; nadie me ha vuelto a besar así. Gracias, Sebastián, por todos los besos que me diste, por los inconfesables placeres que me enseñaste. Debo a ti la clara (y melancólica) certeza de que un hombre bien dotado para el amor puede procurarme ciertos placeres que una mujer, por muy hermosa y atenta que sea, no podrá concederme nunca. Como dice el bolero: contigo aprendí. Aunque, ahora que lo pienso, nuestra aventura fue brevísima, pues no duró más de tres meses. Pesa sobre mí la culpa de haberla terminado. Como te dije antes, me asusté, me acobardé, sentí que estaba enamorándome y salí corriendo. No tuve coraje para vivir ese amor que pudo ser. Me he quedado con la triste sensación de que pudiste ser el hombre de mi vida, pero yo no te dejé: cuando sentí que perdía el control, un impulso autodestructivo me hizo vender ese departamento y alejarme de ti. Tomé un avión, me instalé en Miami y traté de olvidarte. ¿Por qué fui tan imbécil? ¿Por qué corté con tanta crueldad aquella ilusión, precisamente cuando todo iba tan bien? ¿Por qué te dejé desconcertado y me condené a tu ausencia? Cobardía, pura cobardía. Te quería, pero no me atreví a sentir ese amor, a dejarme invadir por ese amor, a vivir —aunque toda la ciudad se escandalizara— mi pasión por ti. Así de cobarde puedo ser, y tú lo sabes bien.

Recuerdo ahora la mañana en que hicimos el amor por primera vez. Permíteme, por favor, este pobre consuelo. De los muchos recuerdos que guardo de ti, ese me persigue implacable, sin dar respiro, sobre todo en las noches solas, cuando a veces evoco tu cuerpo espléndido y la furia de tus besos. Era sábado. Tú apareciste inesperadamente. Te recibí en ropa de dormir. No perdiste tiempo. Te metiste en mi cama, nos quitamos la ropa y nos amamos. Persisten en mi memoria algunas imágenes fugaces de aquella mañana: la pequeña estufa prendida al lado de la cama, que yo miro mientras me enciendes con tus besos; el ruido impertinente de la ducha del vecino, que habla con su mujer de lo que les provoca comer, sin duda un cebiche, conversación que se filtra por las rendijas de mi baño y que escucho desde la cama; las palabras que susurro en tu oído, *déjame hacerte el amor*; la manera dulce y experta como acomodas las almohadas y te preparas para los rigores de la batalla; el agua del excusado que sigue corriendo porque está malogrado y no ha dejado de correr toda la noche; la gozosa contemplación de tu desnudez; yo entrando en ti, tú entrando en mí; el dolor y el placer; la oscura certeza de que ese soy yo y así será siempre; la violencia del final; las manchas del pecado; tú cantando en la ducha esa canción en inglés que te fascina; una extraña sensación de quietud en el ambiente; y luego, cuando ya te has ido, la súbita felicidad que me invade; esas ganas de mimarme que desconocía; la ropa tan bonita que de pronto me provoca vestir; mi sonrisa en el espejo; la alegría adolescente por entregarte mi último secreto; la pregunta que me hacen almorzando en la mesa familiar, *¿por qué estás tan contento?*; mi silencio; tu olor en mis manos; la insólita sensación de sentirme amado.

Todo se cortó bruscamente cuando me fui a Miami con la convicción de que debía estar un tiempo solo, dedicado únicamente a escribir, lejos de ti. Más que triste, te dejé molesto. Te conté mi decisión de partir en un café, ya con el pasaje comprado, en vísperas del viaje, y tu reacción fue de incredulidad primero, y luego de contrariedad e irritación. Mantuviste la calma, sin embargo, y no perdiste el apetito, pues comiste con cierto descontrol. No entendías por qué tenía que irme a Miami para escribir, si podía hacerlo también en Lima, donde me iba tan bien: vivía en un departamento agradable, la televisión me pagaba un dinero apreciable, mi programa gozaba de cierto éxito. Te dije: *Aquí no puedo escribir; la televisión se roba toda mi energía y me convierte en un payaso; tengo que irme lejos y estar solo para poder escribir.* Me dijiste con ironía: *Eso te pasa por ver tantas veces las películas de Almodóvar, crees que tu vida es una película de Almodóvar.* Me sorprendió que me dijeras eso. Yo sentía que mi decisión de irme a Miami era un esfuerzo valiente por salvarme de la frivolidad y la pereza que, de una manera creciente, teñían mis días; que, si me quedaba abandonado al éxito fácil de la televisión, nunca sería un escritor de verdad; que mi película de Almodóvar estaba en Lima, no en Miami. Puras mentiras. Ahora sé que me alejaba de ti porque no encontraba coraje para aceptar que te quería. En mi descargo, diré que era joven. Tú eras más joven todavía, cinco años menor que yo, y, sin embargo, me dijiste una noche, tendidos en la cama, imaginando el futuro juntos: *Yo por ti estoy dispuesto a ser gay, no me importa que todos lo sepan.* Todavía me emociono cuando recuerdo esas palabras. Me querías, lo sé —tu mirada no mentía, hablabas con una intensidad que me erizaba la piel—, y parecías dispuesto a correr todos los riesgos por mí. Fui tan miedoso en darte la espalda, Sebastián. Teníamos todo a nuestro favor: éramos jóvenes, nos queríamos, la suerte nos sonreía, nuestros cuerpos se deseaban, hacíamos una bonita pareja. Por supuesto, no tengo una sola foto contigo.

Pero al menos he guardado los videos de las entrevistas que hicimos juntos en la televisión. Cuando te extraño mucho, te busco en ellos. Veo esas cintas y me digo otra vez: hacíamos una linda pareja. Ya renuncié a la ilusión de que volvamos a estar juntos. Acepto que amas a Claudia. Me alegro de pensar que serás padre; no dudo que el reto de la paternidad hará de ti una mejor persona. Pero, a veces, recordándote, me asaltan preguntas que tal vez encontrarás tontas o ingratas, pero que quisiera hacértelas ahora, en aras de la franqueza y a sabiendas de que no tendré respuesta. ¿Te siguen gustando los hombres? ¿Le has contado a Claudia que, antes de conocerla, tuviste aventuras con varios hombres, entre ellos yo? ¿Has dejado de ser bisexual? ¿Se puede dejar de ser bisexual? Presiento que no: lo puedes ocultar, reprimir, disimular, negar, pero esos deseos y esa sensibilidad no se pueden extirpar del todo, viven contigo siempre. ¿Eras bisexual y quizás sigues siéndolo, solo que has escogido amar a una mujer y olvidarte de los hombres por fidelidad a ella? ¿O Claudia —no lo creo: parece una mujer celosa— te permite tener aventuras con hombres? ¿O las tienes y no le dices nada a ella, como hacen tantos hombres en Lima, capital mundial de la hipocresía? ¿Qué fui yo para ti, Sebastián? ¿Me quisiste de verdad, como te quise yo a ti? ¿Por qué me dijiste que por mí te atreverías a ser gay? Esa declaración de amor es, a la vez, conmovedora y tramposa; la agradezco y me permito criticarla. Te diré por qué: sinceramente creo —no te enojes, por favor— que un hombre bisexual debe atreverse a vivir libremente su condición, a expresar sus sentimientos, no por alguien, sino por él mismo, por su propia dignidad y bienestar. Yo no sé si eres bisexual, Sebastián; no sé si solo fui para ti una aventurilla pasajera, ya felizmente olvidada; no sé si te gustan por igual los hombres y las mujeres; no sé si eres feliz con Claudia; no sé nada de ti, ni siquiera tu teléfono. Pero me atrevo a decirte unas pocas cosas, guiado solo por el enorme cariño que todavía me inspiras. No dudo que quieres a Claudia. Es una linda chica, te va a dar un bebé, merece todo tu amor. Pues si la quieres, no le mientas. Espero que le hayas contado —sin entrar en detalles, claro— que has tenido sexo con hombres. Si no se lo has dicho, deberías hacerlo. Sería una demostración de amor y respeto a ella. Hay hombres bisexuales que, con gran cinismo, defienden este argumento: si quieres a una mujer, es mejor que no le cuentes que te gustan los hombres, así le ahorrarás sufrimiento y dolor. En mi opinión, ese razonamiento es denigrante con las mujeres, pues asume que son unas tontas, personas de corta inteligencia, incapaces de entender la complejidad de las cosas, los infinitos matices del deseo, y es también tramposo, porque un amor duradero no puede construirse sobre mentiras y secretos: esos silencios, esas pequeñas traiciones, esas imposturas y falsedades lo van minando y acaban seguramente por destruirlo. Volviendo a ti: espero que no le mientas a Claudia. Cuéntale todo. Si no es capaz de entenderte y quererte como eres, quizás no merece tu amor. Si, en cambio, se lo has contado todo y ella te comprende y tú ya no sientes nunca la más tibia pulsión homosexual; si ya no te interesan los hombres y yo fui uno de los pocos afortunados en merecer tus besos, pues nada: gracias y buena suerte, que seas muy feliz con tu mujer. Pero, si no eres feliz con Claudia, no dudes en dejarla. Puedo parecer cruel, lo sé. Sin embargo, más cruel me parece vivir una vida infeliz, hecha de sonrisas falsas y placeres fingidos: cruel contigo, cruel con ella. Si en el fondo de tu corazón sigues siendo bisexual —porque yo te sentí muy gay cuando nos amamos, y a veces pienso que no puedes haber cambiado tanto—, si has terminado refugiándote en el cariño de una mujer por temor a aceptar tu bisexualidad en una ciudad tan hostil como la nuestra, si sueñas con volver a amar a un hombre pero te resignas a seguir con ella porque más pesan las obligaciones familiares y las presiones sociales, mi humilde consejo es: déjala. Pero déjala bien, como el hombre bueno y decente que eres. Dile toda la verdad, aunque sufra. No calles nada. Sigue queriéndola, demuéstrale todo el cariño que sientes por ella, agradécele siempre por el amor que te dio y por el bebé en camino; pero quiérela bien, quiérela como amiga, no como amante, quiérela como la madre de tu hijo, no como tu pareja. Es decir, sepárate de ella sin dejar de ser su amigo y sin faltar a tus responsabilidades como papá. Llámala, engríela, cuida de ella y de tu hijo, respeta su libertad para mirar otros hombres y rehacer su vida, sé generoso con el dinero, nunca mezquino, que el dinero que puedas darle te hará feliz y jamás compensará el regalo de amor que ella está por darte: ese bebé que, no dudo, tú sabrás querer y educar, aunque no vivas en su casa. Y tú, ya libre, atrévete a vivir la vida a tu manera, a ser todo lo gay o bisexual que te dé la gana. Pero no te pido que la dejes, entiéndeme bien. Solo te aconsejo —y sé que es una impertinencia aconsejarte cuando no me lo has pedido, pero lo hago porque te quiero mucho— estas tres cosas bien simples: si te has vuelto heterosexual y ya no te gustan nada los hombres, cuéntale suavemente a tu esposa que tienes un pasado homosexual, aunque ella se enoje contigo, que ya se le pasará; si eres bisexual, díselo, no le ocultes los amores que otros hombres te inspiraron y tampoco le escondas las fantasías y placeres que pudieras encontrar en algún hombre afortunado; y por último, si en realidad eres gay, rompe la mentira del matrimonio feliz, que ese hombre no eres tú, y deja a tu esposa sin retirarle tu cariño, y sé todo lo buen padre que puedas, y, cuando te sientas solo, llámame, que mi amistad es para siempre.

Tal vez los días más felices de nuestra corta y accidentada amistad tuvieron lugar en Miami, más precisamente en Key Biscayne, la isla donde, casi diez años más tarde, continúo viviendo. Tú estabas de vacaciones. Habías terminado la grabación de una telenovela y necesitabas salir unas semanas de Lima, pues por momentos te resultaba agobiante ser tan famoso en esa ciudad. Además, las cosas se habían enfriado un poco con Ariadna, tu enamorada de aquella época, una chica linda que, ahora que lo pienso, se parecía mucho a Claudia, tu esposa: bajita, cuerpo regio, cara preciosa, de rasgos muy finos, como de modelo a la que solo le faltan unas piernas larguiruchas para triunfar. Por eso viajaste solo a Miami: estabas harto de Lima, de las telenovelas, un poquito también de Ariadna, y entretenías la idea de irte a vivir un tiempo fuera del Perú. Yo te extrañaba, pero mi orgullo me impedía llamarte. Mis sueños de grandeza literaria se habían quebrado y me daba vergüenza confesártelo. Me arrepentía de haberte dejado, de haber vendido todas mis cosas en Lima, y en el fondo quería volver y recuperar lo perdido, quería decirte que tu ausencia me había hecho entender cuánto te quería, cuán valiosa era para mí tu amistad, pero no quería regresar como un perdedor, me negaba a aceptar la derrota, y por eso preferí quedarme en Miami que volver cabizbajo a Lima, porque me aferraba a la glamorosa —y vana— idea de triunfar en una ciudad que no fuese la nuestra, y Miami, en ese sentido, parecía el lugar perfecto: una ciudad moderna, sin pasado, de todos y de nadie, con el esplendor norteamericano y el sabor latino. A pesar de mi orgullo, te llamé a Lima. Disimulando con mentirillas mi soledad, y exagerando sin duda las bondades de la vida en Miami, te conté, pasada la medianoche, sufriendo tus largos silencios, las últimas novedades de mi vida itinerante y, por supuesto, aproveché para dejarte mi teléfono y animarte con entusiasmo a que vinieras a visitarme: *mi-casa-es-su-casa*. No creas que no sentí tu frialdad, la calculada morosidad de tus silencios, pero comprendí tu resentimiento, pues yo te había dejado sin motivo aparente cuando todo iba de maravillas, y hasta me gustó sentir que siguieras un poco molesto —lo entendí como una expresión de cariño— y, al mismo tiempo, que tuvieras interés en lo que, con un airecillo leve y distraído, como si nada hubiese pasado entre nosotros, yo te iba contando. Desde entonces, con largas llamadas de medianoche que generalmente hacía yo, aunque tú a veces me sorprendías, sobre todo cuando habías fumado marihuana y estabas de un humor risueño, fuimos reconstruyendo, a la distancia, cautelosamente por tu parte, nuestra amistad. Yo necesitaba un amante: lo había buscado inútilmente desde que me alejé de ti, y presentía que en Miami no lo iba a encontrar, aunque a veces, para olvidarte, recorría el circuito nocturno de South Beach y me aventuraba en discotecas escandalosas de las que, poco después, aturdido por la bulla y la vulgaridad de tantos cuerpos en exhibición, me marchaba solo, deprimido, apestando a humo, jurando no volver más. Yo necesitaba un amante y me decía que ese amante eras tú. Soñaba contigo, te decía cosas bonitas a pesar de que no estabas allí, me tocaba afiebrado pensando en ti. Por eso me alegré tanto cuando me dijiste que vendrías. El tiempo —y la marihuana— fueron suavizando tu actitud: de nuevo me hablabas con cariño, te reías de mis bromas tontas, me contabas las peleas que tenías con Ariadna, aunque nunca me decías —ni yo a ti: mucho orgullo de por medio— que me extrañabas y querías volver a besarme. Menciono la marihuana como una aliada en la causa de nuestra reconciliación porque solías llamarme muy tarde, después de haber fumado esa hierba que yo, hablando contigo, riéndome de tus gracias, echaba de menos. ¿Sigues fumando? ¿Fumas con Claudia? ¿Todavía tienes ganas de fumar marihuana conmigo, como me dijiste por teléfono alguna vez? Es curioso, pero nunca fumamos juntos, y ahora lo lamento, porque creo que nos habríamos divertido mucho. Te vi fumar y no quise acompañarte, pues me había propuesto dejar las drogas, todas sin excepción, incluyendo el alcohol, empeño en el que milagrosamente he tenido éxito hasta hoy. Tú, como yo, te ponías caliente cuando fumabas: caídas las inhibiciones, podías ser todo lo atrevido que quisieras. ¿Todavía fumas en la noche, cuando llegas de las grabaciones y quieres relajarte? Supongo que no. Quiero pensar que ni siquiera fumas cigarrillos y has aprendido a controlar tus desbordes alcohólicos (aunque eras una delicia de gracioso cuando estabas borrachín, borrachín y bailarín, porque el trago te sacaba a bailar). No he fumado marihuana en los últimos diez años, y me enorgullezco de ello, y si tú me dijeras que te gustaría fumar conmigo, declinaría cordialmente. Recuerdo que cuando te pregunté si habías probado cocaína me dijiste que no, que te daba miedo y no lo harías nunca; también recuerdo que una mañana me llamaste con una voz muy mala y me contaste que habías probado coca la noche anterior y te sentías fatal y no lo volverías a hacer; espero que hayas cumplido esa promesa, ya sabes lo que yo pienso: la coca es un asco. Pero me desvié, lo siento. Te decía que me alegré muchísimo cuando me contaste que muy pronto tendrías vacaciones y vendrías a Miami. Mucho más me alegré cuando me dijiste que querías quedarte en mi departamento, aunque no me sonaron a música celestial las palabras que escogiste para justificar tal decisión: *Así me ahorro el hotel*. Hubiera preferido que dijeras: así paso más tiempo contigo; así podemos dormir juntos; así nos damos una nueva oportunidad. Pero nada de eso importaba en realidad: tú venías pronto y yo quería bailar de felicidad. Por entonces yo solo tenía tres amigos, y los tres estaban lejos, a miles de kilómetros: tú, Morrisey y Letterman (no necesariamente en ese orden). A pesar de que a ellos no los conocía, también los consideraba mis amigos. Morrisey vivía conmigo: en el auto, en la casa, incluso corriendo, yo escuchaba sus canciones melancólicas y adoraba su arte, ya que no su corte de pelo; a Letterman lo veía en la televisión todas las noches, sin falta, y a menudo me sorprendía hablándole a la pantalla, diciéndole cosas jocosas a mi buen amigo Dave, y me hacía mucha ilusión ir a Nueva York y conseguir una entrada para asistir a la grabación de su programa. (Entonces no se podía ver a Letterman en Lima, ¿te acuerdas? No había cable y uno tenía que contentarse con la mediocre programación local, que, desde mi partida, se había empobrecido todavía más, ¿no crees?) Guapo —diré más: guapísimo— lucías esa tarde a la salida del aeropuerto de Miami, al que me apersoné, extasiado, con la debida puntualidad —casi cuando el vuelo estaba saliendo de Lima ya te esperaba en el aeropuerto de Miami—, para recogerte y, si era necesario, cargarte las maletas también. Llegaste con sombrero, extravagancia que celebré, pues te veías regio, y no alcancé a ver en tu mirada la más leve sombra cuando, con una gran sonrisa, te acercaste a mí y me abrazaste gloriosamente, siendo de ello testigos los numerosos viajeros que, huyendo de la natural inclemencia de nuestra ciudad, llegaron contigo en ese vuelo desde Lima. Nos dimos prisa en alejarnos del gentío. El auto deportivo que me había comprado te pareció bonito y así mismo me lo dijiste, pero yo quería que me mirases a mí, no a mi carro. Manejé con una prudencia suiza solo para impresionarte con mis civilizados modales de ex tercermundista: si solo me hubieses visto unas horas antes, manejando a alta velocidad, zigzagueando como un energúmeno, derrochando lo peor de mi peruanidad por las autopistas de Miami, habrías comprendido que no siempre manejo a cuarenta millas por hora como un ciudadano ejemplar. Entrar a Key Biscayne contigo, subir el puente, sentir la brisa del mar, contemplar en silencio el paisaje sobrecogedor: una sensación de triunfo y promesa. Mi departamento estaba impecable, extraordinario acontecimiento que atribuyo enteramente a tu visita. En vísperas de tu llegada, y por primera vez desde que lo alquilé meses atrás, me armé de escobas, aspiradoras, trapos y plumeros, puse una música dicharachera en la

radio y limpié todito, borré el menor vestigio de suciedad. Todo por ti, Sebastián: quería que estuvieras cómodo en mi casa y que te llevases la mejor impresión de mí.
Por eso, al entrar a mi pequeño escondrijo, encontraste
las flores, las trufas de chocolate, la refrigeradora llena
de cosas ricas, los videos para ver juntos, la cama tendida
con sábanas recién compradas: todo listo para que flore-
ciera el amor. Pero tú, malvado, después de probar una
trufa —¡y no a mí!— y salir al balcón para ver el mar a lo
lejos, me preguntaste si ese sofá tan bonito de la sala era
sofá-cama y yo, despistado, pensando que tu pregunta
era una manera de halagar mi esmerada decoración, te
dije que sí, que era un sofá-cama comodísimo, y entonces, para mi consternación, comentaste muy al pasar:
Genial, entonces yo duermo allí. Mira, Sebastián: si no me
desmayé fue porque acababa de comerme una trufa y la
cafeína del chocolate me salvó del colapso. Beato Apolo-
nio, beatito justiciero, dame fuerzas, ampárame te lo
ruego, pensé, antes de comerme una trufa más. Buen
perdedor que soy, me encargué de desplegar el sofá-
cama y ponerle sábanas para ti, y enseguida pasé a la
cocina y te preparé una rica merienda a base de prosciu-
tto y mozarella, exquisiteces que, has de saber ahora, yo
no comía a diario y compré previsor para tu propio regocijo. Tú, después de picar una ensalada, dejaste sentada
tu protesta por la falta de mayonesa en mi refrigeradora,
a lo que repliqué distante que en mi casa no se come ese
amasijo barato y grasoso, indigno de una persona con el
mínimo refinamiento, defensa mía perfectamente inútil,
pues tú soltaste una carcajada y yo tuve que ir al supermercado —y para colmo solo: ni siquiera tuviste la
bondad de acompañarme— a conseguir tu bendita

mayonesa, pomo familiar, buen provecho, ya verás cómo te sale un neumático de camión en la cintura. Sumados ambos incidentes, el del sofá-cama y el de la mayonesa, mi humor, comprenderás, no era de los mejores, pero la sola contemplación de tu anatomía —poderosamente exhibida por ti, apenas cubierta por unos pantalones cortos y un polo sin mangas— despertó en mí una infinita capacidad de perdonarte y amarte por sobre todas las cosas, incluso por sobre el pomo de mayonesa que me impedía divisar tus pectorales. Esa noche dormí solo y te extrañé. No quisiste dormir en mi cama. Te lo sugerí tímidamente, pero me dijiste con una sonrisa que preferías dormir en el sofá. Ya me iba despechado a mis aposentos cuando me abrazaste y besaste en la boca. No fue, sin embargo, un beso entregado: fue apenas un besito fugaz y cumplidor, un roce agradecido y nada más. Sentí que era una sutil manera de decirme: gracias por recogerme del aeropuerto, alojarme en tu casa, recibirme con flores y cocinarme cositas ricas, eres un buen amigo y lo aprecio, pero ya no me provoca hacer el amor contigo, buenas noches, que duermas rico. Malo, canalla, ingrato, pensé, dando vueltas en la cama. Ahora me río solo evocando aquella noche, mi trágico desvelo por ti, tus perturbadores ronquidos en la sala, yo espiándote por la rendija de la puerta entreabierta, intercediendo ante San Antonio, patrón de las causas perdidas, para que despertaras y vinieses a mi lecho. Perdona, Sebastián, que me ría de todo esto, pero el tiempo ha pasado, y, aunque te sigo extrañando, encuentro un poco melodramático que no pudiera conciliar el sueño esa noche de verano porque te rehusabas a dormir en mi cama. Te confieso ahora la abyecta venganza que perpetré contra

164

ti: apagué el aire acondicionado, con la esperanza de que, agobiado por el calor, despertaras y no pudieras volver a conciliar el sueño y entonces, sudando, las sábanas mojadas, pensaras en mí, afiebrado por la humedad y los vapores, y vinieras a mi cama dispuesto a devorarme y dejarte devorar. Mi plan fracasó, pues seguiste durmiendo como un bebé, y ni siquiera los truenos de la madrugada consiguieron despertarte. Qué quieres que te diga, Sebastián: tu cuerpo me enloquecía. No exagero si te confieso ahora, con el debido sosiego que dan los años, que eres el hombre más hermoso que he tenido en suerte acariciar. Hay quienes dicen que con el tiempo te has afeado un poquito, que los años te han sentado mal, pues han marcado la rudeza de tus facciones y, como me dijo una amiga, te han acentuado la cara de mono; pero yo discrepo enérgicamente de tan insidiosas afirmaciones, ya que, a juzgar por las fotos tuyas que he podido ver en las revistas de Lima —fotos que, aclaro, no he recortado: a tanto no llega mi añoranza—, no has perdido la sensualidad salvaje, animal, de tus años primeros. Cuando he leído en una revista que otro actor guapísimo ha sido elegido el hombre más sexy de nuestro sufrido país, he sido presa de un ataque de cólera y a punto he estado de mandar a mis matones para que hagan justicia con sus propias (ásperas) manos, pues solo tú mereces esa distinción y cualquier otro fallo o veredicto es un crimen de lesa humanidad, pero si no he llamado a mis sicarios, salvando así al director de dicha publicación de recibir una feroz paliza, no es porque haya cambiado de parecer, que tú eres el hombre más sexy de nuestra república y así lo serás siempre mientras nuestra república exista y yo también, sino porque no he querido crispar todavía más la ya

165

convulsionada vida peruana, lo que prueba, dicho sea de paso, que mi patriotismo no ha menguado un ápice y sigo venerando a la tierra que me vio nacer, veneración en la que, lo sé, Sebastián, tú me acompañas con celo, y por eso nunca te fuiste a vivir al extranjero —por eso y porque los mexicanos de Televisa no tuvieron el buen tino de contratarte cuando vieron tus videos y más bien dijeron que tenías cara de marihuanero—: bueno, por algo será que Televisa está en crisis.

Yo soñaba entonces, con ocasión de tu veraniega visita a Miami, que te enamorarías de mí y se te haría imposible volver a Lima. Por eso te animé a que te presentaras a la grabación de una telenovela aquí en Miami. Pensaba que te darían un papel y te harías famoso internacionalmente, que viviríamos juntos y, después de tantos malentendidos, seguros por fin de nuestro amor, seríamos felices en esta hirviente ciudad, lejos del acoso, la hostilidad beata y el chismorreo limeños. Para mi alegría, me hiciste caso y te presentaste a la telenovela, que se llamaba, si mal no recuerdo, *El Mecenas*, y cuyos productores hicieron después varias novelas contigo. Pues estos señores, gente avispada que sabía mucho de televisión, no dudaron en ofrecerte un papel importante y un dinero no menos importante. Lo tenías todo a tu favor: te sacaban la visa de trabajo, te pagaban bien, podías quedarte a vivir en mi departamento o, si querías, ellos te alquilaban uno seguramente mejor, pero yo estaba cerca para acompañarte, y así de paso peleabas con Ariadna, de quien, me confesaste, ya no te sentías enamorado —una confesión que a mí, desde luego, no me sumió en la desolación—. Quedé consternado cuando me dijiste que habías rechazado la oferta. Me diste una razón que me pareció increíble, absurda: tenías un compromiso de palabra para hacer una obra de teatro en Lima, y no querías faltar a tu promesa, y además —y esto me lo dijiste con una seguridad que me desconcertó— tú querías ser un actor de verdad, no un galancito de telenovelas ni un tontuelo famoso y feliz, y por eso sentías que no te convenía quedarte en Miami sino volver a Lima, al teatro, que sin duda te gustaba muchísimo más que las telenovelas y en el que, además, aprendías, crecías, madurabas como actor. Apelé entonces al vil argumento del dinero: *El teatro te paga una miseria, con eso no puedes vivir.* Me dijiste —y ahora me emociono recordándolo— que el dinero te importaba poco: tú querías ser fiel a tu vocación, el dinero llegaría solo, en el Perú podías hacer películas y telenovelas además de teatro, o sea que de hambre no te ibas a morir. Cuánta razón tenías, Sebastián. Yo pensé que habías cometido un error; que, incapaz de atreverte a pensar en grande, a soñar con ser una estrella internacional, te contentabas con los pequeños triunfos locales; que habías dejado pasar la oportunidad de tu vida y pronto estarías lamentándote. No fue así. Te fuiste a Lima, hiciste la obra de teatro, la crítica te aplaudió, *El Mecenas* entretanto no tuvo éxito, y tú con los años demostraste que eres un actor formidable y por eso tu instinto te previno de entrar a esa telenovela que no te retaba creativamente y que, con seguridad, habría disminuido y aturdido tus fantásticas dotes histriónicas. Te aplaudo, Sebastián. Fuiste valiente, creíste en ti, escogiste el camino más difícil. Por eso ahora tanta gente te aprecia y respeta, porque —a diferencia mía, claro— no te vendiste al mejor postor y más bien peleaste duro por tu sueño de ser un artista, no un patético galán pelo en pecho que se quiere tirar a la primera mujer que pasa a su lado. Tú ganaste, Sebastián. Me saco el sombrero por ti.

Me asalta ahora un recuerdo agridulce, que obliga a unas humildes disculpas de mi parte. Me refiero al incidente de la piscina y la insolación. ¿Lo recuerdas? Espero que no. Ocurrió al día siguiente de tu llegada. Yo, como ahora sabes, aunque entonces te lo oculté por orgullo, había pasado una noche fatal, debido sin duda al efecto devastador que me provocó tu inesperada decisión de dormir en la sala. Mal dormido, malhumorado, maltrecho, desayuné en silencio un yogur y una manzana mientras tú dormías dándome la espalda, te dejé una breve nota explicándote de modo seco y conciso que me iba a trabajar y regresaría a la hora del almuerzo, y me marché, cerrando la puerta con toda delicadeza, no fuese a interrumpir tu merecido reposo. Desde luego, camino a la oficina pensé que si no me ibas a engreír como era debido, si te mantenías en la insólita postura de rechazar mi cama, pues mejor cargabas tus maletas, que por cierto ya exigían a gritos una renovación, y te acercabas al Sonesta, que es un hotelito tan acogedor y cuyas tarifas, créeme, disminuyen veinte por ciento en el verano, o sea que aprovecha que estamos en temporada baja y múdate rapidito para allá. Hacia el mediodía, aburrido en la oficina, siempre pensando en ti, te llamé y volví a llamarte y de nuevo insistí, pero nadie se dignó a levantar el teléfono que yo, amorosamente, en callado homenaje a ti, había limpiado con trapito y desinfectante y *spray* perfumado en vísperas de tu llegada, porque si algo me parece repugnante es coger un teléfono ajeno y sentir un olor a suciedad, a mal aliento, a enfermedad terminal, como huelen los teléfonos de muchas casas que no voy a enumerar, principalmente por falta de espacio aunque también por falta de coraje. Yo te llamaba y tú no estabas. ¿Adónde te habías ido? ¿Acaso a la playa, para mirar chicas bonitas y coquetear con ellas? ¿O seguías durmiendo y no eras capaz de escuchar el timbre de mi teléfono —en volumen bajito, desde luego, porque yo tengo un oído muy fino y por eso mis teléfonos están siempre en volumen bajito: a mí me miras los tímpanos y ya sabes que tengo una sensibilidad de artista, y si no me crees, Sebastián, pregúntale a mi audiólogo y otorrino, el eminente doctor Guevara, aunque te ruego que no le preguntes por el descomunal taco de cera que me sacó una vez del oído— y no te despertaban mis continuas llamadas? ¿Habías salido a hacer unas compritas al supermercado o a la farmacia? ¿Te habías escapado a las tiendas sin importarte que yo iría a almorzar contigo? Crecían en mí el fastidio, la irritación, el más puro despecho. Nunca contestaste. Me cansé de llamarte. Dieron la una, la una y media, las dos, y, como tú no estabas en casa, decidí almorzar en la oficina para evitarme el doloroso trance de llegar a mi departamento, olerte en las sábanas, extrañarte con rabia y comer llorando un sanguchito sin mayonesa. ¿No quieres almorzar conmigo? Perfecto: me pido una pizza y engordo como chancho. Si quieres pelear conmigo, aquí te espero con fría determinación de kamikaze. Llegó la pizza grasosa, la devoré con vulgaridad, ensanché mi ya abultado abdomen y, perdida toda la dignidad, seguí llamando con las manos olorosas de pizza, pero tú, Sebastián, no apareciste. Cuando caía la tarde y aparecían con toda su ferocidad los temidos mosquitos de la isla, llegué a mi departamento. Estaba preparado para lo peor: una nota tuya diciéndome que te ibas a un hotel o a casa de un amigo porque habías dormido mal y, en realidad, no te sentías cómodo conmigo. Bajando del carro, me llevé una sorpresa dulce y conmovedora. Allí estabas tú en ropa de baño, rojo como un camarón, víctima de la insolación más terrible que había visto en mi vida, picado además por infinidad de mosquitos, pero sonriendo coqueto y adorable. Te vi y desaparecieron de golpe la rabia y el rencor. Te vi achicharrado y en ropa de baño, tu cuerpo precioso a cuatro pasos, tu piel enrojecida, la olvidada dureza de tus músculos, y me quedé mudo, sonriéndote como un tonto. Te pregunté por qué te habías quemado así, qué hacías allí. Me dijiste, riéndote —y adoré que fueras capaz de reírte a pesar de todo— que habías bajado a la piscina en la mañana, pensando tomar un poquito de sol y darte un chapuzón, y cuando regresaste hacia el mediodía al departamento te diste cuenta de que, maldición, que tonto fui, no tenías llave para entrar, así que bajaste de nuevo a la piscina y te quedaste allí esperándome, pues yo te había dejado esa notita diciéndote que iría a almorzar, pero yo nunca llegué y tú, que para colmo no tenías protector de sol, te quedaste ahí en la piscina, muerto de hambre, quemándote como una lagartija, hasta las cinco de la tarde, hora en que por fin aparecí. Me sentí culpable de todo. Si hubiese ido a almorzar, te habría rescatado. Pobre Sebastián, estabas rojo y hambriento; sin embargo, me mirabas con cariño y, cuando te dije que no fui a almorzar porque nadie contestaba el teléfono y pensé que habías salido a pasear por ahí, entendiste perfectamente y no te molestaste para nada. Te amé. Sentí que eras el hombre perfecto. Entramos al departamento, te serví el mejor almuerzo que fui capaz de improvisar, te pedí miles de disculpas, tuve que hacer un verdadero esfuerzo para no comerte a besos. Pero lo mejor vino luego: entraste en la ducha y me animaste a que me duchara contigo. Desnudos, mojados, besándonos, acariciándonos despacio porque te ardía la piel, permanecimos en esa ducha tanto tiempo que los dedos de las manos se me arrugaron y todos los espejos se empañaron. Debo decirte, aunque te rías, que me concediste un momento de placer que no puedo olvidar. Gracias por eso, querido Sebastián. Esa hora contigo en la ducha —callada ceremonia en la que ninguno osó hablar— es hoy un recuerdo que me conmueve. Cuando menos lo esperaba, demostraste que todavía me deseabas. Yo llegué pensando que no te vería más y tú me hiciste gozar bajo un chorrito de agua tibia. Siempre me has sorprendido. Por eso me aferro a creer que todavía no he visto la última sorpresa.

Tú querías hacerme el amor. No te bastaba con besarnos y acariciarnos. Querías volver a entrar en mí. Me lo pedías con insistencia. Al parecer te había conquistado de nuevo. Incluso me confesaste que estabas dispuesto a dejarte amar por detrás. Muy pocas veces había entrado en ti. No te gustaba que te lo hicieran, preferías hacerlo tú. Pero ahora, por amor, querías entregarte de nuevo. Yo te echaba cremas humectantes por todo el cuerpo para aliviar el ardor de la insolación: mis dedos resbalosos sobre tu piel tostada. Tendido boca abajo, desnudo, los ojos cerrados, parecías gozar. Me entristece el recuerdo de tu espalda: era tan bella, sé que no la tocaré más. Yo no quería que me hicieras el amor. A pesar de que tu cuerpo y tus miradas me resultaban irresistibles, me daba miedo llegar contigo hasta el final.

Solo jugábamos. Te molestaba que no me entregase del todo, aunque intentabas disimularlo. Me daba miedo que terminases adentro mío. Pensaba que podías tener sida. Tú habías sido más aventurero que yo. Desde muy joven, tuviste todos los amantes que quisiste: eras tan lindo, quién podía decirte que no. Pero yo ahora te decía que no. Cada noche de verano en Miami, cuando me preguntabas si podías hacerme el amor, te decía que mejor no. Me daba miedo. Podías estar infectado. Te lo dije. No te hizo gracia. Me aseguraste que estabas limpio. Te habías hecho la prueba recientemente. Te creí, por supuesto. Pero te pregunté si después de esa prueba te habías acostado con hombres y me dijiste que sí. Habías pasado un par de semanas fuertes en Nueva York. No siempre te habías cuidado. Aprecié tu franqueza. Eras un gran actor y, sin embargo, no sabías mentir, o carecías del cinismo para mentir con descaro. Ninguno de los dos quería usar un preservativo. Nos disgustaba en el estómago la idea de amarnos con ese jebecillo odioso. Te dije que solo dejaría que entrases en mí cuando se cumplieran tres condiciones: que fuésemos una pareja de verdad, que probásemos que no teníamos sida haciéndonos un examen juntos y que nos prohibiésemos cualquier tipo de sexo con otras personas. Te irritó que no confiara en tu palabra. Estabas seguro de que no tenías sida. Te recordé tus aventuras en Nueva York. Me dijiste que, si bien no habías usado preservativo, siempre te habías cuidado a tu manera. No me pareció garantía suficiente para llegar contigo hasta el final. Te irritó también que te pidiera fidelidad absoluta. Me recordaste que tenías una enamorada en Lima. Apenas conocía a Ariadna, tu chica, y nada tenía contra ella, pues me parecía encantadora, pero insistí en que, si querías estar conmigo, tenías que terminar con ella. No estaba dispuesto a compartirte con nadie. Dijiste que no debía sentir celos, que a ella no la querías como a mí, que con una mujer todo era diferente. Pero, añadiste, le tenías cariño, no querías dejarla, era tu chica hacía años, desde que terminaste el colegio, y no querías romperle el corazón. Además, era mejor que tuvieses enamorada en Lima, así nadie sospecharía de lo nuestro. Y Ariadna no tenía sida, se había hecho la prueba contigo y estaba limpia, y ella jamás te sacaría la vuelta con nadie, o sea que si los tres estábamos limpios y solo lo hacíamos entre nosotros, ninguno correría ningún riesgo. Te pregunté si entonces yo también podía hacerlo con Ariadna o, mejor aún, con ella y contigo juntos, pero la broma no te hizo gracia y me dijiste que Ariadna iba a ser tu esposa, la madre de tus hijos, y que con ella no podíamos jugar ningún jueguito mañoso. Te dije que a mí tampoco me hacía ninguna gracia compartirte con ella. Te quería solo para mí. Me parecía cobarde, hipócrita, indecente hacerle eso a Ariadna. Te pedí una vez más que la dejaras y te vinieras a vivir conmigo en Miami. Libres, valientes, nada de mentiras, como una pareja de verdad. No podías hacerlo. No podías tirar al agua tu carrera de actor en Lima, tu relación de años con Ariadna. Era demasiado para ti. Me pediste que me fuera a Lima, que fuese tu pareja en secreto, sin decírselo a nadie, y que aceptase como un hombre tu relación con Ariadna. *No estás contento aquí en Miami*, añadiste. *Vámonos a Lima. Allá vas a estar mejor. Te prometo que no te voy a sacar la vuelta con nadie. Pero tienes que aceptar que Ariadna es mi hembrita. Y no le puedes contar lo nuestro a todo el mundo. Tienes que aprender a*

173

guardar un secreto. Entendí que para ti no era una opción mudarte a Miami y dejar a tu chica. Esa puerta estaba cerrada. Tú volverías a Lima pronto, seguirías actuando y en un par de años te casarías con Ariadna. Esos eran tus planes, nadie te iba a desviar. Yo tenía que elegir: me quedaba en Miami y te perdía o regresaba a Lima y te compartía. No era una decisión fácil. No quería volver a perderte. Te quería con todo mi corazón. Eras mi amante, sentía que eras mi hombre. Por eso se me hacía tan difícil aceptar que Ariadna fuese tu pareja oficial y yo apenas tu amante en las sombras. Me parecía una pequeña cobardía tuya. Si me querías más a mí que a ella, ¿por qué no te quedabas solo conmigo? En ese caso, estaba dispuesto a irme a Lima. Pero tenías que pelear con ella. Te prometí que esta vez sería discreto. No le contaría a nadie de lo nuestro. No teníamos que vivir juntos. Si preferías cuidar las apariencias, viviríamos separados y nos veríamos solo en nuestras casas, no saldríamos juntos, evitando todo lo posible el chisme, que, ambos lo sabíamos bien, solo podía hacernos daño. No aceptaste mi propuesta. Querías que me fuese a Lima pero de ninguna manera romperías con Ariadna. Entonces, para salvar nuestro amor pero también mi orgullo, te pedí que hicieras una concesión: *Cuéntale a Ariadna que me quieres, dile que somos amantes, no te pido que le digas que a mí me quieres más que a ella, dile lo contrario si quieres, pero cuéntale la verdad sobre nosotros, dile que eres bisexual y que quieres casarte con ella pero que también me necesitas a mí. Díselo todo. Si ella lo acepta, te entiende y te sigue queriendo, yo me voy a Lima y me resigno a compartirte. Pero ella lo tiene que saber. De lo contrario me sentiría cómplice de una traición horrible. Ella no merece que la traiciones así.* Sonreíste incrédulo y me preguntaste si me había vuelto loco. ¿Llamar a Ariadna y contarle lo nuestro así como jugando?¿Cómo se me podía ocurrir semejante barbaridad? Ella jamás entendería. Era una chica sana, inocente, de buena familia, una chica de su casa. *Toda su vida ha soñado casarse conmigo: ¿cómo le voy a decir ahora que soy bisexual? Me mandaría al diablo. No me lo perdonaría. Jamás aceptaría lo nuestro. Me odiaría, te odiaría y en venganza se lo diría a todas sus amigas y medio Lima se enteraría de todo. Olvídate: si alguien no debe saber nada es precisamente ella.* Te noté muy seguro de que mi idea era una locura. Entendí que no se lo dirías y tampoco la dejarías. Mis opciones eran simples y crueles las dos: verte partir en una semana con la certeza de perderte para siempre o mudarme a Lima para ser tu amante furtivo, tu hombre en el closet, el escondido suplente de Ariadna. Me dolía pensar en perderte; me dolía quizás más pensar en compartirte: no tanto por la idea misma de compartirte, sino porque me obligarías a hacerlo de una manera clandestina y traidora, ocultándoselo a tu mujer. No quería vivir una mentira contigo. Sentía que eso acabaría por destruirlo todo. Me parecía más digno decirte adiós que acostumbrarme a quererte de esa manera tramposa y desleal que me proponías. Por eso insistí: *Solo me voy a Lima contigo si le cuentas todo a Ariadna.* Tú te negaste rotundamente. Sentí que estabas molesto. Mi condición te parecía absurda, ridícula. No entendías cómo podía insistir en eso. Me puse firme yo también y te dije que entonces tendríamos que separarnos. Poco duró la firmeza. Se me escapaban las lágrimas. Nos queríamos de verdad, ¿no es cierto, Sebastián? Yo sentí que tú tampoco querías perderme. Pero siempre fuiste más astuto que yo, lo querías todo junto: tu carrera de actor, tu matrimonio con Ariadna, tu vida familiar, tu buena reputación y también nuestro amor secreto, la oscura pasión de nuestros cuerpos. Llegamos a un punto muerto. Tú no cederías; yo tampoco. No te di un beso antes de irme a dormir. No quería que me vieras llorar. Cerré la puerta de mi cuarto y lloré despacio, callado, para que no me oyeras. No serías mi hombre, te perdería otra vez, la vida por delante sería extrañarte: así parecía estar escrito mi destino. Más tarde entraste en mi cuarto y me despertaste. Solía dormirme con esa ilusión: vendrá a mi cama y me amará. Te sentaste en mi cama. Estabas llorando. Me dijiste que habías llamado a Ariadna. Vi el reloj despertador. Eran las tres y pico de la mañana. La habías despertado. Trataste de decírselo. No encontraste las palabras. No te salía la voz. No podías. Fue demasiado. Nunca podrías decírselo. Lo habías intentado con todas tus fuerzas, pero no pudiste. La querías demasiado. Le dijiste que la habías llamado solo porque la extrañabas. Te notó raro, triste; se quedó preocupada; te preguntó si querías que viniese unos días a acompañarte. Había sido un error llamarla. La habías dejado nerviosa. Te conocía y sabía que algo raro estaba pasándote. Pero no te arrepentías. Al menos ahora sabías que, aunque lo intentases, no podías contarle ni una palabra de lo nuestro. Nunca le harías un daño tan grande. Sería un golpe bajo. Ella no merecía una cosa así. Te escuché en silencio. Me conmoviste. Lloré contigo. Abrazándote, consolándote, te dije suavamente que tú tampoco merecías una cosa así, que vivir una mentira con ella era un golpe bajo contra ti mismo. *No me entiendes*, me dijiste. *Mi amor por ella no es una mentira. Es real. Yo no sería feliz si la dejo. La necesito para ser feliz. Ella me ofrece un montón de cosas lindas que nunca voy a poder vivir contigo. Yo quiero tener hijos, ser papá. Yo quiero tener una familia. No quiero perderme todo eso. Contigo, ¿cómo vamos a tener hijos? Tienes que entender que yo necesito a Ariadna para ser feliz. Si me quieres, tienes que aceptarla en mi vida. Tú sabes que a ti te quiero más. Pero lo nuestro tiene que ser siempre un secreto. Solo así puedo ser feliz contigo.* Sentí que me decías la verdad. Ese eras tú y tenía que aceptarte como eras. *Todo va a estar bien*, te dije, acariciándote. Me sentí derrotado. No quería darte la espalda; tampoco amarte a escondidas. No sabía qué hacer. Nos besamos con lágrimas en los ojos. Te pedí que te quedaras a dormir en mi cama. Esa noche, por primera y última vez, dormimos juntos. Antes de quedarme dormido, busqué la calidez de tu espalda y la humedecí con una lágrima. Yo sabía muy adentro mío que, hiciera lo que hiciera, te perdería de todas maneras. Ya te había perdido. Me lo decía una voz implacable desde muy adentro: se irá a Lima con ella; te quedarás solo en Miami; deja ya de llorar; ¿quién te dijo que la vida es una sucesión de triunfos y alegrías? Pero yo no quería escuchar esa voz ingrata. Yo quería escuchar tu dulce voz susurrando en mi oído: solo te quiero a ti, quiero que estemos juntos los dos y nadie más, tú me bastas para ser feliz. Pero todo era silencio. Un silencio opresivo, el amargo presagio de la derrota.

No se volvió a hablar del asunto. Los días siguientes fueron una sucesión de pequeños placeres distraídos. Flotaba en el aire la certeza de nuestra inminente separación, pero la ignorábamos para no enturbiar las cosas y fingíamos que todo estaba bien. Miami ardía de calor. Corría agosto, el mes peor. Tú gozabas en la playa. Podías pasarte el día entero tumbado en la arena, expuesto al sol. Yo te acompañaba a regañadientes y con abundante crema protectora, pues no toleraba más de dos horas bajo el sol y, en general, los placeres de ir a la playa me parecían considerablemente sobrestimados, algo en lo que, por supuesto, estábamos en franco desacuerdo. Te veía dormir en la playa. Después de cubrir tu piel con bronceador, te echabas sobre una toalla y, para mi envidia, te quedabas dormido sin la menor dificultad. Hay gente que duerme en cualquier parte: tú eras uno de esos afortunados. Te miraba dormir y a veces, cuando estábamos solos en la arena y no se acercaba ningún bañista a la distancia, me permitía acariciarte, apenas rozarte. Dejabas que te echase bronceador en la espalda, y yo llevaba mis manos hasta muy abajo, incluso hasta donde no habría de caerte el sol, y el asunto, que me procuraba indudables goces, tenía tanto de morbo como de melancolía, pues me dejaba con la sensación de que esos rincones de tu cuerpo muy pronto dejarían de ser míos. Te gustaba cantar en la playa. Soñabas con ser un cantante famoso. Cantabas bonito, pero a mí me daba un poco de vergüenza. No te importaba cantar a gritos delante de otra gente: te veo estremeciendo con tu voz la quietud del aire caliente mientras caminamos por la orilla, y veo en los plácidos rostros que pasan a tu lado —gente mayor, parejas tomadas de la mano— una expresión de sorpresa pero también de simpatía, como aprobando esa ruidosa irrupción de felicidad. Cantabas arias famosas, musicales de Broadway, rock en inglés. Tu sueño más dulce era actuar y cantar a la vez, frente a una entregada multitud. Te veías rugiendo en el escenario, el pecho descubierto, la mirada al infinito, y debajo tuyo,

178

nosotros, los mortales, contemplándote extasiados. Cuando te imagino feliz, te veo cantando. Era curioso ver cómo la playa despertaba en ti una sensación de euforia, plenitud y bienestar, y cómo eso te hacía cantar de un modo instintivo: nunca te he visto cantar con tanta alegría como en la orilla de Key Biscayne. Me pregunto si seguirás cantando cuando te escapas a Cancún con Claudia, porque, ya lo sé, a las playas de Lima no puedes ir sin que te miren y te persigan: eres, aunque no te guste (pero sé que te gusta), toda una celebridad. El momento más hermoso de los que viví contigo en la playa de esa pequeña isla fue cuando me hablaste de tu padre. Me conmovió el amor que le tenías. Lo recordabas como si hubiese sido tu mejor amigo. Me contaste, mientras suaves olas nos mecían, las extrañas circunstancias que rodearon su muerte en vísperas de unas navidades. Fuiste tú quien encontraste a tu padre muerto, al volver de misa de gallo. Estaba tendido a mitad de la escalera, un charco de sangre a su alrededor, una pistola en su mano derecha. Nunca olvidarías esa brutal escena, la visión de tu padre caído. Apenas tenías catorce años. Era tu mejor amigo. Les encantaba divertirse juntos: jugaban frontón, buceaban en el mar, viajaban a Miami de vez en cuando, te compraba todo lo que le pedías. Era un hombre extremadamente generoso, de gran corazón, y por eso mucha gente lo quería y lloró su muerte. Tú no volviste a ser el mismo. En ese momento dejaste de ser un adolescente, perdiste toda la inocencia y te convertiste de golpe en un adulto. Te dolió muchísimo que algunos chismosos dijesen que tu padre se había suicidado. Estaba muy claro que unos ladrones lo mataron. Forzaron la puerta, pensando que la casa estaba vacía, que toda la familia había salido, y cuando estaban abajo, en la sala, robándose la platería y los cuadros, tu padre debió de sentir los ruidos, se acercó a la escalera con una pistola en la mano y entonces se produjo el intercambio de disparos que acabó con su vida. No se robaron nada, salvo unos pequeños objetos de plata, porque, seguramente asustados por la balacera, los ladrones huyeron enseguida, dejando atrás el botín. Pero uno de los vecinos fue testigo de su fuga y dio fe de ello ante la policía. Además, la cerradura forzada, las huellas del fuego cruzado en los techos y paredes, la poca platería robada y las pisadas asesinas de aquellos intrusos eran evidencia abrumadora de que tu padre no se mató, de que lo mataron por tratar de impedir que robasen su casa. No lloraste hablándome de él, contándome su muerte violenta. Admiré la entereza con que habías encajado el golpe. Lo extrañabas tanto. Lamentabas que se hubiese marchado cuando más lo necesitabas, en aquellos años indecisos de la adolescencia. Pero su ausencia te hizo fuerte. De sus recuerdos sacaste coraje para atreverte a ser actor. Cuánto le hubiese gustado verte triunfar como actor. El mejor recuerdo de tu padre era un viaje a Disney. Te emocionabas recordando su paciencia para hacer las interminables colas contigo, todos los juegos a los que te acompañó con espíritu aventurero, los felices alaridos que dieron juntos al bajar vertiginosamente por la montaña rusa, su incapacidad de negarte un regalito más, una comida al paso, una pequeña alegría. Así lo recordaste, con estas palabras: *Es el hombre más bueno que he conocido*. Vi la tristeza empozada en tu mirada, sentí el leve temblor de tu voz. Quise abrazarte y darte un beso, pero había gente bañándose más allá, y además el momento estaba carga-

do de una cierta solemnidad que no me atreví a quebrar.
Caía la tarde, nuestros cuerpos se acercaban al ritmo de
esas olas perezosas, nos cubría el agua hasta los hombros,
tus ojos delataban eso que me emocionó tanto: que tu
padre seguía viviendo en ti, que te sentías infinitamente
orgulloso de ser su hijo, y además su hijo artista, como
él quiso siempre que fueras. Te admiré más que nunca.
A pesar de que no te lo dije, te agradecí por haberme
confiado esos recuerdos tan íntimos y dolorosos. Fue un
maravilloso gesto de amistad. Me atrevería a decir ahora
que, gracias a ti, vivimos aquella tarde en la playa un
momento que enalteció nuestra difícil amistad —difícil
porque siempre se nos hizo un nudo entre el cariño y
el deseo—. Te agradezco ahora, querido Sebastián, por
esa hermosa confesión en el mar. Yo no he sabido querer
a mis padres como he debido, y por eso me emocionó
tanto que tú recordases con adoración a tu padre muerto, una adoración que, estoy seguro, se ha multiplicado
con el tiempo. Me diste una lección de grandeza. Me
sentí orgulloso de ti, de tu gran corazón —corazón de
melón, corazón de melón, ¿me dejas dar un mordisco,
para seguir siendo un camaleón?—. No fue allí, en el
mar, donde me dejaste darte un mordisco, a pesar de mi
creciente voracidad, sino, ya de noche, apagado el aire
acondicionado, abiertas las puertas del balcón aunque se
metiesen los mosquitos que después mataríamos juntos,
en mi pequeño departamento, donde te cubrí de besos,
pero no de besos enardecidos, pues fueron besos llenos
de respeto y admiración los que, saliendo de la ducha,
dejé regados en tu piel quemada, creo que a manera de
humilde agradecimiento. Espero que no te molesten
estos recuerdos, Sebastián. Los escribo ahora porque es

la única manera que tengo de seguir queriéndote y, también, de rendir un pequeño homenaje a la amistad con que me honraste.

Capturan por un momento mi imaginación dos recuerdos levemente felices de tu visita a Miami. Uno, la película que vimos juntos; el otro, las compras que hiciste en Dadeland. Una tarde soleada, como son casi siempre las tardes en esa ciudad que no acababa de gustarte, te llevé en mi auto deportivo, manejando despacio por Coral Way —avenida en la que, según el periódico, había sido vista Madonna echándole gasolina a su Porsche—, a ver un documental sobre ella, Madonna, fascinante artista de mil caras, mujer de la que ambos nos confesamos rendidos admiradores. Déjame decirte, de paso, que no he conocido a un hombre gay o bisexual que no admire a Madonna, y que mi respeto por ella ha crecido con los años, a pesar de la película cantarina que hizo con Banderas, que tanto me recuerda a ti por la loca ambición que encierra su mirada. Te pedí, camino al cine, que bajaras la ventana de tu lado, y me rehusé con suaves modales a prender el aire acondicionado, lo que poca gracia te hizo, porque no entendías que yo tuviese un rechazo natural a ese airecillo pérfido y helado que salía despedido por las rendijas del tablero frente a nosotros y, las ventanas abajo, prefiriese la brisa fresca de la calle que nos despeinaba. Nunca me ha gustado el aire acondicionado. Me hace daño. Me resfrío enseguida. Hay cines a los que no voy solo porque tienen el aire demasiado frío y sé que a media película voy a sentir irritada la garganta. Tú te reías de mi alergia al aire acondicionado, decías que te parecía una manía de tercermundista que rechaza las ventajas de la modernidad y prefiere sudar como un bárbaro. Pues aquí me tienes, querido amigo: sigo viviendo en Miami y sigo detestando el aire acondicionado y sigue presidiendo mi casa un ambiente de sudorosa barbarie. Una de las razones por las que sospecho que no me quedaré mucho tiempo más aquí en Miami es precisamente el aire acondicionado: dondequiera que vayas, te agreden con él, lo que provoca en mí —créeme que no exagero— constantes catarros y malestares de toda índole, debilidad que atribuyo a dos razones: el hecho lamentable de que mis amígdalas me fuesen extirpadas cuando era un niño, debido a que mis padres pensaban que eran innecesarias, y la probada fragilidad de mi salud, de lo cual no culpo a mis padres, porque no fueron ellos quienes metieron por mis narices toda la cocaína que aspiré en mi primera —y confundida— juventud. Aquella tarde cometí un error: te llevé a los cines de Miracle Mile, punto de reunión de pandillas con aspecto decididamente gangsteril, adolescentes con las uñas pintadas de colores que no existen en el arco iris, familias con muchos niños y bebés que chillan toda la película sin que sus madres tengan la cortesía de llevárselos, y, sobre todo, gordos y gordas, gentes de increíble anchura capaces de comerse una piscina repleta de *popcorn*, masticando ahí en el cine sus bolitas de maíz con mantequilla y haciendo de paso ese ruidito desesperante que algún día va a enloquecer a algún espectador y terminar causando una tragedia. Por suerte, nadie te reconoció. Una de tus telenovelas ya se veía en Miami. A pesar de que celebrabas tu anonimato en esa ciudad y el hecho de poder ir al cine sin que te persiguieran en busca de tu autógrafo, sé que mirabas a esas jovencitas latinas, reunidas en la puerta del cine, con la inconfesada esperanza de que alguna te reconociera y les dijese a sus amiguitas: miren, ahí está el galán de la novela, pero qué bueno que está, es un papacito. Yo, desde luego, tendría que haber coincidido plenamente con esa admiradora tuya, pero, para tu decepción y mi felicidad, nadie te miró con ojos de haberte reconocido en esos cines tan feos, aunque ya tendrías ocasión de vengarte en Dadeland, ese inmenso centro comercial que es como la capital simbólica de América Latina y cuyas vendedoras de cosméticos te reconocieron enseguida, fueron presas de un ataque de histeria y se abalanzaron sobre ti, su admiradísimo galán de la novela de la noche. La película de Madonna te encantó. Te reíste cuando simuló practicar sexo oral con una pequeña botella de agua; te pareció genial lo que le dijo Warren Beatty: *¿Qué sentido tiene vivir si no tienes una cámara enfrente?*; no te gustó nada la malcriadez que le hizo al pobre Costner, eso de meterse el dedo a la boca como queriendo vomitar, solo porque él le dijo que el concierto le había parecido *neat*; cantaste bajito con ella; admiraste el ritmo y la gracia de sus bailarines tan guapos; el papá barrigón y medio conservador te cayó de lo más bien, no así el hermano gay, que te pareció un envidioso; pero sobre todo la adoraste cuando dijo que solo le interesaban los hombres que han sentido la lengua de otro hombre en su boca. A mí la película también me gustó, pero más me gustó verla contigo, sentir tu pierna rozando la mía, espiar tu perfil en la oscuridad, erizarme con la suave fricción de nuestros brazos, y, el momento más sublime, ver nuestras manos entrelazadas en la penumbra: eso, tu mano sorprendiéndome, buscando a la mía, sellando esa breve alianza secreta, es lo que recuerdo con más emoción de

184

aquella tarde en el cine. No me sorprendió, en cambio, que te gastaras una pequeña fortuna en Dadeland, pues ya sabía de tu compulsión por comprar ropa bonita, de tu adicción al cuero y los zapatos finos. Yo, que con los años he desarrollado un gusto por la ropa vieja y me deprimo cuando voy de compras, tuve la insólita paciencia de acompañarte a todas las tiendas, sugerirte tallas y colores, esperarte afuera del probador para darte mi sincera y desinteresada opinión —pues sabía que quedarías lindo para ella, Ariadna, y no para mí— y te cargué las bolsas y paquetes dado que tú solo ya no podías con tantas cosas y, en un gesto de grandeza moral que espero hayas sabido apreciar, te recordé que harías bien en comprarle algo bonito a Ariadna, sugerencia que encontraste muy oportuna, pues —para mi desesperación— le compraste ropa interior muy sexy y a mí, en cambio, el sufrido cargador de tus bolsas, ni siquiera unos calzoncillos largos. Por eso llegué algo molesto a mi casa, porque no te habías acordado de hacerme un regalito, porque solo tenías ojos para ver tu hermosura reflejada en el espejo del probador y yo era un accesorio más para ti, el amigo leal que te lleva, espera y trae de regreso, la mirada cómplice en el mismo espejo del probador. Sin embargo, me sorprendiste. Cuando entramos al departamento, dejaste las bolsas, me dijiste gracias con un beso y me diste el regalo sorpresa que habías comprado sin que me diese cuenta: un polo muy bonito que me obligaste a probármelo enseguida y puso en evidencia tu buen corazón y mi cuerpo esmirriado. Luego, hiciste un desfile de modas solo para mis ojos. Me tiré en la cama y vi cómo, radiante de alegría, coquetísimo, feliz de tu vanidad y tus músculos, fuiste probándote delante mío toda esa ropa linda que acababas de comprar: los ternos con que parecías una estrella de cine, polos ajustaditos que me arrancaban suspiros, jeans en los que tus piernas se marcaban nítidas y poderosas, calzonzillos blancos y grises, calzoncillos cortos y holgados, calzoncillos que, como buen perdedor, tenía que admirar desde mi cama, diciéndote una vez más que te veías regio, guapísimo, matador, que las chicas iban a caer rendidas a tus pies cuando te vieran así tan lindo, que a Ariadna le daría un infarto de lo sexy que estabas —y yo, en ese caso, créeme, no le haría respiración boca a boca—. Desfile dulce y cruel, la belleza de admirarte y la pena de saberte perdido, las ganas de comerte a besos y también de mandarte a un hotel para no seguir sufriendo, el triunfo definitivo de tus encantos sobre mi orgullo. Después, toda la ropa quedó tendida sobre la alfombra y tú viniste a mi cama y me preguntaste por qué te miraba así tan triste. No tuve que decírtelo, tú lo sabías.

Los últimos días de tu visita a Miami estuvieron marcados por una sucesión de mezquindades, celos, desaires y pequeñas venganzas. Te anuncié una tarde, al volver de la oficina, que, por razones de trabajo, haría un corto viaje a Nueva York. Tenía que reunirme con un par de ejecutivos de televisión en esa ciudad. Te alegraste con la noticia. Seguro de que te daría una respuesta afirmativa, me preguntaste, ya casi haciendo maletas, si me podías acompañar. Nada me impedía viajar contigo. Sonreías frente a mí con una ilusión desbordante. Hacía tiempo que no ibas a Nueva York. Podíamos caminar por Central Park, ver los musicales que tanto te gustaban, vagar por las calles más bonitas, incluso ¡ir al programa de Letterman! Imaginé la escena: iríamos juntos a los estudios de NBC, seríamos testigos de su disparatado programa, de pronto la cámara se dirigiría a nosotros y nos pondría fugazmente en la pantalla y esa imagen sería el recuerdo más glorioso de nuestra amistad, la prueba concluyente de que un breve amor nos unió y, más aún, floreció en Manhattan. Ya estabas embarcado conmigo. Me dijiste con tu encantadora inocencia que podíamos compartir mi cuarto del hotel y así te ahorrabas el alojamiento. ¿Cuándo partíamos? ¿Viajaría en primera? ¿No me molestaría acompañarte en económica? Me quedé en silencio. Recordé que muy pronto se acabaría todo. No te quedarías conmigo en Miami. Volverías a Lima. Seguirías enamorado de Ariadna. Te casarías con ella. Yo sería el amigo prohibido para ciertas noches desesperadas. Ese recuerdo me lastimó. Sentí mi orgullo ultrajado, una sed de revancha creciendo en mí. Me sentí usado, manipulado por ti. Claro, querías gozar conmigo en Nueva York, pero después me dejarías botado sin el menor remordimiento y volverías sumiso a los brazos de tu linda enamorada. Por eso me vengué. Te dije que prefería viajar solo. Era un viaje de trabajo. No tendría tiempo para divertirme. No me parecía serio ir contigo. Los asuntos de trabajo que me llevaban allá —un par de reuniones con gente muy importante: mentira, solo quería impresionarte y de paso lastimarte— exigirían mi absoluta dedicación. Mala suerte. El trabajo está primero. Será para la próxima. Te dije todo esto con absoluta frialdad, como si no me importase dejarte. Estúpida venganza la mía. Solo por rendir tributo a mi orgullo, por puro despecho, me privé del placer de tu compañía, renuncié a pasar contigo unos días lindos en Nueva York. Ahora me arrepiento, desde luego. Sé que

187

me equivoqué. Nunca más tuve oportunidad de ir contigo a esa ciudad. Pero en ese momento solo quería una pequeña venganza: si tú no estás dispuesto a ser mi pareja y prefieres la comodidad de seguir con Ariadna, olvídate de venir conmigo a Nueva York, me voy solo y no me da pena. Mentira: me daba mucha pena, pero intentaba disimularlo, hacerme el duro. Me miraste incrédulo. No te esperabas ese golpe. Lo encajaste con dignidad. No querías ser un estorbo para mí. Si era un viaje de trabajo, mejor te quedabas. Pero sentiste —estoy seguro— mis celos, mi despecho. No lloraste. Te sentaste a ver televisión con una mirada vacía. Hice mis maletas intoxicado por el rencor. Me avergüenzo ahora de mi egoísmo y mi idiotez, de mi incapacidad para entenderte. Te castigué pero, sobre todo, me castigué a mí mismo. Antes de irme a dormir, te dije que podías quedarte en mi departamento mientras yo estuviese de viaje. Me agradeciste secamente. Dijiste que, si no me molestaba, preferías quedarte unos días más, pues todavía no querías volver a Lima. No querías cortar de golpe tus vacaciones. Me prohibí la más leve demostración de cariño hacia ti. Puedo ser infinitamente cruel, en especial conmigo mismo. Me fui a dormir sin decirte por qué te estaba maltratando así, por qué me alejaba de ti fingiendo que no me dolía, cuánta ilusión me hacía en realidad viajar contigo, las ganas que sentía por ser tu amante aunque solo fuese por unos días más. Me negué a vivir el presente contigo solo porque no me incluías en tu futuro de la grandiosa manera que yo quería. A la mañana siguiente fui al aeropuerto sin despedirme de ti. Dormías. No te dejé siquiera una nota. Partí con un nudo en la garganta. Miré tu espalda desnuda —no te gustaba domir con ropa— y pensé que cuando volviese tal vez ya no estarías. Partí como los hombres fríos que nunca miran atrás. La guerra sorda había comenzado. Yo tenía la culpa de ello. Cuando menos te lo esperabas, te había hecho un desaire, dejándote solo y derrotado, como si fueses poca cosa para mí, apenas una diversión pasajera, un chico guapo de ocasión. Poco duró mi supuesta dureza. Ya en Nueva York, tan pronto como entré en mi habitación empecé a llamarte. No contestabas, sonaban los cinco timbres consecutivos y luego te dejaba un mensaje tras otro —fríos, menos fríos, ya cariñosos, pretendidamente humorísticos, impregnados de una cierta ternura— en mi grabadora. A pesar de que te llamé una cantidad obscena de veces y dejé repetidamente en mi contestador el teléfono del hotel con la esperanza de que me devolvieses la llamada, no logré hablar contigo los tres días melancólicos que pasé en Nueva York y me resultó imposible sacudirme de tu sombra, tus recuerdos: te buscaba a mi lado pero no estabas. Me resigné a pensar que, en mi ausencia, enojado por mi repentina indiferencia, te habías marchado a Lima. No fui a ver a Letterman. No pude conseguir entrada. Mis asuntos de trabajo resultaron perfectamente aburridos. De noche te busqué a tientas entre mis sábanas y, tocándome, dije tu nombre, evoqué el brío de tu cuerpo. En un acto de ciego optimismo, compré regalos para ti. Sabía que no te encontraría, que te había perdido una vez más. No había tenido el coraje de despedirme de ti y verte partir; preferí irme, dejándote atrás. Llegué de noche a Key Biscayne, seguro de que ni siquiera me habrías dejado una nota de despedida. Sin embargo, ahí estabas sonriéndome, el televisor prendido en Letterman, tu desnudez apenas cubierta por las sábanas. Una vez más, demostrabas que tenías más corazón que yo y que, a diferencia mía, sabías perdonar. Te saludé con cariño y, antes de entregarte tus regalos, te pregunté por qué no habías contestado mis muchas llamadas. Me dijiste que no habías estado en el departamento. Acababas de volver. Habías pasado los últimos tres días en casa de un amigo tuyo —una casa linda en Fort Lauderdale—, al que llamaste no bien partí. No querías sentirte solo. Por eso lo habías buscado. Estuviste muy contento con él. Todo resultó muy divertido. Fueron a la playa, de compras, a bailar. Era un amigo peruano muy buena gente. No, yo no lo conocía. Todo esto me lo dijiste con una gran naturalidad, sin asomo de culpa. Sentí el golpe. Era obvio que habías sido muy feliz mientras estuve de viaje. No esperaba encontrarte contento, pues te imaginaba en Lima —furioso, resentido, dispuesto a no hablarme más— o, en el mejor de los casos, esperándome lloroso en mi departamento, con una caja de kleenex al lado, todavía devastado por mi partida. Pero no: ahí estabas guapo, relajado y bostezando, después de haberte divertido a mares con tu amigo ricachón. Eso me irritó. Otra vez invadido por los celos, te pregunté si te habías acostado con ese amigo. Soltaste una carcajada algo teatral, sin duda halagado por mi curiosidad y mi visible irritación, y me dijiste que no, que solo habían jugueteado un poco. Fingí que no me importaba y dije que me parecía muy bien, siempre que el joven en cuestión estuviese guapo y tú no hubieses arriesgado tu salud, pero, la verdad, me dolió en el alma que me fueras infiel, y desde luego no tuve coraje para preguntarte en qué habían consistido esos juegos que por lo visto te habían dejado tan relajado y de buen ánimo. Celos, rabia, humillación, ganas de echarte de mi casa: todo eso me devoraba mientras te sonreía distante desde la cocina. No sé si deliberadamente, te habías cobrado la revancha. Esa noche, derrotado por el insomnio y los celos, urdí un plan —una vileza— para devolverte el agravio. Por eso, cuando nos vimos a la hora del desayuno y me ofreciste unos panqueques con miel y comentaste con alegría que esa noche pasarían por televisión la entrega de unos premios a las mejores obras de Broadway —algo que no te podías perder y sería genial ver juntos—, te dije, con calculada maldad, y por supuesto mintiendo, que mi hermano había llamado y me había dicho que vendría a verme esa misma tarde, así que, una lástima, tenías que irte a mediodía, pues él se quedaría conmigo, no podía mandarlo a un hotel, pero tú —por suerte— te podías ir a la casa tan bonita de tu amigo en Fort Lauderdale. Ningún hermano venía a verme, todo era mentira, solo quería echarte de mi casa con una disculpa elegante, en venganza por haber sido feliz los días que te abandoné. Recordando aquellos momentos, comprendo que fui injusto y estúpido, que tú no merecías tanta crueldad: así de pequeño puedo ser. Sorprendido, me dijiste que mi hermano podía quedarse con nosotros, que tú serías muy cuidadoso para que él no sospechase nada de lo nuestro. Te dije que eso era imposible: yo no podía compartir mi cama contigo, porque en ese caso él se daría cuenta de lo nuestro, y tampoco quería dormir con él, pues no dormiría bien. Fui claro: yo quería dormir solo en mi cama, tenía que recibir a mi hermano, él dormiría en el sofá, por lo tanto —qué pena, lo siento— tú tenías que irte en pocas horas. Dejaste el desayuno a la mitad. Furioso, en silencio, hiciste tus maletas. Luego llamaste a tu amigo. Me pediste que, camino a la oficina, te dejara en la avenida Brickell, en la puerta del hotel Hampton, donde te recogería tu amigo. Los regalos que te traje de Nueva York los dejaste debajo del sofá, aunque eso vine a descubrirlo unos días después, con lágrimas en los ojos. Ahora estamos en mi carro. Manejo rápido, como si tuviese prisa por dejarte. Vamos saliendo de Key Biscayne. Nadie habla. Duele el silencio. No quiero poner música. Las ventanas abajo, la brisa silbando y serpenteando entre nosotros, el sol que refulge en las palmeras y reverbera en el mar turquesa que tú vas mirando para no verme a mí. Tus manos que quiero tocar por última vez, pero que ya no merezco. Los anteojos oscuros que disimulan mal la tristeza de tus ojos y los míos. Ni una palabra, solo el rumor del viento y la pesadumbre de los suspiros. Todo se ha jodido de nuevo, y yo tengo la culpa. Pero no voy a llorar. Cuando llegamos al hotel, bajo del carro para despedirnos. Sin decirme nada, me das un abrazo inesperado —un abrazo fuerte y verdadero, que delata tu nobleza— y te vas cargando tus maletas. Se abre la puerta corrediza, desapareces de mi vida. Entro al carro y me voy deprisa, como huyendo de un crimen. Me siento un cobarde, un egoísta, un imbécil. Te pido perdón, Sebastián. Tú no merecías tantos agravios, tantas mezquindades. Fui malo contigo. Una vez más, te dejé tirado en el camino. Ahora entiendo que, si bien fui cruel contigo, más cruel fui conmigo mismo. No sabes cuánto me avergüenzo de las cosas malas que te hice solo para que sufrieras por mí aunque sea un poquito de lo que yo sufría por ti; no sabes cuánto lamento haber echado a perder esos últimos momentos contigo; no sabes cuánto te extraño. Te pido perdón y te digo gracias por ese abrazo cargado de nobleza: qué lección de grandeza me diste en la puerta del hotel. Cierro los ojos y me abandono en tu pecho que ya no está. Pero no voy a llorar.

Antes de decirte adiós y terminar esta carta, quiero darte las gracias por la contribución más valiosa que hiciste a mi vida: tú me presentaste a Mar, la mujer que amaré siempre. Fue una noche de invierno hace ya diez años, en Lima, en una discoteca de moda, allí donde me permití todas las transgresiones y desenfrenos. Yo estaba solo, buscando una aventura más. Me enorgullezco de saber estar solo. Te vi a lo lejos, hermoso animal de la noche, con un trago en la mano, rodeado de mujeres guapas que te consentían con la mirada. Me acerqué tímidamente. Ya éramos amantes, pero esa noche estábamos medio peleados, creo que porque unos días atrás te había insinuado mi decisión de escaparme pronto de Lima y alejarme de ti y escribir una novela, lo que, me parece, te decepcionó y a la vez preocupó, pues intuías sin decírmelo que esa novela podía ser peligrosa. Por eso, y para no despertar sospechas sobre nuestro secreto, nos saludamos con calculada indiferencia, apenas un distante apretón de manos. Enseguida vi a Mar y quedé fascinado con la sabiduría de sus ojos y el sereno poder de su belleza. No sabía —vine a saberlo tiempo después— que ella había sido tu enamorada cuando ambos terminaban el colegio. Me presentaste a Mar y a su fiel amiga Mónica, pero yo solo tuve ojos para Mar. Desde ese momento no pude separarme de ella. Te perdí de vista, perdí todo interés en ti. Mar comenzó a reinar en mi vida. Más tarde, cautivado por su embrujo flamenco, me marché discretamente con ella y nos perdimos en los misterios de la noche. Alcanzaste a verme desde un pasillo sombrío cuando me retiraba de la discoteca: recuerdo con nitidez la dureza de tu mirada, que encerraba a la vez una censura y una velada amenaza. No te gustó que me fuera con Mar sin siquiera despedirme de ti. No sabías —y en ese momento yo tampoco— que ella era la mujer de mi vida, que el descubrimiento de su bondad, su inteligencia y su belleza me dejaron embriagado de felicidad. Mar me enseñó a querer. Lo poco que soy se lo debo a ella. Los momentos más felices de mi vida los he vivido gracias a ella. No te voy a contar aquí todo lo que me ha enseñado, las maravillosas alegrías que me ha regalado: tú lo sabes bien. Pero no olvido que llegué a Mar gracias a ti. Fuiste tú quien me la presentó, ¿te acuerdas? Y fuiste tú quien, tiempo después, como yo no tenía carro, me llevaste a su casa, en las afueras de Lima, y atestiguaste con elegancia el mágico hechizo que ella ejercía sobre mí. Por eso te digo gracias. No te supe querer, pero tú me llevaste a Mar, y ella me instruyó en las delicias y tormentos del amor. Gracias.

Ha llegado el momento de despedirme. Prometo que no te molestaré más. Me resigno a aceptar que no quieres saber nada de mí. Yo tengo la culpa de todos los malentendidos que provocaron la ruptura de nuestra amistad. No fui capaz de quererte bien. Te hice un daño que no merecías. Por eso te pido perdón. Por favor no me guardes rencor. Si no es mucho pedir, recuérdame con cariño. Tú eres el único hombre que he deseado de verdad. Ahora solo deseo todo lo mejor para ti. Quiero que seas muy feliz. Me emociona pensar que pronto serás padre, una magnífica aventura que llenará tu vida de amor. Espero que Claudia, tu esposa, sepa darte todo el amor que tú mereces. Yo, desde lejos, celebraré tus éxitos. He perdido tu cariño y sé que no podré reconquistarlo, pero sigo siendo tu admirador, y eso no cambiará. Gracias, Sebastián, amigo perdido, por todo lo que me enseñaste: audacia para soñar, constancia para luchar, dignidad en la derrota, pura pasión. Cuenta siempre con mi rendida amistad. Si algún día pudieras necesitar algo de mí, estaré a tus órdenes. Nada de lo que pueda darte compensará todo lo que aprendí contigo. Pasa la vida, queda tu sonrisa en mi memoria. Eso, la melancólica evocación de tu sonrisa, me llena de tristeza pero también de una extraña quietud.

Recordado Manuel,

Quería comenzar esta carta dirigiéndome a ti como tú lo hacías conmigo cuando éramos amigos, hace ya más de diez años: diciéndote tocayo o, mejor aún, tocayito, palabra que según recuerdo te resultaba grata. Sin embargo, he preferido llamarte por tu nombre porque no quiero permitirme unas confianzas excesivas, pero, sobre todo —y diré esto a riesgo de que te rías de mí—, porque encuentro que las palabras *tocayo* y *tocayito* carecen de toda elegancia. Nunca te dije tocayito —tú a veces me llamabas así, y te confieso que me encantaba—; no veo entonces por qué tendría que decírtelo ahora que ya no somos amigos.

No somos amigos pero te sigo admirando, Manuel. Con los años se han multiplicado la admiración y el respeto que siento por ti. Eres un escritor de verdad. Para mí, y no lo digo para halagarte, eres el mejor escritor de nuestra generación. Lo sé bien, a pesar de que apenas has publicado un par de libros de crónicas periodísticas. Sé que nos escondes libros geniales, que llevas adentro una novela perfecta que yo nunca podré escribir. No sé si la has escrito ya, la estás escribiendo hace años o algún día la escribirás: eso no importa, lo que importa es que tus amigos sabemos que eres un escritor genial. No digo que seas un escritor brillante porque no lo eres, a ti no te gusta brillar, tú prefieres las sombras, la discreción, el más riguroso anonimato. Sé también (y me duele) que por eso me miras para abajo, porque yo he vendido mi alma al diablo y salgo en televisión y no resisto la tentación de ser famoso y hacer mohínes a la cámara y aparentar con pirotecnia verbal la inteligencia que no tengo: tú no me perdonas eso, que yo necesite ser famoso. Me gustaría ser como tú, callado y misterioso, un escritor incorruptible que solo vive de lo que escribe y no le tiene miedo a la austeridad, pero no tengo tu coraje y mucho menos tu genio, y la verdad es que me da pánico ser un escritor pobre, me da pánico ser pobre, odiaría tener que mandar a mis hijas a un colegio barato y verme obligado a viajar en clase económica y no poder comprar todos los libros que quiero, odiaría ser pobre, creo que se puede ser un buen escritor sin elegir la pobreza. Tú, que yo sepa, no vives de tus libros, pues a duras penas se han vendido cientos de ellos en nuestra ciudad, y desde luego no has hecho el más leve esfuerzo para vender un ejemplar más, es decir te has rehusado con tu habitual elegancia a pasar por los odiosos trajines de la promoción, sino que vives del salario —presumo que magro— que recibes por trabajar como editor de una revista. Perdóname por ser famoso, Manuel. En realidad, ni siquiera soy famoso. Apenas tengo una cierta notoriedad en nuestro país y algunos otros, no menos confundidos. Famosos son otros. Yo solo soy un hombre cobarde que deja secuestrar su rostro para que aparezca luego en miles de pantallas de televisión a cambio de un dinero que mis libros aún no me han sabido procurar. Tú eres un hombre valiente, entero, que no se vende y ha aprendido a vivir con poca plata, haciendo solo lo que le gusta. Yo soy un hombre a medias, un hombre roto, que tiene un precio —alto, eso sí— y no se atreve a dejar la televisión porque le da miedo ser pobre. Por eso te envidio: porque tú no finges sonrisas para ganarte la vida. Me gustaría ser como tú, tocayo.

Te leo con inmenso placer cada vez que puedo. La revista en la que escribes se vende aquí en Miami; por lo general, llegan algunos ejemplares a un puesto de periódicos extranjeros en el Cocowalk. Después de saludar a la chilena que está a cargo de ese quiosco, me apresuro en hojear la revista con la esperanza de encontrar tu columna. A veces no la encuentro y es una decepción, y debo decirte que solo la compro cuando compruebo que has escrito tú. Siempre que te leo me haces reír —tu humor es una delicia— y termino pensando que eres un escritor notable porque ves cosas que los demás no vemos y que ciertamente deberías escribir más a menudo, pero quién soy yo para decírtelo. Para serte franco, todavía tengo sentimientos encontrados hacia tu revista. Me gusta porque escribes tú y porque se permite un tono desenfadado y ligeramente burlón que, creo, le hace bien a nuestro país, tan afecto a la solemnidad pomposa y bobalicona, pero aún me duele cuando recuerdo la mezquindad, el oportunismo y la falta de escrúpulos que exhibió al reseñar, en tono escandaloso, con gran titular y foto mía en la portada, la aparición de mi primera novela. Aquella vez me sentí tan injustamente vejado que me prometí no leerla más. Lo que tu revista hizo con mi novela, que acababa de salir en España y aún no había llegado al Perú, fue, a la vez, inapropiado y abusivo: publicó sin autorización fragmentos de ella, lo que ya constituye un acto de abierta piratería, pero además se permitió hacer cambios al texto original, suprimiendo párrafos y alterando el orden de la narración, con el burdo propósito de transcribir tan solo algunas escenas de fuerte contenido sexual y, así, presentarla como una obra morbosa, carente de todo valor literario; es decir, que no solo me robó el libro sino que además de paso me lo cambió. Según me contaron entonces, las ventas de tu revista se dispararon gracias al escándalo que organizaron con mi libro. En los números posteriores, siguieron informando —otra vez mi foto en la carátula— sobre el revuelo parroquial que causó mi novela, y subieron el tono de los ataques contra mí, pues publicaron una avalancha de cartas desaprobatorias y hasta insultantes —muchas de las cuales, según me aseguraba un ex redactor de la revista, habrían sido escritas por ti, tocayito—, mencionaron nombres de personas que supuestamente habían sido aludidas en mi libro —ignorando que se trataba de una novela: como si el editor, que había publicado varios libros valiosos, no supiera las sutiles diferencias entre realidad y ficción— y terminaron diciendo, en un artículo que me pareció escrito por ti, que yo terminaría loco en un manicomio, al igual que una escritora del siglo pasado. En el colmo del cinismo, y seguramente para evitar que declinasen las ventas, pues el escándalo al parecer se iba desinflando, me pidieron, tras el linchamiento moral del que fui víctima, que les diera una entrevista. Por supuesto, los ignoré con la debida indiferencia. Recuerdo todo eso, Manuel, y me asombro de que el rencor haya cedido e incluso ahora me permita leer ocasionalmente tu revista en internet o cuando la encuentro en el Cocowalk.

Supongo que es el mejor elogio que puedo hacerte: eres tan buen escritor que no puedo evitar leerte. He tratado de no comprar más tu revista, todavía me duele lo que me hicieron, sé que tú también me atacaste en cartas anónimas y articulillos arteros; sin embargo, te admiro tanto como escritor que cuando veo tu revista corro a buscar tu columna, porque sé que, al terminar de leerla, voy a decirme: cómo quisiera escribir así de bien, Manuel es un escritor de verdad.

Por supuesto, sé bien por qué me atacaste cuando salió mi primer libro. Fue tu venganza. Comprendo que quisieras ajustar cuentas conmigo. Te diré, sin embargo, que fue la tuya una venganza equivocada. Yo no quise hacerte daño. No fue mi culpa que un periodista de televisión dijera en su programa, con toda mala intención, que tú eras uno de los personajes de mi novela, un gordito astuto y manipulador, que, después de fingir hipnotizar a un compañero de colegio, lo inicia sexualmente y, años más tarde, le roba a su pareja en la fiesta de promoción. No te voy a mentir: yo pensé vagamente en ti cuando inventé ese personaje. Pero nosotros sabemos que las escenas que narré no las vivimos de verdad; yo me las inventé. En todo caso, quiero que sepas que lamento mucho el seguro disgusto que te habrá ocasionado ver tu nombre manchado por el escandalillo provinciano que se montó en nuestra ciudad cuando salió mi novela. Te pido disculpas, Manuel. Debí ser más cuidadoso en borrar las huellas, evidencias, pistas o claves que pudieran sugerir un vínculo entre el personaje ficticio y tú mismo. No lo hice —ambos vivían por ejemplo en la misma calle—, como tampoco lo hice conmigo, pues dejé en la novela suficientes indicaciones y señas como para pensar, como hizo mucha gente suspicaz, que todo lo que conté allí era en realidad un pedazo de mi vida, experiencias que yo había vivido. Pues no: casi todo era inventado y tú lo sabes bien. Tú y yo nunca jugamos en el colegio los juegos morbosos que juegan los niños de mi novela; tú no has tratado de hipnotizarme ni hacerme tu esclavo sexual; nunca hemos tenido ningún tipo de intimidad o contacto erótico; no me robaste a mi chica en la fiesta de promoción; tú, en fin, no eres el gordito mañoso y vengativo de las primeras páginas de mi novela. Que sepan entonces los necios, correveidiles, intrigantes y cacasenos —es decir, la gran mayoría del gremio periodístico de nuestro sufrido país, aquellos que, envidiosos de tu talento, intentaron vengarse de ti, hundiéndote en el fango del escándalo— que tú y yo nunca hemos sido amantes, ni de niños ni de grandes ni de nada. No lo digo para proteger tu reputación, un asunto que, me parece, te despreocupa del todo; lo digo en honor a la verdad, punto. Acepta por favor mis humildes disculpas, Manuel. Espero que no sigas enfadado conmigo. Yo he pasado por alto los ataques encubiertos que perpetraste contra mí desde las páginas de tu revista. Me tienen sin cuidado. Puedo comprender tu fastidio, tu decepción. Pasó el escándalo, queda el recuerdo de nuestra amistad. Sigues siendo, para mí, un escritor admirable, un motivo de inspiración, un ex amigo del que me siento orgulloso. Por lo demás, acaso no sea del todo inútil que, en aras de ganar tu indulgencia, te recuerde, sin faltar a la verdad, que yo elogié en público y sin mesura, como correspondía desde luego, tu primer libro de crónicas, verdadera obra maestra del género, elogios que vertí, no sé si lo recuerdas, en un disparatado programa de televisión que presentaba en las noches; estoy seguro que no me viste aquella noche mostrando tu libro y recomendando con entusiasmo natural su lectura —y cuando digo natural, entiéndase sin la ayuda de estimulantes químicos—, pero al menos alguien te lo habrá contado. Ya entonces nos habíamos distanciado, pero ello no impidió que tu libro me encantase. Ahora que lo pienso, hace años no publicas un libro. ¿Nos vas a seguir castigando así, Manuel Elías, escritor de los mejores? ¿Hay derecho a que te refugies en el silencio, cuando tienes una voz espléndida? ¿Eres consciente de que, como yo, somos muchos los que esperamos, de rodillas, arrastrándonos, tu próximo libro? No hay derecho a tanta crueldad, tocayo. A ver si reflexiona usted y nos saca pronto de esta larga agonía.

La última vez que hablamos fue hace ya más de un año, en vísperas de que yo cumpliese treinta y tres. Te llamé por teléfono a la revista, no sin antes dudarlo claro está, y te invité a la cena que daría por mi cumpleaños en el hotel donde me encontraba alojado. Me dijiste que preferías no asistir porque no querías estar con mis amigos de la farándula. Por supuesto, pronunciaste la palabra *farándula* con un cierto contenido desprecio, como diciéndome que nunca te rebajarías a mezclarte con esa gente hueca, frivolona y famosilla. Me apenó que me castigases con tu ausencia solo porque tengo amigos famosos, aunque te comprendí muy bien, pues sé que eres en extremo celoso de tu intimidad; y ahora pienso que acertaste al decirme que no, y es que no pude evitar que un buen amigo mío, fotógrafo de modas a quien sospecho detestas, estuviese aquella noche en el hotel y, a su distraída manera, tomase, con una camarita casi imperceptible, algunas fotos que luego fueron publicadas por una revista que no es la tuya: con toda seguridad me habrías odiado si te tomaban fotos en mi cena de cumpleaños y las publicaban en las páginas de vida social de esa revista sabatina; te habrías sentido emboscado, cazado. Menos mal que no viniste, Manuel. Aunque, por supuesto, te extrañé.

Mis recuerdos más antiguos de ti son bastante borrosos. Estuvimos juntos en el mismo colegio, y, salvo el primer año, en que fuimos vagamente amigos, pues nos tocaba sentarnos juntos y tú parecías tenerme simpatía, nuestra relación estuvo marcada por el recelo, el silencio y la mutua desconfianza: no sé por qué, un mal día dejamos de hablarnos, simplemente dejamos de hablarnos y hasta de mirarnos, creo que yo me resentí contigo porque me hacías bromas ofensivas, te burlabas de mi madre, que me recogía a la salida del colegio en una camioneta no tan linda como la que manejaba tu chofer moreno, te gustaba hacerme bromas hirientes o tal vez no querías herirme pero yo era un niño muy sensible y tus bromitas me dolían porque yo quería ser tu amigo de verdad, no tu amiguito pisado, y entonces no pude más, rompí contigo y nos declaramos la guerra fría, una guerra que duró todos los años de primaria y los tres de secundaria que yo pasé en el colegio, porque, como seguramente recordarás, al concluir tercero de media, mis padres, preocupados por mis reiteradas muestras de indisciplina, decidieron retirarme del colegio, razón por la cual no pude graduarme como hubiera querido, aunque ello no impidió que me invitaran y asistiera a la fiesta de promoción, una noche de excesos en la que, me parece, ya no me miraste con el desdén de antes, pues juraría que me gané tu respeto —fugaz, poco habría de durar— al presentarme acompañado de una chica muy guapa y, sobre todo, cinco años mayor que nosotros, una chica ya no tan chica que se robó todas las miradas y no tardó en imponer su poderoso encanto. Pocas cosas recuerdo de ti cuando intento revivir aquellos años escolares en los que fuimos callados enemigos: tu sentido del humor, que nadie podía igualar y era sin duda tu arma más poderosa, aquella con la que cimentabas tu fama de cínico rebelde y de la que te valías para humillar, con suprema elegancia, a tus ocasionales adversarios; tu aversión a los deportes, incluyendo el fútbol, y la pereza invencible que ellos despertaban en ti: con qué desprecio nos mirabas cuando íbamos felices a jugar fulbito en el recreo; el olímpico desinterés que mostrabas por la cultura Disney y la moda de ir a comprar ropa a Miami; lo mucho que sabías de rock; tu natural tendencia a engordar y, sin embargo, también a estar con las chicas más lindas de la ciudad; la estudiada displicencia con que sacabas buenas notas, aunque sin confundirte nunca en el pelotón de los más estudiosos que peleaban por el primer puesto; y, a la salida, tu camioneta blanca y tu chofer moreno y tus tres hermanos menores que se iban contigo, los tres sentados en el asiento de atrás, y yo mirándote a lo lejos y deseando secretamente ser tu hermano menor para irme contigo comiéndome un heladito en esa camioneta tan elegante y automática. ¿Por qué se instaló entre nosotros el silencio todos esos años del colegio, si yo te admiraba tanto y nunca ocurrió un incidente violento, una pelea digna de llamarse así? No lo sé con certeza; solo recuerdo que me harté de tus bromas crueles y decidí que no podíamos ser amigos porque tú no me respetabas, me veías como alguien muy por debajo tuyo. Esto, curiosamente, cambió cuando me sacaron del colegio. Nos encontramos, ya adolescentes, una noche en el parque; tú ibas con tus amigos, yo con los míos; unos y otros se conocían, terminamos tomando ron con Coca-Cola, sentados en el pasto; bebí deprisa, sin mesura, un trago tras otro, en esos vasitos de plástico descartables, diría ahora que tratando de impresionarte; en efecto te impresioné o al menos tuviste la cortesía de fingirlo: *Qué buena cabeza tienes para chupar*, me dijiste, y fue la primera vez que me hablaste con respeto, en realidad fue la primera vez que me hablaste después de tantos años de guerra fría entre los dos; esa noche me emborraché miserablemente pero recuperé tu amistad, me hablaste por fin. Poco tiempo después volvimos a encontrarnos: estábamos tomando cerveza en algún barcito decadente, debajo de los acantilados, frente al enmierdado mar donde confluyen los desagües de la ciudad; terminamos borrachos, jugando fulbito de mano, con otros amigos del colegio, uno de los cuales se iba al día siguiente a estudiar economía a Nueva York —y entonces la borrachera era una suerte de despedida a él—; saliendo del bar, cogí una silla, la metí en la maletera del carro, que permaneció entreabierta, y, cuando el administrador del barcito se acercaba insultándonos a gritos por robarle una silla de su local, huimos a toda velocidad en el carro del amigo obeso que se iba a estudiar economía; tú te reías gloriosamente borracho y feliz, celebrando mi estúpida bravuconada; luego paramos en medio del túnel de La Herradura, bajé del carro y dejé la silla en la pista, bloqueando el tráfico; ahora me meto borracho al carro y el futuro economista acelera y resuenan tus carcajadas y volteo y ahí queda la silla solitaria en la oscuridad y con ella se pierde, en ese túnel lleno de murciélagos, uno de los pocos momentos en que me gané tu admiración, Manuel Elías, escritor de verdad.

Cuando parecía que finalmente podíamos ser amigos —o por lo menos dejar de ser adversarios—, un desafortunado incidente volvió a distanciarnos. Tú me llamaste una tarde a *La Nación*, el viejo periódico al que había entrado a trabajar en las vacaciones previas a mi último año de colegio, y me dijiste que habías escrito un artículo sobre rock y querías enviármelo a ver si podía ayudarte a que saliera en el suplemento dominical. No me hablaste sino lo estrictamente necesario; no empleaste un tono cordial o afectuoso; no fingiste que éramos amigos; solo me pediste un favor, seca y brevemente. Halagado por tu llamada, te animé a que mandases cuanto antes tu artículo y —yo siempre buscando desesperadamente el afecto de los que no me quieren— te prometí que haría todo lo posible para publicarlo. Esa promesa valía poca cosa; yo no tenía poder para publicar nada; el hecho es que quería quedar bien contigo. No tardó en llegar tu artículo en un sobre manila. Me sorprendió que no lo acompañases de una notita para mí: nada, ni las gracias, solo el artículo rockero escrito a máquina, lleno de borrones y enmiendas en lapicero. Lo leí deprisa; no entendí gran cosa; habías escrito una historia de los Rolling Stones y yo a duras penas sabía quién era Mick Jagger; poco o nada sabía de rock y eso no habría de cambiar con los años. Tan pronto como pude, le entregué tu artículo a la editora del suplemento, una señora mayor, solterona, con bien ganada fama de alcohólica, que, según decían las malas lenguas, es decir la redacción entera del periódico, vivía un secreto romance con la crítica de danza, una mujer bajita y sigilosa, de mediana edad, que visitaba

La Nación ocasionalmente, vistiendo unas apretadas mallas rosadas que arrancaban suspiros de los reporteros de policiales, para dejar unos artículos indescifrables sobre baile moderno, colaboraciones que, sospecho, no gozaban de muy amplia lectoría. Unos días después, la editora me dijo que había leído tu artículo y no podía publicarlo tal como estaba. Su opinión fue tajante: *Esto es un plomazo, está escrito con los pies, dale una buena volteadita y escríbelo en cristiano*. A sabiendas de que, como he dicho antes, eres ahora un estupendo escritor, tengo que confesarte, querido Manuel, que a mí también me pareció que tu artículo sobre los Rolling Stones estaba muy mal escrito. No te llamé a decírtelo; quizás debí hacerlo; nunca he tenido coraje para decirle a la gente cosas feas. Preferí seguir las instrucciones de la editora alcohólica. Sin atreverme a cambiar el contenido, corregí tan solo su redacción, que encontré pobre y confusa, y, fue inevitable, la adapté a mi (pretenciosa) manera de escribir. Entonces la editora lo releyó y ordenó su publicación. Me aseguré de que ocupase un lugar destacado en la página de música, fuese debidamente ilustrado con fotos y mencionase, al final, en letras negritas para resaltar, el nombre del jovencísimo autor, tu nombre, mi admirado Manuel Elías. Firmé por ti: Manuel Elías Vargas, tu nombre completo, apellidos paterno y materno. En vísperas de su publicación, cuando ya tenía frente a mí las pruebas impresas del suplemento, te llamé por teléfono, seguro de que te daría una buena noticia. No te encontré; le pedí a la empleada que te avisara que al día siguiente saldría tu artículo en *La Nación*. Pues así ocurrió: era domingo y, mientras desayunaba panes con mantequilla en casa de mis abuelos, leía con deleite tu historia rockera:

qué prosa tan limpia, qué fluidez, qué adjetivos tan precisos. Pensé que estarías encantado: sí, seguía siendo tu artículo pero ¡cuánto había mejorado! No lo dudaba un segundo, ese sería el comienzo de una sólida y duradera amistad entre los dos. Aunque sabía de tu carácter taciturno, esperaba que me llamases al día siguiente para agradecerme por haber apadrinado tu debut como colaborador del periódico y, de paso, elogiar las correcciones que, sin consultarte, me había permitido hacer a tu articulillo rompedor. En efecto, me llamaste ese lunes a *La Nación*. Nada más ponerme al teléfono, detecté en tu voz un timbre de contrariedad, pero lo atribuí enseguida a las conocidas asperezas de tu carácter. Esperaba el sentido agradecimiento, la lluvia de elogios, la invitación a tomarnos una cerveza. Esperaba sinceramente ser tu amigo. Menuda decepción habría de llevarme. Me dijiste: *Quién te has creído para cambiar mi artículo sin decirme nada*. Estabas indignado. Me quedé sin palabras. Balbuceando, traté de explicarte que la editora me había ordenado que hiciera unas correcciones y las había hecho con la mejor intención, pero me cortaste bruscamente: *Lo que has hecho es una estupidez, fue un error confiar en ti, adiós*. Tuve ganas de abofetearte, Manuel Elías, tuve ganas de decirte: ¿quién te crees que eres tú, gordito presumido?; ¿no te parece obvio que tu artículo ha mejorado muchísimo gracias a la sana volteadita que le di?; ¿no deberías darme las gracias por publicarlo así tan grande y bonito y con tu nombre en letras itálicas y a doble negrita para que lo vean tus amiguitas y sepan de tu rockera erudición? No te dije nada de eso, por supuesto. Me dolió en el alma que te molestaras conmigo y me dijeras que había cometido una estupidez. Pensé: ahora sí que no me habla nunca más. Pensé también: tanto esfuerzo y cariño en corregir su artículo para que, en vez de agradecerme, se moleste y me mande al diablo. Me quedé muy resentido contigo, no te voy a mentir. Me dije que no eras mi amigo ni querías serlo, solo habías tratado de usarme para sacar tu bendito articulillo. Me sentí un tonto. Te odié. Pero han pasado los años y te has convertido sin ayuda de nadie en un notable escritor y ahora pienso que en parte tenías razón: no debí publicar el artículo sin pedirte que aprobaras mis correcciones. Comprendo mejor tu irritación. Tú no habías escrito eso, lo escribí yo. Seguramente te ofendió que redactase tu artículo a mi manera y que, sin decirte nada, lo publicase firmado por ti. Debí llamarte y decirte: ¿me autorizas a cambiarlo? Debí mandarte el artículo corregido y esperar a que aprobases su publicación. Acepto que hice mal. Pero créeme que no tuve malas intenciones, quizá solo un exceso de confianza en mí; lo que quería era servirte, halagarte, complacerte, ser tu amigo; por eso me apresuré en corregirlo y publicarlo, para no defraudarte; ahora sé que actué con tanta torpeza como arrogancia; ya no estoy tan seguro de que los cambios que hice fuesen necesarios o apropiados; tal vez el artículo estaba mucho mejor tal como me lo hiciste llegar y yo lo cargué de adjetivos rebuscados y frasesitas barrocas. Querido Manuel: te pido perdón. Nunca más osaré tocarte una coma. Tu venganza ha sido perfecta: ahora tú y yo sabemos bien cuál de los dos escribe mejor.

¿Te acuerdas dónde volvimos a encontrarnos? Apostaría que lo has olvidado. Nos inscribimos en la misma academia a fin de preparanos para el examen de admisión a la universidad. Te vi a lo lejos en el patio, el primer día de clases; te recuerdo ligeramente barrigón y con el pelo largo, los ojillos atentos a todo; me miraste de costado, como si al mirarme ensuciaras tus ojos; sentí que seguías enojado conmigo; no nos dijimos una palabra durante los nueve meses que fuimos a esa academia; por suerte no nos tocó la misma clase: a pesar de que ambos estábamos en el segundo nivel —el primero era para los mejores estudiantes—, fuimos asignados a diferentes salones y tutores, lo que afortunadamente evitó que nos viésemos a menudo. Podría decir ahora que te infligí dos derrotas, pero, a la postre, tu única victoria prevaleció largamente sobre las mías. Mi primer triunfo ocurrió cuando, a finales de año, a las puertas del verano y por consiguiente de las semanas cruciales, me ascendieron al primer nivel, quedando tú rezagado en el segundo: me sentí arriba tuyo, me sentí superior, me sentí un poquitín más inteligente que tú, tocayito. Ay, qué rica sensación aquella, la de verte para abajo. Pequeña y mezquina revancha mía. Luego me permití un triunfo mejor: entré a la universidad en bastante mejor puesto que tú. Ahí estaba mi nombre, en el pelotón de avanzada; allá abajo figuraba el tuyo, confundido entre los que ingresaron con susto. Me alegró que entrases conmigo, pero especialmente que entrases debajo mío. Sin embargo, tu astucia eclipsó rápidamente mi sensación de superioridad: como casi todos los estudiantes que lograron ingresar a la universidad, yo dejé que me rapasen el pelo —que me lo cortasen, como decimos allá, "a coco"—, lo que sin duda no contribuyó para nada a mejorar mi apariencia, diríase más bien que sin pelo en la cabeza quedé franca y decididamente ridículo; tú en cambio, Manuel Elías, desafiando las costumbres generacionales, te rehusaste a pasar por tamaña humillación y, si bien permitiste que te cortasen dos o tres

211

mechones simbólicos, conservaste el grueso de tu abundante cabellera marrón ensortijada —que, dicho sea de paso, no parecía demasiado familiarizada con el champú—. Yo, rapado a coco; tú, con bastante pelo; yo, tratando de evitarte; tú, mirándome con una mueca burlona y superior: ¿de qué diablos me había servido entrar en mejor puesto, si el que tenía pelo eras tú y no yo? Siempre te las ingenias para quedar bien, cabrón. Por eso te admiro tanto.

Cuando por fin me creció de nuevo el pelo, me sentí a salvo de tus miradas displicentes, pero ello no evitó que me hicieras una broma que me dolió y aún recuerdo bien. Sentado en las gradas de la rotonda de Letras, a la espera de que comenzara la abominable clase de matemáticas, te vi caminar con tu airecillo apático y desgarbado, sentí que me mirabas y me sobresalté al notar que te habías sentado a mi lado. No habíamos estado cerca en mucho tiempo; no nos habíamos dirigido la palabra desde el incidente de tu articulillo rockero; me quedé inmóvil, la mirada en mis zapatos. Se hizo un silencio atroz, supe que algo ominoso habría de ocurrir. Me preguntaste con toda naturalidad, como si fuésemos viejos amigos: *¿Dónde te cortas el pelo?* Sorprendido por el tono aparentemente cordial de tu pregunta, y halagado por el solo hecho de que me hablaras, te dije: *En la peluquería italiana*. No apuraste el comentario, se diría más bien que lo demoraste de una manera calculada y maliciosa, dijiste entonces: *Deberías enjuiciarlos*. Dijiste eso, te paraste y te fuiste. Te fuiste y me dejaste humillado, lleno de rabia, odiándote. Me pareciste un patán. Sí, tú tenías un pelo largo y rockero, y a mí en cambio parecía que me hubiesen planchado al seco mi lacio pelambre marrón, pero eso no te daba el derecho de agredirme gratuitamente, malvado tocayo. Como te imaginarás, dejé de ir a la peluquería italiana, donde me atendía un viejito encantador aunque ya medio cegatón que me había cortado el pelo desde que yo era niño y me decía El Hombre de Acero por unos dibujos animados que me encantaban, dejé de ir adonde mi amigo El Hombre de Acero y me dejé el pelo largo pero básicamente me crecieron las patillas y me veía ridículo, parecía el bisnieto de Bolívar, así que ni modo, el pelo largo y rockero no era para mí, tuve que ir a una peluquería nueva, donde me dejaron tan severamente dañado que no asistí a la universidad una semana entera, por temor a tu crueldad.

Mi fugaz paso por la política universitaria, que podría considerarse también como una de mis primeras incursiones en la comedia realista, mereció, de tu parte, una pública y manifiesta desaprobación, tan pública que la presenciamos el aula entera repleta de estudiantes y yo. Se había convocado a una elección estudiantil para un cargo perfectamente inútil y, junto con otros cuatro estudiantes, cometí la temeridad de lanzar mi candidatura. No quería hacer nada concreto por la universidad o los estudiantes; no tenía idea en qué consistía el cargo al que postulaba; sabía bien que en caso de ser elegido dejaría sólidas evidencias de mi ineptitud y mi pereza; sin embargo, postulé. ¿Por qué postulé? No lo sé, simplemente seguí una voz interior que me repitió lo que me decía mi madre cuando era pequeñito: *Tú eres un líder nato.* Pues ya ves, solo quería sentirme importante y ser todo lo famoso que pudiese. Por eso escribí un panfleto lleno de promesas demagógicas y frases pomposas, lo mandé a imprimir y lo repartí yo mismo, chupando un

213

chupete —detalle que me parecía crucial para capturar el volátil voto femenino—, en la rotonda de Letras, en vísperas del debate entre los candidatos, que tendría lugar en el salón más grande de la facultad. El esperado día del debate, me presenté, confiadísimo en mi victoria, con mi mejor camisa a cuadros y mi pelo correctamente peinado con raya al costado, es decir, con mi estudiada imagen de conservador-moderno-que-lee-todo-Friedman-y-juega-fulbito-en-la-playa. Lo tenía muy claro: yo quería ser presidente de la república, y ese cargo estudiantil era el primer paso que me llevaría, en meteórica carrera, a palacio de gobierno. El salón hervía de gente; los demás candidatos parecían nerviosos; me sentía seguro y optimista; yo esperaba pacientemente, con una sonrisa condescendiente, el momento en que me tocase hablar. Tú estabas allá arriba, en una esquina, muy serio; yo solo quería hablar bonito para impresionarte y ganarme tu voto y también, de ser posible, tu cariño. El moderador pronunció entonces mi nombre; escuché unos aplausos tímidos que sin duda no fueron los tuyos; tomé el micrófono y comencé a decir mi aprendido discurso. Eso debía de ser el éxtasis: yo hablaba y una compacta multitud me escuchaba respetuosamente. Mi mamá tenía razón, yo había nacido para ser un líder; qué bonito estaba hablando, ya algunos asentían y aplaudían; sin duda tenía la victoria en el bolsillo, empezaba gloriosamente mi carrera política, la que habría de llevarme —estaba escrito en el destino— a la más alta investidura de la nación. Pero algo inesperado ocurrió y quebró mi olímpica confianza. De pronto, tú, Manuel Elías, campeón de los escépticos, líder moral de los amorales, vicioso defensor del voto viciado, te pusiste de pie —pensé que para dar vivas a mi encendido discurso o simplemente para manifestarme así tu silenciosa adhesión— y, mirándome con indudable desprecio, como se mira a una cucaracha antes de rociarla con aerosol tóxico, bajaste las escaleras una a una, lentamente, y, ante mi incredulidad —fue el único momento en que balbuceé y perdí la ilación— te retiraste del salón a mitad de mi histórico discurso. Sentí el golpe. Perdí el espíritu triunfador. Olvidé la siguiente línea de aquel discurso de paporreta. Esa noche en mi cama lloré de rabia. No entendía por qué eras tan malo conmigo. ¿Qué te había hecho para merecer tantos desplantes, tanta agresividad? Pero me repuse, y recé muchísimo —por entonces yo rezaba para que ganase mi equipo de fútbol favorito— y gané la elección por muy estrecho margen y, por supuesto, no asistí nunca a las sesiones de la asamblea estudiantil, por lo cual fui cesado en el cargo y severamente amonestado por el director de la facultad, un profesor diminuto y cojito a quien apodábamos Papagayo, en razón de su notorio parecido con dichas aves vocingleras. Entonces te odié por desairarme tan feamente; ahora, querido tocayo, incluso te lo agradezco, pues admito que aquella aventura política fue un disparate de principio a fin, algo que tú sin duda advertiste rápidamente: siempre fuiste más rápido que yo. Estaba haciendo el ridículo y te negaste a ser cómplice de tan penoso espectáculo. Gracias, Manuel. Ahora pienso que, al retirarte abochornado de ese debate estudiantil, me diste una pequeña lección. De todas maneras, déjame hacerte une preguntita: el día de la elección ¿votaste por mí?

Me atemorizaba encontrarme contigo en la universidad, pero también me excitaba de cierta oscura manera, pues había cosas de ti —tu arrogancia intelectual, tu

215

rebeldía de rockero frustrado, tu bien ganada fama de callado bebedor de cerveza en las chinganas de la playa— que yo ciertamente admiraba. Había que tener cojones para ser como tú, y yo no los tenía así de grandes. Yo quería ser un ejemplo, el orgullo de mamá, el chico modelo; tú solo querías divertirte. Volvimos a cruzarnos a la salida de la biblioteca, una de esas pocas mañanas en que asoma el sol en invierno. Yo divisé a lo lejos tu (no muy esbelta) silueta y desvié la mirada hacia las alicaídas flores del jardín; no quería concederte la dicha de mirarte; no lo merecías, después del desaire que me habías infligido; además, eras muy peligroso, mejor ignorarte. Pero te encantaba sorprenderme. Te paraste frente a mí y me obligaste por consiguiente a detenerme y mirarte. Preguntaste a quemarropa: *¿Es cierto que tu hermana se fue a un pueblito en la sierra?* Quise complacerte: *Sí, nadie sabe dónde está. Parece que se volvió medio loca.* En efecto, un par de años atrás mi hermana se había marchado a un pueblito perdido en las montañas; desde entonces no la veía ni sabía nada de ella; interrumpió sus estudios de literatura, me dijo una mañana que se iba de viaje por un tiempo largo y no regresó, se fue a la sierra y desapareció mi adorable hermana soñadora. No te dije nada de esto, desde luego. Solo traté de caerte bien, burlándome de ella: *Parece que se volvió medio loca.* Pero mi comentario te hizo poca gracia. Tras un levísimo gesto de desaprobación, me dijiste: *Bien por ella. Déjala vivir su vida. Hay que ser bien valiente para hacer una cosa así.* Contigo nunca se sabía por dónde vendrían los tiros, Manuel. Me quedé sorprendido por la calidez con que hablaste de mi hermana. Desconocía ese lado tuyo compasivo y tolerante. Apenas balbuceé: *Tienes razón, Milagros es muy valiente.* Pero ya te habías ido. Te fuiste caminando rápido con tus pasitos cortos, el cuerpo menudo y algo gordito, vestido siempre en tonos oscuros, la camisa sin duda afuera para disimular la pancita cervecera. Te fuiste y me quedé pensando en la puerta de la biblioteca: coño, qué difícil es ser su amigo.

De todas las pequeñas agresiones que te permitiste conmigo, la que más me duele todavía es aquella que perpetraste anónimamente —pero sé bien que fuiste tú— al día siguiente que murió Paquirri, el torero. Debo decir aquí que eres un amante de la fiesta de los toros —amante y erudito, pues sabes como pocos de esa bárbara tradición española—, mientras que yo me declaro profunda y orgullosamente ignorante de las cosas del toreo, costumbre que encuentro repugnante, abusiva, incivilizada y grotesca de principio a fin: sé bien que en este punto tenemos una discrepancia insalvable, querido tocayo, pero matar cruelmente a un pobre animal nada tiene de arte, y no me digas por favor que el torero arriesga la vida y encara la muerte y eso tiene mucho de arte, que para mí, perdóname la franqueza, la fiesta de los toros es de una vulgaridad insoportable y la tortura a que someten a esos pobres animales es un acto de bestialismo puro. Pero volviendo a Paquirri: lo cogió un toro y perdió la vida. Yo me enteré de la infausta noticia en el canal de televisión donde trabajaba como presentador de un programa de entrevistas. Decidí enseguida que el programa de esa noche estaría dedicado a Paquirri. Invité a tres conocedores de la tauromaquia: un crítico, un ganadero y un torero retirado. Al comenzar el programa, y tras presentar los detalles de la muerte de Paquirri, advertí al público que yo era un completo ignorante de la fiesta taurina —jamás había presenciado una corrida de toros— y dije a continuación que, a pesar de mi desconocimiento del tema —cosa que entonces me daba vergüenza, pero de la que hoy me enorgullezco—, me sentía, como periodista, obligado a informar al respecto, pues la muerte de Paquirri era noticia mundial, y por eso entrevistaría a tres amantes y expertos del toreo. No obstante mi oceánica ignorancia taurina, el programa corrió bastante bien, gracias sin duda a mis invitados y quizás también a mi capacidad de fingir que sé lo que no sé, algo que puede ser muy útil en televisión y particularmente en el Perú, país que sabe agradecer como pocos la capacidad de improvisación. Terminé el programa y me fui muy orgulloso a mi casa, pensando que había hecho un buen trabajo. Al día siguiente, asistí a clases en la universidad. Algunos me miraban burlonamente solo porque yo salía en la tele; los ignoraba, era obvio que me envidiaban o al menos eso sentía entonces; la ventaja era que las chicas se fijaban en mí, no por las buenas razones sino porque salía en la tele. Pues terminé mis clases a mediodía y me dirigí al estacionamiento, donde había dejado mi auto deportivo, cuatro puertas, cinco cambios, color plomo metálico, que había comprado gracias a los dolarillos que me procuraba el programa de televisión. La verdad, tocayo, yo estaba muy orgulloso de mi carro: me lo había comprado yo solito, sin ayuda de la familia, y si bien el tuyo era decoroso —uno verde japonés—, el mío, no lo niegues, era mucho más lindo. Al acercarme a mi carro, vi un papel en el vidrio delantero, sujetado por una de las plumillas. Halagado, pensé que era un mensaje de alguna secreta admiradora. Retiré la nota del parabrisas y leí: *No te metas a hablar de lo que no sabes, huevón*. Nada más; no estaba firmada; la letra en mayúsculas, una caligrafía descuidada, escrita deprisa con plumón negro. Me dolió en el alma. Supe que eras tú. Nadie más se atrevería a insultarme así. Entré rápido al carro y rompí el mensaje anónimo. Esa noche mi programa salió mal. No podía dejar de pensar en ti. ¿Por qué eras tan malo conmigo? ¿Por qué todo lo que yo hacía te parecía detestable? ¿Quién te creías para insultarme? Yo nunca me di aires de sabihondo taurino, pero mi trabajo me obligó a meterme temerariamente en tan espinoso asunto y creo que no lo hice mal. Sin embargo, tú me vapuleaste. Y me dolió. Porque tu opinión pesaba mucho sobre mí —aún ahora la considero muchísimo—. Y no me digas que no fuiste tú quien escribió la nota de marras, querido tocayo. Una amiga te vio y me lo confirmó días después. Además, por la manera como me miraste un par de veces —con ese airecillo de superioridad moral, intelectual y estética que solo tú te permitías tan elegantemente— fue obvio que no me perdonabas el atrevimiento de hablar de toros en televisión. Ahora te digo una cosa, Manuel: fuiste excesivamente cruel. No merecía tu desprecio. Lo que en el fondo te irritaba —confiesa— era que yo saliese en televisión. No me perdonabas que fuese famosillo, que las señoras distinguidas hablasen de mí con cierta admiración, que los políticos de moda se peleasen por ir a mi programa; no me perdonabas que tuviese éxito. Yo sé: era un éxito falso y fugaz —poco habría de durar—, pero yo lo necesitaba para vengarme de mi pasado y, te soy franco, lo estaba disfrutando a morir, en cada semáforo donde me reconocían desde el carro del costado y me saludaban con cariño, en cada discoteca de sábado en la noche donde las chicas me miraban y querían salir a bailar conmigo. No me vuelvas a dejar notas anónimas vapuleando mi ya herido orgullo, admirado tocayo. Eso es indigno en ti. Si quieres criticarme, dímelo cara a cara; pero mejor aún: no me critiques tanto, que yo no tengo tu talento y solo hago lo que buenamente puedo. De todas maneras, tú ganas: no volveré a hablar de toros, salvo que sea para decir lo que ya dije: que detesto visceralmente esa fiesta bárbara y cruel que tú llamas arte. Postdata: qué ironía que, años después de aquella notita anónima, la primera persona que me llevó a ver una corrida de toros en la histórica plaza de Acho, que olía históricamente a caca, fueras tú, tocayo torero. Pero de eso hablaremos más adelante.

Meses más tarde, en un encuentro casual y pasajero como eran siempre los encuentros contigo, me demostraste, por si hacía falta, tu coraje y lucidez, ocasión en la que yo, por mi parte, puse en envidencia la confusión en que me hallaba. Antes de entrar a clases, te sentaste a mi lado y me preguntaste: *¿A qué facultad te vas a meter?* Faltaba poco para concluir los estudios generales de Letras y teníamos que elegir una carrera, es decir, una disciplina académica. *Derecho*, contesté, sin permitirme el asomo de una duda. ¿Por qué Derecho? Porque quería ser político, presidente, poderoso y perfecto; quería avanzar derechamente por la vida; quería ser de derechas y hombre hecho y derecho; yo había nacido para estudiar Derecho, qué duda cabía. Tú me miraste con menos crueldad que compasión —por fin una mirada amable, tocayo: cuánta falta me hacía— y dijiste algo que todavía te agradezco: *Tú escribes bien, deberías estudiar Literatura.* Sorprendido por tu gentileza y también por la audacia de tu propuesta, pregunté: *¿Y tú?* A lo que respondiste con cierto aire despreocupado: *Yo, Literatura.* No aprecié entonces el valor que tuviste para desviarte de las carreras tradicionales y elegir algo incierto y aventurero. *¿Por qué Literatura?*, te pregunté. Dijiste: *Por descarte. Todo lo demás me parece muy aburrido.* Sonó el timbre, nos llamaron a clases. Me puse de pie y me despedí tímidamente y ya me iba cuando te escuché decir: *Piénsalo, no vayas a Derecho, métete a Literatura.* Te dije gracias sin hacerte mucho caso. Pensé: si estudio Literatura, nunca seré presidente. Olvidé el asunto. Seguí recto hacia Derecho. Pero los años pasaron y tú terminaste Literatura y ahora escribes divinamente y yo en cambio me aburrí de Derecho y abandoné la carrera y ahora pienso: cuánta razón tenías, si volviese a tener veinte años, estudiaría Literatura sin pensarlo dos veces. Tocayo: mis respetos. A eso le llamo yo inteligencia.

El hecho desafortunado de que escogiéramos diferentes facultades hizo que dejásemos de vernos en la universidad. Por lo demás, mi asistencia a clases era bastante irregular. Me sentía embriagado con mi repentino éxito en televisión; la universidad era una odiosa e inútil obligación; para qué ir a clases si ya había conseguido un trabajo que me encantaba y pagaba bien; ya no quería ser abogado, solo quería ser famoso. A ti, ilustre tocayo, habitante de las esquinas sombrías y taciturnas de Lima, ya no te veía más en la rotonda, pero te seguía lealmente. Te seguía en el periódico y la revista donde solías publicar tus columnas irreverentes y en ocasiones geniales. Desde niño he practicado de un modo bastante compulsivo la costumbre de leer todos los periódicos y revistas que tenga al alcance; me gusta leer periódicos extranjeros, revistas serias y frívolonas, pasquines escandalosos, diarios deportivos, toda la prensa del corazón; en esos tiempos universitarios devoraba cuanta publicación pasaba por mis manos con el doble propósito de investigar si decían algo de mí y de paso mantenerme informado (seamos francos: en ese orden de importancia); aún ahora que mucha gente lee los periódicos en internet, yo me aferro al hábito antiguo de ensuciarme las manos con tinta hojeando los periódicos. Por eso di contigo. Me sorprendió un buen día encontrar en un diario una columna firmada por ti. La leí rápidamente y confirmé lo que ya sabía: eres un escritor peligroso —peligroso porque tienes talento y no te callas nada—. Ya antes te había leído en la revista más influyente de Lima, cuyas últimas páginas, habitualmente dedicadas a asuntos pintorescos o triviales, parecías haber capturado: al final de esas crónicas deliciosas, encontraba tu nombre en letras pequeñitas y encerrado entre paréntesis, como si tuvieras vergüenza de firmar. Han pasado casi quince años y sigues trabajando en esa revista; ocupas ahora un puesto importante; sin duda las páginas más creativas siguen siendo aquellas en las que tú metes la mano; te confesaré muy de paso que estuve a punto de entrar a trabajar a tu revista poco antes de que entrases tú, pero me desanimé a última hora y simplemente no fui, dejando plantado al director, que es por cierto un hombre encantador: sin duda fue una decisión acertada, porque tú y yo no podríamos escribir juntos en esa revista, sería una guerra sangrienta, nuestros egos son demasiado grandes —aunque tú lo niegues— y acabarían colisionando brutalmente como trenes fuera de control; el hecho es que admiro la persistencia y lealtad que has demostrado con esa revista que creyó en ti y te hizo famoso, al menos en el ámbito de la prensa escrita, donde has sabido hacerte un nombre y hasta diría que una leyenda.

Leerte todas las semanas me acercó a ti, hizo que te admirase más, borró los malos recuerdos y, finalmente, en aquellos días en que me sentía tan solo y perdido —vivía en un hostal, alejado de mi familia—, hizo crecer en mí la ilusión de verte. Por eso te visité esa mañana en el centro. No me esperabas, desde luego; fue un atrevimiento aparecerme a las once de la mañana en la recepción de tu revista —un edificio viejísimo en el corazón histórico de la ciudad— y preguntar por ti. Por primera vez, te vi sorprendido: tú que siempre me sorprendías a mí. Me saludaste afectuosamente, aunque mentiría si dijese que parecías contento de verme, y me preguntaste qué había de nuevo. Te dije, con mi habitual timidez, pero mirándote a los ojos, que solo había querido visitarte un ratito para decirte que me encantaba cómo escribías. No llegaste a sonreír —ahora sé que sonreír demasiado te parecía una vulgaridad; tú practicabas como nadie la suprema elegancia de la melancolía—, pero alcanzaste a esbozar una media sonrisa esquinada que apenas si delató tu complacencia ante mis rendidos elogios, muy merecidos por lo demás. Sugeriste que saliésemos a dar una vuelta, lo que interpreté como un gesto amistoso y también como una manera sutil de decirme que ese edificio ancestral podía desplomarse en cualquier momento. En cualquier caso, celebré para mis adentros que no fueses todo lo seco y lacónico que tú sabías ser; fue en efecto una felicidad para mí caminar contigo por esas calles negruzcas del centro, calles que yo había recorrido hasta el hartazgo unos años atrás, cuando trabajaba en el periódico, pero en las que ahora me sentía un tanto extraño, en medio del bullicio automotor, las chucherías desperdigadas en la acera, la emanación de gases tóxicos y unos ventrudos sujetos de aspecto patibulario que decían comprar y vender dólares —y que, a juzgar por sus miradas desalmadas, eran capaces de vender también a sus señoras madres—. Caminabas rápido y yo te seguía. Aclaro aquí que no caminabas rápido porque tu estado físico fuese óptimo —ya estabas algo subido de peso y esa tendencia a engordar no habría de declinar con los años— sino porque siempre te ha gustado vivir así, rápido, deprisa, a plenitud, sin perder tiempo en tonterías. Ahora estabas perdiendo el tiempo conmigo, lo sé, pero déjame decirte, si de algo sirve, que esos veinte minutos que me dedicaste aquella mañana de pura intoxicación limeña me hicieron comprender que estar contigo era siempre un viaje riesgoso, impredecible y fascinante. Me llevaste a una juguería. Qué sorpresa encontrar una juguería en uno de esos jirones ennegrecidos y polvorientos. Nos prepararon dos jugos de papaya con naranja. Hiciste un breve gesto de fastidio cuando la licuadora empezó a chillar. *Estoy con resaca*, dijiste. Me preguntaste luego en qué andaba yo. Te dije que andaba medio perdido, que no me interesaba la universidad, que lo único que en realidad me apasionaba era el fútbol. *Entonces dedícate a eso*, me animaste. Y añadiste, para mi sorpresa, pues no estaba acostumbrado a oír palabras cálidas de ti: *Tú podrías ser el mejor periodista de fútbol de este país*. Entusiasmado, te conté que soñaba con fundar una revista de fútbol como las argentinas; te pareció una buena idea; *si te gusta tanto el fútbol, dedícate a eso, no pierdas tu tiempo en otras cosas*, me dijiste. Cambiando bruscamente de tema, te pregunté si estabas saliendo con alguien. Sé que fue una pregunta audaz. Solo te pregunté si salías con alguien por pura curiosidad. Tu respuesta, que no delató incomodidad, fue breve y directa: *Sí, estoy saliendo con una chica*. Temerario o curioso o ambas cosas a la vez, fui más allá: *¿Estás enamorado de* *ella?* No olvido lo que me dijiste: *No, estoy enamorado de sus tetas.* Risas. Pagamos la cuenta. Salimos de la juguería. Sentí que, después de todo, podíamos ser buenos amigos. Camino a la revista, me preguntaste si yo estaba saliendo con alguien. Te dije la verdad: *Sí, con una chica de la universidad.* No te dije toda la verdad: no estaba enamorado de ella ni de sus tetas; solo me obsesionaba la idea de hacer el amor con ella; yo quería sexo y ella no se dejaba y eso me enloquecía. Antes de despedirnos, me dijiste que ese sábado había un espectáculo con Marcel Marceau, el famoso mimo, y sugeriste que podíamos ir juntos, con nuestras respectivas chicas. Celebré la idea. Me dijiste: *Si te animas, llámame.* Luego nos dimos la mano y desapareciste por las escaleras lóbregas de ese edificio fantasmal, que, dicho sea de paso, olía fuertemente a tacu tacu —esa combinación letal de arroz con frijoles—. Lamentablemente, y por razones que ahora soy incapaz de precisar, no te llamé aquel fin de semana y por consiguiente no fuimos a ver al mimo francés. Yo estaba envuelto en una relación turbulenta y apasionada con una mujer; no tenía cabeza para nadie más. Me perdí, pues, la oportunidad de contemplar los senos seguramente gloriosos de tu chica, esos pechos de los que, con todo cinismo, decías estar enamorado.

Conocí a tu chica unos meses después, en las circunstancias más inesperadas. ¿Te acuerdas? Fuiste tú quien la mandó a verme al canal de televisión. A mí me acusan de cínico y manipulador, cosas que sin duda puedo ser, en particular cuando se trata de asuntos de dinero, los que no conviene mezclar con afectos y sentimientos, pero no he conocido persona más astuta para manipular con elegancia que usted mismo, mi admirado tocayo. Por eso tu chica fue como una mansa corderita a verme al canal de televisión, siguiendo tus instrucciones. Yo, todavía bajo la influencia de aquella conversación que tuvimos en la juguería, había decidido dedicarme al periodismo deportivo, alejándome así de las entrevistas a los políticos; por eso, aquella tarde que tu chica fue a verme yo estaba haciendo comentarios en un partido del mundial de fútbol. Fue una experiencia escalofriante —no digo la visita de tu chica, que me pareció un encanto; digo mi debut como comentarista del mundial—, pues descubrí bien pronto que el fútbol no es tan divertido cuando tienes que verlo en traje y corbata, maquillado, bajo unos poderosos reflectores y aprendiéndote de memoria los once nombres de la selección marroquí y pensando además las cuatro cosas que vas a decir cuando el locutor chillón, que va a romperte los tímpanos y escupe verdaderas lloviznas salivales, te dé por fin el pase para tus comentarios de treinta segundos, comentarios que él llama "acotaciones" y que anuncia chillando menos —porque me tiene celos— y diciendo mal mi apellido —porque el sujeto es una bestia—. En esos trances me hallaba cuando el coordinador de piso me anunció que tenía una visita. Le dije que no esperaba visitas. *Es una señorita periodista*, me informó. No pude hacerme negar; no podía quedar mal con la prensa nacional; había que cuidar la imagen. Me levanté presuroso —tanto que casi arranco de cuajo el micrófono— y me acerqué a la coleguita periodista. Ignoraba yo que dicha señorita era en realidad tu chica. Ella, muy tímida, me dijo que venía de parte tuya, que querías conversar conmigo, que si le podía dejar mi teléfono y tú me llamabas a la noche. Se lo dejé encantado, y mientras ella lo apuntaba en su agenda voluminosa yo tuve ocasión de mirarle, todavía más encantado, los pechos a que tú habías aludido en nuestra conversación, unos pechos absolutamente plausibles —y no del todo invisibles, dado el escote pronunciado— que dejaron en evidencia tu buen gusto y su admirable busto. Basta de tonterías, tocayo: conocí a tu chica y me pareció, además de muy guapa y muy inteligente, una mujer un tanto misteriosa, pero de eso hablaremos luego. Lo cierto es que esa noche me llamaste. Yo vivía entonces con un amigo. Más exacto sería decir que vivía en casa de un amigo. Ese amigo era un encanto conmigo; me engreía y protegía; nuestras noches eran orgías de cocaína: ¿cómo diablos podía yo al día siguiente saberme la delantera de Iraq, el nombre del lateral izquierdo soviético o la edad del arquero danés? Hablamos brevemente por teléfono. No fue una entrevista formal; simplemente conversamos; preguntaste por las cosas que pasaban en el canal y no se veían en cámaras —las rencillas y envidias entre los comentaristas; el pollo a la brasa que devoraba el veterano entrenador brasileño, haciendo ruidos inapropiados que se filtraban a la transmisión; las bromas que circulaban en el estudio; lo que sabíamos de los comentaristas del otro canal—; en fin, hablamos bastante y te conté todo lo que sabía del mundial. No estuviste encantador, ni siquiera simpático, pero sí correcto; digamos que correcto y amable. Días después, cuando pude leer tu revista, sentí que la mala onda que nos habíamos tenido tiempo atrás, en el colegio y la universidad, por fin había desaparecido: habías escrito un artículo que elogiaba moderadamente mi trabajo como comentarista del mundial y me auguraba grandes éxitos si persistía en dichos avatares. Me sorprendió; te llamé y agradecí. Claro, el artículo no lo firmabas —eso era mucho pedir— pero decías cosas de mí que, en estricta justicia, yo no merecía y solo podían atribuirse a tu espíritu generoso. Me quedaron claras tres cosas: uno, tú querías que me dedicase al fútbol; dos, podíamos ser amigos; y tres, me moría de ganas de ver de nuevo a tu chica, perdóname la franqueza, tocayo. Y aprovecho la ocasión para decirte gracias por elogiar mis comentarios mundialistas. De aquella fiesta del fútbol solo recuerdo que ganó la Argentina; todo lo demás lo he olvidado ya, y de ello sin duda tiene la culpa la magnífica cocaína que mi amigo y yo aspiramos aquellas noches, todavía celebrando los goles de Maradona, quien, dicho sea de paso, por lo visto ha sabido prolongar similares celebraciones hasta los tiempos presentes, en perjuicio de su salud y su cuenta bancaria, y para beneplácito de los esforzados campesinos andinos que deben a la hoja de coca su diario vivir. ¡Salud, Diego, ídolo del pueblo! Serás siempre un grande, no he dejado de admirarte, aunque, si me permites una sugerencia, harías bien en lavar con agua y jabón ese tatuaje del Che Guevara que desluce mucho tu musculatura.

Apostaría, Manuel, que has olvidado una noche en que nos encontramos por azar. Yo guardo de ella un recuerdo borroso, lo que atribuyo al excesivo alcohol que bebí —cerveza nada más, pero en abundancia— y al paso de los años, que han estragado mi memoria. El encuentro tuvo lugar, ya pasada la medianoche, en una discoteca de moda a la que yo asistía muy esporádicamente, sobre todo aquellas noches en que había peleado con Melanie, mi amor imposible, y quería emborracharme para sentirme todavía más miserable: sé ahora que puedo ser jodidamente autodestructivo, y eso no tengo idea si viene en los genes o es una herida que me abrieron de niño o es que soy bastante tonto y nada más. Creo que no estaba borracho cuando te vi; tampoco me atrevería a decir que estaba sobrio; yo tomo un par de cervezas y pierdo las inhibiciones y, según la música que estoy oyendo, me entristezco súbitamente o ya quiero salir a bailar. Casi con seguridad, aquella noche estaba triste —triste y rabioso, porque el amor con Melanie era una batalla extenuante— y no quería bailar porque la música agredía mis oídos —mis oídos y mis costillas—: la música fea y estridente me duele en las costillas, y es un dolor físico, real, como si cada nota fuese un palazo a mi precaria osementa. Por eso me dirigí a la cabina del chico diminuto y cocainómano que programaba la música, para rogarle encarecidamente que pusiera canciones menos hostiles, por ejemplo Soda Stereo, que recientemente se había presentado en Lima, concierto al que tuve el honor de asistir y, al final, también el honor de ser asistido, pues en efecto, tras saltar, sudar, convulsionarme, frotarme con otros cuerpos y ser frotado por delante y por detrás, la asistencia médica, nunca más oportuna, me procuró primeros auxilios tan pronto como me desmayé, obligándome a inhalar una considerable cantidad de oxígeno. Al entrar a la cabina me encontré contigo, Manuel Elías, leyenda negra de la noche limeña, presencia ubicua en discotecas subterráneas y bares malandrines, silencio que corta cuando los demás hablan piedras. Ahí estabas, sentado en el piso, las piernas cruzadas, una cerveza al lado, mirando los discos, los centenares de discos que el chico cocainómano había logrado reunir —en Lima, casi todos los chicos que soñaban con ser músicos y tocar en una banda maldita solían resignarse con ser DJs de una discoteca bien oscura y aspirar cantidades abusivas de cocaína; casi todos pero no tú, Manuel, que bien escondidas me tenías tu innata habilidad para tocar la batería y tu inquietud por fundar un grupo de rock, algo que habrías de revelarme más adelante, en el mejor momento de nuestra amistad—. El hecho es que te vi y nos saludamos sin demasiado entusiasmo —esa era la manera correcta de saludarte, apenas arquear las cejas y decir *¿y, qué hay?*— y poco después salimos de la cabina y nos dirigimos a la barra por más cervezas, no sin antes pedirle yo al enano coquero que por favor se dignase en poner algo del gran Pedro Suárez-Vértiz, a lo que él contestó con unas muecas verdaderamente alarmantes, aunque, al ratito, toda la verdad sea dicha, puso a Pedro y las costillas dejaron de dolerme. Tú y yo casi no nos hablamos; no se podía hablar en esa madriguera ruidosa, pues el estruendo de la música deshacía las palabras; apenas un grito, un monosílabo, una mueca confianzuda al cantinero para que pusiera dos cervezas más; *pago yo, mi estimado, por el placer de su compañía*, y tú apenas sonríes —no es una sonrisa, es un intento vacilante— y accedes gustoso y ahora tus labios espumosos y yo totalmente dichoso. Cuando de pronto apareció ella. Ignoraba su nombre, su procedencia, su oficio u ocupación y, lo que es más grave, sus intenciones contigo; pero no pude ignorar, a pesar de la niebla humosa y mi condición ya etílica, que era un hembrón, si me permites la vulgaridad. Rubia, flaca, altota —más alta que tú—, manilinda, tetichica, culiparado, bembacolorá por exceso de *lipstick*, se llamaba Phoebe (pronúnciese Fíbi) y era un chica perfectamente muda, preciosa y adorable. Nunca más volví a verla, aunque ahora sé que se dedica a la música y, sobre todo, a la noche, a contemplar la noche pérfida de nuestra ciudad. Sí, te confieso que estaba un tanto borrachín —o, como me dijo cierta vez un policía local, *en estado inecuánime*—, pero ello no me impidió advertir algo que saltaba a la vista: Phoebe y tú se gustaban, y yo estaba allí de violinista. Por eso apuré y sequé mi última cerveza y, haciendo acopio de dignidad —lo que a esas horas de la noche era siempre arduo—, anuncié que me retiraba a dormir. Quería dejarte cancha libre, tocayo: los buenos amigos siempre saben dar un paso al costado. Sin embargo, y para mi sorpresa, impediste enérgicamente que me fuera. Dijiste: *Si te vas tú, nos vamos los tres.* Phoebe, que te miraba y se derretía, no dijo nada, todo estaba dicho con los ojos: ella te seguía hasta la punta del cerro San Cristóbal si eso fuese necesario para chapar (léase besuquear) debidamente contigo. Yo nunca chapé con Phoebe, pero si por uno de esos azares del destino ella llegara a leer estas líneas, déjame solo que le diga una cosita, tocayo, y espero que esto no te resienta en modo alguno: Phoebe, mamacita linda, qué no daría por chapar contigo —chapar y chupar cerveza— en el barcito radical que han inaugurado en la punta del cerro San Cristóbal, barcito al que es mejor ir caminando porque si vas en carro de todas maneras regresas a pie. Seriamente: Phoebe era una belleza, y te vi perturbado por ella, Manuel. Pero no fuiste ingrato conmigo. No me dejaste ir. Sé que preferías quedarte a solas con ella y bajar a ver las ondulaciones del mar. Aplacando el seguro revuelo de tus hormonas, y dándome de paso una lección ejemplar de amistad, nos subiste a Phoebe y a mí a tu carro latoso —sonó fuerte la lata cuando tiré la puerta, disculpa que recuerde tan trivial detalle— y condujiste a velocidad crucero, sin encender la radio y con las ventanas abajo, hasta un barcito bizarro de la playa. Dicho lugar, mejor conocido como La Rockola —debido a que contaba con una máquina tragamonedas que te permitía escoger una canción antigua y romanticona—, podría describirse brevemente así: no se podía precisar si esa cosa mullida en el piso era aserrín a granel o vómito reseco. A pesar de que dichas circunstancias no eran las más propicias para el amor o la buena conversación, Phoebe, tú y yo hablamos bonito de esas cosas que solo se hablan cuando estás borracho y con una mujer hermosa que te mira como si fueras Bob Dylan. Yo no podía beber más cerveza; no quería tapizar el aserrín del piso con mis efluvios estomacales; por eso renuncié a la cerveza y, cobardemente —siempre fui un tránsfuga—, me pasé calladito al club del agua mineral, pero tú notaste mi deserción y con solo mirarme me hiciste saber tu contrariedad: contigo había que chupar parejo, tocayo, y yo no podía seguirte el ritmo, tú tenías demasiada buena cabeza para mí, apenas un bebedor ocasional; lo cierto es que hacia las cinco de la mañana yo estaba ahíto de cerveza y con unas ganas arteras de emboscar a Phoebe a la salida del baño y confesarle mi amor borrachoso, cosa que afortunadamente no hice, sobre todo por respeto a ti. Entonces te vi fumar. Nunca más te vi fumar. Pero esa noche cogiste un cigarrillo de Phoebe y fumaste. Apenas diste tres o cuatro pitadas y lo apagaste. Me encantó verte fumar. Eras nuestro Bukoswki cholo chupándole todo a la rica noche de La Herradura. Muchos años atrás, en las arenas de esa misma playa, yo había sido feliz, siendo niño, al ver sonreír a mi madre; ahora me contentaba con verte fumar, echarte un trago, evitar una sonrisa y decir una cosa corta y filuda. Porque no he conocido a nadie que hablando tenga más filo que tú, tocayo —y conste que he hablado con infinidad de gente famosa, poderosa y sobre todo odiosa en mis no pocos programas de televisión: nadie raspa, hinca y penetra con más poder punzocortante que tú con las palabras, Manuel Elías, escritor agazapado en los bares perdidos de nuestra ciudad. Cuando salimos, había amanecido. Ebrios los tres —dos hombres heridos flanqueando a una hembrita ebria—, caminamos de modo zigzagueante rumbo a tu carro. Entonces se nos acercó un pobre hombre y nos pidió propina. Le dijiste que no teníamos plata, que nos la habíamos bebido toda. El hombre, que estaba más borracho que nosotros, al parecer se enojó y, a nuestras espaldas, hizo un sonido obsceno con los labios, como besuqueándonos, y enseguida gritó: *Qué rico tu cucú, mamita*. Phoebe sonrió; yo tuve miedo de que el asunto se tornase violento; pero tú, tocayo, torero viejo y resabido, estuviste simplemente genial: volteaste, como si te hubiesen piropeado a ti, y, convertido de pronto en una señorita amanerada, le dijiste con la voz más femenina que pudiste fingir: *Gracias, gil, pero no eres mi tipo*. Ya en el carro de regreso a Miraflores, Phoebe y yo nos seguíamos riendo, y yo te admiraba más que nunca. Me dejaste en el hostal y te fuiste con ella. Esa noche aprendí a admirarte. Han pasado muchos años y solo se me ocurre decirte una cosa: ¡torero!

Se me aparece ahora con nitidez el recuerdo de un primero de enero en que te llamé desde el hostal, agobiado por la soledad y el desánimo, y te invité a almorzar al lugar de tu preferencia. Debo decirte que no fue nada fácil llamarte: primero, porque no tenía tu número telefónico, el cual conseguí luego de varias pesquisas, consultas e indagaciones; segundo, porque el teléfono del hostal estaba cortado, percance que no era infrecuente, pues, como recordarás, en esos días todo se cortaba, la luz, el agua, el teléfono, debido a los atentados terroristas y a la monumental ineptitud del gobierno de turno, así que tuve que hacer mis llamadas desde una cabina pública, usando para tal efecto unas fichas circulares y negruzcas que eran difíciles de conseguir, sobre todo un primero de enero; y finalmente, se me hizo duro llamarte porque el sentido de la corrección y el decoro —que, en honor a la verdad, ya tenía bastante extraviado— me decía que llamarte el primero de enero a las diez y pico de la mañana era del todo inapropiado, pues con seguridad estarías durmiendo luego de una noche salvaje —y aprovecho aquí para decirte que yo, en cambio, recibí el año nuevo con austeridad franciscana, haciendo una de las cosas que encuentro más deliciosas y excitantes: leyendo en mi cama—. A pesar de tantas dificultades, te llamé. Tenía la determinación de comenzar el año acercándome a ti, esforzándome —si no es exagerado conjugar ese verbo en mi vida— por ser tu amigo. Mi llamada al parecer te pilló dormido, pues demoraste bastante en ponerte al teléfono luego de que la empleada te llamase a gritos, demora que no me resultó grata ni menos gratuita, ya que cada treinta segundos una odiosa vocecita me obligaba a poner una ficha más, menguando así mi ya diezmada economía. Finalmente, hablaste. No era la tuya exactamente una voz; era más bien un estertor, un boqueo, un lamento agónico. No me cupo duda de que la noche anterior habías bebido suficiente alcohol como para inaugurar una moderna destilería. No se me interprete mal: no quisiera insinuar aquí que eras entonces un alcohólico

234

incipiente; ni siquiera que te emborrachabas a menudo; solo me atrevo a decir que demostrabas un considerable interés por ensanchar tu cultura, en particular tu cultura etílica. Nunca me arrepentiré de esa llamada audaz ni de la propuesta que te hice, sacándote del soponcio en que te hallabas: *Qué tal si almorzamos juntos donde tú quieras.* Tan aturdido no estabas, porque reaccionaste enseguida: pasarías por mí en un par de horas. Colgué y sentí un ramalazo de euforia, algo que no sentía desde que había dejado la cocaína. Presentí que era el inicio de una amistad que cambiaría mi vida. No me equivoqué, Manuel: aunque fue la nuestra una amistad corta y accidentada que muy difícilmente se pueda rehacer —declaro aquí que me encantaría volver a ser tu amigo, pero *it takes two to tango*—, los días y las noches que pasé contigo me abrieron otros horizontes, ya que no otros orificios, y me llevaron por caminos que desconocía. No sé si lo advertiste cuando subí a tu carro, pero esa mañana yo había hecho un genuino esfuerzo por estar debidamente presentable: hice las abluciones de rigor —siempre con agüita tibia, que un chorro de agua helada puede ser de necesidad mortal para un ex coquero como yo—, me acicalé una y otra vez, me puse una camisita vieja y rotosa —los escritores serios solo usan ropa vieja y preferiblemente comprada en mercados de pulgas: eso lo aprendí de usted, maestrito— y escondí la mirada debajo de unos anteojos negros para sol, marca Rayban, modelo dueño de discoteca o narcotraficante retirado, dos oficios que suelen ser perfectamente complementarios. La sola contemplación de tu curvilínea silueta, nada más subir a tu carro, despertó en mí un hondo sentimiento de felicidad; vestías una camisa guinda con rayas negras, unos vaqueros ahuecados en las rodillas y un par de anteojos oscuros que sin duda eran de un ex agente de la policía de investigaciones —no se enoje, tocayo, pero esos anteojos verdes de marco dorado solo deben usarse si estás piloteando una avioneta bimotor; dicho de otro modo, solo a Travolta le quedan bien—; no me diste la mano porque tú nunca dabas la mano pero me saludaste con cariño, con una casi sonrisa que me abrumó; y entonces disparaste sin avisar: *Qué tal un cebichito*. No me pareció oportuno decirte que detesto la peruana costumbre del cebichito por todo lo que ella tiene de vulgar, jugosita y encebollada con su camotito más; yo quería desesperadamente ser tu amigo y por eso dije: *Genial*. Lo que ciertamente no encontré nada genial fue la música que habías puesto para celebrar, supongo, el advenimiento del nuevo año; mis finos y acerados oídos —acerados por toda la cera que habían acumulado en sus canales— fueron de pronto bombardeados por ese engendro esperpéntico y vocinglero llamado salsa, un bochinche barriobajero que suele ser popular entre gentes en extremo desconcertadas; no podía creer que usted, mi admirado Manuel Elías, fuese todo un salserín, pero no dudé en pasar por alto ese ingrato detalle. Recuerdo que, mientras manejabas despacito aspirando a bocanadas el aire fresco de la calle, pensé: en estos tiempos en que todo se perdona menos tener barriga, me encanta que tengas esa barriguita tan sexy. Y es la verdad, y no la oculto, y la ventilo a la luz pública: el único hombre barrigón que me ha parecido apuesto, de todos aquellos con quienes he tenido alguna forma de comercio verbal, eres tú, recordado amigo. Ahora bien, no tengo por qué pensar que tu barriga ha decrecido. Sospecho más bien que ha seguido prosperando y expandiendo sus dominios. Yo, solo para contentar a mi pareja, el espejo, me he impuesto el rigor de trescientos abdominales seguidos todos los días, sacrificio que no ha caído en saco roto, pues mi barriga se ha achicado y endurecido, pero mi pareja, la más cruel de todas, sigue mirándome de un modo severo y se diría que hasta desdeñoso. Esas tres cosas son las que mejor recuerdo del trayecto al restaurante frente al mar: tus erróneos anteojos, la salsa encebollada y tu barriga sexy. Y cuando digo que tu barriguita me parecía coqueta y atractiva, no se piense que me sentía con ganas de tocarla, que esos deseos malsanos no cruzaron jamás mis pensamientos, pues yo siempre lo vi a usted como un amigo e incluso un maestro, estimado tocayo; por eso, al decir que tu barriga lucía sexy solo intento dejar constancia de que pensé: Manuel está panzón y sin embargo se ve estupendamente bien. Hecha la aclaración, me veo obligado a reportar, como profesional de la información que soy, que manejabas realmente bien: despacio, sin sobresaltos, con absoluto dominio, lo que en esas condiciones de resaca es doblemente meritorio. Poca gente conduce bien en Lima; por eso cuando alguien sabe manejar como es debido, vale la pena detenerse y decirle una palabra de aliento. Sí, a pesar de que me disgusta el cebiche, tú pediste dos cebichitos y yo me quedé callado —lo que bien puede interpretarse como un gesto de amistad o una patética demostración de falta de amor propio— y enseguida el mozo, veteranísimo caballero que se mantenía en pie gracias a la intercesión del Señor de los Milagros, preguntó qué deseábamos beber, y tú no vacilaste en pedir dos cervecitas bien heladas, dando por descontado que a mí me gustaba la cerveza tanto como a ti, y nuevamente guardé prudente silencio, pues no quería que supieras lo que ahora sabes: que no puedo ser un machote cervecero y cebichero —mil disculpas por eso, Manuel— y que soy orgulloso socio del club del agüita mineral y el pollito con vegetales. De la deliciosa conversación que me regalaste aquella tarde, recuerdo vivamente dos cosas, y te ruego que perdones la osadía de revelarlas, pero no me anima otro propósito que no sea el de hacerte justicia: me dijiste que hacía poco te habían operado los órganos sexuales —en realidad te quejaste de que aún tenías un dolorcillo ahí abajo— y, bien entrado el almuerzo y animados ambos por las cervecitas, acordamos con toda naturalidad fundar una revista de humor. En cuanto a lo primero —la enojosa operación a que te habían sometido—, omitiste entrar en detalles con tu habitual elegancia, pero me dejaste saber que, a pesar de que el médico te había prohibido explícitamente todo contacto sexual por un período de seis semanas, te habías permitido un revolcón amoroso la noche anterior, contrariando así la opinión de la ciencia y provocándote los dolorcillos que ahora te afligían ahí abajo de tu pancita. Celebré tus ímpetus varoniles y tu actitud pendejeril, pero ahora, con la madurez que solo dan los años, debo decirle algo, admirado tocayo: haga siempre caso a la ciencia. En cuanto a lo segundo —la publicación de humor que acordamos fundar—, recuerdo tan solo que sería semanal, se llamaría *Cállate* —genial idea tuya— y la financiaríamos y escribiríamos a medias, con el propósito de burlarnos de todo y de todos, incluyendo el arzobispo de Lima. Te diré que me apena de veras que nunca intentásemos seriamente sacar esa revista. Nos hubiésemos divertido tanto. Si pudiera volver atrás, no dudaría en convencerte para publicarla.

Desde entonces comenzamos a vernos a menudo, lo que mejoró considerablemente la calidad de mi existencia. Solías llamarme al hostal y dejarme mensajes usando los nombres de ciertos personajes de la farándula; recuerdo que insistías con los de tres actores famosos; esto provocaba intriga, curiosidad y desconcierto entre las chicas que atendían el teléfono en el hostal: de pronto me llamaba gente famosa, comediantes, reyes del café teatro, galanes del espectáculo, y nadie en ese discreto hostalito entendía cómo de la noche a la mañana yo había hecho tantos amigos en la farándula local; el colmo fue cuando te hiciste pasar por una vedette que solía exhibirse desnuda en los pasquines escandalosos, lo que provocó que las telefonistas me mirasen con el ceño fruncido y yo me viese obligado a decirte que no siguieras haciéndome esas bromas perversas: te reíste cuando te lo pedí y dejaste de llamarme usando otros nombres. Por esos días no tardaste en organizar un encuentro con Mariana, tu chica, la mujer misteriosa que fue a verme al canal de televisión para pedirme mi teléfono; según entiendo, Mariana ya no es más tu chica, lo que en cierto modo me apena porque ella era un amor y los dos hacían una pareja deliciosamente tensa y juguetona; sé de buena fuente que ahora sales con una mujer joven, ex modelo, dueña de una extraña belleza, con la que me aseguran que estás a punto de tener un hijo: si eso es verdad, ¡enhorabuena, don Manuel, salud por eso! (Recuerdo, por cierto, que alguna vez me dijiste que no querías tener hijos porque pensabas, como Kundera, que traer una persona al mundo es un acto de crueldad, dado que la vida humana es siempre una aventura dolorosa y sin sentido, plagada de enfermedades, pérdidas, tragedias y desgarros; celebro que, por la razón que sea —el amor, el azar, la soledad excesiva—, hayas cambiado de opinión, y no dudo que serás un padre amoroso, todo un padrazo, si me permites la confianza). A Mariana la recogimos en tu carro del departamento en San Isidro donde vivía con sus padres; era pasado el mediodía y una mansa resolana se esparcía por los contornos del club de Golf; la recuerdo como una mujer hermosa, de ojos grandes y labios inquietos, con un aire inconfundible a Ornella Mutti, hermosa y tímida pero también traviesa, porque ni bien entró al carro fingió muy seria que no me conocía, y cuando tú le dijiste que seguramente me había visto alguna vez en la televisión —tú siguiéndole la broma— ella me miró con un leve airecillo condescendiente y dijo: *No, yo no veo televisión*. Tú te reíste y la miraste por el espejo —ella iba atrás: se rehusó a sentarse adelante— y yo sentí una mezcla de simpatía y terror por tu chica. Tú le decías Marianita y era obvio que la querías. La tratabas con una ternura especial; todo lo que ella decía te parecía gracioso; la engreías y le consentías todo y alentabas que se portase como una chica mala que dice groserías y hace lo que le da la gana. Aquella vez nos llevaste a un restaurante japonés y ustedes se empacharon de pescados crudos mientras yo, lleno de remilgos, me contentaba prudentemente con un arrocito más; entonces no me gustaba la comida japonesa, pero ahora te confieso que me fascina, y el otro día que estuve en Lima me di un atracón de enrollados de arroz con lenguado y atún y salmón y te recordé con el debido respeto y, extasiado, pensé que uno de estos días me voy a mudar a Lima, pero eso es algo que vengo pensando hace casi diez años y al final siempre me acorbardo, tocayo. Esa tarde, cuando me dejaste de regreso en el hostal, me metí a la cama a dormir la siesta y llegué serenamente a dos conclusiones: la primera, que ser tu amigo me hacía muy feliz; y la segunda, que también me hacía más gordo. Los años han pasado y ahora, flaco y solitario, me digo: qué no daría por volver a engordar contigo, Manuel. ¿Aceptarías que te invite a comer la próxima vez que esté en Lima? Si me armo de valor, te llamaré, aunque sé que me arriesgo a que me hagas un desaire; no importa, tocayo, más puede la ilusión de volver a gozar de vuestra ilustre y rolliza compañía. Esa es mi única venganza, tocayito: tú escribes mucho mejor que yo, pero seguro que no te haces trescientos abdominales seguidos.

Debo detenerme aquí para decir algo muy cierto: los mejores momentos que pasé contigo y Mariana —porque ustedes eran inseparables— se los debo a la sangría, y no a cualquier sangría, a una en especial, que se convirtió en el brebaje sagrado con el cual celebrábamos nuestra amistad, me refiero a la sangría del Beverly, un bar de San Isidro donde también servían pizzas notables y, en la barra, se enseñoreaba un caballero a la antigua, don Héctor, el barman, la única persona autorizada para prepararnos la sangría que, a iniciativa suya, tocayito —es de justicia reconocer—, bebíamos todas las noches, cuando salías de la revista y pasabas a recogernos a Mariana y a mí, ávidos los dos por aplacar nuestra sed alcohólica con esa maravilla que, sigilosamente, y con una sonrisa finísima, sabía preparar don Héctor. A pesar de que con toda certeza llevo en mis genes una predisposición al alcoholismo, yo nunca he sido alcohólico —ni siquiera en mis años de cocainómano, cuando bebía tragos fuertes solo para acompañar la coca—; y por estos días me jacto de no beber casi nada de alcohol, salvo muy ocasionalmente

241

media copita de vino blanco o unos sorbitos de champagne para festejar algún acontecimiento notable, como por ejemplo la sonrisa de Mar; lo cierto es que aquellas noches de beber sangría contigo y conversar rico y reírnos parejo llegué a pensar que podía fácilmente ser un alcohólico, asunto en el que por cierto tú me llevabas considerable ventaja, pero afortunadamente no me asusté y seguí dándole duro a la sangría y concluí —mientras veía crecer mi barriga— que bien valía la pena ser un borrachín alegre si tal era el precio que debía pagar por ser tu amigo. Mariana, seamos francos, no practicaba las virtudes de la moderación cuando tenía una jarra de sangría enfrente; Mariana padecía de una sed insaciable, una sed bellaca, una sed que algún ex amigo no vacilaría en calificar de nazi; Mariana, cuando bebía, se podía tomar hasta el agua del florero —con perdón por el chiste malo—. Yo me sentía más liviano y coqueto después de cuatro vasos de sangría, pero sería un mentiroso —cosa que generalmente soy— si dijera que el consumo presuroso de la sangría de don Héctor me desinhibía y despertaba en mí el deseo sexual: no, querido tocayo —y no me deje usted mentir—, yo nunca miré a su chica con ojitos querendones, vivarachos, afligidos; yo jamás pensé en hacerle un roce sutil o una miradita copetinera ni me permití tan siquiera un comentario vagamente mañosón; y demás está decir que Mariana era para mí una amiga y nada más que una amiga, y que, si bien no era ajeno a sus poderosos encantos —encantos que la sangría sin duda embellecía—, nunca me imaginé en trajines amatorios con ella, y aquí me duele confesarte que mi imaginación ha sido siempre uno de mis puntos débiles, pero de eso hablaremos luego, cuando te cuente, avergonzado y todavía dolido, la aventurilla costanera que nos permitimos Marianita y yo, abusando malamente de tu ausencia: ay, qué miseria moral la mía, qué sofocos me dan cuando recuerdo la horrible deslealtad que perpetré con tu chica, y no es que quiera disculparme, Manuel —lo que hice fue una canallada y punto final—, pero la culpa de todo la tuvo don Héctor, que esa noche no fue a trabajar y por eso algún torpe advenedizo nos preparó la sangría a Marianita y a mí y por lo visto no estaba tan buena —la sangría, digo, porque la Mariana estaba rebuena— y nos sentó mal y despertó en nosotros los más bajos instintos depredadores, que nos llevaron abajo, a la playa, donde maniobramos como pudimos en el carro que había tomado prestado de mi madre, ensuciando así nuestra preclara amistad y también, de paso, el asiento de cuero negro —pero de eso, si me permites, tocayo, hablaremos luego—. Lo cierto es que guardo el mejor de los recuerdos de la sangría, y si no me hice alcohólico no fue por falta de voluntad o predisposición genética sino únicamente porque nuestra amistad se interrumpió y me sumió en una tristeza profunda de la que aún no he sabido reponerme. No sé si te parecerá bonito o cursi o apenas tonto esto que te voy a decir, pero te lo diré igual: no voy a tomar sangría nunca más en mi vida, a menos que sea de nuevo contigo, Manuel Elías, leal bebedor y mejor amigo.

Me gustaría hacerte recordar, con la esperanza de que te emocionen como a mí, algunos momentos de nuestra amistad que estuvieron, me parece, cargados de alegría. De esas imágenes borrosas que alcanzo a entrever, la que me contenta más es aquella mañana en la playa, corriendo olas a pecho contigo. Para evitar malentendidos, aclaro que nunca he sido —ni aspiro a ser— corredor de olas ni amante de esa cultura playera que consiste en tumbarse en la arena a quemarse al sol; mi entendimiento es que tú, ya en los últimos años del colegio, te aficionaste a correr olas —en tabla y a pecho— abajo en el mar de Miraflores, y por eso llevabas clara ventaja sobre mí. Mi única experiencia como corredor de olas a pechito se limitaba a la magnífica ocasión en que mi amigo Gonzalo Llona y yo chapoteamos como patos borrachos en las aguas mansitas de Isla Verde, San Juan de Puerto Rico, luego de fumarnos un pedazo de marihuana que sin duda contribuyó a que nos revolcásemos gozosos entre las chatas olitas boricuas. Y permíteme añadir aquí, pues todo hay que contarlo, que buena parte del goce acuático consistió en contemplar a la hermana de Gonzalo, que era tan guapa, y con quien desdichadamente no tuve nunca ocasión de revolcarme, a pesar de que las circunstancias parecían harto propicias, pero es que yo estaba harto fumado y no tenía capacidad de iniciativa alguna, salvo para beber agua y miccionar. Aquella vez en la playa contigo y Mariana no habíamos fumado marihuana; tampoco hizo falta, porque estuvimos gloriosamente felices —por lo menos en lo que a mí respecta—. De hecho, tú me confesaste alguna vez que nunca habías fumado ni querías fumar marihuana, lo que acrecentó la admiración que sentía por ti; Mariana permaneció en sospechoso silencio, obligándome a preguntarle si ella también carecía de experiencias al respecto, y entonces, con esa mirada maliciosa que sabía inventarse, reveló secamente: *Yo he probado todo.* No corrió olas con nosotros Mariana; ni siquiera se quitó el polo; se quedó echada en la arena dormitando, la cabeza cubierta por un sombrero de paja;

daba la impresión de que estaba medio peleada contigo, porque en el carro camino a la playa no dijo una palabra y, al llegar, cuando le propuse ir al mar, dijo: *Anda tú nomás, yo he venido a dormir.* Me sorprendió —he de confesarte— que te sacaras el polo de pronto, corrieras rápidamente hacia la orilla y te metieras tirándote de cabeza sobre una ola pequeña, como suelen entrar los valientes al mar: la carrera virulenta, los primeros pasos en el agua a toda velocidad y el vuelo delfinesco para que todas las chicas lindas los vean desde la arena. Claro que a ti no te vio ninguna chica linda —ni siquiera Mariana, que dormitaba— porque la playa estaba desierta; solo te vi yo, y me quedé impresionado con tu energía para adentrarte en las olas y, sobre todo, con el tamaño de tu barriga, que era —y no me dejes exagerar— ya importante. Me hiciste señas desde el agua para que entrase enseguida. Me despojé del polo y las zapatillas, dejando en evidencia que tanta sangría juguetona había ensanchado mi abdomen, y caminé al mar con la debida serenidad, porque nunca me ha gustado entrar corriendo al océano, a mí me gusta entrar despacito, pisando con cuidado, hacer luego unas flexiones para humedecer la región urogenital y finalmente zambullirme. A sugerencia tuya —nunca te había visto tan contento—, empezamos a correr olas a pechito, aunque más exacto sería decir que tú las corrías con mucho estilo y bravura y yo más bien dejaba que las olas me arrastrasen, zarandeasen y revolcasen, usando mi pechito escaso no tanto para surcar la ola sino para amortiguar el golpetazo con la arena cada vez que me sumergía sinuosamente en las aguas marinas a consecuencia del revolcón. De todos modos, y a pesar de la tragadera de agua y que casi muero ahogado, fue una experiencia placentera y nos divertimos cantidad y pude constatar que corriendo a pecho eres un maestrito; también constaté —y esto fue menos grato— que tenías la costumbre de escupir agüita salada cada vez que terminabas de bajar una ola, escupitajo que algo tenía de satisfacción y orgullo, sí, pero que desde mi punto de vista era un anticlímax total. No sé cuánto tiempo estuvimos jugando en el mar, pero con seguridad fue un rato largo, porque de pronto Mariana despertó y nos llamó a gritos diciendo que se moría de hambre, razón por la cual salimos deprisa y, mojados y arenosos —no teníamos toallas ni protector; sin duda me había caído erisipela; pero por hacerlo feliz a usted, que me quede ardiendo todita la epidermis e incluso la dermis—, y comimos unos pescados fritos que fueron la gloria. Esa fue la única vez que fuimos a la playa y ahora sé que nunca más nos bañaremos juntos en el mar y eso me entristece un poco: gracias por llevarme a correr olas, querido tocayo; me quedo con ese recuerdo tan bonito y con la erisipela que todavía me duele, joder: por Dios, Manuel, acostúmbrate a usar protector cuando vayas a la playa, que no quiero verte con pólipos cancerígenos en la nariz a la vuelta de unos años.

Pero sigamos: ¿te acuerdas cuando jugamos un partido de bádminton o cuando fuimos al estadio a mediodía para ver fútbol infantil? ¿Y recuerdas aquella noche que reuniste en la azotea a tu grupo rockero semiclandestino y te mandaste un solo de batería que me dejó pasmado? Juraría que has olvidado esos pequeños momentos felices. Déjame recordártelos, por favor, y a cambio prometo no volver a mencionar el tamaño (creciente) de tu barriga. He tenido que acudir al diccionario para saber cómo se escribe bádminton, ese jueguito leve y aéreo que inven-

taron los ingleses y en el que me retaste un domingo en la
tarde, después de bajarnos un par de botellas de vino
blanco; con toda certeza no seré jamás convocado a la
selección peruana de bádminton —si dicho equipo existe—, pues mi habilidad para golpear la jodida plumilla y
hacerla pasar por encima de la red es, en verdad, completamente nula. Atribuyo tu arrebato deportivo al hecho
indudable de que estábamos borrachos; pensé que juga-
ríamos fulbito de mano, tiro al sapo, billar o incluso al
trompo, pero me sorprendiste una vez más cuando te
acercaste con la plumilla y las raquetas de mango alarga-
do y me llevaste a la pequeña canchita de bádminton que
habías improvisado más allá del garaje y me enseñaste
con notable capacidad de síntesis los rudimentos de ese
juego en apariencia fácil; de pronto echaste a volar la plumilla y no tardé en descubrir que ese jueguito es endiabladamente divertido pero también complicado, porque
tienes que agacharte una y mil veces y moverte ágilmente
y dar saltos felinos para evitar que la plumilla —o como
diablos se llame esa cosita voladora— caiga al suelo; o sea
que jugar bádminton es como hacer abdominales, solo
que de pie y moviéndote, y tal vez por eso —por mi probada flexibilidad y resistencia abdominal, que con los
años he seguido acrecentando— logré jugar un partido
decoroso y hacerte pasar verdaderos apuros. Aún ahora
me sorprende que hayas querido jugar bádminton conmigo, y es que tú no eras precisamente un hombre dado a
los deportes o el ejercicio físico; sin embargo, creo intuir
por qué me retaste aquel domingo al sinuoso jueguito de
la plumilla: porque jugar bádminton borracho en el garaje de tu casa puede ser una cosa condenadamente graciosa. ¿Ya te acuerdas de cómo nos reímos, tocayo? Déjame

decirte algo, aún a sabiendas de que no me harás ningún caso: si algún día es domingo y estás aburrido y un tanto borracho y te sobra todavía un poco de vino blanco, llámame y voy corriendo a echarme un partido de bádminton contigo. No tenemos que hablar: solo jugamos. Tenlo en mente, ¿de acuerdo? No me ofrecería en cambio para volver al estadio nacional a mediodía, como fuimos aquella vez —idea tuya, conste en actas— para ver un campeonato infantil que por alguna extraña razón estabas interesado en presenciar. Joder, qué calor hacía esa mañana, ¿te acuerdas? Y las mamás de los chicos que jugaban no dejaban de gritar, y a mí me dolía la cabeza, y el partido era lento y trabado, y la bola no llegaba jamás al área porque la cancha era gigantesca para esos pequeñuelos que caían desmayados, deshidratados, exhaustos, y entonces las mamás chillaban, lloraban, se convulsionaban, salían corriendo para ver qué le habían hecho a su Harry o su Williams o su Yonni, y los niños se levantaban y seguían jugando ese partido delirante, y era obvio que aunque jugasen tres días enteros con sus noches nadie marcaría un gol, porque solo con ayuda de un taxi llegarían al arco contrario, y tú sudabas y mirabas malamente a las gordas en malla y visera que seguían gritando histéricas a favor del equipo de su hijo, y yo que usualmente soy un pacifista echaba de menos la presencia de la fuerza pública, sobre todo cuando dispara gases lacrimógenos a las tribunas enardecidas, y te juro tocayo que a punto estuve de perder el conocimiento y sumirme en un coma profundo porque la gorda del polo de Pepsi no dejaba de gritar como una loca: ¡*Can-to-lao*, *Can-to-lao*, *Can-to-lao!*, que así se llamaba el equipo de su hijo, y yo sentía que entre el calor y el aburrimiento y la gorda gritona del

Cantolao se me iba la vida de a poquitos y sin dignidad alguna, porque nadie quiere morir en la fila ocho de Occidente baja, dime tú, y menos mal que me compraste unos barquillos —gracias, Manuelito lindo— y poco después me dijiste para irnos y yo no pude evitar decirle una grosería a la gorda del Cantolao que casi me mata a puro grito pelado, pues al pasar a su lado le dije con toda ordinariez: *Señora, su hijo da pena jugando*, y ella calló unos segundos, indignada, y yo aproveché para huir deprisa, pues no quería morir aplastado por aquella ancha y bulliciosa madre de familia. En resumen, tocayo: no me vuelvas a llevar al estadio, ni para ver fútbol infantil ni para ver nada, que en lo que a mí respecta, el fútbol es para verlo por televisión y solo si es argentino, italiano o español —o, en el peor de los casos, si juega la selección peruana—. Por último, quiero darte las gracias por la noche aquella en que tocaste batería. No sabía que era usted una fiera con la batería, tocayito. Quedé muy gratamente impresionado con su sentido del ritmo y su sudorosa energía y su electricidad musical. Yo una vez traté de tocar la batería en casa del gran Javicho García, pero tenía tanta cocaína en el sistema que me aceleré demasiado y me fui a otra galaxia musical y terminé despertando a la mamá de Javicho, que salió en bata y nos encontró durísimos y con unas caras monstruosas y tratando de revivir los mejores éxitos de los sesenta; o sea que yo sé lo difícil que resulta tocar bien la batería y, sobre todo, lo difícil que es salir corriendo de la casa de los papás de Javicho cuando las escaleras están apagadas: todavía me duele el chichón en la frente, tocayo. El hecho probadamente cierto —porque tú sabes que como buen periodista yo solo me remito a los hechos; a los hechos y los pechos— es que tú reuniste a tres amigos de aspecto pandillero en la azotea de tu casa, y nos proveíste a todos de abundante cantidad de cerveza, y tus amigos pelucones sacaron sus instrumentos y de pronto se echaron a tocar y yo vi cómo mi admirado Manuel Elías, escritor astuto y cerebral, se transformó en un energúmeno desatado que golpeaba los platos de la batería con una furia arrebatada que yo no le conocía, y mientras remojaba mis resecos labios en cerveza —resecos por la marihuanita que me había fumado más temprano— me dije para mis adentros que eras un diablo de la batería, quizás solo sobrepasado por nuestro común amigo Sergio Luna, que también tiene dinamita cuando hay que llevar el ritmo a golpes, y noté por otra parte que la bellísima Marianita, dando cuenta de la cerveza con una sed que vuelvo a calificar de nazi, te miraba con rendida admiración y acaso pensaba: cuando termine de tocar, le voy a lamer a mi Manuel todito el sudor del cuello y le voy a chupetear las tetillas —aunque, en honor a la verdad, podría haber estado pensando cualquier otra cosa, por ejemplo: sin duda estos chicos cantan bien, pero espero que nunca graben un disco—. Y aquí me detengo un segundo y me dirijo a ti, Mariana —con tu permiso, tocayo, y sin ánimo de ofender—: la que debería grabar un disco eres tú, que cantas como los dioses, y lo afirmo así, enfáticamente, porque una noche te vi cantar y quedé maravillado contigo. Pero volviendo a la batería: yo me eché en el piso y solo me incorporé cuando mi cuerpo mi pidió más cerveza —trago que ahora no bebo jamás, pues me descompone todito y me baja de golpe la autoestima, no sé por qué— y gocé sinceramente con los arrebatos musicales de ese grupo nonato cuyo nombre ignoraba y pensé que te veías endiabladamente seductor así mojado por el sudor y sacudiéndote con la música y pensé también que yo era todo un *nerd* porque no tocaba ni la armónica y pensé finalmente —pero no se enoje, tocayo— que tus amigos patilludos y tatuados tocaban muy bonito pero necesitaban a gritos tocar un desodorante de vez en cuando. Sea como fuere, te digo algo de corazón: si algún día quieres hacer música en serio, me ofrezco como tu mánager y te cobro solo el diez por ciento —sin incluir las llamadas de larga distancia, porque, ¿no crees que daríamos la vuelta al mundo, joder?

Aunque parezca tonto, me consuela saber que hay una prueba impresa de que alguna vez fuimos amigos o, al menos, de que me tuviste cierto aprecio. Esa prueba apareció en tu revista, y supongo que será fácil hallarla si uno revisa los archivos, en particular los ejemplares aparecidos hace poco más de diez años, cuando los jóvenes como nosotros se iban y tú y yo decidimos quedarnos a tomar sangría mientras el país se hundía en el caos. Estoy hablando de la linda entrevista que me hiciste, Manuel Elías, ¿o es que la has olvidado? ¿O prefieres no recordarla porque te da vergüenza? Me presentaste como una de las promesas del nuevo milenio, como uno de los más valiosos representantes de nuestra generación, como un joven con futuro prometedor. Sin ser perfecta —porque las fotos eran bastante feas, y no te culpo de ello: culpo a mi corte de pelo rapadito y a esos anteojos de viceministro que entonces usaba—, la entrevista me halagó muchísimo, sobre todo porque la escribiste tú y no dudaste en firmarla y recordar con cariño los años en que fuimos amigos en el colegio. La titulaste *Volver a empezar*, lo que no me contentó del todo, porque sugerías con sutileza que a mis veintidós años yo estaba reinventándome debido a que casi todo lo que había hecho antes en la televisión era bastante vergonzoso —claro que no lo decías así, pero esa era la intención: mejor olvidemos el pasado de este chico con fama de talento precoz—, y ahora pienso, si me permites un segundito, que lo que hice en la televisión cuando tenía dieciocho años —entrevistar políticos, tomarme muy en serio, pelearme con el presidente— fue muy audaz, o sea, que ese mozalbete también era yo y no me da vergüenza: desde luego ahora soy una persona bien distinta, pero no me parece justo condenar lo que hiciste años atrás en base a lo que sabes ahora y no sabías entonces; no me parece justo ni saludable, porque hay que mirar el pasado con serenidad y amor propio. Pero, claro, tú no pudiste despojar al artículo de ese tono de superioridad moral e intelectual que te permitías conmigo —un tono amable y compasivo, pero un tonito superior y en definitiva condescendiente— y que yo incluso estimulaba en ti, porque la verdad es que te veía como alguien infinitamente superior a mí, como un amigo con pleno derecho de juzgarme. No te digo esto con rencor, tocayo; más bien me siento orgulloso de que hayas publicado esa entrevista conmigo. Pero sí creo que yo era entonces mucho más inseguro que ahora, y que tú fundabas nuestra amistad en mis inseguridades y en el pleno dominio que ejercías sobre ellas: tú decías siempre lo que había que hacer y lo que no había que hacer, y para mí tu palabra era la ley, tú eras el hombre, el jefe. Volver a empezar: ahora creo que todos los días se comienza de nuevo, tocayo, pero no rompiendo violentamente con el pasado y renegando de todo lo que uno hizo, sino mejorando de a poquitos la aventura que te ha tocado vivir. Tú vuelves a empezar todos los días al manejar hasta el centro para organizar el contenido de tu revista; yo vuelvo a empezar sentándome a escribir a pesar de todo. Por lo demás, no vale la pena mirar atrás: se pierde tiempo; solo tiene sentido mirar atrás para aprender de los errores y corregirlos. Pero, ¿quién me creo que soy para decirte estas cosas? ¿No me estoy permitiendo yo ahora ese tonillo odioso de superioridad moral? Perdóname, tocayo: te sigo admirando como a nadie, pero he aprendido también a quererme un poquito —y cuando fuimos amigos me quería poco o nada—. Poco o nada me quisiste tú cuando escogiste la foto que ilustró la entrevista, déjame decirte. Como bien sabes, querido Manuel, la foto lo es todo en un reportaje: si la foto es mala, no importa que uno diga cosas sabias o brillantes, lo que importa es que la foto es fea y la gente se espanta en el acto y uno queda humillado frente a su parentela y sus amigos y especialmente las chicas que quiere conquistar de noche en una esquina de la discoteca de moda. No, tocayo, eso no se hace: ¿cómo pudo usted, teniendo tan elevado sentido estético, escoger esa foto en la que yo parecía mal dormido, estreñido, con severos cólicos y encima con la mirada boba y extraviada de quien ha perdido al gato? Me rehúso a creer que no había una foto mejor. Incluso publicar la foto de mi carnet de identidad o mi huella digital me hubiese hecho quedar mejor: esa foto que elegiste graciosamente —con la evidente intención de pisotear mi espíritu narcisista, como si quisieras darme una lección de modestia, como diciéndome: ni pienses en volver a la tele, chico famosito, porque ¡mira qué feo eres!— obligó a que me recluyera una semana entera en el hostal miraflorino donde consumía mi existencia y hasta motivó que me llamase por teléfono mi señora madre a decirme que se me veía flaco, ojeroso, desgarbado y confundido en esa foto que había salido en la revista —y no pude sino darle toda la razón—. La foto de marras era bastante curiosa: se me veía sacando la (esquilmada) cabeza por el marco de un televisor viejo y sin pantalla; idea tuya por supuesto; y para colmo yo mostraba una pelota de fútbol con una cara tristona y denifitivamente perdedora: era el retrato de un perdedor. El mensaje que un lector avisado podía leer en esa foto que hasta hoy no te perdono era más o menos el siguiente: la televisión malogró mi vida y ahora me retiro de ella y me dedico al fútbol, porque todo lo que me interesa es dicho juego o fiebre popular. ¿Fútbol, yo? Era obvio que a esas alturas no iba a practicar ese deporte —aunque déjame hacer un paréntesis solo para recordarte que siempre lo jugué con menos dificultades que tú—; era obvio que me presentaba —me presentabas— como un prometedor periodista de fútbol. Es decir, que manipulaste astutamente la entrevista para sugerir dos cosas simples y falaces: que la tele era mi pasado oscuro y el fútbol, mi futuro, mi pasión, mi vida loca. El tiempo se encargó de demostrar que ambas cosas eran bastante inexactas, pues sigo haciendo televisión y el fútbol me interesa menos que nunca, a tal punto que muy rara vez me siento a ver un partido y jamás me rebajo a ir al estadio, dondequiera que sea, y dejo constancia de que me han invitado al Bernabeu y al Camp Nou, pero he declinado por razones de salud, a saber: que se fuma demasiado en España y me asfixio, joder; ¿no sería hora de inaugurar una tribuna para no fumadores, digo yo? Pero volvamos a la entrevista: luego de la extenuante sesión fotográfica, que nos llevó a visitar todos los talleres de

reparación de televisores de Miraflores y barrios aleda-
ños, con la consiguiente pérdida de imagen para mi persona, pues una personalidad de la farándula local no debe
andar fisgoneando por los tallercitos más grasosos de la
avenida La Mar, decidiste que la conversación —es decir,
la entrevista propiamente dicha— la haríamos en la acogedora sala de la casa de tus padres esa misma noche,
ocasión para la cual me vestí con mis ropas más atildadas,
compré dos jarras de sangría frutosa en la barra casposa
de don Héctor —que siendo un caballero encantador y
eso nadie lo niega, tenía harta caspa el tío— y me presenté puntualmente y con mi proverbial humildad en la residencia de tu familia. Fue una conversación larga y en
extremo placentera; no grabaste nada, solo tomaste apuntes, y hay que decir que no era muy halagador para mí
que me escuchases sin apuntar nada un par de minutos y
luego anotases tan solo una línea o dos: sentía como si me
estuvieses editando, desgraciado; desde luego bebimos
sangría y ello facilitó que las cosas fluyeran como era
debido y que te confesase todo todito, porque ya sabe
usted, admirado tocayo, que cuando me bajo una jarra de
sangría te cuento todo el kilometraje que llevo recorrido;
tus preguntas fueron siempre cortas, precisas y apropia-
das, lo que no me sorprendió, porque sabía bien de tu
agudeza periodística y tu corrección personal; no dije
nada que pareció sorprenderte salvo una confesión que
me salió de muy adentro: te dije que una vez traté de
matarme, y no te mentí, y entonces dejaste la libreta de
apuntes y me miraste intrigado y preguntaste lo que me
esperaba: *¿Por qué?* No tuve cojones para decirte la verdad; te mentí; me acobardé y te mentí. Recuerdo bien que
mi respuesta fue: *Estaba muy metido en drogas y perdí el con-*

trol. En parte eso era cierto: había consumido cocaína ocasionalmente los meses previos a mi intento de suicidio. Pero ello nada tuvo que ver. Yo no tomé cocaína la mañana en que traté de matarme; no estaba drogado; fui plenamente consciente de lo que hice. Yo intenté suicidarme aquella mañana en el hotel porque descubrí que me podía gustar un amigo: no me devastó tanto el hecho de que él me rechazara sino la certeza de que me gustaba: eso fue lo que me aterró, por eso quise irme. Fue un acto de pura cobardía —como lo fue engañarte esa noche en casa de tus padres—. Recuerdo, sin embargo, que frunciste el ceño y te permitiste un gesto de incredulidad y dijiste: *Qué raro, no parece una razón para tratar de matarse.* Tú siempre tan listo, tocayo. Afortunadamente no mencionaste en tu artículo esa confesión inesperada; preferiste omitirla; nunca más me preguntaste nada al respecto; supe sin embargo que no me habías creído del todo e intuías que algo oscuro me había precipitado a ese abismo autodestructivo; gracias en todo caso por tener la cortesía de no hacer preguntas. Y perdón por mentirte, tocayo. Dejé pasar una oportunidad perfecta para contarte algo que ya entonces me atormentaba: que me puede gustar un hombre. Este silencio mío, esta cobardía moral, esa incapacidad de abrirte mi corazón fue tal vez lo que minó fatalmente nuestra amistad: yo te escondía mi secreto más oscuro y preciado, ¿cómo podíamos ser amigos para toda la vida, si tú ignorabas quién era en verdad? No más mentiras, tocayo. Basta de hipocresías, como decías tú. Y por eso te digo ahora: me puede gustar un hombre, pero tú no eres mi tipo, gil.

¿Tú me gustabas Manuel? No creo. Desde luego, apreciaba muchísimo estar contigo; gozaba con tu inteligencia y tu fineza; siempre te leía con admiración; todo lo que hacías estaba lleno de gracia, arte y encanto; dicho esto, debo añadir que nunca pensé sexualmente en ti. Por lo demás, no sentía celos por Mariana, a quien, al contrario, veía con muchísimo cariño —y es que era una niña mala perfectamente adorable—. Debo confesarte que alguna vez me imaginé en un triángulo amoroso con ustedes, pero eso ocurrió cuando estaba dormido y por lo tanto no me siento responsable de tales fantasías. ¿Alguna vez te ha gustado un hombre, tocayo? No lo sé, pero una vez te lo pregunté. Ocurrió en La Tiendecita Blanca, ¿te acuerdas? Estábamos solos, y para serte franco, no extrañaba a Marianita, quien muy responsablemente había acudido a sus clases de canto y yo deseaba que cantase la noche entera para seguir conversando contigo, Hemingway cholo, Bukowski del centro de Lima, Capote macho e igualmente borracho. Habíamos pedido huevos revueltos con tostadas, lo que a estas alturas de mi vida me parece una obscenidad; pero en esos tiempos éramos ajenos al conteo minucioso de las calorías y nos importaba tres carajos que nos creciera la panza. Lima no era una fiesta: Lima era el día siguiente después de la fiesta, todo roto y sucio y apestando y nadie quien limpie y ponga orden. A sugerencia tuya —tú siempre en control—, nos habíamos sentado en una mesa de la terraza, lo que nos permitía gozar de una linda vista al corazón de Miraflores, oír el suave murmullo del tráfico vehicular y estar en permenente contacto con una nutrida población de orates, mendigos, niños cultores del terokal, madrecitas limosneras y toda suerte de mullidos, lisiados y paralíticos, quienes una y otra vez pasaban por nuestra mesa para pedir dinero o algo de comer hasta que eran espantados por los mozos del local, que ya los conocían por sus nombres y hasta por sus apodos: *¡Fuera de aquí, Tres Rodillas, pon primera y arráncate, oye!* Entonces me permití hacerte la pregunta prohibida. No había tomado alcohol, lo juro; fue solo un momento de audacia. Te pregunté mirándote a los ojos: *¿Alguna vez te ha gustado alguien que no sea una mujer?* Curiosa pregunta la mía. No me atreví a preguntarte más directamente: ¿Alguna vez te ha gustado un hombre? No, con mucha cautela pregunté: *¿Que no sea una mujer?* Tú me diste una miradilla sorprendida pero serena; me miraste desde el rabillo del ojo mientras masticabas con vehemencia esa tostada durísima que también podía usarse como arma de defensa personal —joder, qué duro sirven el pan en ciertos cafés miraflorinos, a ver si el señor alcalde dicta una ordenanza al respecto— y yo pensé que tal vez la pregunta te había incomodado; te tomaste todo el tiempo del mundo y dejaste transcurrir unos segundos crueles que se me hicieron eternos —eternos como el pianista, que ya escribía notas musicales antes de que se inventase el piano y todavía toca con indudable maestría y elegancia en ese café legendario que no dudo en recomendar al forastero— y finalmente me dijiste con toda la malicia juvenil de la que eras capaz: *Sí*. Y te quedaste callado, santo cielo. No es legal ni moral ni tan siquiera ético quedarse callado después de contestar afirmativamente esa pregunta amañada. Por eso, y porque soy persistente en el duro oficio de preguntar, tuve que insitir: *¿Quién?* Te encantó —lo vi en el brillo de tus ojos— que te hiciera esa pregunta. Complacido, me viste caer en la trampa. Te solazaste diciendo: *Mi perra Jacinta*. Celebré tu ingenio y tu capacidad de improvisación; admiré tu elegancia para salir del apuro; me reí contigo; pero en el fondo odié que hicieras un pase torero y me dejaras hundido en la arena. No tuve coraje para insistir; entendí que no querías hablar del asunto y guardé silencio.

Quiero contarte ahora lo que pasó cuando te fuiste a España. Perdona que me ponga serio, pero el asunto es delicado y podrías enojarte. No me siento particularmente orgulloso de lo que te voy a contar; más bien me avergüenzo de haberte sido desleal. Quizá lo sabes ya porque Mariana te lo contó. Sospecho que es así, que no te voy a sorprender; no de otra manera se explica que cambiase tanto tu actitud hacia mí en los últimos días de nuestra amistad: yo lo atribuyo al hecho de que tu chica seguramente te confesó las cosas indebidas que hicimos en tu ausencia, cosas de las que ahora me declaro enteramente responsable, pues Mariana no me forzó ni se precipitó sobre mí, aunque desde luego yo tampoco ejercí violencia alguna contra ella y más bien diría que hice solo lo que me pidió o permitió que hiciéramos. Todo comenzó cuando me dijiste que te habían concedido unas vacaciones en la revista y que, gracias a tu hermana, que trabajaba en una aerolínea, habías conseguido un pasaje a Madrid con un precio muy conveniente. Estabas muy ilusionado, algo inusual en ti: era la primera vez que viajabas a España; te quedarías un mes entero; irías mucho a los toros y los bares y las discotecas salseras y quizá también a los museos, aunque esto último dependería de la ferocidad de la resaca: no es bueno apreciar un Goya tras una noche de desmanes alcohólicos, y eso lo saben mejor que nadie los japoneses. Mariana no te acompañaría a España porque no quería interrumpir sus clases de canto, pero también porque su padre estaba enfermo y ella tenía que cuidarlo; parecías apenado cuando me contaste que no podrías viajar con tu chica, aunque, conociéndote un poco, entreví en tu mirada esquiva un chispazo de malicia: quizás mejor, pues así te moverías con plena libertad y podrías ligar con cuanta española inquieta te concediera la fortuna torera. Confiésame, al menos, para aliviar el peso de mis remordimientos, que en el fondo celebraste que Mariana no te acompañase; dime que no me equivoco cuando pienso que le fuiste infiel en España y más de una mujer audaz te acompañó a recorrer esos bares aguerridos que nunca cierran y luego tuvo la dicha de que la amaras con esa desinhibición que solo te da el alcohol. Estábamos en tu carro cuando me contaste que muy pronto irías a España; Mariana no nos acompañaba aquella mañana neblinosa; días atrás me habías sorprendido diciéndome que las páginas de tu revista estaban abiertas para mí y te parecía un desperdicio que no escribiese: recuerdo perfectamente tus palabras, *tú tienes muchas cosas que decir, escribe.* Yo no escribía por esos días. Tenía en mi cuarto del hostal una máquina de escribir —qué habrá sido de ella, creo que se la regalé a mi hermano— y con cierta frecuencia me sentaba frente a ella y procuraba escribir cuentos, pero después fumaba marihuana y los leía y me parecían malos y acababa rompiéndolos y te envidiaba porque no podía escribir tan bien como tú. Por eso nunca me atreví a tomarte la palabra y entregarte un artículo; temía que fuese pobre y no estuviese a la altura de tus expectativas; además, honestamente pensaba que no cabíamos los dos en esa revista, y tú habías llegado primero y ya te habías hecho un sitio. El hecho es que me dijiste que te ibas a España y que Mariana no podía ir contigo y yo me alegré de verdad y te dije que la pasarías estupendamente —porque yo presumía de haber estado en Madrid el año anterior: me fui a vivir allá y gocé todo lo que pude hasta que se me acabó la plata— y entonces, detenidos en un semáforo frente a una cafetería desde la cual nos miraban dos hombres afeminados y ya algo mayores —recuerdo la escena perfectamente—, tú bajaste el volumen de la radio, que estaba transmitiendo una conferencia de prensa del presidente, y me miraste de un modo intenso y dijiste: *¿Nos vamos?* No me lo esperaba. Me halagó muchísimo que me invitaras. No supe qué decirte. Por supuesto quería ir contigo, pero un miedo extraño —una inseguridad, un complejo— me invadió de pronto. A pesar de que en el fondo veía con ilusión la idea de viajar juntos, te dije que necesitaba unos días para pensarlo porque, además, tenía previsto viajar pronto a grabar unos programas de televisión y me parecía que lamentablemente ese viaje coincidiría con el tuyo: estupideces, la verdad es que me dio miedo acompañarte a Madrid. ¿Por qué me dio miedo? Entonces no lo sabía y ni siquiera me lo preguntaba; ahora sé la respuesta. Temía que descubrieras el secreto que tanto me avergonzaba, la fuente de mis complejos e inseguridades: que me podía gustar un hombre. Temía que si nos emborrachábamos y dormíamos juntos en algún hostal pobretón de Madrid, yo acabaría por revelarte, de un modo callado y oscuro, lleno de vergüenza pero también ardiendo de deseos, mi naturaleza bisexual. No quería defraudarte, Manuel. Nuestra amistad era demasiado preciosa como para maltratarla así. Desde luego, fui un cobarde y un estúpido. Ahora estoy seguro de que si te hubiese contado —con el valor torero que tú tenías de sobra— que no solo me gustaban las mujeres, no te habrías escandalizado ni enfadado ni nada y hubiésemos seguido siendo tan buenos amigos. Bastaba con decírtelo: Manuel, quiero viajar contigo pero es mejor que sepas que soy bisexual. Así de fácil. Y tú, que probablemente ya lo intuías, porque siempre fuiste especialmente delicado cuando rozamos ese tema, me hubieras querido y respetado más, y nuestra amistad hubiese salido fortalecida. Por cobarde me perdí un viaje a España contigo. No volverás a invitarme, lo sé, y ahora me duele haberme perdido esa oportunidad, porque no dudo que habría gozado muchísimo —y aprendido más— viéndote recorrer, con tu mirada depredadora y tu plácida barriga cervecera, las calles angostas de Madrid; y tampoco dudo que, borracho y todo, jamás te hubiese incomodado durmiendo en tu cama o mirándote turbiamente, y es que era muy fuerte el respeto que sentía por ti, tan fuerte que me intimidaba y, ya ves, no me dejaba contarte quién era yo en verdad, debajo de esos silencios tan convenientes. Pasaron un par de días y te dije que no podría viajar contigo porque, en efecto, tenía que ir a grabar unos programas al Caribe y, además, porque no me alcanzaba la plata; te lo dije así como si tal cosa, como si no me diese ninguna pena, cuando en el fondo me sentía un imbécil por negarme una oportunidad tan prometedora: una vez más, mi aguerrida tendencia autodestructiva me hacía decir que no cuando yo quería decir sí. Te dije que no podía ir contigo y poco después, evitando las despedidas melodramáticas —porque tú inventaste eso de ser *cool* antes de que se pusiera tan de moda, sobre todo entre quienes no sabemos hablar bien el inglés—, te subiste una mañana al avión y te fuiste al Madrid de tus sueños toreros. (Me acuerdo ahora de la pasión que ya sentías por la fiesta de los toros cuando estábamos en el colegio. Llegabas los lunes hablando de las corridas que habías visto y nadie las describía con más sentimiento y erudición que tú. Seguro que desde entonces ya soñabas con ir a ver toros en España, como hacen los grandes señores de Lima aprovechando los cortos períodos que pasan libres entre secuestro y secuestro). Yo no te engañé del todo, porque efectivamente fui al Caribe unos días, hice morisquetas en televisión y regresé con una provisión fresca de dólares en efectivo. Regresé y, por supuesto, llamé a Mariana. Me contó que nada sabía de ti, que no la habías llamado —lo que no le sorprendía, porque le habías dicho que no la llamarías por teléfono para ahorrar dinero— y que esperaba que le llegase una carta tuya. Quedamos en que me llamaría tan pronto como la recibiese. Así ocurrió: me llamó y, con voz alegre, me dijo que quería ir a tomarse una sangría conmigo y de paso leerme tu carta, en la que por cierto te acordabas de mí y mandabas saludos. Pues recogí a Mariana y la llevé al bar y, sentados frente a la barra, me leyó tu carta, que era una delicia, llena de ironías y sutilezas, y nos reímos mucho y te extrañamos como nunca: cuánta falta nos hacías, Manuel; la sangría no sabía tan rica si no estabas tú; todo parecía más lento y aburrido sin ti. No quiero insinuar que Mariana fuese aburrida: para nada; me divertía a mares con ella, descubrí a una mujer todavía más inteligente, tierna, traviesa e impredecible de lo que ya sabía que era. Desde entonces se hizo una costumbre: nada más recibir carta tuya —y llegaban muy a menudo—, Mariana me llamaba y yo pasaba a buscarla y leíamos juntos tu carta mientras consumíamos sin apuro una jarra grande de sangría y acaso dos, según cuánto nos gustase tu carta. Mariana era un amor: no hay palabras para describir el cariño que demostraba por ti y, a la vez, lo buena amiga que era conmigo, siempre tratando de hacerme reír. Casi siempre se vestía de negro y olía delicioso y se recogía el pelo y me miraba con sus ojazos de Ornella Mutti y yo me sentía su hermanito menor que le hacía caso en todo y moría por ella: en el sentido más limpio de la amistad, entiéndame bien, tocayo. Me sorprendiste una vez más cuando Mariana me llamó y me dijo que le había llegado una carta para mí. Corrimos al bar —don Héctor siempre preguntaba por ti y te mandaba saludos— y leí tu carta y me sentí abrumado por el afecto y la complicidad que me revelabas en esas líneas. Recuerdo unas pocas cosas: la carta olía a humo, a tabaco más precisamente, y estaba escrita con una caligrafía bastante caótica y por momentos ilegible; en ella te burlabas con mucha gracia de algunos escritores famosos, también me contabas que te habías hecho amigo de un peruano en Madrid y que ese caballero tenía un auto del año y que una noche salieron a manejar borrachos y te prestó el carro y tú lo hiciste correr a toda velocidad; mencionabas una madrugada en una discoteca salsera que te había cautivado por su música rumbosa y su espíritu sudaca; alababas —y se me caía la baba— la comida española y la sabia costumbre de hacer siesta; y, en fin, me decías que *desde lejos uno aprecia mejor a los buenos amigos*: todo un cumplido. Esa misma noche, al volver a mi cuarto, me senté a escribirte. No pude. Seguí intentándolo los días posteriores, pero no pasé del primer párrafo y rompí decenas de cartas fallidas. No fui capaz de escribirte una sola línea, joder. Nunca te contesté. ¿Por qué? Porque quería escribirte la carta perfecta. Tan grande era el respeto que me inspirabas, que no podía escribirte con una cierta sencillez, con un simple tono despreocupado y coloquial:

no, yo quería que cada frase fuese redonda y genial, que mi línea se erigiese en una obra maestra del género epistolar. Coño —cómo te gustaba decir *coño* cuando volviste—, qué imbécil y pretencioso puedo ser. Nunca te escribí mi respuesta y ahora te pido disculpas, Manuel, y tal vez por eso tengo tantas cosas que decirte en esta carta y no puedo evitar escribírtela aunque te enojes conmigo por contar los altibajos de nuestra amistad.

Poco después de la carta que me enviaste —la única que he recibido de ti, y que desafortunadamente tiré a la basura: no sabes cuánto me arrepiento—, te traicioné con una frialdad y una vileza de las que no me sabía capaz. Esa noche Mariana me llamó y, a pesar de que no había llegado carta tuya, me dijo para salir a tomar una copa. Salir juntos era una manera de extrañarte, de aferrarnos a ti, de mantener viva la ceremonia de la sangría que tú nos habías enseñado. Por eso le pedí el carro a mi madre y recogí a Mariana a la hora que ella me sugirió: porque era tu chica, estaba sola y yo tenía que cuidarla. Pues fuimos al bar y nos bajamos gozosos una jarra de sangría y otra más, porque ya he dicho que Mariana bebía sin reservas y yo tampoco le hacía ascos a la sangría. Camino a su casa, ella sugirió tomarnos una copa más. No me opuse, claro está. Fuimos al bar oscuro de la playa al que tú me llevaste aquella noche con Phoebe, el bar aquel de la rockola y el piso de aserrín, ¿te acuerdas? Por desgracia no había sangría y tampoco vino tinto, así que nos resignamos a beber cerveza —y tal vez ahí se jodió la noche, cuando traicionamos el digno hábito de la sangría y nos rebajamos a tomar esa bebida espumosa que hace eructar a la gente—. No bailamos, por cierto, y digo esto con orgullo, porque la gente que bailaba aquella noche había perdido toda la dignidad, y uno no sabía si estaban abrazados o desmayados, pero el caso es que las parejas colapsaban de pie y a duras penas se movían, culpa sin duda de la cerveza o quizá también de la cocaína. Tarde ya y bastante ebrios los dos, llevé a Mariana de regreso a su casa. Recuerdo bien la escena: íbamos por la calle principal de Barranco, a la altura del parque donde se dan cita tantos revoltosos, cuando Mariana me miró con desusada intensidad y me dijo: *¿Te puedo dar un beso?* No miento si digo que la pregunta me cogió por sorpresa. Miré a tu chica con mucha ternura, sin asomo de lujuria, y le dije: *No le podemos hacer eso a Manuel.* Ella permaneció en silencio un rato que me pareció larguísimo y finalmente dijo: *Tienes razón, lo siento.* Aliviado, le dije que no había por qué disculparse, que esas cosas pasaban; además, habíamos tomado demasiado y, bueno, la carne es débil. Mariana dijo que yo le parecía muy atractivo; sin duda estaba intoxicada por la cerveza barriobajera que nos habían obligado a beber. Dijo exactamente: *Me gustas mucho. Me gustan tus manos. Me gusta tu boca.* Yo le dije —no debí decirlo, pero fue casi un acto de cortesía— que ella también me gustaba, que era una chica preciosa y me encantaba estar con ella. Todo eso era verdad, me encantaba salir con Mariana, pero yo no quería acostarme con ella, y créeme que no te miento, Manuel. Al llegar a su casa, apagué el carro. Conversamos de asuntos que no recuerdo ahora; había en el ambiente una cierta tensión, la consciencia de que algo peligroso podía ocurrir en cualquier momento; esos silencios estaban cargados de intenciones, dudas y oscuros pensamientos. Yo no quería besar a tu chica. Yo quería ser tu amigo leal. De veras. Pero ella, antes de bajar, se acercó a mí para despedirse y, en lugar de darme un besito en la mejilla, buscó mis labios y me besó. Y yo no pude rehuir el beso. No pude desairar a Mariana. Me besó y la besé. Violamos esa regla básica de la amistad: no agarrarte a la mujer de tu amigo. Enseguida me arrepentí y se lo dije: *No deberíamos hacer esto.* Ella me dijo: *Tienes razón, mejor me voy.* Y bajó del carro y yo le hice adiós y caminó hacia la puerta del edificio. De pronto se detuvo y regresó. Yo ya había prendido el carro con la loable intención de irme a dormir y olvidar aquel beso furtivo. Mariana entró al carro, me besó con una determinación que me sorprendió y dijo: *Vamos.* Yo pregunté: *¿Adónde?* Ella dijo: *Adonde quieras.* Manejé despacio sin saber adónde ir, pero sabiendo bien lo que habría de ocurrir. Ella no se anduvo con rodeos y habló claro: *Vamos abajo a ver el mar.* La insinuación era obvia: abajo, frente al mar, se detenían las parejas a hacer el amor o quizá solo a tener sexo. Callado y asustado —porque créeme tocayo que no sabía cómo salir del embrollo al que me había metido—, bajé a la playa, cuadré en un terreno polvoriento frente al mar y apagué el motor. Ocurrió lo que tenía que ocurrir: Mariana y yo nos pasamos al asiento de atrás, nos besamos, nos tocamos ahí abajo y entonces me excité —no pude evitarlo, Mariana era linda y yo estaba borracho— y ella se subió a horcajadas sobre mí pero yo me negué a metérsela y le dije que no podíamos llegar hasta el final, que solo podíamos masturbarnos, nada más —o sea que al menos no fui todo lo traidor que pude haber sido, Manuel—, y tu chica y yo seguimos besándonos y tocándonos ahí abajo hasta que ella terminó, y luego ella siguió jugando con mi sexo inflamado pero yo le dije que prefería no terminar, y ella me metió la lengua a la oreja y yo —lo siento, tocayo del alma— cambié de opinión y dejé que me tocase hasta el final, hasta humedecer las manos lindas de tu chica y manchar para siempre nuestra amistad. Te pido perdón, mil veces perdón. Esa noche fui tan canalla que, lo sé, no merezco ser tu amigo. Tú jamás me hubieses hecho una cosa así. Mariana y yo no volvimos a cruzar la línea; nos arrepentimos y nos juramos que no te lo diríamos. Yo me sentí el tipo más sucio del mundo. Se lo dije a Mariana: *Soy un cabrón*. Ella me dijo que no, que ella tenía la culpa de todo, pero no es verdad, yo debí ser más firme y no ceder a sus insinuaciones. Lo siento, Manuel. Y si ahora te lo cuento todo es porque esta carta sería un engaño si no te dijese todo lo que no me atreví a decirte cuando fuimos amigos, y también porque creo que cuando tú volviste de España, una semana después del incidente con Mariana, creo que ella no pudo guardarse el secreto y te lo contó; lo creo porque tu actitud conmigo cambió de pronto y yo sentí que algo se había quebrado en nuestra amistad. Tú nunca me dijiste que sabías lo que pasó cuando estabas de viaje; pero yo sabía que tú lo sabías, se notaba en tus miradas tristes y en tu súbita frialdad. Esa mañana que llegaste a Lima y te fuimos a recoger del aeropuerto Mariana y yo y, al llegar a tu casa, me regalaste una camiseta del Real Madrid, esa mañana supe que nuestra amistad no podría sobrevivir el golpe mortal que yo le había asestado: no solo porque seguramente acabarías enterándote, pero también porque yo me sentía indigno de seguir siendo tu amigo. Por eso nunca pude ponerme la camiseta del Madrid. Por eso se la regalé a mi hermano. Por eso lloré esa tarde al salir de tu casa: joder, tocayo del alma, escritor admirable, ¿por qué coño siempre golpeo a la gente que más quiero? ¿Me perdonarás algún día, torero?

Las cosas entre nosotros no volvieron a ser lo que eran; nuestra amistad entró en crisis, y fue una decadencia lenta y penosa, que se prolongó algunos meses; me di cuenta de que ya no me tenías tanto cariño —y hasta me podías mirar con cierta irritación— el día en que me convenciste para ir a los toros, la primera vez que asistí a dicha fiesta y la única que fui contigo. Era domingo, y tú insististe en que la corrida realmente valía la pena, y yo, que sabía lo que los toros significaban para ti, acepté acompañarte, no por los toros obviamente sino por estar contigo y tratar de rehacer lo que se estaba quebrando, nuestra amistad. Acordamos vernos hacia el mediodía en tu casa, donde nos reuniríamos con Mariana y Carolina, una amiga de ella —cineasta peruana que vivía en Nueva York—, y luego comer algo por ahí antes de ir a los toros. Desde luego, ya habías conseguido las entradas: trabajar en la revista te permitía esos privilegios, bien merecidos por lo demás. Fue aquella una tarde de incidentes y malentendidos, de continuas asperezas entre tú y yo. La recuerdo ahora con pena: no debí ir a los toros, debí decirte que esa fiesta me disgustaba en el estómago y no la gozaría jamás, por muchas ganas que tuviese de seguir siendo tu amigo. Pero yo quería complacerte y por eso me vestí todo de negro y me aparecí puntualmente en tu casa. Ocurrió entonces el primer disgusto de los muchos que habrían de presentárseme esa tarde invernal. Yo iba de negro integral —camisa de manga larga, jeans, zapatos, todo negro— y tú abriste la puerta y, joder, qué mala suerte, también ibas entero de negro. Me miraste con cierta sorpresa —no te hizo la gracia que a mí, era una mera coincidencia pero tú le diste una importancia que no tenía— y me dijiste: *Van a creer que somos mellizos.* Me acompañaste luego a la sala, te retiraste un momento y apareciste poco después con otra ropa, unos jeans y una camisa blanca y hasta otros zapatos. Como siempre, te veías muy bien, a pesar de tus kilos de más y tu mirada sospechosamente fría. Hiciste entonces una broma que delató tu malestar: *Me olvidé de decirte que no teníamos que ir uniformados.* Yo sonreí, claro, pero noté que estabas algo tenso. Coño, tocayo, no se enoje usted: fue una des- afortunada coincidencia, nada más; admito que tú solías vestirte de negro más a menudo que yo, pero eso tampo- co me prohibía vestirme un domingo de negro si me ape- tecía, y el caso es que aquella mañana me pareció muy apropiado ir de negro a ver los toros, quizá porque —si me permites la exquisitez— mi espíritu estaba de luto por solo pensar en toda la sangrienta barbarie de la que más tarde sería testigo —testigo y cómplice, porque había pagado por la entrada que tú conseguiste—. En fin, fue solo un momento de tensión, porque luego llegaron Mariana y Carolina y tú serviste vino y ellas no se entera- ron de nuestra (negra) escaramuza y ya te vi relajado y contento, porque cuando Marianita te hacía mohínes, tú pasabas en el acto a sonreír con más facilidad. Sin embar- go, las cosas siguieron torcidas: poco después, cuando salimos a almorzar los cuatro, subimos a mi carro —aun- que más exacto sería decir al carro de mi madre, el mismo cuyo asiento trasero habíamos manchado tu chica y yo— y tú te sentaste a mi lado en el asiento delantero, pues yo manejaba, y las chicas se acomodaron atrás —Marianita muda y mirándome con unos ojillos maliciosos y coque- tos que yo advertía abochornado por el espejo retrovi- sor— y entonces me pareció lo más apropiado poner algo de música y prendí el tocacasete —porque en esos tiempos añejos todavía no oíamos discos compactos en el auto— y puse lo que había venido oyendo camino a tu casa, los Smiths. Fue obvio enseguida que mi elección te pareció escalofriante. Mientras sonaba esa música un tanto plañidera —pero estimable al fin, o al menos eso me parecía entonces—, tú hacías gestos, cabriolas, movimientos y reacomodos que solo ponían en evidencia, de un modo bastante ostensible por cierto, tu franco rechazo y creciente irritación con aquella música que, a un volumen no demasiado alto, yo hacía sonar; las chicas, entretanto, algo cotilleaban en secreto ahí atrás, y yo las espiaba por el espejo y solo pensaba: ojalá que la loca de Mariana no le esté contando a Carolina cómo agarramos rico ahí mismito en ese asiento mullido. No sé si los Smiths te disgustaban o era mi sola presencia lo que te fastidiaba o si habías dormido mal la noche anterior y estabas con la mecha corta —la mecha de la paciencia, no se me entienda mal—, pero lo cierto es que no pudiste aguantar una canción entera y, sin poder reprimir más la contrariedad que te afligía, me dijiste: *Esta música me da dolor de cabeza.* Sentí el golpe, te pedí disculpas y apagué la música —y no he vuelto a oír a los Smiths porque me recuerdan demasiado a ti molesto y mirándome envenenado por la rabia y acaso el rencor de saber que me había solazado con tu chica. Mala tarde aquella, tocayo; tarde de sinsabores y desencuentros, de miradas turbias y silencios que herían un poco. Nunca más prenderé la música si vuelves a subir a mi carro; si tuviese que elegir ahora te pondría Jarabe de Palo o Calamaro —pero no la canción con Maradona— o cualquier cosa de Charly, incluso sus últimas extravagancias; en verdad creo que aquella tarde aciaga te hubiese dado dolor de cabeza cualquier canción

271

que yo escogiese, porque el dolor te lo daba yo, no la canción. No habían terminado mis pesares, Manuel: peores tormentas habrían de ocurrir ese domingo en la vieja plaza de toros. Después de dar mil vueltas para encontrar estacionamiento entre esas callejuelas que olían a siglos de orines resecos y caminar luego por ennegrecidas veredas cuyas esquinas estaban tomadas por jóvenes pandilleros de mirada amenazante —jóvenes que, por supuesto, dijeron groserías a las chicas que nos acompañaban: *Qué buen culito tienes, mamita; ¿no quieres venir con un macho de verdad?*— y encontrar por fin, en medio del gentío y las señoras con sombrero de ala ancha y los embajadores panzones y ya semiborrachos, nuestros asientos en sombra, tú abriste una bota de vino y nos diste de beber, generoso, a las chicas y a mí, que por cierto no bebimos cantidades iguales, porque Carolina al parecer había llegado con sed de Nueva York y pensó que la bota entera era para ella solita, lo que enseguida provocó la protesta airada de Marianita, siempre pendiente de que el trago se repartiese con justicia y equidad. Sentados en nuestros asientos de sombra —debidamente acolchados por muy convenientes cojines que protegían nuestros jóvenes traseros de un desgaste innecesario—, pensé que todo era propicio para que yo, como me habías dicho mientras almorzábamos unos pescaditos antes de la corrida, descubriese y apreciase debidamente el arte del toreo en toda su magnitud —y aquí quisiera detenerme solo un segundo para decirte gracias por la paciencia y el cariño que pusiste en enseñarme, durante ese almuerzo, las cosas elementales del toreo, para lo cual te valiste incluso de un libro con ilustraciones y hasta de unos dibujitos que hiciste en las servilletas, todo para que yo no llegase a la plaza

siendo un descarado ignorante de la tauromaquia y supiese al menos en qué consistían los distintos tercios y qué
era un capote y una muleta y todas esas cosas que ahora he
vuelto a ignorar sin vergüenza alguna—. A punto estaba
de comenzar la corrida y tú guardabas riguroso silencio y
yo miraba furioso a Carolina que se estaba acabando solita toda la bota de vino, cuando otro enojoso incidente de
tinte político volvió a agriar la tarde y resquebrajar nuestra (ya ajada) amistad. De pronto, un notable escritor, que
era también candidato a la presidencia del país, entró a la
plaza y buscó su asiento cerca de nosotros. Pues enseguida, como era de justicia, la gente a su alrededor se puso de
pie y le rindió una cálida ovación, lo que me pareció muy
bien porque ese señor era un escritor admirable y también
un hombre muy generoso que había decidido postularse a
la presidencia para salvar del caos y la decadencia a nuestro país, así que no dudé un segundo en ponerme de pie y
aplaudir con entusiasmo al ilustre escritor que sin duda
sería pronto nuestro presidente —y mis aplausos fueron
sinceros y desinteresados, pues lo admiraba enormemente y pensaba votar por él, como en efecto hice, y no tenía
en cambio la más tenue intención de inscribirme en el
movimiento político que él había fundado y encabezaba,
movimiento que había sido capturado por señoras muy
guapas y un tanto aburridas y por señores castos y completamente aburridos—. Aplaudía yo emocionado cuando tuve el infortunio de desviar la mirada hacia ti, solo
para saber si también batías palmas con virulencia (o al
menos cortesía) para dar la bienvenida al coso a nuestro
primer escritor: pues no, tú no aplaudías ni te habías
puesto de pie, tú seguías sentado y me mirabas con verdadero fastidio y, diría más, con desprecio, como nunca

antes me habías mirado, como si te avergonzases de ser mi amigo y estar ahí a mi lado. No me dejé intimidar; seguí aplaudiendo de pie; aunque la verdad es que se me fue todito el entusiasmo y mis aplausos se hicieron un tanto débiles y desganados, como aplaude la Reina Madre de Inglaterra cuando ve marchar enhiesta la guardia palaciega. Sentadas estaban también, todo hay que decirlo, mis queridas Mariana y Carolina, pero no tanto para expresar su distancia crítica de nuestro famoso escritor sino más bien para aprovechar la distracción generalizada y beber un poco más de vino sin que yo me diese cuenta: esas chicas, cuando están solas, deben ser de cuidado. No me pareció justo que reprobases mis cálidos aplausos al candidato a la presidencia. Toda la plaza lo aplaudió —o al menos todo el tendido en que nos hallábamos—, y a mí me pareció natural que yo aplaudiese también —porque ni siquiera lo pensé, lo hice con absoluta convicción— y ahora te confieso que no me molestó tu actitud escéptica de francotirador que no aplaude a nadie y menos a un político famoso —ese eres tú y por eso te admiro—, pero sí me pareció injusto que me mirases tan feo solo porque a mí sí me provocó aplaudir. Tu silencio no te hacía mejor; los hombres mejores no son aquellos que se entregan al cinismo; nada de malo tiene aplaudir a una persona a la que admiras por sus calidades intelectuales y morales. Si la escena se repitiera hoy, volvería a ponerme de pie y aplaudir a ese señor que no ganó la presidencia pero dio una lección de grandeza moral. No me importaría que me mirases como si fuese un frívolo descerebrado que solo aplaude porque las regias señoras con sombrero aplauden también; no me importaría, querido tocayo. Lo cierto es que, de nuevo, nuestra amistad se cargó de oscuros nubarrones. Era obvio que mi presencia te fastidiaba. Todo lo que yo hacía —cómo me vestía, la música que ponía, el destinatario de mis aplausos— te parecía un asco. Y a todo esto yo me estaba sintiendo como si el toro de la corrida fuese yo mismo, porque tú no parabas de zaherirme y lastimarme con las banderillas de tus ojos sañudos. A pesar del buen vino, no disfruté un ápice la corrida. Todo me pareció grotesco. Por eso, y animado por las chicas, me refugié en el trago. Acepto —*mea culpa*, y qué ganas de mear las que iban estrujando mi vejiga mientras el matador se regocijaba con la bestia aturdida— que bebí más de la cuenta; acepto que excedí mi cuota de la bota, pero es que Carolina se estaba propasando impunemente y alguien tenía que poner las cosas en su sitio; acepto en suma que tomé mucho y me puse un tanto chispeadito, o sea, de risa fácil y mirada coqueta. Pero no fue solo por eso que las chicas y yo nos reímos a mares. Nos reímos porque la circunstancia era perfectamente risible, admítelo: de pronto, en una suerte de intermedio, le tocó el turno a un torero peruano, y el pobre hombrecillo puso en evidencia su ineptitud y su cobardía, y la gente empezó a silbar y protestar, y el pobre torero —a quien le gritaban: *¡Fuera, torero de cuy!*— dio un espectáculo bochornoso y a la vez cómico, porque no acertaba nada y era obvio que se moría de miedo y hacía unos gestos grandilocuentes, como pidiendo una ovación en premio a su arrojo, y recibía en cambio unas rechiflas e insultos que eran en verdad muy graciosos, y por eso las chicas y yo nos moríamos de risa, porque el torero de cuy recibía cojinazos en la cabeza y daba unos saltitos peripatéticos y se corría acobardado de ese toro mansón. Me reí tanto que tenía los ojos anegados de lágrimas; tanto que no podía hablar; tanto que tú te pusiste furioso —quizás porque sentiste que me estaba riendo del espectáculo taurino que tanto apreciabas y habías querido enseñarme esa tarde— y me dijiste entonces con una voz cortante: *A toros no se viene a reír. Hay que saber tomar para venir a toros.* Las chicas ni caso te hicieron y siguieron riéndose a mandíbula batiente, pero yo me sentí humillado y desde ese momento no dije palabra, permecí en respetuoso —y dolido— silencio hasta el instante en que bajé de tu carro, no sin antes depedirme humildemente de ti y coquetamente de las chicas, que, por lo demás, juraría que se gustaban o por lo menos que Mariana le gustaba a Carolina, lo que nada tendría de sorprendente, pues la belleza de Marianita era absolutamente devastadora y arrasaba por igual con hombres y mujeres sin tener compasión por su identidad sexual: por algo, pues, se enamoró usted de ella, querido tocayo; nuestra Marianita la dejaba como zapatilla a Ornella Mutti, ¿o exagero, dígame usted? En resumen, la tarde que me llevaste a los toros no me hiciste feliz y tampoco me convertí en un seguidor de dicha fiesta. Pasé una amargura tras otra; fueron muchas tus miradas avinagradas; me dolió que me tratases tan mal y por eso al final se me fue todita la alegría y terminé callado, triste, dolido, con ganas de irme a mi casa y no volver a toros nunca más, contigo ni con nadie. Ahora que han pasado los años y puedo entender mejor que seguramente estabas decepcionado de mí porque me había aprovechado de tu chica en tu ausencia, te comprendo y perdono y hasta me hace gracia que batallases tan estoicamente por mantener la compostura y no mandarme a la mierda y apenas agredirme con frases cortas y penetrantes como las que sabes escribir; supongo que yo merecía esos desplantes y otros aún peores, pues nada iguala el nivel de abyección al que caí esa noche marítima con la bandida de tu chica; pero, hechas las sumas y las restas, solo me queda pedirte un favor: si se diera la circunstancia harto improbable de que volvamos a ser amigos, te suplico que no me lleves a los toros, ¿vale? Yo no tengo ningún interés por ver otros toreros, Manuel: me basta con mirarte a ti, el torero más acojonante de cuantos hay.

Las últimas semanas de nuestra amistad fueron particularmente intensas debido a que tuvimos la desafortunada idea de trabajar juntos en un programa de televisión, lo que nos obligó a vernos con más frecuencia —y en horarios inconvenientes— y acabó enemistándonos en muy poco tiempo, pues dicho programa duró apenas un mes. Si volviésemos a ser amigos, no cometería el error de trabajar contigo, Manuel. Claro que nuestra relación ya venía deteriorándose y parecía destinada a romperse, pero el hecho de someterla a las tensiones de un trabajo sin duda aceleró su descomposición y nos hizo pasar a los dos por momentos desagradables que ninguno merecía. Todo comenzó cuando, al volver de España, me dijiste que habías quedado muy impresionado con un programa de televisión que viste en Madrid y grabaste para enseñarme; creías que yo podía hacer con mucho éxito un programa parecido; en todo caso valía la pena que lo viese. El programa se llamaba *El gato azul* y era presentado por un periodista andaluz, Julio Quiroga, que solía entrevistar en dicho espacio a personajes marginales de la vida española: un presidiario famoso, un cantante drogadicto, una aristócrata venida a menos, una ricachona emputecida. No era un programa sobre ricos y famosos; lo era sobre perdedores y disidentes, sobre ovejas negras, sobre locos malditos y ricos enloquecidos; la escenografía era muy sobria, apenas una mesa redonda y un fondo negro; Quiroga y sus invitados bebían vino mientras hablaban a un ritmo sosegado, sin prisas, disfuerzos ni sonrisas fingidas, incluso con una lentitud deliberada, pues el anfitrión no le temía a los silencios y de pronto callaba y miraba fijamente a su invitado —siempre una mirada compasiva, cargada de ternura, sobre todo si su interlocutor había sido machacado por el destino, como solía ser el caso—, y esos silencios eran todo un arte; y atrás, sobre la alfombra guinda me parece, yacía un gato grande y perezoso, que contemplaba adormecido aquellos diálogos y era iluminado por una luz azulina y le daba sentido al nombre, *El gato azul*. Pues vi el programa y me encantó; Quiroga era un artista, no cabía duda; tenías razón, debíamos hacer un programa parecido; por eso me apresuré en decirte que estaba dispuesto a acometer dicha empresa con una sola condición, que tú me acompañases como asistente creativo, lo que aceptaste al parecer encantado no sin antes plantear un pequeño reparo, que si tú entrabas al proyecto también tenía que entrar Mariana, algo que me pareció muy apropiado y decente de tu parte. No lo podía creer, todo había sido tan rápido: tú y yo haríamos un programa de televisión; sin duda sería una aventura genial; nuestra amistad parecía consolidarse a pesar de todo. Por esos días yo no hacía nada en la televisión peruana; tenía un programa en el Caribe y vivía de eso; y tú, que estabas muy a gusto en la revista, no habías expresado nunca el menor interés en hacer televisión, incluso diría que sentías una cierta alergia por todo lo que se hacía en la televisión peruana, aunque, curiosamente, eras también un televidente asiduo y compulsivo que no se perdía las noticias, los programas populacheros, los debates políticos y los disfuerzos cómicos de las gordas y los enanos y los inevitables travestis. ¿Sabes una cosa, tocayo? Para mí fue un honor que te animases a hacer un programa conmigo. Fue uno de los momentos más honrosos de nuestra amistad; todavía lo recuerdo con orgullo; sé que te metiste a la tele porque me tenías confianza y cariño, y no por el dinero o el afán de figuración, dos cosas que nunca te han preocupado en absoluto. Joder, si hubiese sabido cómo habrían de terminar las cosas, jamás me hubiera animado a trabajar contigo, tocayo; te devolvía los videos y seguía ganándome la vida con mi impresentable programa caribeño y nosotros, tan amigos. Pero no: hablé con el periodista más influyente de la televisión peruana, un hombre ferozmente inteligente, que entonces tenía un programa los domingos en la noche, y, tras mostrarle los videos españoles, que según me dijo le encantaron, le pedí que me diese un espacio en su programa para hacer entrevistas así, con un aire decadente y marginal, y para mi sorpresa, aceptó sin pensárselo demasiado y convenimos fácilmente los asuntos del dinero. Yo te lo conté todo esa noche y tú aprobaste el plan y te propuse que dividiésemos la plata en tres partes iguales —lo que sin duda fue un gesto generoso— y tú aprobaste la inciativa con moderado entusiasmo, a diferencia de Marianita, que se puso radiante y eufórica cuando le conté cuánto iba a ganar solo por ser ella, Marianita, y ayudarnos a decorar el programa. Ya teníamos un espacio en la tele —y nos vería mucha gente, porque el programa dominical de ese periodista gozaba de muy numerosa audiencia, lo que por otra parte era muy justificado, pues dicho señor era

famoso por sus entrevistas minuciosas y su carácter atra-
biliario—; ahora nos faltaba solo el nombre. Nos fuimos
los tres a comer unos pollos a la brasa y, con los dedos
bien grasosos y las papitas zambullidas en ketchup, nos
dimos a la tarea de encontrar un nombre para nuestro
espacio de entrevistas: después de intercambiar muchas
ideas, quedó claro que tú querías llamarlo *La oveja negra* y
yo, alegando que ese nombre parecía pirateado de la editorial colombiana, sugerí en cambio *Fuera de juego*.
Mariana, el fiel de la balanza —y seguramente olvidán-
dose de que a la mañana siguiente subiría a la balanza,
pues la chica tragaba papitas fritas bien grasosas como si
el advenimiento del apocalipsis fuese inminente—, se
inclinó, para mi sorpresa y gratitud, por mi propuesta,
con lo cual, muy democráticamente, se aprobó que nuestro espacio dominical de entrevistas a perdedores con
mucho arte se llamaría *Fuera de juego*. Entonces comen-
zaron las fricciones y rencillas entre tú y yo. Teníamos
que escoger los primeros invitados y luego las preguntas
que yo debía formularles y desde el principio se me hizo
evidente que tú querías tener el control creativo y reser-
varte el poder de tomar las decisiones más importantes,
lo que no siempre me contentaba, te confieso, porque al
final quien daba la cara era yo. Decidiste entonces las
cosas esenciales: en los tres programas iniciales invitaría-
mos a un travesti que se vestía de Marilyn, una bomba
sexy retirada y un ex futbolista con fama de alcohólico;
yo no debía vestirme con traje y corbata sino con sacos de
poeta incomprendido y hasta pañuelos de Warhol limeño; nada de tomar agua durante la entrevista, debíamos
beber vino blanco y que se viesen ahí sobre la mesa las
copas de vino para que el público supiese que en ese pro-

grama se hablaba despacio y sin gritar y tomando vino para dejar fluir los secretos sin que duelan mucho; y por último yo debía hablar poco y preguntar cosas bien personales —con la debida delicadeza, claro está, y sin forzarme en la intimidad de nadie, que en eso tú has sido siempre todo un señor, tocayo— y saber estarme quieto y callado para que el invitado se sienta en confianza y diga lo que le plazca. Mariana, por su parte, siempre tan voluntariosa y optimista, opinó que sobre la mesa debíamos colocar unas flores, idea que fue aprobada enseguida. En cuanto a la música, tú sugeriste un mambo clásico y yo, sabedor de tu erudición y buen gusto al respecto —y a todo respecto, debo añadir ahora—, acepté encantado. Las cosas no fueron tan mal al comienzo. La aventura con el travesti tuvo sus momentos melodramáticos, sobre todo cuando, a sugerencia tuya, ella —porque iba de Marilyn— sacó un cigarrillo con esa especie de boquilla para filtrar la nicotina y yo, también siguiendo tus instrucciones, le acerqué la llama vacilante de un encendedor y le pregunté: *¿Quieres fuego?*, y ella, tras prender su cigarrillo, me dijo: *Lo que quiero es consumir todito tu fuego, guapo*, y yo me ruboricé de un modo visible y verdadero, porque eso ya no estaba en el libreto. A pesar de que el crítico más leído opinó que la entrevista había sido una apología al travestismo, y no vaciló en decir que yo me había amanerado casi tanto como mi invitada —lo que quizás era cierto, porque soy como Zelig y me adapto camaleónicamente a las maneras de quien tengo enfrente: es solo una manera de ser cortés y también de hacer provechosa mi inseguridad—, tú y yo nos sentimos contentos con nuestra primera entrega. Juraría que esa fue la primera vez que tu nombre apareció en televisión: lo digo con orgullo y gratitud, porque, hasta donde sé, no volvió a aparecer, y desde entonces te has negado porfiadamente a trabajar en la televisión o dejar que ella capture tu rostro aunque solo sea por tres segundos; eres uno de los tipos más discretos que he conocido, y de verdad admiro lo bien que sabes llevar ese perfil bajo de escritor agazapado que detesta la notoriedad —y, por extension, a todos los notorios como yo—. Las entrevistas posteriores, con la bomba sexy y el futbolista retirado y presumiblemente borrachín, también corrieron bastante bien, aunque sufrimos unos pocos percances dignos de mencionarse: con la señora me propasé en el consumo del vino blanco y ella por supuesto también, con lo cual la entrevista terminó siendo una conversación chispeante y coqueta con marcado acento alcohólico —la verdad, solo faltó que nos diese hipo—, y por eso los periódicos nos criticaron duramente, pues dijeron que ahora yo estaba haciendo también apología del consumo desmedido de alcohol —y no es que me hubiese tomado muchas copas de vino, Manuel, es que yo tengo una cabecita frágil para el alcohol y a la segunda copa ya me bailan los ojos de la pura alegría etílica—; y con el futbolista no pudimos beber porque, sensible a las críticas y a sabiendas de la fama de borracho viejo de que venía precedido, pidió que tomásemos jugo de naranja, lo que por cierto se vio muy raro, y por otra parte tú, tocayo manipulador, hiciste cuestión de estado con que yo debía terminar esa entrevista jugando a dar pataditas a una pelota de fútbol frente a dicho legendario ex futbolista, lo que obedecí con la sumisión que te debía y al parecer tanto te complacía, pero ello resultó siendo harto difícil, en parte porque siempre he sido de una torpeza vacuna para jugar a las pataditas —no me hago más de dos y ya la pelota está en un techo vecino— y el ex futbolista, por mucho que solo bebiese jugo de naranja en caja, igual tenía serias dificultades por mantenerse erguido y vertical, y es que los años y la mala noche le habían otorgado una inclinación natural al zigzagueo y la inestabilidad crónica. En resumen y para no alargar la historia: después de esas tres entrevistas, los críticos dijeron que yo era un borracho y un amanerado; mis padres me acusaron de haberme robado un florero para poner las flores tan lindas de Marianita —denuncia que por cierto no carecía de fundamento—; el admirable periodista que nos acogió en su programa no parecía demasiado entusiasmado con mi dudoso arte para entrevistar; y tú, Manuel Elías, hacedor de mi nueva imagen de entrevistador que se calla no por astuto sino porque no sabe qué coño decir, empezabas a estar un tanto cabreado, básicamente porque yo no sabía tomar vino y también porque ya iba un mes y nos nos pagaban ni con canastas de frutas, joder. En ese ambiente de tensión, no fue extraño que una circunstancia perfectamente trivial desencadenase la pelea que acabaría distanciándonos. ¿Recuerdas esa mañana en que llegaste furioso con un ejemplar de la revista que competía con la tuya, lo pusiste sobre la mesa y me preguntaste qué diablos significaba que ahora yo publicase una columna de opinión en esa revista que no era la tuya? Nunca te había visto así: abiertamente enojado. Tú, que eras el rey de la frialdad y el desplante torero, estabas irritadísimo conmigo porque había osado publicar una humilde columnita, sin decirte nada, en la revista que competía con la tuya. Te expliqué la verdad pura y dura: hacía tiempo tenía ilusión de escribir una columna y me había parecido mejor enviarla a esa revista para no competir contigo en tu semanario, donde honestamente pensaba que no cabíamos los dos, y te di la razón en cuanto a que debí avisarte, pero se me pasó decírtelo porque envié la columnita de marras sin la seguridad de que la publicaran, y ahora tú la blandías frente a mí como una prueba más de que te era desleal. Coño, tocayito, admita usted que no era para tanto: uno también tiene derecho a escribir sus cositas, ¿no le parece? El hecho cruel es que no me concedías esa libertad: me dijiste que estabas muy sorprendido con mi actitud, que en tu revista te habían dicho que mi columna era una copia descarada de tu estilo y entraba a competir directamente contigo, y que mejor dejaba de publicarla, porque, en resumen, te parecía que mi columna era una vergüenza. Escuché serenamente, sopesé tus argumentos y decidí, a solas, que no suspendería mi columna, porque la verdad es que me gustaba escribirla y no me parecía que fuese una copia de tu estilo. Pero tú ya creías que yo te copiaba todo: tu ropa negra, tu prosa admirable y los besos que le dabas a Mariana, aunque de este último cargo no podía declararme inocente. En medio de ese clima de recelo y desconfianza, hablamos de nuestros próximos invitados, y todos los nombres que propuse —un escritor, un rockero, una modelo— te parecieron inaceptables porque no eran suficientemente marginales y entonces, agravando las cosas, dijiste que si quería entrevistar a ese gente, tú preferías retirarte del proyecto, y yo me quedé muy sorprendido con tu actitud, porque de pronto saltó a la vista que no estabas dispuesto a aceptar mis ideas y solo querías que se hiciera lo que tú considerabas apropiado. Esas dos cosas —que me pidieras que no escribiese mi columna de opinión y que dijeras que preferías dar un paso al costado si yo insistía en entrevistar a esas personas— hicieron inevitable la ruptura. Por primera vez, sentí que me tenías celos. Probablemente era pura inseguridad mía, pero pensé esto, Manuel: él no quiere que yo escriba, solo quiere que haga televisión, se siente el joven escritor talentoso y me ve como el chico de la tele, y ni siquiera me deja hacer en la televisión lo que me provoca. Me pareció demasiado. Me fastidió que me llamaras por teléfono varias veces a decirme que interrumpiese mi columna, que era un error, que tus amigos escritores se burlaban de mí con toda razón. Sentí que no me veías como un amigo sino como una prolongación de ti, como un apéndice tuyo, como una persona bajo tu absoluto control. Me harté. Me rebelé. Me amotiné. Dije basta. Y por eso apareció mi columna de nuevo. Y entonces me llamaste indignado y me dijiste que querías hablar seriamente conmigo. Esa noche fui a tu casa con la determinación de no renunciar a mi columna solo porque te parecía mala, copiona, impúdica o todo lo anterior. Me llevaste a la sala de tus padres y, haciendo alarde de un control y un refinamiento admirables, pues hablaste en voz muy baja y con palabras medidas y sin dar muestra alguna de estar enfadado, me dijiste que yo te estaba copiando todo y eso no podía continuar así. Me acusaste, en efecto, de copiar tu manera de vestir —que, debo decirlo ahora, siempre fue sobria y plausible—, de copiar tu manera de hablar —por ejemplo, esos modismos españoles que habías traído contigo y sonaban tan graciosos—, de copiar tus tics y manías —dicho de otra manera, tu bien arraigada afición por el trago y la siesta bonachona—, y, lo que era más grave, me acusaste de copiar tu manera de escribir. Me dijiste que estabas

285

apenado y preocupado y que no sabías qué hacer. Recuerdo bien tus palabras: *Deja de copiarme. Encuentra tu propia voz. Si quieres ser un escritor, primero tienes que encontrar tu voz.* Yo, a todo esto, no tenía nadita de voz, se habían acallado de súbito mis tímidos registros vocales, bien mudo me había quedado, porque de pronto me veías no como un amigo leal sino como una especie de pirata intelectual, de asaltante de modismos, de sigiloso y aprovechado ladrón de tu personalidad. Cuando por fin encontré mi voz, solo atiné a decirte que nunca había tratado de copiarte conscientemente y que si así te lo parecía era tal vez porque yo te admiraba mucho y quizás, sin darme cuenta, quería parecerme a ti. Es decir, encajé el golpe con la debida humildad. Esa noche me fui de tu casa con el ego en los zapatos. Tuve que llorar con mansedumbre frente al espejo —calladito para que no me escuchasen las chicas de la limpieza del hostal, que me profesaban sincero cariño— para reponerme de tan ingrato percance. Pero saqué fuerzas de flaquezas y te sorprendí: seguí adelante con mi vilipendiada columna y decidí invitar a nuestro programa al escritor que tú habías vetado bajo amenaza de renunciar. O sea, que me puse respondón, cosa que tú, tan acostumbrado a mi callada obediencia —espíritu servil que yo atribuyo a la sangre andina que por desdicha llevo conmigo—, no esperabas. Al ver de nuevo mi columna y comprobar que osaba desafiarte, me llamaste contrariado y dijiste que no entendías por qué estaba haciendo eso. Te dije, muy sereno, abanicándome con la revista que ahora engalanaba sus páginas con mi firma, que no iba a dejar de escribir mi columna y que, muy a tu pesar, había invitado a mi programa al escritor que encontrabas huachafo y ridículo. Nuestra amistad seguía en caída libre, y ya nada podíamos hacer para impedir el colapso, y ahora pienso que fuiste muy duro conmigo, tocayo, y que en verdad te equivocaste al exigirme que dejara de escribir en la revista de la competencia. ¿No podíamos escribir los dos? ¿No puedes ser tú nuestro Hemingway y dejarme a mí el papel de Capote viperino? Hay espacio de sobra para los dos, mi admirado tocayo; no me saque usted de la foto con tan ásperos modales, que entonces me sale el irlandés que llevo adentro y destruyo todita la taberna. En fin, yo te engañé con tu chica y tú me humillaste como escritor y solo faltaba que tuvieras un último detalle conmigo para que todo acabase de irse al carajo. Una fría mañana abrí el periódico y encontré en la página editorial un artículo tuyo y lo leí con la ilusión de siempre, seguro de gozar con la irrupción a borbotones de tu talento literario, cuando de pronto encontré un dardo envenenado contra mí: te burlabas, y cito textualmente, porque soy memorioso en el rencor, de *los jóvenes famosos que escriben mal de lo bien que hablan*, una línea que entendí como una directa alusión a mí, pues en mi última columna había reproducido un fragmento de la conversación que tuve con un ministro de estado, encerrados él y yo en un ascensor averiado y acompañados de sus custodios, que despedían olores recios. Leí la frase una y otra vez hasta estar bien seguro de que era una malvada agresión contra mí. Entonces, incapaz de tomármelo con calma y esperar a que me pasara la calentura, cogí el teléfono y te llamé. Recuerdo que te dije: *Me ha dolido mucho lo que has escrito contra mí. Estoy muy decepcionado de ti*. Torero mañoso como eres, quitaste el cuerpo: *No sé de qué me estás hablando*. Te dije de memoria la frase venenosa: *Los jóvenes famosos que escriben mal de lo bien que hablan*. Añadí: *Si crees que escribo mal, no tienes que decirlo en el periódico, basta con que me lo digas a mí*. Tu defensa, te confieso aunque te enojes conmigo, fue bastante débil y nada convincente: *No me refiero a ti*. Pregunté: *¿Entonces a quién te refieres?* Pensaste dos segundos sospechosos y dijiste: *Cuando escribí eso estaba pensando en Alfredo Llona*. No esperabas que te dijera lo que te dije: *Sinceramente, no te creo. Y quiero decirte que si escribes contra mí en los periódicos, no podemos seguir siendo amigos. Ya no quiero que sigamos trabajando juntos en la televisión*. Se hizo un silencio y preguntaste: *¿Vas a renunciar?* No lo había pensado, pero respondí: *No, lo voy a seguir haciendo, pero ya no contigo y Mariana*. Hasta ese momento habías mantenido la calma; de pronto la perdiste, se encolerizó tu voz y me hablaste feo: *¿O sea que tú eres el capitán del barco y me llamas para decirme que ya no me necesitas y que me baje nomás? ¿Quién te crees que eres? La idea del programa fue mía, y ahora tienes el descaro de despedirnos y robarte la idea. Eso no se hace. Eres un canalla. Adiós*. Me dijiste adiós —muy elegante, debo reconocer— y colgaste el teléfono. Admito que supiste manejar la situación mejor que yo, porque te diste el gusto de quedarte con la última palabra y tirarme el teléfono. Usted siempre gana, tocayo. Usted siempre ha sido más listo y rápido que yo, y por eso era impensable que yo te colgase, tú tenías que hacerme ese último desaire para ser fieles a la historia de nuestra amistad, una amistad desigual pero por momentos notable en la que siempre tuviste la última palabra y por la que siempre te estaré agradecido. Así, penosamente, terminó nuestra corta experiencia como compañeros de trabajo, la que, por otro lado, me permitió aprender que no es prudente llevar a un travesti a su casa —porque puedes terminar en la playa, mirando el mar y dejando que te agradezca calladamente con su boca profesional—; y que no es conveniente tomar cuatro copas de vino durante una entrevista —porque terminas preguntándole a la mujer que tienes enfrente si le puedes tocar los senos, y ella te va a decir que sí porque ha tomado más que tú y al parecer nadie se los ha tocado en mucho tiempo—. Para terminar, recordado Manuel, déjame decirte algo de corazón: de todos los buenos amigos que he perdido, tú eres sin duda el que mejor escribe. Nos vemos cuando quieras.

Ilustre doctor Guerra:

No tengo la dicha de contemplar su afilado rostro hace ya algunos años. Me ha privado usted de semejante goce por razones de índole moral, debo suponer. Añorando su gallarda compañía, me he permitido enviar a la mansión que usted ocupa unas notas breves y afectuosas, sugiriéndole tímidamente un encuentro que me dé oportunidad de pedirle disculpas y acaso reverdecer la amistad que nos unió. Sin embargo, doctor, usted me ha respondido con la más cruel de las indiferencias, con un silencio que me duele aquí abajo, en la boca del estómago. Esto me hace pensar que me guarda justificado rencor; que no me ha perdonado aquel libro que perpetré y mancilló injustamente su viril reputación; que no me será dado el privilegio de volver a estrechar su mano; que, en fin, me ha arrojado a las mazmorras de su desprecio. ¿Merezco yo tan brutal castigo? Me llevo la mano al pecho, hago examen de contrición y le digo: sí, doctor, todo castigo que me imponga será insuficiente para expiar mis culpas y reparar el daño moral que le infligí. ¿Estoy arrepentido? Sí, doctor, sí: ¿no ve que estoy llorando? ¿He perdido la esperanza de reunirme con usted algún día?

Por lo que más quiero: ¡no! Batallaré infatigablemente, haré de mi orgullo una alfombra, me hincaré de rodillas si fuese necesario, pero no descansaré hasta que usted pueda oír mis sentidas disculpas. Sé que su altísimo sentido del honor le hará imposible perdonarme, doctor, pero al menos tenga piedad y escúcheme cinco minutos, oiga usted.

Largos años han pasado desde la última ocasión en que me premió con su compañía. No dudo de que, agobiado por sus múltiples ocupaciones, como por ejemplo hacerse lustrar los zapatos en la calle o dejar que el vapor abra bien sus poros en los baños turcos, habrá olvidado aquella tarde en que el destino nos separó, al parecer para siempre. Permítame, doctor, refrescarle la memoria. Yo me hallaba en Lima, interrumpiendo brevemente, por razones familiares, mi voluntaria reclusión en un departamento en Washington, donde me había impuesto la tarea de escribir como un demente sobre todas aquellas cosas que excitaban mi imaginación: por ejemplo, usted, apuesto doctor. Tuve a bien alojarme en un hostal de dudosa reputación ubicado en el corazón de Miraflores, hostal de tres estrellas que servía principalmente como nido de amor de parejas furtivas, razón por la cual podía oírse con facilidad una constante agitación de catres y colchones, sobre todo al final de la tarde, cuando tan propicia se hacía la siesta. No me sobraba el dinero: casi todos mis ahorros habían sido invertidos en el libro que pronto publicaría contra viento y marea. Debido a esa estrechez económica, que deberíamos atribuir menos a la pereza que al amor al arte, me resigné a que me picasen minuciosamente las feroces pulgas de aquel hostal y supe convivir con las arañas que me miraban sigilosas desde las esquinas de los techos. Perturbé un instante la calma de su mansión llamándole por teléfono. Después de hacerme esperar como correspondía, se puso usted al aparato. Cabe mencionar aquí que habían transcurrido buenos tres años sin que nos viésemos, sin cruzar palabras siquiera. Ya nuestra amistad se hallaba resquebrajada. Un trivial incidente en Madrid había desencadenado una explosión de ira de su parte, cubriéndome de invectivas y reproches, y obligándome a empacar y retirarme de su vida. Esa pelea madrileña nos distanció largo tiempo. Lo llamé un par de veces cuando pasé por Lima, pero sus criadas al parecer no pudieron hallarlo entre las muchas recámaras de su fabulosa mansión. Me quedé esperando en el aparato hasta hoy mismo, doctor. Deduje que nuestra pelea en Madrid no había sido olvidada y su ánimo con respecto a mí se mantenía avinagrado. Me apenó, claro está. Unos meses después, nos encontramos accidentalmente en la embajada de los Estados Unidos, que es, en mi modesta opinión, el principal atractivo turístico de nuestro país. Dejo constancia, porque todo hay que decirlo, de que se encontraba usted vestido con una pulcritud y una elegancia encomiables; que su pelo había sido recortado tal vez en exceso; que me alegró sobremanera comprobar que los años no habían dejado huella en su apuesto rostro; también dejo constancia de que me saludó usted con una frialdad que debería estar tipificada como delito menor en nuestro código penal, señor. Apenas me dio la mano y se retiró usted, como si mi presencia le inspirase una violenta repugnancia moral. Sepa ahora que poco o nada me importó, ilustre doctor: el hecho de que se estuviese hablando inglés a mi alrededor y saberme protegido por el gobierno de Washington, amortiguó bastante el golpe que, a sabiendas, me propinó en aquel encuentro casual. Queda claro, por si no lo recuerda bien, que cuando llamé por teléfono a su mansión años después, alterando la calma conventual de su residencia miraflorina, ya era la nuestra una amistad que se hallaba en entredicho, y, por eso mismo, me encontraba preparado para que se me hiciera un desplante más, como por ejemplo, dejarme esperando en el aparato hasta que cayera la tarde. Pero no: se puso usted al teléfono y me saludó con una cordialidad que yo creía perdida. Se me alborotaron los sentimientos, los recuerdos y hasta las hormonas, oiga, y no porque yo deseara entonces ni nunca procurarme placeres con su distinguida anatomía, sino únicamente porque era usted un amigo que me hacía sentir muy hombre, que rescataba sin saberlo la esencia misma de mi virilidad. Tras un corto intercambio de saludos protocolares, y sin hacer alusión a la vergonzosa riña que protagonizamos en Madrid, se avino usted, sin meditar demasiado, a que nos reuniésemos a almorzar al día siguiente en un lugar a precisar, tomó nota de la dirección del hostal pendenciero donde me hallaba alojado y me comunicó que pasaría a buscarme a la una en punto, poniendo el debido énfasis al decirme *en punto*, pues era usted, y juraría que sigue siéndolo, un maniático de la puntualidad, como corresponde a un diplomático de carrera y, por añadidura, a un maniático de carrera, si me permite. Jolines, doctor Guerra, qué rojo era su carro: ese auto japonés era color rojo fuego, rojo pasión, rojo primavera torera. Nada más saludarlo en la puerta del hostal y estrechar su invicta mano, paseé mi mirada tratando de adivinar cuál de los carros estacionados en esa calle sería el suyo, tribulación de la que usted me sacó de pronto, señalándome, con excesivo orgullo diría yo, ese carrito apretujado y pundonoroso, cuyas rojizas reverberaciones me obligaron a ponerme enseguida mis anteojos para sol. No quisiera lastimar su orgullo, doctor, pero debo decirle que el rojo es un color perfectamente inconveniente, en particular tratándose de vehículos motorizados, y que el color estridente de su carro japonés era una agresión malsana al concierto civilizado de naciones. Ya instalado en el asiento del copiloto, y a la vista de que usted se disponía a encender el motor, osé preguntarle si había aprendido a manejar bien. Mi inquietud no era del todo descabellada: hasta la edad madura de treinta años, usted solo supo movilizarse a pie y en bicicleta, para no mencionar el transporte público, que usaba rara vez y a regañadientes, pero no supo manejar un auto, lo que era visto por sus amigos como una excentricidad más de millonario y por mí, como un verdadero peligro, pues aún no olvido una mañana caribeña en la que usted, contrariando el sentido común, se empeñó en manejar el auto que yo había alquilado y casi acabamos estrellados contra la fachada de un local de comida rápida, luego de que usted hiciera maniobras en verdad indefendibles, episodio que concluyó con usted ofuscado, las mejillas coloradas, gritándome injustamente y echándole la culpa de todo a un caballero de tez aceitunada que casi hunde su Cadillac de colección en nuestras narices. Por eso, señor, y porque ya era padre de familia y no quería dejar viuda y huérfana, le pregunté si ya sabía manejar, no para faltarle al respeto sino para salir ileso de esa andadura. Fue grato escucharle decir que había tomado usted lecciones en el Touring Club del Perú y aprobado con sobresaliente; fue menos grato oír de pronto la voz de la señora Pantoja chillando su desconsuelo en los parlantes de ese automóvil rendidor, lo que provocó en mí una reacción de escalofrío y pavor. Doctor Guerra: alguien que aspira a ocupar algún día el puesto de canciller de la república, no ha de circular por las calles de nuestra ciudad en un automóvil rojo como el pecado y oyendo de modo estentóreo un casete plañidero de la mencionada señora. ¡No, señor! Soy amigo de mis amigos, pero lo soy más de la verdad, salvo que mis amigos me paguen generosamente por callar la verdad, desde luego. Y usted, señor, no me ha pagado nada, ni se dignó tan siquiera en pagar la cuenta del Burger King al que me llevó allá arriba, cerca del hipódromo. Yo me permití sugerirle que almorzáramos en algún lugar elegante de Miraflores, y bien dispuesto estaba a invitarle, pero usted insistió en que quería comer una hamburguesa del primer Burger King que habían inaugurado en Lima, ignorando por cierto que yo me rehúso a comer carnes rojas. No quise provocar una discusión, y por eso aprobé sin entusiasmo su peregrina idea de manejar media hora para comer una hamburguesa con sabor americano. Nadie mejor que yo, doctor, para saber de su extraña debilidad por las hamburguesas: recuerdo que cuando vivíamos en Madrid, usted caminaba casi un kilómetro para ingresar finalmente, con una sonrisa beatífica, a un local de McDonalds, que equivalía para usted a la felicidad en estado puro. ¡Cuántas indigestiones, cuántos cólicos, cuántas noches desveladas pasé en Madrid por culpa de las hamburguesas que comí yo también, solo por ser su amigo, doctor Guerra! No hay derecho a malograrme así el estómago, señor. Pero, en fin, esa tarde limeña yo me sentía tan feliz de volver a verlo que decidí pasar por alto su capricho de llevarme hasta el

Burger King al pie de los cerros, al otro extremo de la ciudad, así como nada dije tampoco de los gritos de la señora Pantoja, que, aunados al coro de bocinazos e improperios del tráfico limeño, me producían, debo serle franco, un cierto desasosiego. Manejaba usted con una lentitud que sus instructores seguramente celebrarían, pero que en nuestra ciudad acaba por ser peligrosa, pues uno puede sufrir la colisión de un ciclista, un peatón o incluso un perro con rabia. Hunda el pie, chanque el acelerador, ilustre doctor, pensaba yo, mientras usted conducía parsimoniosamente por la avenida Primavera, a la altura de Surquillo, una de las esquinas más feas que la humanidad ha sabido crear, avenida que, dicho sea de paso, nunca sabré por qué se llama Primavera, pues es de una fealdad extrema, sin atenuantes. Grande fue mi alegría, doctor, cuando, años después, ya habiendo pasado usted a la honrosa condición de ex amigo mío que aún ocupa pujantemente, pude verlo, de modo casual, manejando un auto color azul oscuro justo frente al Palacio de las Salchipapas, en el corazón mismo de Miraflores. No le hice adiós porque no me vio usted, pero sí sentí un considerable alivio al saber que había dado de baja a ese carrito color rojo-cortocircuito que era del todo incompatible con su gallarda personalidad, señor. Cuarenta minutos sin exagerar nos tomó llegar desde Miraflores hasta los cerros de Camacho, y peor aún con el acompañamiento musical de la susodicha señora, ¡y todo para comer una hamburguesa! Yo, desde luego, pedí tan solo un sánguche de pollo y un agua mineral, y luego, al ver que usted silbaba despreocupado, pagué la cuenta con una mansa sonrisa, mientras la señorita de amarillo tal vez se preguntaba si ese flaco cuatro ojos con el pelo mal cortado era el mismo jovencito que años atrás alborotaba las noches desde su programa de televisión: sí, señorita, soy yo, y ahora deme mi vuelto por favor, que se me han venido encima las vacas flacas y no estoy para regalarle un sencillo a nadie. Sentados uno frente al otro en esas mesitas de aspecto escolar, procedimos a conversar. Me confió que se hallaba muy a gusto trabajando para la embajada de los Estados Unidos, que abrigaba la ilusión de ser trasladado pronto a Washington y escapar así de la grisura limeña, que llevaba una vida casi recoleta, evitando la vida social y los lugares públicos, y que se encontraba enamorado de una joven costarricense a la que había conocido en un lugar perfectamente inverosímil: Taiwan. ¿Cómo así habían cruzado miradas por primera vez ella y usted en esa isla que se desprendió de la China comunista? Pues ambos habían sido seleccionados por el gobierno de Washington como líderes prometedores de la América morena, y por eso fueron enviados a Taiwan a escuchar unas conferencias sobre el futuro de la humanidad, los bosques deforestados y los gatos techeros en celo, no necesariamente en ese orden de importancia. Me contó usted que dicha dama centroamericana era muy guapa, muy culta y de familia muy acomodada, y que no había planes matrimoniales por el momento. Pronto viajaría usted a San José y pasaría unos días en casa de su novia, en el amigable barrio de Escazú, cerca de la famosa mansión de los Cisneros. Provecho, doctor: disfrute de su hamburguesa jugosita, de su novia tica y su trabajo con los gringos, me dije, feliz de ser su amigo nuevamente. Yo me limité a contarle que me había casado en Washington con una mujer adorable, que había tenido la dicha de ser padre de una niña bellísima que nació en esa misma ciudad y que tenía mucho orgullo de ser residente legal en los Estados Unidos, momento en el que aproveché para mostrarle mi tarjetita, la famosa *green card* que ya no es verde sino rosada, o en todo caso a mí me tocó rosada, y entonces pude notar, perdóneme que se lo diga así con tanta franqueza, doctor, que usted, al ver mi tarjeta de residente en los Estados Unidos, país que ambos admirábamos por no decir amábamos, empalidecía un poquito, no sé si por la sana envidia o porque la hamburguesa le sentó mal, y recordé vivamente una conversación que tuvimos en la playa de Key Biscayne, cuando usted me contó que invertiría gustoso medio millón de dólares en los Estados Unidos a cambio de recibir la soñada residencia. Al ver que su palidez no cedía y se hacía más pronunciada, le comenté que solo me faltaban tres años para pedir la ciudadanía norteamericana, lo que, por supuesto, haría el primer día que pudiese, aunque tuviera que pasar la noche en vela haciendo cola a la intemperie, señor: me felicitó usted con la hidalguía que siempre fue tan suya, y yo sentí, con esa idiotez que siempre fue tan mía, que ya había llegado a ese lugar ideal al que usted aspiraba desde su despacho en la embajada norteamericana: vivir en Washington con los papeles en regla y la ciudadanía a un paso. Claro que usted tenía el pasaporte español, doctor, pero, ¿exagero si digo que lo hubiese canjeado gustoso, sin hacerse de rogar, más bien solícito, por uno expedido por las autoridades migratorias de la primera potencia del mundo? Cuando se repuso de esa pasajera indisposición, le comenté que estaba escribiendo un libro, pero no entré en detalles y tampoco me los preguntó usted. Ese libro sería la causa de nuestra ruptura final. ¿Lo leyó usted? ¿Se rió al menos un par de veces? ¿Pudo comprender que el personaje inspirado en usted era demasiado pintoresco como para renunciar a él? ¿Me odia todavía o ya me perdonó? Mire, doctor, le voy a decir una cosita: usted es un personaje literario y alguien tenía que rendirle tributo a su genio, sus extravagancias, su perfil helénico y su maravilloso desdén por todos quienes le acompañamos en el globo terrestre. Quise decirle cuánto lo admiro. Escribir de los amigos que perdí es también una manera de decirles que los sigo queriendo. Por eso ahora le dirijo esta humilde misiva con la esperanza de que no guarde malos sentimientos contra mí: solo quise rendir un modesto homenaje literario al personaje que usted interpreta magistralmente y que tiempo atrás tuvo a bien regalarme su amistad. Pero no quiero desviarme, doctor: ya bastante lo desvié aquella tarde después de almorzar, cuando le pedí que me dejase en casa de la familia de mi esposa, en lugar de llevarme de vuelta al hostal pulgoso de Miraflores. Un rictus de amargura cruzó su rostro por demás apuesto: ¿es que no bajaba bien la hamburguesa o le molestaba darme un aventón ahí nomás cerquita, con el consiguiente gasto de gasolina, aceite y neumáticos? De pronto, su rostro ensombreció y, por suerte, la señora Pantoja calló. Al llegar a casa de la familia de mi esposa, usted dijo que prefería retirarse, pero yo insistí, como correspondía, en que bajase solo un momento a saludar a mi mujer y mi hija, de las que me sentía tan orgulloso y a las que usted no conocía ni, al parecer, deseaba conocer. Jolines, doctor Guerra: ¿y con esos modales de esquimal quiere usted ser canciller? Enseguida salió bella y radiante mi esposa, que lo saludó con gran simpatía, y a quien usted apenas concedió un saludo seco, esforzado y distante, lo que, le confieso, me sorprendió, pues carecía usted de razones para dispensarle ese trato tan frío. Tratando de ablandarlo, le presenté a mi hija, una bebita deliciosa, pero usted mostró escaso interés y la saludó con visible incomodidad, con un gesto de fastidio que me lastimaba y no alcanzaba a comprender. Fue evidente que el doctor Guerra ya quería irse a su casa y nosotros lo estábamos estorbando. Daba la impresión de que había ingerido usted el palo entero de una escoba: lucía demasiado tenso y erguido, como si nos estuviese haciendo el favor de estar allí. Relájase, doctor. Aprenda a saludar bonito a los bebitos, que no tienen la culpa de nada. Va a digerir mejor su hamburguesa si nos regala un poco de su cariño. No maltrate así a mi esposa y a mi hijita, señor. Sonría. Déles un besito con simpatía, jolines. Pero usted quería marcharse cuanto antes. Por eso lo acompañé a la puerta, le di la mano y casi me tapé los ojos para no quedar ciego por las reverberaciones rojizas iridiscentes que emanaban del capó de su carro. Entonces me dijo usted que no sabía cómo llegar a la avenida principal. Le di un par de indicaciones, se diría que sencillas, pero usted dijo que se perdería con seguridad. Mi esposa, siempre tan noble, se ofreció a sacar su lindo carro y guiarlo hasta la avenida. Usted no opuso resistencia, claro está. Así que nos subimos ella y yo a su carro muy elegante, color guinda, asientos de cuero negros, y manejamos delante de usted hasta llegar a la avenida. Entonces nos pasó en su carrito y nos hizo adiós y yo supe que ese adiós, doctorcito, era para mucho tiempo. Mire usted: ha durado hasta hoy. Ahora bien, permítame solo una crítica constructiva: esos anteojos ahumados que se puso para manejar de regreso a su casa no le sentaban nada bien. Mándelos por correo al club de fans de la señora Pantoja, que a ella le quedarían divinos.

301

Me embarga de pronto una bienhechora sensación de orgullo al recordar que fuimos al mismo colegio. Siendo usted cinco años mayor que yo —y no me diga que son apenas cuatro o tres los años que me lleva, doctor, que le conozco bien las fechas y entre gitanos no nos vamos a leer la suerte—, cuando yo recién pasaba a la secundaria, ya usted salía del colegio dispuesto a convertirse, por la gracia de su talento, en abogado, diplomático, periodista y futuro canciller de la república. Mi recuerdo suyo de aquellos años colegiales es más bien pálido, como pálido era su semblante a pesar de los veranos que pasaba usted en la playa. Puedo verlo siempre serio, erguido, circunspecto se diría, en los recreos del mediodía, alejado del barullo deportivo, pues no se rebajaba usted a sudar en los partidos de fulbito, y lejos también de los glotones y viciosos que merodeaban alrededor de aquel quiosco que inapropiadamente llamábamos cantina. Ya revelaba usted una pronunciada tendencia al mutismo y la soledad: en efecto, me llamaba la atención que se paseara por el césped bien recortado del colegio sin otra compañía que la de su sombra afilada y esa capa negra que cubría sus espaldas hasta casi rozar el suelo y que a mí, doctor, apenas un niño de once años, la verdad que me intimidaba un poco. Vestía usted esa capa negra no por una extravagancia de su carácter, lo que a estas alturas tampoco me sorprendería, sino porque dicho ornamento era un símbolo de la autoridad que el director del colegio le había conferido, nombrándolo uno de los jefes de su promoción, en premio a su ejemplar conducta académica, moral y deportiva. Su cargo oficial era el de prefecto de la promoción, posición que solo estaba subordinada a la del capitán general, la máxima autoridad entre los alumnos. Señor Guerra: no sé quién fue el capitán de su promoción, pero sin duda debió serlo usted, y si el director del colegio le negó mezquinamente ese cargo que por justicia le correspondía, fue, a no dudarlo, porque habrá tomado esa decisión bajo el poderoso influjo de las bebidas espirituosas que dicho señor libaba con virulencia irlandesa (y que me perdonen en este punto mis antepasados). También recuerdo de esos tiempos escolares que, además de sorprenderme por la minuciosa seriedad de su rostro en los recreos, llamaron mi atención sus ojeras, el tamaño y la hondura de sus ojeras, señor. ¿Se desvelaba usted? ¿Quemaba sus gallardas pestañas leyendo esforzadamente los textos escolares? ¿Avanzaba ya en la lectura de algún tratado diplomático? Todavía ignoro la causa de esas ojeras inquietantes, pero entonces las atribuí a la práctica de ciertos vicios solitarios muy comunes entre los muchachos de la secundaria, vicios que, según advertían algunos, podían provocar ceguera parcial, ojeras, leve temblor del pulso, débil condición física y hasta arrugas en la mano del pecado. Esas advertencias, desde luego, resultaron ser del todo erróneas y se diría incluso que maliciosas; de haber sido ciertas, señor, ¡cuántos estaríamos hoy ciegos y ojerosos! Por lo demás, doctor Guerra, no me busque, en un rapto de nostalgia, en los libros que anualmente publicaban los alumnos egresados, pues yo fui retirado de nuestra ilustre casa de estudios y pasé a un severo colegio religioso, del cual me di el gusto de graduarme como presidente de mi clase, cargo que gané en elecciones limpias y libres, aunque no sin antes sobornar a mi competidor, a quien animé a retirarse de la contienda procurándole un dinero y vales de comida para un restaurante cercano al colegio: el dinero, señor, como ya sabrá usted, es el lubricante más eficaz, y también un poderoso calmante. Si algún día, doctor, el destino me regala un encuentro con usted, le preguntaré qué fue de su capa negra —que me sería muy útil en el Halloween que ya se avecina—, y por qué arrastraba esas ojeras inhumanas y, sobre todo, si aún recuerda el discurso que pronunció en inglés el día de su graduación, día en que a mí, señor, se me puso la piel de gallina, no por su vibrante discurso sino porque corría un viento frío desusado para el mes de diciembre.

Años más tarde, me encontraba leyendo los despachos cablegráficos en la sección internacional del diario *La Nación* —sección que consistía en un escritorio cojo, dos sillas plegables, un minúsculo cuartucho sacudido día y noche por el fragor de los teletipos, un basurero para que escupiera el jefe y, pegado en la pared, un calendario de mujeres con los senos al aire—, cuando de pronto ingresó usted a la redacción muy erguido, impecablemente vestido y se diría que con paso marcial. No pise tan fuerte los tablones de la redacción, pensé; ahorita se nos viene abajo esta cueva, señor, me alarmé, habida cuenta de la centenaria antigüedad de ese edificio. Con seguridad, usted no me recordaba, pero yo, nada más verlo, supe que procedíamos del mismo colegio inglés, lo que, cuando fuimos presentados, me apresuré en decirle, con la esperanza de ganarme su amistad. Supe, por comentarios de mis colegas de la redacción, que había sido usted contratado para reforzar las páginas de información local, y en particular la de crónicas policiales, a la que, por una distraída decisión del director del periódico, fue asignado, en calidad de reportero, investigador y recogedor de datos en la prefectura. Quedé pasmado cuando supe que le habían confiado tan ingrata tarea, señor. A punto estuve de renunciar al periódico y, por qué no, a la vida misma. Un joven como usted, promesa en ebullición de la vida peruana, tocado justicieramente por la gracia y la fortuna, educado en el mejor colegio priva- do, estudiante distinguido de la universidad, ¿por qué oscura razón debía descender a los infiernos de la crónica roja, de los hampones desalmados y las putas destripadas? No, señor: usted no había nacido para ser reportero de la página policial, y así se lo hice saber a su debido momen- to, cuando ya existía una cierta confianza entre nosotros, pero usted me dijo que para llegar a ser un buen periodis- ta debía pasar por todas la secciones, y yo pensé que a lo mejor había estado usted leyendo al Dalai Lama, porque esos rasgos de humildad no le conocía, pero desde luego celebré la entereza con que supo sobrellevar esos prime- ros meses en policiales, al lado de un par de reporteros obesos que solían comunicarse a gritos por un viejo *walkie talkie* con la base policial, a la espera, como buitres, de atacar los restos de alguna carnicería y hacer de ella noticia. No tardamos en hacernos amigos, doctor. Yo no dudé en acercarme a usted para que se sintiera menos solo en esa redacción enloquecida y, tan pronto como mencio- né que habíamos pertenecido al mismo colegio, quedó sellada nuestra amistad con una gran sonrisa de su parte y un buen apretón de manos. Desde entonces se hizo cos- tumbre que lo acompañase a la prefectura, esa oscura estación policial a la que nos dirigíamos a pie, recorrien- do veinte y treinta cuadras, con el fin de que usted leyese los partes policiales del día y tomase nota de los hechos que pudieran tener interés periodístico. ¿Miento, doctor, si digo que trabamos amistad sin ningún esfuerzo? Yo no tenía amigos en el periódico, y su repentina aparición, pisando fuerte la madera decrépita del segundo piso, significó, para mí, la llegada de un amigo al que aprendería a admirar sobremanera. Varias cosas nos unieron enseguida: el colegio, los chismes políticos, el fútbol, los lonches en un café cercano y, muy especialmente, la malsana pasión por las películas pornográficas. Es hora ya de decirlo con todas sus letras, respetado doctor: ¡usted me inició en el mundo del sexo! No quiero decir con esto que existió entre nosotros algún tipo de roce o tocamiento íntimo, lo que, de haberse producido, hubiese configurado un delito de su parte, dada mi condición de menor de edad, fricciones que nunca ocurrieron ni ocurrirán porque la nuestra fue siempre una amistad limpia y sana, desprovista de cualquier carga erótica. Pero sí es una verdad incontestable que, a poco de hacernos amigos, nos convertimos, por inspiración suya, en los espectadores más asiduos y pundonorosos de todos los cines pornográficos del centro, que por cierto no eran pocos, pues sumaban ocho o diez las salas que, a muy escasas cuadras del periódico, exhibían, en tres sesiones diarias, pornografía barata. Hasta entonces, mi conocimiento de la desnudez femenina se limitaba a la calata en blanco y negro de la penúltima página de una revista local, a la contemplación húmeda y voraz de un Playboy que me prestó un amigo del colegio y a lo poquísimo que pude espiar por la cerradura a una joven empleada de mis padres mientras se duchaba. Yo no estaba preparado, doctor, para ver tantos cuerpos abiertos, entrelazados y jadeantes, tantas cavidades penetradas. Yo solo quería ser su amigo: créame que no estaba en mis planes convertirme en consumidor compulsivo de pornografía. Pero así ocurrió y no le echo

306

la culpa tampoco, porque jamás opuse la menor resistencia a sus repetidas sugerencias de ver una porno saliendo del periódico. La verdad sea dicha, doctor: nunca tuvo usted que llevarme a rastras, nunca invoqué razones morales para disuadirlo de su afiebrado empeño, nunca se vio forzado a doparme para ablandar mi conciencia. Bien contento fui con usted, y bien que nos la pasamos en la oscuridad, excitándonos morbosamente con esas imágenes vulgares. ¿Cuántas pornos vimos juntos? Muchísimas: me atrevería a decir que más de cien. ¿Aprendimos algo? Nada bueno, sin duda: ahora pienso que recibimos información engañosa acerca del sexo, de los tamaños y las posturas y el goce verdadero, pues, como habrá podido comprobar si el destino le ha concedido la dicha de amancebarse con mujer, el sexo en la vida real es bien distinto al sexo inflamado de la pornografía. ¿Le estoy diciendo, doctor, que nos hicimos daño al intoxicarnos severamente con esas imágenes grotescas de hombres copulando con mujeres? Así es, en efecto. No sé qué consecuencias provocó en usted —pero quiero creer que con los años sus ojeras han disminuido—; lo que sí conozco es que yo terminé obsesionado con el sexo, pensando estúpidamente en que debía acostarme con cuanta mujer guapa se me cruzara en el camino. ¿Volveremos a ver algún día una película porno? No, señor. Me niego terminantemente a envilecer así nuestra amistad. Ahora me declaro enemigo de la pornografía. Quienes la consumen, comprando una revista o pagando una entrada al cine o alquilando un video, se convierten en sus cómplices, pues, al financiarla, permiten que se sostenga y florezca. Quienes ceden a la tentación de mirar pornografía —y vaya si hay alguna que es en verdad tentadora—, son responsables moralmente de la degradación a que se someten las personas que actúan en ella: si usted paga, está pagando para que esa gente arruine sus vidas en el mundo repugnante del comercio sexual, está contribuyendo directamente a prostituir a esas mujeres y esos hombres. ¿Le gustaría, doctor, que su hermana, su hija o su mejor amiga actúen en una película pornográfica, excitando el sentido animal de las personas y rebajándose a hacer cosas humillantes? ¿No, verdad? Pues entonces, no hay que hacerles a los demás lo que no nos gustaría que nos hicieran a nosotros o a quienes más queremos. ¿De acuerdo? Y perdone usted el sermón, mi estimado doctor, pero ahora creo que la pornografía, además de ser moralmente inaceptable, es también una droga peligrosa, que acaba por embrutecer a sus consumidores. Por último, ¿todavía le resultan excitantes o al menos placenteras esas películas o revistas? Porque a mí, la verdad, lejos de procurarme algún placer, esas imágenes grotescas generalmente me dan asco y vergüenza; no puedo evitar sentir lástima por aquella pobre gente que hace cosas tan patéticas para ganarse la vida. Es decir, que si uno quiere realmente disfrutar de su sexualidad, lo peor que puede hacer es aturdirse con pornografía. ¿No le parece, doctor? Claro que nada de eso sabíamos entonces, cuando éramos unos reporteros imberbes, aunque usted no tanto, porque ya tenía veinte años cuando lo conocí y, según me contó alguna vez, ya había tenido una enamorada en la universidad. Esa mujer de la que usted se enamoró era todo un misterio. Yo apenas sabía su nombre: Nina. Era muy guapa, el pelo ensortijado, la mirada intensa: así la vi años después, cuando me la señaló discretamente a la salida del teatro, sin que ella nos viese. Me sorprendió que no se acercase a saludarla, pero, al parecer, las cosas entre ustedes terminaron mal. Circuló el rumor de que usted peleó con ella porque no toleraba que tuviese ideas políticas de izquierda: eso decían sus amigos, doctor Guerra, que cortó bruscamente su romance con Nina cuando descubrió que ella tenía un tatuaje del Che Guevara en las nalgas. Pues déjeme decirle algo: si así fue, ¡bien hecho, caballero! No me importa caer en desgracia con las personas que ven alguna belleza en el hecho de hacerse un tatuaje y con quienes santifican a ese confundido médico argentino, pero diré aquí mi verdad: un tatuaje del Che Guevara es una señal inequívoca de vulgaridad e idiotez, y llevarlo en las nalgas debería ser causal automática de divorcio, con perdón de las altas autoridades eclesiásticas. ¡Abajo el Che, doctor Guerra! ¿Qué derecho tenía el Che de llegar primero a esas nalgas que usted trabajosamente hizo suyas, por ventura? Ahora comienzo a entender su afición desmedida por las nalgas suecas e italianas que veíamos en los cines pulgosos del centro: además de poderosas, en ellas jamás había hundido su odiosa barba el Che Guevara. ¿Era para huir de las nalgas guerrilleras de su ex Nina que me llevaba usted a ver tanta porno, señor? Dígame ya la verdad: ¿fue el Che el verdadero culpable de que nos convirtiésemos en unos onanistas perdidos? Jolines: cuánto daño ha hecho la revolución cubana.

Gracias a la excelencia de sus crónicas policiales, fue rápidamente transferido a la página política, lo que equivalía a un ascenso, y de allí pasó a la página editorial, sección reservada a las mejores cabezas del periódico. Allí se hizo famoso por la imbatible celeridad con que escribía los editoriales: llegaba a su escritorio, se enteraba del tema que le habían asignado, respiraba profundamente y, casi sin interrupciones, se despachaba tres carillas dejando sentada la posición del periódico, operación que le tomaba no más de cuarenta minutos, una marca de la que con toda razón se jactaba. ¡Qué sapiencia y versatilidad la suya, doctor! ¡Qué eficiencia japonesa! Yo me quedaba perplejo viéndolo redactar, sin asomo de duda, la posición oficial del diario en poco más de media hora, sobre temas tan dispares como las empresas públicas, el aborto, la guerra fría, la epidemia del cólera o el más reciente noviazgo de la princesa Carolina de Mónaco, cuyos devaneos amorosos merecían ocasionalmente el pronunciamiento editorial de nuestro querido periódico. No he conocido, señor, editorialista más veloz y preclaro que usted. Sería inexacto decir que escribía usted sus artículos: diría más bien que los descargaba, los disparaba. Era usted la ametralladora de editorial, el francotirador más certero. De todo sabía usted. No tenía que pensar siquiera para fijar claramante la posición del periódico: se sentaba frente a la vieja máquina de escribir y arremetía con una furia extraña, golpeando las teclas violentamente, sin tomarse un respiro, como si la energía con que presionaba cada tecla le diese más énfasis a sus tajantes opiniones sobre todo lo divino y lo humano. Sentado frente a usted, hojeando el periódico del día, yo sentía crecer en mí la admiración por su egregia cabeza: ¿de dónde sacaba tantas ideas para saltar de un tema a otro, sin la menor dificultad? Porque usted, de una sentada, en hora y media a más tardar, se despachaba, sin errores además, tres diferentes artículos editoriales, en un total de nueve carillas impecables, ninguna de las cuales firmaba, pues tomaba la precaución de mantenerse en el más estricto anonimato. El jefe de la página, don Adrián Gallagher, el hombre más bueno que he conocido, celebraba, con su extraordinaria generosidad, la rapidez inhumana con que escribía aquellos editoriales: don Adrián le decía el genio Guerra, y usted sonreía halagado, y enseguida se marchaba presuroso, conmigo siguiéndole los pasos, a tomar lonche a un café cercano. Pero no todo era perfecto: usted vivía peleado con el otro editorialista de la página, el gordo Fernando Jiménez, un joven brillante y socarrón con quien compartía la oficina. Nadie sabía en el periódico por qué se habían enemistado tan sañudamente; circulaba la versión de que el encono nació en la universidad, donde ambos estudiaban para ser abogados y en la cual ya descollaban como líderes políticos; también corría el rumor de que el doctor Jiménez se había burlado del romance guerrillero que se permitió con Nina, lo que usted no perdonaba; en todo caso, a pesar de que compartían la oficina y se veían cada tarde, usted y el doctor Jiménez no se dirigían la palabra y probablemente tampoco la mirada. Yo fui testigo de la guerra fría, señor: usted disparando sus editoriales con una urgencia extraña y, a dos metros, de espaldas a usted, el doctor Jiménez rumiando sus artículos con el debido celo liberal, y ninguno de los dos hablándose jamás, ni siquiera para decirse buenas tardes o hasta mañana o no sé qué diablos escribir sobre la muerte de Andropov. ¿Por qué se pelearon? ¿Siguen hasta hoy distanciados? ¿Cuál es, señor, la historia secreta de esa guerra fría? Probablemente nunca lo sabré, aunque quizás algún día se lo pregunte a mi estimado doctor Jiménez, un abogado habilísimo que ya me ha sacado de más de un aprieto. Lo que recuerdo bien es que don Adrián Gallagher sentía lástima al ver que sus dos mejores editorialistas, las cabezas más lúcidas del periódico —y también, en honor a la verdad, las más voluminosas, porque el doctor Jiménez y usted tenían unas cabezotas del tamaño de un chalé— no se hablaban para nada. Por eso don Adrián organizó una soberana cuchipanda en las parrilladas argentinas, a fin de propiciar la esperada reconciliación entre usted y el doctor Jiménez. A dicho evento asistimos una decena hombres y mujeres del periódico, y nos dimos todos a la grata tarea de engullir carnes y beber vino, hasta que, un momento antes de que sirvieran los postres, don Adrián golpeó el vaso con la cucharita, pidió silencio y, en aras de la amistad, los arengó a que se dieran la mano y rompiesen por fin esa hostilidad que nadie comprendía. El doctor Jiménez tomó la palabra —porque ya se había tomado todo lo demás— y dijo que estaba dispuesto a hacer las paces con usted. Entonces las miradas se volvieron expectantes sobre su adusta testa. Silencio. Díganos algo, doctorcito, no nos castigue con su hermetismo. Entonces se puso usted de pie y, cuando todos esperábamos que se aviniese a la tregua, dio media vuelta y, sin despedirse de nadie, se marchó a paso rápido y con la frente alta. Hubo consternación, luego murmullos y finalmente carcajadas en aquella mesa, y sus detractores, instigados por el doctor Jiménez, cuya lengua filuda era de temer, se regocijaron diciendo que usted se batió en retirada solo para no pagar la porción de la cuenta que en justicia le correspondía. Desde aquella vez, señor, se hizo usted fama de tacaño, y, con lo mucho que lo admiro, no puedo decir, sin faltar a la verdad, que esa fama fuese del todo infundada. Nunca supe si el sueldo que recibía quincenalmente del periódico lo cobraba usted en marcos, rublos, pesetas o libras esterlinas: a usted, señor, la plata no se le alcanzaba a divisar. A pesar del desaire que le infligió aquella tarde, el queridísimo señor Gallagher siguió tratándolo con todo su afecto. Por eso nos invitó un fin de semana a su casa de campo. La idea era pasar tres días descansando, tomando sol, jugando tenis y comiendo rico: no tuvieron que convencerme, acepté enseguida. Don Adrián, prudentemente, prefirió invitarnos solo a usted y a mí, no al doctor Jiménez, quien, por otra parte, habría tenido serias dificultades para jugar al tenis, pues, alegando que el fin de la civilización era inminente, se dedicaba con ferocidad a comer y beber todo cuanto pudiese. A Adrián Gallagher, que está en el cielo, debo decirle ahora que fue un fin de semana maravilloso y nunca olvidaré el cariño paternal que tuvo por mí. ¿Recuerda aquellos días, doctor? Permítame decirle las imágenes que ahora se me aparecen, al evocar ese fin de semana en el campo, bajo un sol ardiente y protegidos por el alma buena de Adrián Gallagher: los interminables partidos de tenis, un deporte que don Adrián practicaba con entusiasmo; los gritos que usted daba cuando golpeaba con fuerza la pelota; los progresos que hice, pues al final llegué a ganarle; la brutal erisipela que nos cayó; las jarras de chica morada que nos servían al terminar el partido; la risa franca y generosa del señor Gallagher celebrando nuestras pequeñas picardías; los juegos de naipes al calor de la chimenea; el amor del señor Gallagher por su familia; las clases de manejo que nos dio en su camioneta por los caminos polvorientos alrededor de su hacienda, diciéndonos algo que curiosamente quedó conmigo: *el buen piloto es que el frena menos*; el placer de leer los periódicos temprano, mientras todos dormían; y la inquietud que sentí esa noche, cuando me quité la ropa antes de meterme a la cama y de pronto descubrí que usted me estaba mirando con una intensidad y una tristeza que nunca entendí bien, pero que me perturbaron bastante. Yo en calzoncillos al pie de mi cama, usted mirándome desde su cama con unos ojos vulnerables que nunca más le vi: esa imagen todavía me persigue, doctor. ¿Me deseó fugazmente? ¿Pensó invitarme a su cama? ¿O es que una araña caminaba por mi ombligo y fue por eso que sus ojos resbalaron por mi piel? No se ruborice, señor: esas cosas pasan también entre hombres, y yo sé bien lo que le digo.

Nuestra amistad en los tiempos del periódico sufrió dos contratiempos que, si bien no la quebraron todavía, contribuyeron, muy a mi pesar, a que nos distanciásemos. Una tarde, saliendo del cine, nos sentamos en una banca de la plaza mientras comíamos barquillos y usted me lanzó sin crisparse una acusación muy grave: *Estás copiándome todo*. Enseguida pasó a sustentar su denuncia: desde que nos habíamos hecho amigos, copiaba su manera de escribir, vestir, caminar y hasta de hablar, lo que le resultaba incómodo y hasta irritante. Confieso que me sorprendió. No me avergüenza decírselo ahora, doctor: usted era mi héroe. Sí, yo quería ser como usted: culto, distinguido, irónico, con un leve aire principesco. No supe qué decirle. Es probable que, inconscientemente, hubiese hecho mías algunas maneras suyas, lo admito, pero en todo caso, estoy seguro de que ese proceso de asimilación fue tan solo un acto de pura amistad y, diría más, admiración. Fue todo tan brusco aquella tarde: me dijo que podíamos seguir siendo amigos, pero que debíamos distanciarnos, pues yo necesitaba forjar solo mi propia personalidad, sin copiar o imitar su manera de ser. Yo sentí, por primera vez, que no reunía los méritos suficientes para ser su amigo. No le guardo rencor, pero fue un poco cruel conmigo. Vamos, doctor, yo era apenas un jovenzuelo despistado, menor de edad, alejado de su familia, con una enorme admiración por usted: ¿no era normal y hasta enternecedor que tratase de imitarlo? La acusación era seria, no carecía de fundamento, y por eso me avergonzó: yo era un pobre copión, un imitador barato, casi un parásito suyo. Esa noche, de regreso a casa de los abuelos, hundido en el asiento del taxi, sentí las orejas calientes y el ánimo caído: usted me había hecho sentir que no era digno de ser su amigo. Mi héroe secreto, el futuro canciller de la república, me había dado la espalda. Yo era solo un oportunista, un trepador. Desde entonces, nuestra amistad ya no fue la misma.

Como usted quería, nos distanciamos un poco, y no solo porque me sentía inhibido y acomplejado ante usted, sino principalmente porque tomó la gallarda decisión de renunciar al periódico, retirarse de la universidad y postular a la academia diplomática, con el fin no confesado de coronar sus sueños y los de sus más caros amigos: ocupar algún día no muy lejano el cargo de canciller y dirigir desde allí la política exterior de nuestro país, política que históricamente ha descansado sobre dos pilares básicos: pedir dinero prestado y evitar que nuestros vecinos nos quiten más territorios. Palpitó fuerte mi corazón el día en que nos comunicó a sus amigos del periódico que había sido admitido a la academia en primerísimo lugar, superando a una esforzada muchedumbre de aspirantes, y luego de sortear exámenes académicos, médicos y sicológicos. Doctor Guerra: quise darle un abrazo vibrante y compungido —pues aún me hallaba dolido por la acusación de plagiario que me lanzó inopinadamente—, pero mi flema irlandesa de pura cepa me previno de tales efluvios. Alcancé a decirle, en tono de broma desde luego, que no se olvidase de sus amigos cuando llegase a dirigir la cancillería, es decir, que me tuviese en cuenta para la embajada en Londres o Washington, sin importar para nada que el gobierno al que representásemos en tal eventualidad fuese una democracia, una dictadura o, lo más probable, una sarta de ineptos y pillarajos. Basta de hipocresías, doctor Guerra: alguien tiene que sacrificarse para darle a la imagen exterior peruana un cierto decoro, y si he de ser yo quien dé el primer paso, lo daré sin que me tiemblen las piernas. Tampoco lo voy a engañar, querido ex amigo: si, en aras de la patria, me confiase la legación peruana en Moscú o Pekín, seguro estoy de que mi salud colapsaría y, por razones estrictamente médicas —no se atreva a dudar nunca de mi patriotismo, por ventura—, me vería obligado a declinar el encargo y salir corriendo al Caribe para reponerme del susto. Estoy muy cómodo en Occidente, doctorcito, así que no me complique la vida con embajadas perfectamente inconvenientes. Claro que, si bien no me atrevería a descartarlo, porque sé de su sapiencia diplomática, las probabilidades de que usted llegue a ser canciller han disminuido un tanto, y no me diga que exagero: por una parte, se retiró abruptamente de la academia tan pronto como concluyó el primer año, alegando, si mal no recuerdo, que el ritmo de estudios era insoportable y el ambiente estaba viciado por celos, envidias, intrigas y amaneramientos; por otra parte, ha desaparecido de la vida pública en los últimos tiempos, privándonos a nosotros, sus admiradores y eventuales copiones, de verlo en la televisión o leerlo en los periódicos, cosas que me procuraban un placer inenarrable. Nunca supe qué oscuros resortes lo empujaron a dejar el periódico y entrar en la academia diplomática, como ignoro igualmente las razones que precipitaron su salida de dicho conventillo estudiantil, refugio de estudiosos, patriotas y, sobre todo, jóvenes con ganas de encontrar un pretexto decoroso para irse del país; en cualquier caso, querido doctor, y aun a sabiendas de que no es un diplomático de carrera, no dudo un segundo de que, si se lo propusiera, podría fácilmente llegar a ser canciller, en cuyo caso, le recuerdo cordialmente, no me molestaría para nada escribirle las novedades vía internet desde la embajada en Washington, aunque, teniendo en cuenta los abismos a que ha descendido nuestra amistad, lo más probable es que me envíe usted como jefe de la misión en Nairobi, lo que, créame, sería una afrenta que me vería obligado a vengar en duelo de espadas, de noche, en la azotea del Club Nacional, con un ex presidente constitucional como testigo y sin cámaras de televisión. Le diré algo más, y sin ningún ánimo jocoso, mire usted: si algún día llegase su servidor a tener alguna influencia en los asuntos de Estado, ordenaré sin demora que se le expida un pasaporte diplomático vitalicio del más alto rango, como un reconocimiento tardío pero sincero de lo que es usted intrínsecamente: un diplomático de pura raza, un diplomático sin diploma pero muy aromático. En lo que a mí respecta, doctor, es usted nuestro canciller en la sombra, cargo que le corresponde por derecho propio y porque, como he podido notar, en los últimos tiempos se le ha hecho costumbre andar por la sombra, algo que yo sinceramente añoro de mis días escolares, antes de que la televisión me convirtiese en una cara de dominio público.

A eso quería llegar: a la televisión, al día inolvidable en que madrugamos, nos pusimos unos trajes vistosos y enrumbamos al canal más poderoso del país, donde, tras pasar por el cuarto de maquillaje y por el de baño también, haríamos nuestro debut como comentaristas políticos, una mañana que sin duda cambió nuestras vidas o al menos la mía, pues desde entonces quedé atrapado por el pernicioso magnetismo de la televisión. La noche anterior yo no dormí, doctor. Me sentía muy excitado. No me entienda mal: no me sobrevino un alboroto hormonal, que a esa edad, mis dieciocho tiernos años, habría sido del todo comprensible, sino más bien fui presa de los nervios y la ansiedad, eso que ahora llaman *el pánico escénico* y que en aquellos años se conocía más vulgarmente como *tener los huevos de corbata*. Dicho sea de paso, ni siquiera tenía una bonita corbata para lucir al día siguiente en televisión con la esperanza de que me vieran mis amigos del colegio. Por eso, tras pasar la noche en vela y repetir hasta el cansancio las parrafadas que diría frente a cámaras, tomé prestada una corbata de mi abuelo, me di una ducha helada, metí mis huesos en un terno viejo y, con más miedo que nunca en mi vida, me dirigí en taxi a su mansión, en la que vivía usted con sus padres, sus hermanas, sus muchos sirvientes y sus perros rabiosos. Ojeroso, somnoliento y asustado, toqué el timbre de su casa y no tardó usted en aparecer. Se veía divinamente, si me permite la confianza. Le confesé que me moría de miedo de salir en vivo y en directo en televisión; usted me dijo, con ese airecillo condescendiente tan suyo, que había dormido muy bien y no había por qué temer. Yo me dirigía al paredón; usted, a la gloria: así nos subimos al taxi esa mañana cuando recién amanecía y sus malditos perros seguían

318

ladrando atrás de la puerta. Ahora que recuerdo las doce o catorce horas en que nos turnamos para decir nuestras previsibles necedades frente a las cámaras, me asalta la sensación de que, a pesar de los nervios y la mala noche y mi mal disimulada ignorancia, todo salió mejor de lo que imaginé: nuestro debut fue un éxito, a juzgar por los comentarios de los periódicos al día siguiente y por las efusivas felicitaciones que recibimos del dueño de la emisora, don René de Piérola, el gran capitán de la televisión peruana; aprendí a controlar los nervios, fingir un cierto aplomo y hablarle sin miedo a la cámara, incluso disfrutándola; sentí poder cuando se encendía mi cámara y era yo solo frente al mundo diciendo cuatro tonterías; tuve a un magnífico consejero a mi lado, el senador José María Cipriani, que, con cariño paternal, me daba sugerencias y escuchaba con atención, salvo cuando llegaron los pollos a la brasa, momento en que atacó con ferocidad esas patas crocantitas mientras yo, a medio metro, los reflectores sobre mi frente acicalada, hacía esfuerzos brutales por citar de memoria el artículo ochenta y nueve de la Constitución, pero pensando en realidad que el doctor Cipriani no iba a dejar siquiera una patita de pollo para mí; gocé con la erudición, el dominio de escena y la sobriedad con que usted se despachó sus comentarios políticos, virtudes que también usó para despacharse luego los pollos y las empanadas: seguro que aprendió a chupar el huesito de la entrepierna en un internado de Ginebra, mi admirado doctor, porque ¡qué diferencia, por favor, entre sus modales y los del resto del plantel periodístico!; me sentí estupendamente bien acompañado por nuestros jóvenes compañeros de panel, don Martín Lagos, muchacho generoso que murió violentamente tiempo después, y don Jorge Balaguer, quien llegó a ser canciller de la república —cargo que supo enaltecer— y a punto estuvo de perder la vida por servir a su país: ¡quién hubiera dicho, doctor, que el futuro canciller se hallaba sentado en esa mesa de cuatro muchachones politiqueros y que el elegido no sería usted sino don Jorge Balaguer!; aprendí, en fin, aquel día farandulero, que las tres cosas más importantes para ser un buen comentarista de televisión son, en orden de importancia: la sonrisa, el maquillaje y la corbata, y a mí, la verdad, me ayudaron mucho la corbata tan elegante de mi abuelo y el maquillaje esmeradísimo de doña Chelita, veterana señora que, según juraba, llegó a maquillar al general de Gaulle, Kissinger, Pelé y el Gordo Porcel, aunque no en el mismo programa, claro está. Lo que recuerdo con más orgullo de aquel día fue lo que me dijo en el taxi de regreso a su casa, ya de noche, todavía maquillados y eufóricos por nuestro exitoso debut en la vida pública: *Te felicito, no pensé que lo harías tan bien, me sorprendiste.* Luego me confesó que esa mañana, al verme tan nervioso, había temido que yo hiciera el ridículo, y sinceramente no esperó que mi actitud ante cámaras reflejase tanto aplomo y serenidad. Gracias, doctor Guerra. Me sentí muy feliz con sus palabras. Llegué a casa de mis abuelos, comí tres platos de avena con leche, me duché y sentí que si usted podía llegar a canciller, yo sería presidente: era cosa nomás de escoger bien las corbatas, sonreír bastante y dejarse maquillar por doña Chelita. En algo sí quisiera discrepar con usted, ahora que los años han pasado: no fueron del todo infundados sus temores, pues yo hice el ridículo ese día en televisión y usted también, y si quiere comprobar la veracidad de esta afirmación, pida una copia del video, siéntese tranquilo en su casa, sírvase un trago, mande callar a los perros y observe a esos dos muchachos prematuramente envejecidos, con aires de sabihondos, luciendo unos egos colosales, diciendo de paporreta las cosas obvias que todo el mundo sabía, y dígame, por favor, si no encuentra ese espectáculo, el de nuestras caritas empolvadas y resabidas, tan profundamente ridículo como lo encuentro yo cada vez que me ponen de sorpresa el video en algún programa al que me invitan y entonces me muero de la vergüenza porque no me reconozco en ese jovencito con cara de monaguillo y labios de merenguero. Consígase una copia del programa y dígame si no se ruboriza un poco, doctor Guerra. Hágame caso y después hablamos.

Hablemos ahora de los baños turcos, doctor Guerra. ¿Niega usted haber sido un asiduo concurrente a los baños turcos Windsor, sitos en la calle Dasso, en aquellos años dulces en que salíamos en televisión y vivíamos la vida loca sudando copiosamente en las cámaras de vapor? ¿Niega haberse desnudado en repetidas ocasiones frente a mí, no con el propósito de tentarme malamente sino a fin de que su cuerpo recibiera el chorro virulento de la ducha española? ¿Niega haber expuesto sus genitales ante mis miopes ojos? Aténgase sereno a la verdad, doctor: yo a usted lo reconozco desnudo en cuarto oscuro. No quiero insinuar aquí que posé mis manos en los rincones más secretos de su cuerpo hispano-peruano: no, señor, nunca quise toquetearlo, ajocharlo o tan solo paletearlo, verbos que, aunque no existan en el diccionario, designan bien, en el habla popular, las fricciones de índole sexual. La verdad ante todo: yo solo le he tocado la mano. Seriedad, doctor. Si algo no pude copiar de usted es su estricta circunspección, su compostura alemana. Yo, doctor, no puedo ser tan serio. Me nace ahí abajo, al sur del ombligo, una pasión acaso malsana por el humor indiscriminado y, en general, por la vida loca, entendida ella como el goce perpetuo, la búsqueda infatigable del placer. ¡Y qué placer era asistir a los baños turcos con usted, doctor! Salíamos del canal de televisión, que no olía precisamente a rosas, y cuya recepcionista era una señorita pelirroja que al cruzar las piernas nos dejaba atisbar los colores incendiarios de sus calzones —joven mujer que llegó a ocupar un escaño en el congreso, gracias en parte al voto que emití por ella en el consulado de Miami—, y nos dirigíamos presurosos, en traje y corbata, todavía empolvadas nuestras caras, a sudar como cerdos en las vaporosas instalaciones de los baños Windsor, los que, en ocasiones, valgan verdades, olían como suele oler el sobaco de algunos miembros de tan distinguida familia real, no que me conste personalmente pero tengo un amigo fotógrafo, triunfador en Europa, que me asegura tal cosa y muchas otras, a condición de que preserve el *off the record* y algún día me deje retratar desnudo. Pero usted, hierático, con toda la alegría que se permite un guardia suizo del Vaticano en posición de firmes, se quitaba la ropa sin mirarme un segundo tan siquiera, amarraba en su cintura una toalla blanca tamaño mediano —prenda que solía estar limpia, pero que a veces sorprendía con unas manchas ominosas que desdoraban la reputación de dicho local—, se contemplaba largamente en el espejo —el pecho velludo, atenta la mirada, los dientes relucientes—, saludaba aquí y allá a los panzones que festejaban sus éxitos en la televisión, sacaba cita con la masajista —una guapa ucraniana de pechos generosos que sabía prodigarse y amansar el ímpetu de sus clientes con una mano comprensiva—, y caminaba con paso presidencial hacia el sauna y la cámara de vapor, lugares donde, acompañado por su servidor, quedaba mojadito, ensopado de sudor. Carecen las siguientes preguntas de todo espíritu quejumbroso, señor, pero debo formulárselas derechamente: ¿Por qué nunca se quitó la toalla para sudar más cómodo? ¿Y por qué nunca se metió a la ducha española conmigo? ¿No era una cuestión de mínima humanidad? ¿No podía al menos dejar que le enjabonase la espalda con el único propósito de evitar el florecimiento de erupciones cutáneas en sus zonas posteriores? ¿No estamos para eso los amigos, señor? Fuera de bromas: gracias por llevarme tantas veces a los baños turcos. Pasé momentos muy agradables con usted. El olor a eucaliptus trepando por mis narices, la mano diestra de la ucraniana, nuestros cuerpos desnudos en la piscina, las muchas limonadas heladas, el golpe de agua fría en mi espalda sudorosa, las risas y el vapor: recuerdos que me arrancan ahora una media sonrisa y una sensación de gratitud por lo que se fue y no volverá. Porque yo, señor, no volveré jamás a esos baños turcos ni a otros en la vasta geografía nacional. Perdone mis remilgos, pero ahora me dan un poco de asco. Pienso en el empresario de café teatro con una barriga obscena y la mirada depredadora; en el cómico de la televisión que exhibe con descaro su afeminada gordura; en los arribistas políticos que conspiran entre susurros; en los cocainómanos que van a sudar la juerga y evitan la ducha española por temor a un infarto; en los diminutos jinetes del hipódromo que pasean sus sexos hinchados; en el olor a pezuña; en los viejos libidinosos; en las pobres masajistas que masturban bostezando; en el animador de televisión que dice a gritos cuántos miles de dólares le pagan por burlarse de la gente tonta; en el presidente lleno de soberbia que cierra el local para pasearse desnudo con sus adulones; en la grasa, la coca y los culos fofos. Yo no quiero volver a los baños turcos, doctor Guerra. Yo sudo en el gimnasio, bien vestido y con anteojos oscuros aunque sea de noche. Yo sudo corriendo en el parque. Detesto la sensación de pasearme desnudo entre hombres que no conozco: me parece una vulgaridad. No cuente conmigo para ir a sudar a los baños turcos, doctor. Si quiere sudar conmigo, véngase al gimnasio y súbase al *stairmaster*, que es muy bueno para endurecer las piernas: no se ría, oiga, que la calle está muy dura y uno no puede dormirse en sus laureles. Pero a los turcos no lo acompaño más. Me cuentan que sigue usted concurriendo a ese local de gentes adiposas, de trasnochados y ociosos: de ser así, le deseo la mejor de las suertes. Tenga cuidado con la ducha española, que puede matar; cuídese igualmente de los jinetes, esos enanos mañosos; procure no sobornar a la masajista para que le haga ese servicio extra que sabemos vergonzoso; no se quite la toalla de la cintura, que un hombre de su estatura moral no debe exhibir el colgajo tan alegremente; y, en fin, meta la barriga y elimine toda la grasa, que en estos tiempos vale más una barriga durita que un título universitario, oiga usted.

El día que murió Adrián Gallagher me parece que usted y yo perdimos a un padre. Fue un domingo por la mañana. Adrián Gallagher, hombre bueno y ejemplar, se dirigía caminando a la iglesia para oír misa cuando un infarto lo derribó y acabó con su vida. Murió en la vereda, solo, sin hacer ruido, al pie de un árbol. Yo me enteré horas después: una amiga del periódico me llamó y, tras decirme que el señor Gallagher había muerto, me pidió:

Reza por él. Pero yo había dejado de rezar. No sé bien en qué momento dejé de rezar. Recé bastante cuando di el examen para entrar a la universidad. Al día siguiente, cuando salieron los resultados, fui a la iglesia, le pedí a Dios que me ayudase a entrar y luego me dirigí muy confiado a la universidad, donde un profesor me dio la buena noticia. No recuerdo haber rezado por Adrián Gallagher. Es una pena. Me he pasado muchos años sin rezar, doctor. Me olvidé de Dios. Mis discrepancias con la iglesia católica en asuntos de moral personal —sobre todo los relativos a la sexualidad— me distanciaron de la religión en general. Ahora he vuelto a rezar. Trato de rezar todas las mañanas y las noches. Sobre todo, dar gracias por tantas cosas buenas. Incluso he vuelto a ir a misa. Adrián Gallagher sonreiría y acaso me diría: *Ya era hora, genio.* Porque, como usted recordará, así nos llamaba, *genios*, a los jóvenes que trabajábamos en *La Nación.* De todos sus genios —traviesa manera de llamarnos: confluían en ella el afecto, la ironía, el espíritu burlón y la increíble humildad de ese gran señor—, era usted su preferido y él no lo disimulaba. Por eso lo llevaba con frecuencia a tomar café, a almorzar en algún lugar decoroso del centro y, los sábados, pasado el mediodía, tras cerrar la página editorial, a jugar tenis al club. Adrián Gallagher no era un hombre mayor cuando murió. Tenía alrededor de sesenta años. Fumaba mucho. Meses antes, su corazón dio señales de alarma. Lo llevaron a los Estados Unidos y le advirtieron que debía cuidarse. Don Adrián regresó al periódico y siguió trabajando con el empeño y la alegría de siempre. Digo que era como un padre para nosotros porque así nos quería. Yo no veía con frecuencia a mi padre. Y usted, doctor, perdóneme si me inmiscuyo, sospecho que tampoco tenía una relación demasiado cálida con el suyo. Vivía en su casa, es verdad, pero ¿no es cierto también que el trato con él estaba marcado por una cierta rigidez? Solo vi a su padre en una ocasión y me pareció un señor distinguido y formal. Adrián Gallagher no era formal. Era cariñoso, bromista, bonachón. Nunca nos dijo una cosa fea. Era incapaz de lastimar. Adrián Gallagher era el hombre más bueno que he conocido. Yo lo quería casi como si fuese mi padre, y sospecho que usted, a su manera, también. Por eso lloramos contenidamente esa mañana cuando nos encontramos en la puerta de la clínica, donde se hallaba el cadáver de ese hombre admirable. Nunca lo vi a usted tan quebrado por la emoción como aquel día, doctor Guerra. Yo estaba triste y golpeado, pero usted mucho más. El día anterior había tomado usted un café con Adrián Gallagher. Se habían reído como de costumbre. Habían hecho planes para jugar tenis el próximo sábado. Y ahora era un cuerpo frío tendido en esa camilla. Y usted lloraba con el desconsuelo de un niño. Y yo no sabía qué decirle. La mujer y los hijos de nuestro querido amigo estaban partidos por la pena. Me retiré deprisa. No me atreví a asistir a los funerales. Me dirijo a usted, Adrián Gallagher, que sin duda está en el cielo, y le pido perdón. Y le pido también que me disculpe por haber sido tan mal amigo con el genio Guerra, su genio favorito. Y le pido que no se enoje si esta carta se permite alguna travesura. Y le ruego que me dé fuerzas para aprender a ser un hombre tan bueno como usted. Y le digo gracias por todo lo que nos enseñó. Ojalá, antes de morirme, tenga la suerte de darle un abrazo, genio Guerra. Porque yo a usted lo quiero mucho. Me da tanta pena que ahora seamos ex amigos. Yo sé que tengo la culpa de todo. La memoria de don Adrián no merecía esta enemistad. Venga, genio, ¿cuándo nos echamos un partido de tenis? ¿No se nota, joder, cuánto lo sigo queriendo, a pesar de todo o precisamente por eso mismo? ¿No resulta ya evidente que uno solo escribe de la gente que más quiere?

La primera vez que entré a su casa fue un día infausto en que Perú se despidió del mundial de fútbol. Tuvo la gentileza de invitarme a presenciar el partido en su espléndida residencia, que se erigía imponente en una manzana entera y, según decían los chismosos, contaba con capilla, panadería, casa adyacente de huéspedes y un pequeño complejo habitacional donde pasaban la noche los numerosos empleados al servicio de su familia. Le confieso que me sentí intimidado por la invitación. Su casa, señor, era un palacio. Desde la calle donde a menudo pasaba, se veía majestuosa. Por eso me vestí con esmero y acudí puntual a la cita. Toqué el timbre y esperé largos minutos mientras los vehículos del transporte público, que pasaban por la calle de enfrente, me envolvían con sus humos negruzcos: siempre que un ómnibus achacoso me regalaba un nube tóxica, mi cariño por nuestra patria decaía considerablemente, y así ocurrió aquella mañana. Tanto esperé a que abrieran que pensé: quizás podrían poner una silla plegable para que sus invitados esperen sentados en la puerta de calle. Finalmente, después de caminar el largo sendero empedrado que llevaba de su mansión a la puerta principal, me abrió usted, impecable como de costumbre, me dio un estrechón de manos que casi me luxa el metacarpo entero y me invitó a pasar, no sin antes prevenirme: *Los perros están encerrados, pero si viene uno, te quedas pegadito a mi lado y no pasa nada.*

Poco me calmó su advertencia, señor. A punto estuve de miccionar en mis pantalones. Nunca he caminado más pegadito a usted, casi me adherí a su humanidad. Caminamos deprisa y en silencio y por suerte no apareció ningún perro rabioso. Sus perros, doctor, eran una leyenda negra. El doctor Jiménez, legendario enemigo suyo, solía contar que esos perros mataron a mordiscos, una noche aciaga, a un par de intrusos que saltaron la pared de su casa con la intención aparente de robar. Yo no quería morir despanzurrado en su jardín; no, al menos, sin ver el seguro triunfo de los peruanos en el mundial. Cuando por fin entramos a su residencia y pensé que el peligro había pasado, me di un susto tremendo. Perdone que se lo cuente, pero la verdad ante todo, ¿no le parece? Cerró usted la puerta y, en medio de una cierta penumbra, pues mentiría si dijese que la casa brillaba, me encontré cara a cara con un individuo gigantesco, el brazo derecho blandiendo una espada con indudable intención de decapitarme. Ahogué un grito y di un salto atrás, dispuesto a morir por el honor de la patria y nuestra eterna amistad. ¡Ven a mí, anónimo pendenciero!, me dije, y pensé: si me vas a cortar la cabeza, espero que tu espada tenga buen filo, desgraciado. Pero el hombre, cuyo rostro estaba cubierto, no se movió siquiera. Permaneció de pie, amenazándome. Pensé que me había reconocido de la televisión y tal vez se apiadó de mí, porque en esos tiempos era considerado por algunas personas de alta sociedad como La Esperanza Blanca: el jovencito promisorio que algún día sería presidente. En esas cavilaciones me hallaba cuando usted me tranquilizó: *No te asustes, solo es una armadura.* Mire usted, doctor Guerra, no sé a quién diantres se le ocurrió poner una armadura allí, pero créame que era un recibimiento un tanto terrorífico y alguien pudo haber muerto de un infarto. Si algún día me vuelve a invitar a su casa —ignoro si continúa viviendo en tan fastuosa propiedad, aunque mis informantes aseguran que no se ha mudado ni tiene intenciones de hacerlo, y que se rehúsa a venderla a cuanto hotel o centro comercial le viene con ofertas millonarias, lo que provoca en mí una indecible admiración por usted, pues yo la vendería, pondría a buen recaudo el dinero y me iría a una casa tranquila en la playa—, iré con guardaespaldas y perros amaestrados, caballero, que ese susto que me dio su graciosa armadura no lo paso dos veces, ya sabe usted que mi corazón, después de tanta cocaína, quedó malherido. Respuesto de la impresión, y siempre bien pegadito a usted, subimos unas grandiosas escaleras y, tras pasar por su biblioteca, casi del tamaño de la de nuestra pontificia universidad, me detuvo en el umbral de su dormitorio. *Por favor, sácate los zapatos*, me pidió, mientras, a su turno, se quitaba los suyos y lucía unas medias de rombos de colores, muy a la usanza española. Me sorprendió dicho requerimiento. Pensé: ¿vamos a ver el fútbol o a jugar un partido aparte? Me explicó usted: *A mi cuarto solo se entra sin zapatos*. Yo, por ser su amigo, me sacaba todo, doctor, así que no dudé en quedar descalzo sin perder la sonrisa. Prendió usted el televisor, de un tamaño un tanto mezquino —venda la armadura y cómprese una pantalla de cine, me dije—, abrió la puerta del balcón, con lo cual mis pies se congelaron en el acto pero guardé prudente silencio en aras de nuestra amistad, y nos instalamos cómodamente para ver el seguro triunfo peruano. Las siguientes dos horas fueron catastróficas para mi cuerpo y mi estado de ánimo, por las razones que paso a enumerar: el rival de turno metió cinco goles y eliminó a los peruanos; usted y yo nos fumamos dos cajetillas enteras de cigarrillos; mis pies se helaron tanto que dejé de sentirlos; y usted no me dijo una sola palabra, pues quiero creer que la procaz expresión que repitió a lo largo del partido —*negros de mierda, malparidos*— no iba dirigida a mí. Salí de su casa apesadumbrado, intoxicado de tabaco, con un resfrío trepándome y seguro de que el quinto gol polaco se marcó en posición adelantada. Los años no han pasado en vano, doctor Guerra: me han enseñado que fumar es una estupidez —perdone la crudeza, pero espero sinceramente que no siga usted fumando—, que en invierno es conveniente usar doble media y, sobre todo, que pasar noventa minutos viendo un partido de fútbol es un acto que revela una muy baja autoestima y posibles episodios de abuso infantil en la historia de esa atribulada persona. No lo he leído en revistas científicas ni me lo ha contado un investigador de Harvard: lo sé, señor.

Pasó buen tiempo antes de que me volviera a invitar a su casa, casi me atrevería a decir que ya se estaba jugando el siguiente mundial de fútbol, aunque no estoy tan seguro de ello y quizá eran solo las olimpiadas. Usted se había retirado de la academia diplomática, del periódico y la universidad; se había confinado en la espaciosa soledad de su residencia; oía trinar las aves, paseaba con sus perros, amasaba el pan y, a lo mejor, oraba en la capilla. Eran días de sosiego y reflexión. Descubrió entonces que quería ser un escritor. Ya en los tiempos del periódico había revelado madera de escritor, pues sus editoriales se distinguían por ser claros y filudos, pero ahora había tomado la valiente decisión de ser un escritor profesional, a tiempo completo, dedicándose con ardor a su vocación.

Adiós a la diplomacia y la cancillería, adiós al periodismo y la televisión: su futuro estaba en la literatura. Yo tampoco perdía el tiempo: me dedicaba, también con ardor, al consumo de marihuana y cocaína, a visitar discotecas peligrosas y perseguir no solo a mujeres guapas. De pronto, aquella cómica expresión que alguna vez susurró en mis oídos una dama distinguida, *tú eres La Esperanza Blanca del Perú*, cobró un sentido casi profético, pues los contornos de mi nariz y mi lengua solían lucir matices blanquecinos. Un buen día tuvo a bien llamarme por teléfono e invitarme a pasar la tarde en su casa. Prometió té y galletitas, lo que no hacía falta, pues bastaba la promesa de su buena conversación. Le juro que no fui borracho, volado ni excitado: me presenté sobrio, desprovisto de estimulantes y dispuesto a cuidar mi buena reputación. Conservaba usted una buena imagen de mí porque no salía de su casa después de las diez de la noche, y no hay persona en nuestra ciudad que pueda dar fe de haberlo visto pisar un bar o discoteca, aunque cierta vez corrió el rumor malicioso, esparcido por Luis Alberto Alvear, periodista de pluma ágil y despiadada, que un sábado en la noche se apersonó usted, sin otra compañía que la de su alma torturada, en la discoteca Suspiros, donde solían reunirse un puñado de hombres sin aparente interés por el sexo opuesto y con marcada debilidad por verse bailando en el espejo. No le preguntaré ahora si ese rumor se basó en hechos o tan solo en la perversa imaginación de algún enemigo suyo; quizás no fue usted sino algún pariente de similar fisonomía quien acudió a esa discoteca en busca de una sana amistad —y, por qué no, de algo más también—; quizás entró usted por descuido o confusión, pensando que era una bodega, un bingo o una exposición de arte, y se encontró de pronto acosado por hombres de miradas voraces, entre quienes se encontraban, según me dijo el propio Alvear, un actor famoso y un diputado bastante disputado en dicho local. ¿Quién no ha resbalado alguna vez por la pendiente de la tentación, oiga usted? Yo no arrojaré la primera piedra, doctor: necesitaría un tractor para cargarla. Nunca fui a esa discoteca, pero no por razones morales sino porque era menor de edad y no me dejaban entrar. Así que relájase: entre bomberos no nos vamos a pisar la manguera, si me permite la ordinariez. El hecho es que me invitó a su casa y no podía faltar a la cita. Allí seguía en pie la imponente armadura, que, honestamente, no se enoje por favor, me hizo pensar: si esto es un museo, ¿hay que pagar entrada? Pasamos enseguida al salón del té, que a primera vista echaba en falta un plumero virulento, y, tras servirnos té y galletitas, me confesó, sin el habitual pudor de los escritores primerizos, que estaba escribiendo una novela sobre la violencia en nuestro país. Escribía todas las mañanas desde muy temprano, sentado en el balcón de su cuarto, frente a una máquina de escribir portátil, la cabeza cubierta por un sombrero de paja, dos o tres perros dormitando a su alrededor. Lo felicité sin escatimar elogios y me permití algunas preguntas. Enseguida, se puso de pie, desapareció un momento y regresó con fotos y papeles. Las fotos eran en verdad literarias: se las habían tomado escribiendo con sombrero y anteojos oscuros en el balcón, mientras un perro de ojos rojizos sacaba la lengua a sus pies como sediento. Era usted el Capote de Miraflores, doctor. Qué palidez tan literaria, qué distraída melancolía la suya, qué absorta la mirada del perro. Ya tenía usted las fotos para la solapa: solo le faltaba la novelita y que temblasen las vacas sagradas. Caía la tarde en su apacible residencia —y me caía yo de sueño arrellanado en ese sofá de terciopelo, pero bien que lo disimulaba—, cuando dio inicio a la lectura del primer capítulo de su novela, que, ambientada en las serranías, contaba la historia azarosa de unos jefes militares que combatían a los terroristas, dándose tiempo para emborracharse, irse de putas, hacer toda clase de chanchullos y tramar un golpe contra el gobierno civil: mire qué rapidito le resumí la novela, doctor, es que eso se aprende escribiendo en un periódico, a rescatar lo esencial o, como decían en la redacción, *la pepa*. Y esa era *la pepa*, corríjame si me equivoco: militares inescrupulosos contra terroristas de buen corazón, en medio de burdeles, cantinas y amores furtivos. Escuché en silencio, mientras me leía con voz grave las primeras peripecias de la historia, y me fueron evidentes, aunque no se las dije, un par de cosas: escribía usted muy bonito y yo no entendía un carajo. Demasiadas palabras rebuscadas, doctor: tendría que haberme facilitado un diccionario para seguirle la trama. Porque lo que es yo, ya un tanto descerebrado por el consumo habitual de cocaína, no entendía dos de cada tres palabras, y no solo por ignorancia, de la que me declaro culpable, sino también porque usted se había empeñado en elegir las palabras más enrevesadas y pretenciosas que uno pudiera imaginar, si me permite la observación carente de toda maldad. Terminada la lectura del primer capítulo, saqué en claro que usted era un escritor muy culto y yo, un burro, y que una buena manera de lograr que su novela tuviese éxito comercial sería venderla con un diccionario de bolsillo como regalo. ¿Cómo así decidió convertirse en escritor? ¿Por qué interrumpió la carrera diplomática y dejó la televisión para encerrarse a escribir esa novela? Nunca lo supe y aún ahora es un misterio para mí. Pero sospecho que algo extraño pasó con ese amigo argentino que usted conoció en un viaje a Tokio, invitado por el gobierno japonés. Porque aquella tarde en su casa, después de leerme las primeras páginas de su novela, me enseñó las fotos de un viaje que había hecho con su amigo argentino a las playas del Caribe. No me sorprendió la belleza de las playas, pero sí la de su amigo: era encantador aquel muchacho rubio, fornido, de sonrisa dulce y mirada gentilicia. Se llamaba Baltazar, y supe que poco después lo invitó usted a conocer Machu Picchu y luego las playas del norte peruano, lo que sin duda contribuyó a que se estrechara la amistad entre ustedes y, de paso, a que se avinagrase bastante mi opinión de su novela, pues nada es más temible que un crítico celoso o despechado, sentimientos que me asaltaron al ver cuán guapo era su amigo argentino y cuán poco tiempo le quedaba para leerme los nuevos capítulos de su novela. Siempre sospeché, y ahora se lo digo derechamente, que Baltazar fue más que un amigo para usted: ese muchacho era demasiado atractivo como para tenerlo solo de amigo, y perdone que le hable así, sin muchos miramientos, pero créame que el deseo no cree —nunca ha creído— en una sana amistad. ¿Se trabaron en viril forcejeo erótico el argentino y usted? ¿Supo lo que es desear a un hombre más allá de toda consideración diplomática? ¿Confundió su lengua refinada con la de ese forastero? Juraría que sí, y no se ofenda. Porque la mirada que revelaba en aquellas fotos con sombrero en el balcón delataba esa languidez erótica que solo se advierte en un hombre que ha sido poseído por su par o al menos que ha aprendido a desear tal escarceo. Nunca le pregunté qué fue del joven Baltazar, residente en Buenos Aires: un buen día desapareció de su vida, y usted, misterioso como siempre, no dijo una palabra. Pero quedaron en mi memoria esas fotos de una extraña intensidad. ¿Fue el descubrimiento de esa pulsión inconfesable lo que interrumpió sus estudios diplomáticos y lo precipitó con esa urgencia a la literatura, doctor? Dígamelo sin rodeos: ¿se dio usted banquete con ese joven? Sé que mis preguntas no serán contestadas. Sé que su respuesta será el silencio. El hecho es que siguió usted escribiendo su novela. Me llamaba cada tres o cuatro semanas, me leía los últimos avances, dejándome en estado catatónico —pues me encontraba con una multitud de palabras nunca antes oídas—, celebrábamos juntos su genio literario, intercambiábamos posibles títulos —el que usted sugería con más insistencia, *Muerte en los Andes*, nunca acabó de gustarme— y luego regresaba a mi casa en taxi, pensando en que de todas maneras estaría a su lado en Estocolmo el día que le diesen el Nobel, aunque para ello tuviese que cargarle las maletas o hacerle el *valet parking*, señor. Por fin, tras largos ocho meses en los que se dedicó a escribir y ocasionalmente a viajar con su amigo Baltazar, terminó, pasadas las seiscientas páginas, su ópera prima, una novela que sin duda haría historia en la literatura en español. Fue muy conmovedora la tarde en que me leyó las páginas finales: ¡por fin habíamos terminado la novela, doctor, y perdone que use el plural, pero, después de tantas sesiones de lectura en las que me caía dormido, ya era un poco mía también! Pues bien: era hora de publicarla y esperar las loas rendidas de los críticos y las muchedumbres de lectores admirados esperándolo a la caza de un autógrafo. Entonces, en lo que constituye para mí un misterio indescifrable, tomó la decisión de guardar la novela en un cajón, sacarse el sombrero de paja, mandar a cagar al perro de los ojos rojizos, interrumpir bruscamente su rutina de escritor y, quién lo hubiera dicho, volver a la universidad a terminar su carrera de abogado. Así ocurrió, en efecto: dejó de escribir, se convirtió en un ejemplar alumno de leyes y nunca más supe qué fue de aquella novela. ¿Existe todavía, doctor? ¿Sigue guardada en algún cajón o la destruyó en un momento de excesiva severidad? ¿Por qué nunca se animó a publicarla, si tanto le gustaba? ¿Por qué ni siquiera lo intentó? ¿Qué fue de su vocación por la literatura? Nunca entenderé por qué cometió esa especie de suicidio literario, justo cuando tenía un manuscrito prometedor entre manos. Solo quiero pedirle un favor, ya que nunca tuvo la mínima cortesía de presentarme al argentino: ¿por qué no me envía por correo una copia de su novela? Mire usted, le ponemos un título llamativo, le podamos unas doscientas páginas —una novela de seiscentas páginas tiene problemas de sobrepeso, y entonces se impone una dieta, y claro que las dietas son dolorosas, pero *no pain, no gain*, ya sabe usted—, la firmo yo, la publicamos y vamos a medias con las regalías. Anímese, no tiene nada qué perder, salvo el pudor, que ya es hora de que lo vaya perdiendo. ¿Publicamos su novela con mi firma, doctor? Basta de hipocresías: es mi único ticket al Nobel. Le prometo que en mi discurso en Estocolmo me pongo una guayabera y digo todita la verdad.

Nuestros encuentros se hicieron menos frecuentes desde que tomó la decisión, sorprendente para mí y todavía hoy incomprensible, de abandonar la literatura y regresar a los estudios de leyes. Dejamos de reunirnos en los magnos salones de su residencia, donde me enaltecía con la lectura de su novela, y, a sugerencia suya, se nos hizo costumbre, una vez al mes, encontrarnos en La Tiendecita Blanca, café del centro de Miraflores que era, sin exageración, casi una prolongación de su casa, pues allí había acudido a tomar lonche desde su primera infancia, siendo un cliente particularmente estimado, aunque no por ello los mozos, ya bastante veteranos, pudiesen permitirse la confianza de tutearlo, porque era usted para todos los empleados y dependientes de ese local *el gran don Tomasito*, ilustre visitante vespertino y devorador goloso de infinidad de dulcecitos. No falto a la verdad cuando le digo goloso, señor: ¡con qué voracidad africana se despachaba usted las orejas de chancho, los piononos bañados con crema chantilly, los alfajores de manjarblanco, las crocantes biscotelas que llevaban, cortesía de la casa, sus iniciales! Y nunca pagaba: solo firmaba. Desde muy pequeño, se acostumbró a pedir todo lo que quisiera —todo: una tarde, según me contaron con orgullo los mozos, llegó usted del colegio acompañado de su chofer, y, a la tierna edad de nueve añitos, ordenó que le empaquetasen todas las orejas de chancho y todas las biscotelas, toditas— y enseguida firmaba distraídamente en el cuaderno donde llevaban la cuenta de su familia, que, por otra parte, era casi vecina, pues muy pocas cuadras la separaban del más tradicional café miraflorino. Tan asiduas eran sus visitas desde niño y tanto lo mimaban en ese lugar, que, por orden del administrador, un cojo alemán de quien se decían cosas horribles —por ejemplo, que tenía un uniforme nazi bajo llave en su oficina—, le preparaban, dos o tres veces por semana, una importante cantidad de biscotelas con sus iniciales TG marcadas en un extremo, las que, por supuesto, no eran vendidas al público y solo podían ser consumidas por usted: ¡qué elegante se veía cuando le servían aquellas biscotelas con sus iniciales, doctor! Lo envidio, oiga usted. A mí, cuando niño, solo me hicieron mis tortas de cumpleaños con mi nombre en letra coquito y los muñequitos de mis futbolistas favoritos, que curiosamente eran siempre de piel oscura, lo que alguna injustificada alarma provocó en mi parentela, pero nunca tuve la dicha, y no lo digo con rencor, de que, ya siendo mayor de edad, se me preparasen dulces con mis iniciales, lo que es todo un detalle y revela que problemas de autoestima nunca tuvo usted ni, sospecho, los tendrá. ¿Sigue comiendo sus biscotelitas TG, doctor? Bien por usted: el que puede, puede. De aquellos lonches que compartimos en La Tiendecita Blanca durante los casi dos años que tardó usted en concluir sus estudios de leyes, recuerdo vívidamente algunas cosas sin importancia: que el pianista era tuerto y a menudo se quedaba dormido en medio de sus interpretaciones, provocando las risas de la clientela; que una vez le trajeron su copa de helado de chocolate y usted se indignó, porque los mozos sabían que usted tomaba una bola de vainilla y una de chocolate (y la de chocolate abajo), y aquella tarde le sirvieron dos bolas de chocolate, lo que motivó que usted se parase furioso y se dirigiese a la oficina del administrador a exigir una explicación, incidente que fue zanjado con la suspensión por un mes, sin goce de haber, del descuidado que osó prescindir de su bien conocida bola de vainilla; que la mesa del fondo estaba siempre reservada para usted, con una pequeña tarjeta que decía *Don Tomasito*, y pobre de quien se sentara allí, pues entonces intervenían enérgicos los mozos y hasta el personal de seguridad; que una tarde, mientras dábamos cuenta de nuestros dulces y nos contábamos los últimos chismes políticos y sociales, irrumpió de pronto un niño descalzo pidiendo limosna y, cuando los mozos se lo llevaban a empujones, intervino usted poniéndose de pie y ordenó que lo sentaran a una mesa y le sirvieran todo lo que el pobre niño limosnero quisiera, a cuenta del cuaderno de su familia, detalle que mereció mi más rendida admiración y, sospecho, a juzgar por sus caras, considerable malestar entre los mozos, que seguramente pensaron: ¿y por qué carajo el gran Tomasito no nos invita lonche a nosotros y sí a este pájaro frutero que llenecito está de piojos?; y, por último, que nunca me permitió pagar la cuenta, nunca, pues, en rigor, tampoco se la traían a usted: terminado el lonchecito, le hacía una señal muy discreta a la señorita cajera, dándole a entender que todo pasaba al cuadernito milagroso, y asunto acabado, ni siquiera revisaba los montos que le consignaban ni se molestaba en firmar nada, simplemente nos retirábamos muy orondos, lo que sin duda le daba al asunto un encanto particular, pues me hacía sentir como un príncipe, doctor Guerra, y era verdaderamente placentero comer en abundancia esos dulces exquisitos y desentenderse por completo del dinero, y tanto me acostumbré a no pagar en ese café que, años después, acudí solo, comí rico y me paré sin pedir la cuenta siquiera y ya me iba regocijado con dos mil calorías más encima cuando el guachimán tuvo que intervenir a los gritos de *flaquito, flaquito, ¿adónde vas sin pagar?* y yo, desde luego, me detuve en seco y pedí mil disculpas y pasé una vergüenza inenarrable, que intenté aliviar dando generosas propinas, en particular al guachimán por decirme flaquito y no advertir que mi barriga

crecía peligrosamente después de aventarme esos piononos de doble tajada. En fin, doctor Guerra: que le debo
una invitación a tomar el té y le agradezco conmovido
por haber puesto en la cuenta de su familia los delicio-
sos lonchecitos que nos infligimos en esos tiempos
donde tener barriguita se veía muy intelectual y hasta
sexy. Tiempos que no volverán, señor: primero, porque
ya sé que no me invitará usted ni una manzanilla rala, y
segundo, porque *la calle está muy dura*, como dicen mis
amigos cubanos, y si uno quiere tener suerte en el amor
y gozar de la vida, es menester cortar en seco el consumo de azúcares y ponerse a hacer quinientos abdominales diarios, incluyendo domingos y feriados, porque en
estos tiempos, señor, si uno es barrigón solo puede tener
aventuras amorosas por internet.

En esos años en que usted era estudiante aplicadísi-
mo de la universidad y yo malgastaba mi juventud entre-
gándome a las hierbas y los químicos, me produce horror
recordar que, todas las mañanas, a fin de llegar puntualmente a sus clases, usaba usted el transporte masivo para
cubrir la distancia que separaba su casa miraflorina del
recinto universitario, sito en el fundo Pando, camino
al aeropuerto, allá lejos de la civilización, donde alguna
vez floreció una cultura precolombina de cuyo nombre no quiero acordarme. ¡El transporte masivo, señor!
Ni siquiera los taxis, que, por muy desvencijados que
estuviesen, al menos concedían el consuelo de una cierta privacidad. Un hombre de su linaje aristocrático y su
radiante apariencia, ¡cómo podía tener el estómago para
subirse todas las mañanas a las siete al colectivo de la avenida Arequipa! Pero allí no acababa el flagelo a que se
sometía usted por amor a las leyes: a la altura de la ave-

nida Cuba, pasando la esquina de la televisión, allí donde pulula una importante población de zánganos y pelagatos, descendía del colectivo, se paraba gallardamente en la intersección de Arequipa con Cuba y esperaba a que se apareciera la línea de microbuses verdiazul, conocida también como *Todo-Cuba-Todo-Cuba*, para, a codazos y empellones, trepar como fuese a esa chatarra maloliente y llegar media hora después, con sus cuadernos y sus códigos y seguramente ya sin su billetera, al campus universitario, donde sobresalía por el poder de su inteligencia y su avanzada edad: debido al tiempo que perdió en los estudios de diplomacia y escribiendo su novela, ahora sus compañeros de clases en la facultad eran varios años menores que usted, razón por la cual algunos estudiantes, haciendo gala de esa picardía tan limeña, le llamaban Profesor o simplemente Tío. ¿Por qué, señor, un muchacho de familia tan acomodada no manejaba su propio automóvil? ¿Por qué no se compraba un carrito rendidor, preferiblemente japonés, y prescindía de los micros y colectivos y todo ese baño popular que usted no merecía? ¿Por qué al menos no usaba el carro con chofer de sus señores padres? Le ruego que me conteste, doctor; se lo pido encarecidamente; dígame por qué retorcida razón, viviendo en esa mansión y gozando su familia de una conocida fortuna, se veía obligado a padecer los horrores del transporte masivo para ir y volver de la universidad. Encuentro dos explicaciones parciales y por eso mismo insatisfactorias: usted no sabía manejar (aprendió años después, aunque me pregunto cuánto aprendió, recordando el incidente caribeño en el que casi perdemos la vida) y, permítame especular, quizás no existía mucha confianza entre su padre y usted, la suficiente al menos como para que le pidiese un carro nuevo. Yo, señor, consideraría seriamente robar un banco, posar desnudo o limpiar carros antes que permitir que mis hijas adoradas se suban a un micro impresentable que recorre todita la avenida Cuba. ¿Cómo sus padres, teniendo tantísimo dinero, no se compadecían de sus penurias matutinas y le compraban al menos un auto polaco, que costaba la bicoca de ocho mil dolarillos y le ahorraba de paso los sesenta dólares mensuales del gimnasio, pues la caja de cambios y el timón eran tan duros que después de manejarlo tres meses sacaba músculos de camionero y si subía luego a una tanqueta le parecía que tenía un timón hidráulico suavecito? ¿Se llevaba mal con sus padres y por eso lo condenaron al medio pasaje universitario de la línea Todo-Cuba? ¿O es que simplemente no quería (no querían) gastar dinero? Me resisto virilmente a creer que fuese solo un problema de tacañería: sé bien que le gusta gastar su plata, especialmente en usted mismo, y darse la gran vida. También rechazo de plano que el problema fuese su probada impericia para conducir cualquier tipo de vehículo motorizado: aceptada su innata torpeza, ¿por qué no tomaba un taxi, dígame? Nunca entenderé esa confusa etapa suya de microbuses y universidad, doctor. Yo no voy en microbús ni a cobrar el premio mayor de la lotería: ¡renuncio a los diez millones de dólares si tengo que subirme a una de esas combis que recogen los olores más innobles del cuerpo humano! La dignidad tiene un precio, doctor. Le ruego que no vuelva a rebajarse de esa manera. Cuide su reputación, sea bueno con usted, no descuide su autoestima: según los últimos hallazgos siquiátricos de la escuela experimental, se ha probado que no es posible tener autoestima sin poseer automóvil.

Cómprese un carrito, joder. Ahora los hay buenos y baratos, y si necesita un préstamo, hablo con mi tío, que es más listo que Bill Gates, y le saco el financiamiento. Prométame que nunca más subirá a una combi pezuñenta, ilustre doctor. Así no vamos a llegar nunca a la cancillería. Alguien tiene que decirle las cosas de frente, y si he de ser yo, a mucha honra. Por eso, si algún día vuelvo a verlo esperando el colectivo, frenaré en seco, me bajaré del auto y le diré cara a cara: ¡basta ya, doctor Guerra! ¡Cómprese una moto o aprenda a patinar, pero no siga ensuciando sus posaderas en esas combis de contrabando con timón a la derecha, hágame el favor!

Llegó por fin el esperado día de su graduación. Tuvo el detalle de invitarme. No podía faltar: acudí esa mañana a la universidad, temeroso de que no me dejasen entrar, pues había sido expulsado por vago y pendenciero años atrás. Cuando me encontré con usted, quedé demudado: se había puesto un terno que valía más que el pabellón entero de la facultad Derecho. Lo noté tranquilo y confiado, a la espera de que el jurado lo llamase a rendir examen oral. Nos acompañaba un amigo común, el gran César Ríos, amante de la hípica, las mujeres, la buena mesa y, sobre todo, las comisiones por debajo de la mesa. César se graduaría pronto de abogado y ya entonces se jactaba de haber descubierto la única fuente del Derecho en nuestro país: el dólar. Desde la puerta abierta del salón, César y yo fuimos testigos, la respiración contenida, el orgullo henchido, del magistral examen oral que rindió usted ante un exigente jurado de tres ancianos que se caían de sueño y temblaban, no sé si por frío o parkinson avanzado o una aciaga combinación de ambos factores: el hecho es que usted hablaba con voz engolada, absolviendo con dominio y holgura las preguntas que le eran formuladas a duras penas por ese jurado balbuceante, y los tres respetables ancianos se encorvaban, bostezaban civilizadamente cubriéndose la boca, se venían abajo de fatiga y aburrimiento, pensando seguramente: qué diantres importan el código civil y el penal, si en pocos años vendrá otro mandón y nos cambiará todas las leyes y se hará una Constitución a su medida. Es sabido, doctor —y por favor no se ofenda si le digo la verdad— que en nuestro país hacen falta tres atributos para ser un abogado de éxito: ser un cínico, saber coimear y tener buenos amigos en la prensa. Usted no pasa el examen, es demasiado decente, los abogados prósperos son generalmente unos grandes tramposos. Pero nada de eso importaba aquella mañana: usted concluyó el examen oral, fue aprobado con todos los honores, recibió la calurosa felicitación del jurado y fue aplaudido de pie (porque no había sillas tampoco) por César y yo, que nos emocionamos al ser testigos de su advenimiento a la vida abogadil. ¡Había que celebrarlo, claro está! César sugirió un restaurante en la playa, y allí pasamos la tarde comiendo sin medida, bebiendo cerveza y burlándonos de los pobres viejitos que le tomaron examen. Yo pagué la cuenta: de nada, señor. Cuando me gradúe de la academia de patinaje en reverso de Miami Beach, espero que usted me invite también una soberana francachela, aunque sea en La Tiendecita Blanca a cuenta de la familia. Yo no tengo estudios superiores, doctor. Tengo secundaria completa, eso sí. Puedo enseñarle certificados de que terminé la secundaria. Pero superiores no tengo. Y eso me pesa, doctorcito. Quisiera tener una licenciatura o bachillerato en algo, para colgar el diploma en mi cocina y decirles a mis hijas que me recibí de profesional. Pero no me dio el coraje para graduarme de abogado: soy ahogado en la carrera de abogado. Cuando mis hijas me pregunten *papá, ¿tú qué estudiaste?*, tendré que decirles *el colegio, amor*, y sé que el manto de la vergüenza cubrirá eternamente mi rostro. Por eso le he encargado a mi hermano que me vaya averigüando discretamente cuánto cuesta comprar un título de ingeniero metal-mecánico en una universidad de provincia: ¡el orgullo que sentiría si pudiera decirles a mis hijas *estudié metal-mecánica en Satipo, mi amor*, aunque ese título sea fraudulento, no importa! Esa es la diferencia principal entre nosotros, mi querido doctor: usted es profesional con estudios universitarios, inscrito en el colegio de abogados de Lima, apto para ejercer, y yo, en cambio, tengo primaria y secundaria completas, medio ciclo en la Alianza Francesa, un curso de charlas pre-bautismales en la iglesia del cerro de Camacho y asistencia completa a un curso de Enología Superior en el hotel Country, que, la verdad, terminó en una borrachera vergonzosa, pero califica también como una forma de educación avanzada.

Pocas semanas después de su graduación, ganó usted una beca para hacer una maestría en ciencias políticas en Washington DC. Lo noté entusiasmado cuando me contó la noticia por teléfono. La beca le fue concedida por el departamento cultural de la embajada norteamericana en Lima, en mérito a sus notables calificaciones, a su perfecto inglés y a que el embajador solía ir a comer a la casa de sus padres. No insinúo que le dieron la beca porque el embajador fuese muy amigo de su familia: ¡lo afirmo categóricamente! Yo no hubiese podido ganar una beca y tal vez ni siquiera una visa, pues la hija del embajador, que era más pesada que la estatua de la

Libertad, me invitó al cine una noche y la dejé plantada alegando razones de salud. Desde entonces, fui excluido de las celebraciones por el 4 de julio, injusta medida que ha perdurado hasta hoy, a pesar de que el larguirucho embajador y su compacta hija se marcharon hace años del país. En fin, doctor, que ganó usted la beca y se fue encantado porque, ¿quién no se iba feliz de nuestro país en aquellos años violentos? Yo me quedé tranquilo en mi departamento, dedicado a las drogas y la televisión: alguien tenía que hacer el trabajo sucio. Prometió usted escribir desde Washington y cumplió. Sus cartas llegaban puntuales todos los meses. Impecables, escritas a máquina, sin borrones ni tachaduras, solían ponerme al día de sus avances académicos, sus conquistas amorosas —sin entrar, desde luego, en detalles íntimos— y la apacible vida en la sección noroeste de la capital norteamericana. No tardó en declararme su amor rendido por Washington DC: todo allá era maravilloso, la gente, los árboles en otoño, las ardillas, los museos, la improbabilidad de encontrarse con un peruano. No me sorprendió que obtuviese tan brillantes calificaciones, pues sabía de su inteligencia y testarudez para estudiar, pero sí me cogió con la guardia baja que nada más llegar ya tuviese enamorada, una rubicunda nativa de Virginia, y que en un semestre se echase encima varias más, éxito arrasador que usted atribuía a su belleza latina y yo, a que las chicas norteamericanas saben que la vida se pasa volando y no se andan haciendo las estrechas, con perdón. Yo le contestaba en cartas también escritas a máquina, en las que, a falta de novedades académicas o sentimentales —¿qué sentido tenía contarle que me había levantado a una jovencita en la puerta de una farmacia y la había lle-

346

vado abajo a ver el mar, aunque ella no viese gran cosa porque se inclinó reverente sobre mí?—, solía contarle las novedades de la política local y los chismes maliciosos sobre amigos y enemigos. Sus cartas eran las de un hombre de éxito; las mías, apuntes de un feliz perdedor. Créame: Lima era un páramo desangelado sin su altiva presencia. Yo lo extrañaba, doctor. Yo lo quería, patita. Yo anhelaba ser como usted. Yo quería irme a Washington a estudiar la guerra fría y el efecto dominó. Yo quería tomar lonche en el Four Seasons con el hijo fronterizo del emir de Kuwait y dejarme acariciar por las gringas más solícitas de Maryland, Virginia y West Virginia. Pero no, señor: mi vida no era tan glamorosa como la suya. Yo me drogaba metódicamente en Lima y hacía televisión en Santo Domingo, ¡Santo Domingo, *of all places*! Por eso, porque lo echaba de menos, lo llamé desde aquella afiebrada ciudad de La Española y le propuse, como quien no quería la cosa, caerme unos días por Washington y alojarme en su dormitorio de la universidad. Tras carraspear un poco y exhalar una especie de resoplido inquietante —tal vez era solo que tenía alergia al polen o se tragó sin querer una hoja de cerezo de esas que caen en otoño, pero me pareció que algo en verdad le incomodó—, me dijo que lo pensaría y me contestaría al día siguiente. ¡Qué frío sabía ser usted, doctor! ¡Con razón le gustaba tanto conversar con la embajadora Kirkpatrick sobre los rusos! Me quedé helado, y eso que estaba en el Caribe y tenía en la cama a una colombiana insaciable que me dejó reducido a escombros. No le voy a mentir, su respuesta final me dolió: dado que se avecinaban unos exámenes importantes, no convenía que fuese a visitarlo, pues no tendría tiempo para atenderme como era debido, así que mejor dejábamos el viaje para una próxima oportunidad. Me perdí Washington con usted. Años más tarde terminé viviendo en esa ciudad, pero nunca paseé por ella en su plausible compañía. Me privó usted de tal placer. Me hizo sentir lo que seguramente era: un amigo menor, estancado, sin grandes ambiciones, perdido por el vicio y la mala vida; un estorbo del pasado. Esa noche me fui a bailar merengue a la discoteca y me emborraché con unas mulatas enloquecidas. Mi amigo el doctor Guerra ya no me quería como antaño cuando trajinábamos los cines pornos de Lima; ahora solo me querían estas tres morenitas quinceañeras, y ni siquiera a mí sino al champagne que les invitaba y a los dólares que me sacarían luego por jugar conmigo en el jacuzzi. Esa noche pensé seriamente en suicidarme, doctor. No exagero. Me dije: todo se derrumbó, ya nada tiene sentido, es mejor partir con dignidad. Si me abstuve no fue por falta de coraje o determinación, créame, sino tan solo porque la puerta del balcón estaba trabada y al día siguiente tenía cita con la masajista del hotel, lo que le dio un renovado sentido a mi existencia.

Muy bien, doctor: si no me permitía ir a visitarlo, tenía que ingeniármelas para invitarlo a Santo Domingo, y eso fue exactamente lo que hice sin pérdida de tiempo y abusando de la candidez de mis anfitriones dominicanos. Les dije, en efecto, que era usted una eminencia en cuestiones de política exterior —es decir, no mentí— y por consiguiente urgía invitarlo, en primera clase y hotel cinco estrellas desde luego, a participar del programa de televisión que yo presentaba en esa isla caribeña, el cual solía abordar, con la audacia que solo tenemos los ignorantes, los temas más controvertidos de la actualidad.

Dicho programa, según se decía en la isla, estaba financiado por la CIA, lo que nunca verifiqué, pues habría sido de mal gusto preguntar si mis cheques suculentos venían firmados desde el buró de la central de inteligencia, pero lo cierto es que, sospechosamente, gozábamos de un presupuesto millonario, fuera de la realidad, que permitía invitar personalidades desde los más remotos confines del planeta y agasajarlas sin restricción alguna, a pesar de que en los índices de audiencia de la República Dominicana mi programa figuraba con un porcentaje inverosímil por su pequeñez, que equivalía a dieciocho personas adultas en el pico más alto de sintonía, de las cuales diez se hallaban postradas convalecientes en el hospital La Santa Reparación —sin posibilidad de cambiar de canal, porque el televisor carecía de mando a distancia— y las otras ocho, diseminadas en diferentes poblaciones del interior: tan microscópicos eran los *ratings* que incluso La Santa Misa me ganaba, para que se haga una idea, doctor. De manera que yo he sido agente de la CIA y lo declaro aquí con el debido orgullo. Y he batido todos los records de baja sintonía en la República Dominicana y Haití —porque mi programa se traducía al *creole* y se exhibía en el competitivo horario de las cuatro de la mañana, razón por la cual todavía me reconocen algunos taxistas haitianos en Miami, quienes, desprevenidos, me hablan en su lengua natal, ignorando que soy incapaz de cualquier forma de comercio verbal en lenguas ajenas al español e inglés—, lo que tampoco me avergüenza, porque ¿quién ha dicho que la CIA contrate agentes para ganar concursos de popularidad? Yo cumplía gustosamente en el Caribe una función para la que me sentía predestinado: defender la democracia y la libertad, tomar sol en la piscina y fornicar con la población nativa (no necesariamente en ese orden de importancia), y si la CIA quería remunerarme para que acometiese con vigor tales empresas, no veía por qué debía hacerle ascos a ese dinero bien habido. Por eso fue fácil convencer a los productores de que lo invitasen al programa: nos sobraba la plata y sus credenciales anticomunistas eran impecables, doctor. Elegimos cuatro programas en los que usted participaría como panelista: *La democracia en América Latina, Balance de la revolución cubana, La plaga del sida* y *¿Qué hacer con la prostitución?* Comprenderá usted que, dada su amplia cultura y su dominio de los temas más variados, confiamos sobradamente en que podría enriquecer esos programas, sobre todo el de la prostitución, tema que había explorado años atrás en sus reportajes periodísticos y en sus frecuentes visitas al Cinco y medio, burdel situado en las afueras de Lima del que se hizo asiduo concurrente, no dudo que solo para continuar su investigación y llegar al fondo de la verdad, o sea, para hacerle seguimiento a la noticia, coleguita. Cuando tenía todo bien organizado y aprobado por la CIA y el Pentágono, lo llamé a su dormitorio de la universidad, donde seguramente contaba las ojivas nucleares que tenían los rusos en Chechenia, y le anuncié que, a pedido del público —los diez enfermos del hospital La Santa Reparación de Arroyito Bajo, Santo Domingo, y otros desahuciados del interior—, lo invitábamos a participar en mi programa de televisión, cuyas grabaciones se harían próximamente en una afamado estudio dominicano, donde en los días libres retiraban las cámaras y la escenografía y se dictaban clases de Oratoria y Control de la rabia (de la rabia humana, no la canina, materia que también debió ser incluida en las clases, porque más de una vez estuve a punto de ser mordido por unos perros chuscos en las calles aledañas al malecón, donde solían pasearse bellas muchachas a las que intentaba educar caída la noche). Aceptó usted de inmediato, doctor. Agradeció con el debido entusiasmo y comentó que le vendría de maravillas escaparse del frío y darse unas merecidas vacaciones caribeñas. Mire qué suerte: justo los días de mi invitación no tenía esos exámenes tan odiosos que impidieron mi viaje a Washington unas semanas antes. No hay duda de que goza usted de eso que llaman buena estrella, mi estimado. Tan pronto como me dio el sí, me aseguré de que el billete aéreo le llegase a tiempo, no sin antes mencionarle que viajaría en primera, lo que correspondía tratándose de usted, y que le habíamos reservado una suite con vista al mar, justo al lado de la mía y además, mire qué conveniente, comunicadas interiormente, lo que me daba la posibilidad teórica de abrir esa portezuela en bata a la una de la mañana y despertarle, aunque solo fuese para hablar de geopolítica, ya que lo otro —la batalla de los cuerpos encendidos—, tratándose de usted, quedaba descartado, pues lo tenía yo por hombre cien por ciento heterosexual, y así lo sigo teniendo hasta el día de hoy, a pesar de que ya frisa los cuarenta y aún sigue invicta su soltería, lo que en ciertas mentes viciosas podría despertar alguna sospecha, pero no es mi caso, doctor, pues yo sé que su alto sentido del honor jamás le permitirá dejarse besar por un hombre. Yo fui a recogerlo al aeropuerto de Las Américas, señor. Yo le cargué las maletas. Yo lo protegí de algún indeseado contacto con el vulgo. Yo pagué las propinas. Yo le prendí el aire acondicionado al entrar a la suite y le dejé el televisor encendido en CNN. Yo le dejé un chocolatito en la mesa de noche por si le daba antojo de dulce antes de dormir. ¿Y cómo me agradeció usted? ¿Con un abrazo o unas palabras sentidas? No: invitándome a ver por televisión una pelea de box. ¡Una pelea de box, señor! Nada en el mundo me parece más patético que una pelea de box. Claro que no se lo dije. Claro que acepté encantado. El placer de su compañía justificaba incluso la contemplación de esos dos simiescos morenos dándose tortazos por una obscena suma de dinero. Pedimos comida a la habitación, vimos juntos la pelea, quedé alarmado por la excitación que despertó en usted esa riña salvaje y, terminada por fin la masacre, cuando pensé que podíamos comer algo o salir a caminar por la playa, se mandó usted un bostezo la mar de grosero y me dijo que se moría de sueño, con lo cual me quedó clarísimo que debía marcharme a dormir, y ni siquiera por la puerta interior que comunicaba nuestros cuartos, que insistió en mantener cerrada con llave, sino por el pasillo, como un marchante más. Casi le hago una escena, doctor. Casi le aviento un florero a los gritos de: ¿Para esto te hago traer a Santo Domingo, para ver juntos una estúpida pelea de box como si fuésemos un par de obreros de construcción? Si no lo hice fue por consideración a los demás huéspedes y porque tenía que cuidar mi voz, ya que al día siguiente debía grabar varios programas. La grabación quedó divina, y le agradezco por haber sido tan puntual, pues sé bien que estar a las siete de la mañana con traje y corbata en un estudio de televisión es siempre una pesadilla, aunque, sabiendo de su estricta disciplina personal, no me sorprendió que a las seis y media, cuando aún cantaban los sapos nocturnos, ya estuviese abajo en la recepción, desayunado, fresco, bien vestido, mejor perfumado y con una cara de modelo de Armani que si yo fuese el dueño de Televisa lo contrato en el acto para hacer diez novelas de época. Grabamos los cuatro programas de corrido. Usted fue sin duda la estrella. Todos quedamos encantados con su aplomo, simpatía y amplio dominio del tema en cuestión. Yo me preocupé un poco, le confieso, pues llegué a pensar: ahorita lo contratan al doctor Guerra como presentador y me despiden a mí. Pero creo mucho en el destino, señor, así que por eso les di más tiempo a los otros panelistas. Cuando, ya un tanto fatigados, y bajo los poderosos efectos de tantos cafecitos negros, comenzamos a grabar el programa final, llamado "¿Qué hacer con la prostitución?", ocurrió un incidente que aún ahora me abochorna, señor, y por el que le ruego me sepa disculpar. Después de una breve introducción, y al presentar a los cuatro panelistas invitados, me permití decir que era usted *un joven y brillante abogado y periodista peruano, con amplia experiencia en prostitución.* No hubo mala intención, señor. Fue solo una desafortunada elección de palabras. No quise decir que usted era un prostituto o un putañero. Traté torpemente de decirle al público que usted había estudiado a fondo el tema de la prostitución, ¿o me va a negar que se había documentado en la biblioteca de la universidad y, años atrás, en los cuartos de luz tenuemente rojiza del burdel limeño? Entonces se produjo un grave contratiempo, el más serio sin duda de mi carrera como hombre de televisión. Tan pronto como dije que tenía usted *amplia experiencia en prostitución,* su rostro empalideció, adquirió matices verdosos, se congestionó con una mirada enrabietada y estalló con violencia en una frase que interrumpió mi sosegado discurso y sacó del soponcio a los tres camarógrafos, capaces de dormir parados la hora entera del programa: *¡Corten, eso no puede quedar así!* En efecto, esas fueron sus airadas palabras: *¡Corten, eso no puede quedar así!* Todos quedamos mudos. Le pregunté suavemente a qué se refería. Me dijo que era ridículo e hiriente que aludiese a usted como alguien con amplia experiencia en el mundo de la prostitución, que eso mancillaba su reputación y no podía tolerar esa frase malhadada. Hubo risas y murmullos, y yo sonreí abochornado y pedí las disculpas del caso, y todos menos usted encontramos cómica la escena. Me acerqué a su silla giratoria, le di la mano, le aseguré que no había existido ánimo jocoso en mis palabras, pero permaneció mortalmente serio. Volvimos a empezar. Respiraba en el aire una tensión opresiva. Su mirada flamígera me tenía en jaque. Dije entonces que era usted *un distinguido experto en el tema de la prostitución.* Me sonó mejor así. Pero de nuevo gritó usted: *¡Corten!, ¡no tengo experiencia ni soy experto en el tema!, ¡di simplemente que soy abogado y periodista, punto, nada más!* Le confieso que ahí sí que me enfadé un poquito, doctor. Ya se estaba pasando de majadero. Mire usted: a mí no me grita nadie, y menos en Santo Domingo, donde no acepto que venga un forastero de tez pálida a levantarme la voz. Pero me contuve y volví a pedir disculpas y los demás panelistas celebraron con risas ahogadas ese nuevo malentendido y, por tercera vez, me dispuse a grabar la presentación. Superado el incidente, la grabación corrió con fluidez, aunque usted dejó notar su visible incomodidad, respondiendo secamente y a veces con monosílabos, lo que era inaceptable en mi opinión, pues a mí me gustaba hacer una pregunta, dejar al panelista hablando cinco minutos y, entretanto, ir llenando los casilleros de la lotería nacional dominicana, que se jugaba esa misma noche. No debió enojarse conmigo, doctor. No tuve mala fe. Fue un error, lo admito, pero no quise manchar su honra, créame. Ahora bien, permítame hacerle una pregunta con todo respeto: ¿acaso mentí, doctor? ¿Falté a la verdad cuando dije que tenía amplia experiencia en el mundo de la prostitución? Póngase la mano en el pecho, haga memoria y dígame: ¿cuántas veces se acostó con la Nené en el Cinco y medio, so pretexto de escribir un reportaje que nunca, señor, nunca apareció? ¿Es necesario que hable la Nené para saber quién miente, doctor?

Los últimos días que pasamos juntos en Santo Domingo, ya concluidas las grabaciones, me dejaron un sabor amargo. A pesar de mis continuas muestras de afecto y mis sentidas disculpas por el incidente que agrió el debate sobre la prostitución, usted se mantuvo seco y distante, eludiéndome de manera notoria y dándome a entender que su rencor no cedía. Fue siempre un hombre muy orgulloso, doctor, y a menudo he pensando que el exceso de orgullo —del suyo y mío— acabó con nuestra amistad. Le dije para ir juntos de excursión a la playa, y se negó cortésmente, alegando cansancio. Canceló nuestro partido de tenis. No se interesó en salir a pasear por el casco antiguo de la ciudad. Me dejó plantado el sábado para ir a comer a un lujoso restaurante que era una cueva subterránea con muerciélagos en los techos; fui solo y pensé que ese lugar se parecía bastante a su dormitorio. Muy bien, doctor: usted ya no me quería. Tuve que buscar consuelo en una joven italiana que se metió gustosa a mi cama. Usted ahora solo tenía ojos para la asistenta de producción del programa, la señorita Linda Troncoso. ¿O cree que era ciego y no los veía retozar en la piscina? El hecho de que mostrase un interés romántico o sexual en la señorita Troncoso me dejó devastado. Encerrado en mi habitación, arrasando con las reservas alcohólicas del minibar, veía desde el balcón cómo usted y la señorita Troncoso se perseguían como tortolitos en celo alrededor de la piscina del hotel. Lo que más me dolía sin duda era que usted prefiriese estar con ella que conmigo —yo que había organizado su invitación a la isla y le había cargado las maletas y por eso todavía tenía rojas de dolor las manos, joder—, pero también me laceraba la boca del estómago que fuese la señorita Linda Troncoso la merecedora de sus mohines y arrumacos. Nada personal contra la señorita Linda: conmigo era atenta, diligente y servicial, y siempre que le pedía un café con leche, me lo traía enseguida. Nada personal, repito. Pero ella y usted hacían una pareja extraña, chirriante. Usted era un bombón: alto, guapo, pura fibra, nada de barriga, rostro anguloso de mediterránea belleza. Ella era un bembón: tremenda bocaza aguardientosa de salsera del Bronx. Pero no me entienda mal, doctor. No quiero sugerir o insinuar de manera oblicua que la señorita Linda Troncoso fuese fea. No era fea: ¡era horrible! Tenía una barriga descomunal, brazos de cachascanista y un trasero del tamaño de Cayo Hueso. Señor: los personajes de Botero son anoréxicos al lado de la señorita Troncoso. Señor: si a su flamante amiguita le hacían una liposucción para extraerle toda la grasa del cuerpo, le quedaban solo el alma y los dientes. ¡Y así y todo prefería usted seducirla descaradamente en la piscina en lugar de cultivar mi amistad! Cuando vi desde el balcón que la señorita Troncoso se abrazaba con usted en la piscina y lanzaba su lengua serpentina sobre la augusta boca suya, me dije:

¡Esto no puede continuar!, ¡alguien tiene que poner coto a tanto desorden moral! Así que me puse traje de baño y me dirigí resueltamente a la piscina, dispuesto a gritarle a la señorita Linda: ¡Oye, gordita aguantada, deja de manosear a mi amigo, que vas a arruinar su futuro político, y si quieres divertirte, anda al circo de los hermanos Ringley, que han montado carpa fente al hotel Lina y se presentan esta noche, pero deja en paz al doctor Guerra, que yo lo traje a estas costas y no hay derecho que tú te lo meriendes así! Sin embargo, al llegar a la piscina, y en vista de que usted me saludó con muy medido afecto, mis ánimos se sosegaron un poco, así que decidí no hacer una escena de celos y tumbarme derrotado en la perezosa, a la espera de que el morenito uniformado me trajera una piña colada. Pensé: está bien, si el doctor Guerra me desdeña de esta manera vil, tendré que ponerme en manos de la masajista y pedirle que me dé consuelo. De pronto me llamó usted por mi nombre y me volvió el alma al cuerpo. Casi voy corriendo y me aviento al agua para rescatarlo de los brazos de partera de la señorita Troncoso, pero entonces me pidió usted que agarrase la camarita de fotos que estaba al lado de sus sandalias y les tomase unas cuantas fotos así en la piscina juntitos los dos, mientras la señorita Troncoso daba unos saltitos curiosos, levantando olas que amenazaban tragarse los pisos bajos del hotel. ¿Cómo iba a negarme, doctorcito? La amistad está siempre primero. Por eso cogí la camara, busqué el ángulo indicado, le di la espalda al sol y disparé todas las veces que usted me dijo, capturando para siempre, en diez o doce fotos, ese instante romántico que la señorita Troncoso y usted compartían en las aguas inquietas del hotel. Lástima que las fotos no saliesen perfectas. Al parecer quedaron un tanto incompletas, y ello se debe sin duda a un descuido de mi parte. Semanas más tarde, me llamó usted desde Washington y, con voz enfadada, me dijo que la señorita Troncoso no había salido en ninguna foto de las que les tomé en la piscina y apenas se veía de ella medio brazo, unos pelos revueltos, un pedazo de pierna o un rollo adiposo adhiriéndose a usted. Le pedí disculpas y le aseguré que mi error estuvo exento de toda malicia. Pero no me creyó y me espetó que yo me había portado como un niño caprichoso. Perdone por las fotos, doctor. Apunté mal. Me concentré demasiado en que usted saliera perfecto y me olvidé un poquito de la señorita Linda, que, la verdad, no añadía demasiada riqueza visual a mi panorámica. Nada justifica, en todo caso, haberlo privado de un recuerdo grato de aquel romance suyo con esa abultada joven dominicana. Sería tan lindo que hubiesen salido juntos, abrazaditos, sonriendo con esa placidez que solo da el amor, mientras la señorita Troncoso seguramente aprovechaba para miccionar bajo las aguas, porque ya había bebido litros de cerveza a cuenta de la producción del programa, o sea, de la CIA. Pero, ¡hubiese sido tan lindo también que al menos se tomase usted una fotito conmigo, canalla! ¡Ni una miserable foto polaroid se tomó conmigo en ese viaje al Caribe que yo le facilité gustoso! ¡Ni una! Y con la Linda pulposa y saltimbanqui, ¡doce fotos! Eso, señor, es un agravio, y no puedo pasarlo por alto. Por eso desafortunadamente la señorita Troncoso no salió en la foto; por eso y porque además no entraba en el lente. Y por esa misma razón me rehusé virilmente a acompañarlo al aeropuerto de Las Américas el día que partía su vuelo con destino a Miami, dejando que la propia Linda hiciera de chaperona y lo siguiera apachurran-

358

do hasta el propio terminal aéreo. No me haré el duro: sí, lloré, señor. Rompí dos floreros, un cuadro y un ejemplar de *The Economist* que usted me trajo desde Washington. Me sentí Mick Jagger después de pelear con Bianca y arrasé con la suite. Tiré brutalmente al piso un frasco de vaselina, pero no se rompió. Después me pasó la furia y pude dormir una siesta. Y ahora recuerdo esos momentos amargos con una sonrisa melancólica, señor. No sabía que le gustaban las gorditas. No sabía que yo era tan malo tomando fotos. Y no sabía que su calculado desprecio me haría tanto daño. Ya ve usted cuánto lo quiero, doctor. Ahora bien, déjeme decirle una cosita más: la próxima vez que quiera ir a tomar sol al Caribe, lea la sección turismo del *Washington Post* los domingos, que allí salen unos paquetes de viajes baratísimos, con alojamiento y comida incluidos. Suerte y buen viaje. Que aproveche. Saludos de mi parte a la señorita Linda. Coméntele si le parece que haga la dieta del huevo duro: uno en el almuerzo, uno en la comida y nada más, y ya verá cómo se pone raquítica y la confunden con heroinómana y con suerte le liga un comercial de Calvin Klein. De veras. Que pruebe. Total, ¿qué pierde?

Meses más tarde, sonó una mañana el teléfono de mi casa en Lima. Algo aturdido, pues suelo usar las mañanas para dormir, contesté y oí su voz. Debía de estar soñando. Nunca antes me había llamado desde su dorado exilio académico. Me apresuré en preguntarle si estaba en Washington. En efecto, desde allá me llamaba. ¿A qué se debía tamaño honor? Me lo dijo sin muchos rodeos: la universidad le había regalado treinta minutos para hacer llamadas de larga distancia y, como ya había hablado con sus padres y todavía le sobraban unos minutos, por eso me llamaba a mí. Siempre tan delicado, doctor. Gracias de todos modos, y gracias en particular a quien le donó esa media hora gratis en el teléfono. Sin embargo, de inmediato comprendí que no me llamaba para conocer mi estado de salud, mis dudosos triunfos televisivos o mis amores secretos: sin perder tiempo en conversación más o menos trivial, y de una manera que me atrevería a llamar brusca, me dijo que tenía un problema y quería pedirme consejo y por eso me había llamado. No dudé en decirle que era todo oídos y con gusto le daría un consejo inspirado en el aprecio tan grande que le tenía (y que nunca se fue). Explicó breve y claramente el problema: un candidato a la presidencia del Perú, favorito en todas las encuestas para ganar las elecciones, lo había llamado por teléfono y le había propuesto encomendarle el cargo de secretario de prensa y portavoz oficial durante la campaña electoral, lo que, en caso de que usted aceptase, requería que interrumpiese enseguida su maestría y viajara a Lima tan pronto como fuese posible, pues las elecciones estaban ya a poco menos de un año y dicho cargo, el de portavoz del candidato, necesitaba ser cubierto urgentemente. Por cierto, el candidato era un hombre admirable, y nosotros lo apoyábamos sin reservas. Necesitaba tomar una decisión ese mismo día. Había prometido contestarle al candidato al día siguiente. La invitación era tentadora, me explicó, pero el precio parecía bastante alto: ¿cómo dejar a medias la maestría, dándole la espalda a una beca fantástica que no solo le pagaba todos los estudios sino además le procuraba un buen dinerillo mensual? Escuché con atención y, cuando me cedió el turno, procedí a aconsejarle. Le sugerí, en resumen, que no aceptase. Mi argumento fue el siguiente: *Si el candidato de verdad te aprecia, comprenderá que quieras terminar tu maestría y más adelante te llamará a servir en su gobierno en una mejor posición de la que ahora te ofrece; por otro lado, es riesgoso abandonar la beca y la maestría, porque, ¿y qué si el candidato pierde?* Guardó un largo silencio, tras el cual me contó que estaba de acuerdo conmigo y pensaba declinar cordialmente la invitación, aunque dejando saber que, nada más graduarse, se sentiría honrado de colaborar con el nuevo gobierno. Lo felicité. Me pareció una decisión prudente. No supe de usted en largos meses: al parecer, la donación telefónica no se repitió. Pero el tiempo nos dio la razón. El candidato favorito perdió. Usted evitó salir chamuscado y pudo concluir su maestría exitosamente: me envió una carta contándome que pronunció el discurso de graduación en un inglés impecable y felicitándose de haber tomado la decisión correcta. Pronto volvería a Lima. No podía quedarse allá porque al recibir la beca se había comprometido a volver a su país de origen una vez terminada la maestría, y usted, por supuesto, era un hombre de palabra. Lo que no tenía muy claro, me contaba en tono juguetón, era cuál era su país de origen: ¿el Perú o España? Porque, francamente, no tenía deseos de volver a vivir en Lima. Y sus padres eran españoles, lo que podía sostener el argumento de que usted se originó en España. Es decir, que ya acariciaba la idea —o la entretenía, como dicen los gringos— de irse a vivir a la madre patria. Me alegré por usted, doctor. Sentí orgullo de mi viejo amigo. Pensé al terminar su carta: *you've come a long way, baby!* De fisgón de pornos en el centro de Lima y recogedor de partes policiales en la prefectura a influyente politólogo de Washington DC y todo un ciudadano del mundo. Yo, mientras tanto, seguía jugando a ser famoso en la televisión. Mi sueño era irme del Perú, dejar el circo de la televisión y dedicarme a escribir. Esto último, escribir cosas sueltas, era algo que hacía irregularmente, sin ninguna disciplina, como, en realidad, casi todo lo que hacía, solo que aquellos cuadernos en los que contaba mis fantasías recogían a su manera el lado más oscuro y verdadero de mi atribulada existencia, y por eso los tenía bien escondidos y nunca los daba a leer a nadie. Yo soñaba con ser escritor, pero no se lo confesaba a nadie, creo que ni siquiera a mí mismo. Usted, doctor, cuando terminó su maestría y volvió a Lima, ¿qué soñaba? ¿Soñaba con ser canciller o presidente? No: quería irse cuanto antes del Perú, un país que le parecía condenado irremediablemente al atraso y la barbarie. ¿Quería ser escritor? No: de su novela secreta no quería hablar, y si le preguntaba por ella, me hacía un gesto de fastidio, como si fuese un capítulo cerrado de su vida. ¿Adónde dirigía su vida, entonces? ¿Cuál era su sueño mayor? La respuesta era simple: irse a España y darse a la buena vida. ¿Haciendo qué? Pues aún lo sabía. Todo eso me lo dijo en una mesa de La Tiendecita Blanca, mientras yo devoraba huevos revueltos con tocino, salchichas alemanas y un tamalito verde y pensaba que, en efecto, el país no tenía futuro y se hundía en el caos pero, ¡qué rico se comía, maldición! Todavía sigo pensando, doctor Guerra, que la mejor razón para quedarse allá, en el terruño que nos vio nacer, no es el amor a la patria ni las ventajas comparativas que uno pudiera tener en el mercado laboral, sino las ricas corvinas que me preparan en Ambrosía, punto.

Se abocó entonces usted a la noble tarea de visitar todos los días el consulado de España hasta obtener el ansiado pasaporte de la madre patria. Entiendo que no le fue demasiado difícil conseguirlo, pues, siendo hijo de españoles bien avenidos, tenía derecho a reclamar la ciudadanía cuando quisiera, y en efecto lo hizo a los tres días de regresar a Lima. Además, el cónsul era amigo de su padre, lo que aceleró considerablemente el trámite, para no mencionar el detalle de hacerle llegar una caja de recios tintos chilenos, lo que también ayudó a que sus papeles se movieran rapidito. Yo tampoco perdí tiempo, señor: alegando que mis antepasados provenían de Bristol, Glasgow y Dublín —lo que es un hecho histórico que puedo probar exhibiendo el documento que acredita mi historia genealógica, el cual me fue vendido por quince módicos dólares en un puesto ambulante del Cocowalk en Miami, al lado de unos loros que alguien debería poner a dormir—, traté de obtener un pasaporte británico, empresa a la que me dediqué con ciega determinación, pero la respuesta de la venerable anciana que atendía en el consulado de Gran Bretaña, tras examinar cuidadosamente el documento histórico que adquirí en Miami, fue que no tenía ningún derecho a ser súbdito de Su Majestad y por consiguiente no podía expedir pasaporte alguno a mi nombre, aunque sí podía ofrecerme una foto de la Reina tamaño carné, ideal para llevar en la billetera, y tickets para un desfile de modas a beneficio de los niños lisiados, organizado por la esposa del embajador inglés. Me pareció una injusticia y juré no pisar jamás territorio alguno del Commonwealth, pero aproveché para llevarme una foto de Su Majestad. De manera que nuestras gestiones tuvieron resultados bien dispares: usted se hizo español y yo guardé una foto de doña Isabel en la guantera de mi auto. Así es la vida: ¿quién ha dicho que todos han nacido para ganar? En cuanto a mi promesa de no visitar los territorios agrupados bajo la corona británica —pues me niego a convalidar el despojo del que fui víctima—, debo decirle con orgullo que he cumplido: ni siquiera conozco Londres, algo que, en honor a la verdad, debemos atribuir menos a la moral que a la estrechez presupuestaria en la que me hallo sumido.

Sin ninguna duda, su cariño por el Perú se hallaba entonces en entredicho, doctor: al día siguiente de que le fuera entregado su pasaporte español, partió, en vuelo de Iberia —que era entonces un viaje directo y sin escalas al cáncer pulmonar, pues en sus aviones fumaban hasta los niños—, a la noble ciudad de Madrid, donde fijaría residencia. Por suerte, no le fue arduo fijar residencia en la capital española: sus padres tenían un fantástico departamento a pocas cuadras del Retiro, donde sentó sus reales y se dedicó al ocio creativo, entendido este como leer los periódicos, ver televisión y coleccionar los discos que venían gratis con una revista. Me enteré de todo esto leyendo las cartas que tan amablemente me envió. La vida le sonreía, doctor. Sus días eran apacibles y provechosos. Invertía su tiempo en leer, correr por el Retiro, darles de comer a los patos en el estanque, escuchar las tertulias de la radio y conversar con la empleada dominicana que acudía por las mañanas a limpiarle el piso: ¿se podía pedir algo más a la vida, señor? Sí, y me lo pedía directamente a mí: que me fuese a vivir a Madrid en ese señorial apartamento de sus padres, quienes, por cierto, continuaban viviendo en su mansión limeña, felices de que usted vigilase que los patos del Retiro no estuviesen subalimentados. Me conmovió que me invitase —diré mejor, que me arengase— a mudarme con usted a Madrid. Enumeró las ventajas en una carta que aún conservo y cuya lectura humedece mis ojos: su departamento tenía tres dormitorios y uno de ellos, perfectamente amoblado, estaba a mi disposición; los peruanos podíamos ingresar a España sin pedir visa y permanecer allá por un período máximo de seis meses, al cabo de los cuales podía uno hacerse un viajecito corto —a Andorra, digamos— y entrar nuevamente por otros seis meses; la vida madrileña era infinitamente más agradable que la limeña; ese apartamento con vista al bosque podía ser el refugio perfecto para que me sentase por fin a escribir; la criada dominicana cocinaba delicioso; se veía un fútbol estupendo por televisión; por último, nadie me molestaría en la calle, podría caminar tranquilo, sin los sobresaltos a que me tenía acostumbrado la notoriedad de mi vida en Lima. Leí su carta varias veces y me convencí de que tenía razón. Yo soñaba con escribir y caminar tranquilo, y usted me ofrecía la oportunidad perfecta. Le contesté entusiasmado, diciéndole que viajaría pronto, después de las fiestas navideñas. Su carta de felicitación no tardó en llegar. Madrid me esperaba y era una promesa. Nunca me detuve a preguntarle de qué vivía o si pensaba trabajar: deduje que la fortuna de su familia le permitía contemplar serenamente el lento discurrir del tiempo. Yo no gozaba de esos privilegios, doctor, aunque tampoco me podía quejar: gracias a los cheques de la CIA, había ahorrado un dinero decoroso, que, según mis cálculos, me permitiría vivir un año en Madrid, dándome todos los caprichos que quisiera. Con una imprudencia que ahora solo puedo atribuir a la estupidez y la ignorancia, llamé a mis amigos al servicio de la CIA y les informé que no seguiría trabajando con ellos, pues había tomado la heroica decisión de mudarme a Madrid y dedicarme a la literatura. Ellos, sabiendo que podían gastar sin miramientos y que yo era un elemento útil a la causa, me sugirieron que viajase todos los meses desde Madrid, a fin de continuar con las grabaciones del programa, pero, intransigente, me negué a hacer concesiones y les dije que para mí la televisión se había terminado. Aunque insistieron, me mantuve firme. Así fue como renuncié a la CIA, doctor. Fui probablemente el primer agente que se retiró para dedicarse a escribir una novela sin haber firmado antes un contrato con alguna editorial. Cuando se lo conté por carta, me escribió en términos muy afectuosos, apoyando mi decisión y augurándome un futuro promisorio en la literatura. Así fue como llegué en enero a Madrid, doctor: sin trabajo, con un maletín lleno de dólares en efectivo —que cargué con toda insensatez, pudiendo haber sido detenido en la aduana por ello—, dispuesto a convertirme en escritor y con su dirección apuntada en un papel. También llegué con unas ojeras monstruosas, porque tomé la absurda decisión de hacer escala en Miami y luego me llevaron a Dallas, ciudad que no quedaba precisamente en el camino, o sea que al llegar a Barajas apenas podía sostenerme en pie. Usted, por supuesto, no acudió a recibirme al aeropuerto. Era domingo por la mañana y dormía. Madrid resplandecía con los primeros rayos de sol: allí escribiría mi primera novela, doctor, y usted sería cómplice y testigo de esa aventura. ¡Con qué ilusión llegué a su edificio y toqué el timbre! ¡Y con qué paciencia esperé! Extenuado y al borde del colapso, tuve que esperar toda la mañana sentado en una banca de la calle, porque nadie se dignaba a contestar en su apartamento. Cuando usted salió a mediodía a comprar el periódico y me vio hecho un guiñapo con mis maletas en la puerta, me pidió mil disculpas y me lo explicó fácilmente: no había oído los timbrazos porque dormía con tapones. Yo soy un hombre pacífico, doctor, y rara vez pierdo el control, pero créame que a punto estuve de tirarle una bofetada y meterle los tapones por otro orificio. Me contuve porque no tenía fuerzas para nada y porque me ayudó a cargar el maletín de mano con los dólares en efectivo, dejándome a mí las dos pesadas maletas. Doctor Guerra: su bienvenida no pudo ser más calurosa. Cuando entré finalmente a su hermoso departamento, ¿no éramos, a pesar de todo, dos amigos felices y entrañables? ¿Qué fue de ellos, doctor? ¿Qué fue de nosotros?

Nuestra primera actividad pública en Madrid, tras unos días en los que me entregué al reposo absoluto para reponerme de la paliza del viaje y adaptarme al nuevo huso horario, consistió en llevar al banco mi maletín repleto de dólares en efectivo y depositar ese dinero en su cuenta. ¿Por qué en su cuenta y no en una a mi nombre? ¿Lo recuerda o debo refrescarle la memoria? Ocurrió que la agraciada jovencita que nos atendió al otro lado de la ventanilla —y a la que usted terminó invitando a salir, pretensión romántica que se frustó cuando se expuso al aliento devastador de dicha señorita— nos dijo que yo no podía abrir una cuenta bancaria, dada mi condición de turista. Entonces sugirió usted, con una sonrisa alarmante para mi gusto, que depositásemos todo el dinero, fruto de mis ahorros en largos cinco años, cantidad suficiente para vivir en Lima un buen tiempo sin trabajar, en su cuenta bancaria, a fin de que estuviese a buen recaudo y ganase intereses, los cuales, por cierto, no irían a engrosar su cuenta sino serían consignados a mi favor, tras una

367

simple operación matemática. No tenía mejor opción que confiar en usted y entregarle todos mis ahorros, salvo esconder ese dinero en algún lugar de su departamento, lo que parecía en extremo riesgoso, teniendo en cuenta que la empleada dominicana podía encontrarlo y salir corriendo con él en cualquiera de los muchos vuelos charter a Punta Cana. La escena fue digna de una mala película de suspenso: usted sonriéndome burlonamente, instándome a que le entregase todo mi dinero, asegurándome que nada malo habría de pasar a menos que perdiese súbitamente la memoria, y la agraciada señorita de la ventanilla limándose las uñas y mirándolo de soslayo, dejando en evidencia que se sentía atraída por su indudable aire de macho latino, y yo dudando un instante, solo un instante, no porque desconfiase de usted, que siempre fue y será un hombre de honor, sino porque la situación me parecía bastante incómoda, dado que, por ejemplo, cada vez que yo quisiera sacar dinero del banco tendría que hacerlo usted por mí, para no mencionar la posibilidad indeseada de que a usted le ocurriese algún percance y perdiese la vida, en cuyo caso, ¿quién me devolvería mi dinero? Tras consultar con la agraciada señorita sobre la posibilidad de que algún otro banco me permitiese abrir una cuenta a mi nombre como turista y escuchar su respuesta negativa y bastante desdeñosa por lo demás, decidí confiar en usted y entregarle todo mi dinero. Me pareció que hubiera sido de muy mal gusto decirle que prefería esconder el maletín lleno de dólares en su casa: habría sido una muestra de desconfianza que usted no merecía. Y puesto a escoger entre confiar en usted o la criada, no dudé en poner mi plata en sus manos, a sabiendas, además, de que si algo le sobraba a usted era plata y mis ahorros con seguridad le parecerían una cantidad insignificante. Así fue como usted, una mañana cualquiera en Madrid, se quedó con todo mi dinero. Le confieso que desde entonces, aunque jamás pusiera en tela de juicio su honradez, empecé a tratarlo con una pizca más de cariño, porque todo mi patrimonio, señor, estaba bajo su absoluto control, salvo el pequeño departamento que había dejado cerrado en Lima, debiendo un año entero de mantenimiento y tres años de impuestos prediales, para no mencionar la cuenta del muchacho mudo que me dejaba los periódicos, quien, estoy seguro, tramó y ejecutó, cegado por la sed de venganza, la explosión de un coche bomba en las cercanías de mi departamento. Solo quiero decirle gracias, doctor. Gracias por ser siempre tan minuciosamente honrado con mi dinero. Gracias por calcular en detalle cuántos intereses me correspondían mes a mes. Pero gracias, sobre todo, por ir al banco conmigo dos y hasta tres veces por semana para retirar dinero en efectivo. No pensé que lo molestaría tanto. Nuestro plan era ir juntos a la agencia bancaria una vez por semana —y tratar de evitar a la señorita agraciada del aliento asesino, que ahora lo miraba con escasa simpatía—, pero el tiempo nos demostró que el dinero se iba volando, así que terminamos haciendo el paseíllo bancario con más frecuencia de la que imaginamos. Gracias por haber sido mi banquero de lujo, doctor Guerra. Nunca mejor atendido. Cuando quiera, le devuelvo el favor. Vamos a mi agencia bancaria en Miami, depositamos todo su dinero en mi cuenta, al día siguiente me acojo a un programa de la CIA y cambio de identidad y, si quiere volverme a ver, se hace una regresión hipnótica a ver si nos encontramos en alguna de nuestras vidas pasadas. Fuera de bromas: gra-

cias por cuidar tan bien de mi dinero en Madrid. Es usted
todo un caballero y así lo recordaré siempre.

Se suponía que debía escribir todos los días y, sin
embargo, no escribía nada. ¿Se acuerda? Me compré un
cuaderno para escribir a mano la gran novela que cambiaría mi vida y me haría todo un escritor. Pero no escribía nada. En realidad, solo tomaba nota de los sueños que
a veces recordaba al despertarme. Con el pasar de los
días, fui aceptando con resignación que, dada mi paupé-
rrima imaginación y mi considerable pereza, llenaría ese
cuaderno con apuntes de las aventurillas que soñaba ciertas noches, así que lo llamé *Diario de mis sueños* y resolví
muy convenientemente que, para no fatigarme demasiado, dejaría que mi subconsciente escribiese el libro por
mí. Usted fue testigo de mi proeza literaria, así que no
me deje mentir: yo dedicaba tres minutos diarios al ejercicio riguroso de la literatura. Me despertaba lentamente
y a regañadientes cerca del mediodía, las cortinas oscuras
impidiendo que se filtrase el más tenue rayo de luz, las
alarmas y teléfonos desconectados, y, como todo un escritor alerta, corría a mi cuaderno, tras hacer mis abluciones
matinales claro está, y apuntaba las dos o tres imágenes
que recordaba haber soñado la noche anterior. Por mucho
que me esmerase, no todas las mañanas podía recordar
algún sueño: a veces abría el cuaderno y, para no dejar la
página en blanco, escribía tan solo: *hoy no soñé nada*. Pero
los días en que sí lograba rescatar fragmentos de esos viajes reveladores que son los sueños, ¡qué bien me sentía,
doctor! ¡De pronto crecía en mí el orgullo de sentirme
un escritor prolífico! ¡Con qué pasión me entregaba a
cultivar mi vocación por la literatura! Esos tres minutos
que dedicaba cada mañana a la quijotesca tarea de bata-

llar con mis demonios interiores y bucear en el oscuro mar de mis fantasías, ¡con qué claridad advertía que mi vida no tendría ya sentido si no la dedicaba a escribir mis sueños más recónditos! Doctor: por fin vivía en Madrid y me sentía un escritor. Lentamente, mi cuaderno avanzaba: soñaba con un avión que se caía; con perros rabiosos que me perseguían; con una prima deliciosa que me acariciaba; con mi padre gritándome; con partidos de fútbol en los que convertía goles increíbles; con mi hermana Milagros; con las noches de cocaína; con gigantescas olas del mar que me arrastraban y tragaban; con una mujer que me perturbó y poseyó, tanto que escapé de ella pero nunca del todo, porque siguió viviendo allí, en mi imaginación, hasta el día de hoy. Con usted, doctor Guerra, nunca soñaba. Me hubiera encantado compartir aventuras con usted en mis inconscientes extravíos nocturnos —en sueños nada más: no me entienda mal—, pero nunca soñé tales cosas. Es curioso: hemos sido tan amigos y, sin embargo, no recuerdo haber soñado con usted y ni siquiera tengo una foto al lado suyo. Eso me entristece, le confieso. No tengo pruebas de que hemos sido amigos, solo mi memoria estragada, y a ella me aferro por eso. Desde luego, jamás me pidió que le contase las cosas que soñaba en ese cuarto tan confortable al lado del suyo, y tampoco me preguntó cómo avanzaba mi novela. Para guardar las apariencias y salvar la dignidad literaria, le decía que escribía tarde en las noches, cuando usted dormía, o muy temprano por las mañanas, en el instante de mayor lucidez. Mentiras, doctor. No escribía nada, salvo esos sueños pálidos e irregulares que ya mencioné. De los largos meses que pasé con usted en su espléndido piso con vista al parque, quedó aquel cuaderno como un testimonio de mi enanez literaria y mi devoción al ocio. La gran novela quedó por escribirse. Quizá la escriba usted algún día; quizá la tiene guardada y nos la escamotea por razones oscuras. Yo solo escribí un cuadernito impresentable. Cuando quiera se lo presto, pero júreme que no le contará a nadie mis sueños sexuales. Me dan vergüenza. Yo quisiera ser tan perfecto como usted, doctor, pero no puedo. Lo prohibido me atrae irresistiblemente. Quiero probarlo todo. ¿Alguna vez entró furtivamente a mi cuarto mientras yo me duchaba y hojeó el diario de mis sueños? Dígame la verdad: ¿se encendió usted leyendo esas cosas ricas que yo hacía con mi prima en la piscina? ¿Soñó alguna vez conmigo, doctor? ¿Fue un sueño plácido o más bien crispado? ¿Éramos solo amigos? No me conteste: prefiero no saberlo. Me resigno a pensar que seremos ex amigos hasta el final: sé que es muy orgulloso y no me perdonará. Pero no quiero esconderle la verdad ahora que se lo estoy diciendo todo: más de una vez he pensando que su orgullo, mi estupidez y acaso el azar impidieron que nosotros descubriésemos a tiempo que podíamos ser mucho más que amigos. Ya es tarde. Queda el recuerdo agradecido y una cierta tristeza.

Si yo apenas escribía unos minutos en las mañanas y usted ni siquiera eso, ¿qué hacíamos todo el día, mi querido doctor? ¿Lo recuerda o prefiere no hacerlo porque se avergüenza de esos días lánguidos? La verdad ante todo, doctor. La verdad aunque duela. Yo tengo un recuerdo feliz de aquellos meses madrileños. No hicimos nada, salvo engordar, pero sospecho que fuimos condenadamente felices. La vida nos premió: éramos libres, jóvenes, irresponsables y perezosos; disponíamos de suficiente dinero para vagar sin preocupaciones; sus padres nos habían facilitado un pequeño paraíso; lo teníamos todo salvo el amor, que no nos interesaba gran cosa. Nuestra rutina era simple y liviana: dormíamos hasta el mediodía, desayunábamos hojeando los periódicos y entonces usted salía en buzo a correr por el Retiro y luego seguía trotando hasta un gimnasio cercano, donde pasaba un par de horas levantando pesas, haciendo abdominales, estirándose y ensanchándose, pedaleando sin desmayo en la bicicleta estática. Era como un vicio: mantenerse sano, tomar vitaminas y polvos proteínicos y hierbas revitalizantes y hasta cápsulas para evitar la caída del cabello, hacer gimnasia todos los días sin excepciones, moldear su cuerpo hasta la perfección. Esa era su adicción: los ejercicios, la belleza física. Yo tenía la mía: el teléfono. Me pasaba horas hablando por teléfono. Mientras usted daba vueltas en zapatillas por el Retiro o sudaba en el gimnasio cercano, yo, todavía en piyama, pidiéndole un tecito más a la amable chica dominicana que se ocupaba de las faenas domésticas, me entregaba al dulce vicio de llamar por teléfono a mi familia y mis amigos, a quienes ciertamente echaba de menos. Solía hablar largo rato con mi madre. Sabe usted que la adoro. Es una santa. Es la mujer más generosa del mundo. Por eso la llamaba todos los días. No podía vivir sin su voz. Nuestras conversaciones solían ser bastante largas. Cuando estábamos más bien lacónicos, podíamos quedarnos casi media hora en el teléfono, pero si nos asaltaba una cierta locuacidad, se nos venía encima la hora y media sin darnos cuenta siquiera. ¿De qué hablábamos, doctor? De nada en particular: de la vida misma. De las novedades familiares, los pequeños líos domésticos, las peleíllas y reconciliaciones con mi padre, los odiosos asuntos de dinero, las cositas del corazón, los eventos sociales: todos los santos, showers, babyshowers, matrimonios, velorios y pedidas de mano que acontecían semana tras semana, ¡y que yo me estaba perdiendo por ser un escritor en Madrid, maldición! Pero luego, antes de despedirnos, le rogaba que me leyese los titulares del periódico, en especial las páginas de política local, espectáculos, deportes y cultura —sí, ríase, doctor, pero en aquellos tiempos no vivíamos en la era cibernética, y ni usted ni yo avizorábamos que el futuro se llamaba internet, y por eso ahora Bill Gates tiene todo el dinero del mundo y nosotros seguimos viviendo de la caridad de la familia—, y entonces mi madre, tan amorosa, me leía los desmadres, chanchullos y entuertos de la política y la farándula locales, que a mí, por supuesto, me divertían muchísimo, salvo aquella vez que me leyó un titular según el cual yo había dejado la televisión porque tenía sida. Lo que no era tan divertido era pagar la cuenta del teléfono a fin de mes. Usted me hacía unas escenas terroríficas, doctor. Le salía su lado más austero, su ancestral apego a la frugalidad. ¿Cómo podía yo hablar tantos minutos al día con Lima? ¿No podía hablar cinco o diez minutos y ya? ¡Era una insensatez botar la plata así! ¡Miles de dólares al mes en teléfono! ¡Plata tirada en vano, al aire, por solo hablar! ¿No podía mejor escribir cartas a mi familia? Relájase, doctor; sosiéguese; tome aire; caliéntese un agua de azar: las cuentas las pagaba yo, así que bien podíamos ahorrarnos tantos reproches. Pero usted se enfadaba siempre con los recibos de la compañía telefónica. Y camino al banco me recriminaba por ser tan descuidado con mi dinero. Entretanto, mi cuenta seguía adelganzando con una velocidad impensada. Y yo, terco, me rehusaba a controlar esa penosa adicción telefónica.

Así transcurrían aquellos días en extremo apacibles: usted embelleciéndose en el gimnasio; yo empobreciéndome en el teléfono. Pero compréndame, por favor, doctorcito. No me regañe más. Respire hondo y reflexione: un escritor alerta, un hombre comprometido con su tiempo, un intelectual moderno tiene que saber qué ministro peruano está robando hasta los útiles del escritorio, qué general trama una conspiración, qué vedette emputecida se acuesta con el presidente y qué galán de moda se enamora en secreto del actor argentino de paso por Lima grabando la telenovela del momento. Por eso me pasaba horas en el teléfono, doctor Guerra: por fidelidad a mi vocación literaria, para mantener vivo al escritor. ¿Ahora me entiende? No sea injusto, doctor. No todos los escritores tenemos la poderosa imaginación con la que usted fue bendecido. Algunos tenemos que usar el teléfono para inspirarnos. Ahora cuénteme, usted que está en Lima: ¿es verdad que el actor de moda, ese chico tan guapo, se follaba en su camerino a la hermosísima venezolana que era su pareja en la telenovela? Lea los diarios de la farándula y me cuenta, no sea malo. Llámeme *collect*. Yo pago la llamada encantado.

Sería injusto decir que soñaba con pasar el resto de su vida en ese departamento madrileño, dedicado a los gratos quehaceres de ejercitarse físicamente, comer dulces en abundancia, leer tres periódicos al día, ver mucha televisión —en especial el fútbol y los noticieros, pero también alguna telenovela venezolana que encendía su lado más pasional— y asistir al cine casi todas las noches, siendo esta última una actividad que solíamos compartir. No: usted tenía un sueño mayor y no me lo escondía. Su más cara ambición era encabezar la representación diplomática del Perú en Madrid. Quería ser embajador. Pero las cosas no habían salido tan favorablemente a sus intereses, pues el candidato de nuestras simpatías —aquel que le ofreció el cargo de portavoz oficial— perdió las elecciones. Aceptaba usted que era en extremo improbable que el nuevo presidente, a quien no conocíamos, le confiase la embajada en Madrid, pero abrigaba la esperanza de que al menos lo nombrase cónsul general, y por eso le pidió a sus padres que moviesen sus poderosas influencias en Lima para que el gobierno considerase otorgarle dicho cargo con carácter honorífico, lo que, según sus cálculos, le permitiría hacerse un nombre en el mundo del servicio exterior y, eventualmente, capturar la ansiada embajada en Madrid, que, sin duda, dirigiría mejor que nadie en el mundo. Yo, humildemente, y en consideración a nuestra añeja amistad, me ofrecía para cumplir la función de vicecónsul, aunque ella implicase únicamente remojar el tampón de los sellos y limpiar la foto enmarcada del presidente: el orgullo queda de lado cuando de servir a la patria se trata, doctor, y eso lo sabe usted mejor que nadie, y por ello no le hacía ascos al consulado. Pues al parecer las delicadas gestiones que hicieron sus padres en el más alto mundo limeño, mientras nosotros pasábamos horas de sano esparcimiento viendo los partidos de fútbol en la televisión y leyendo las revistas frívolas, tuvieron resultados muy positivos, pues fue informado telefónicamente de que el nuevo presidente del Perú iría pronto a Madrid en viaje oficial y abriría un espacio de quince minutos en su recargada agenda para reunirse con usted. Manifestó considerable entusiasmo cuando recibió dicha noticia, y por eso me invitó a cenar en un exclusivo restaurante, toda una extravagancia tratándose de usted, tan dado a medir sus gastos. Todo estaba saliendo de maravillas: si el presidente estaba dispuesto a reunirse con usted en Madrid, su nombramiento como cónsul general caería por su propio peso. Tan seguro se sentía de ello que mandó a imprimir centenares de tarjetas con su nombre y, debajo, en letras elegantes, el cargo soñado: Cónsul General del Perú. No había duda, usted era un hombre que conseguía lo que se proponía. Ya tenía las tarjetas y la cita con el presidente, ahora solo le faltaba la formalidad del nombramiento, que sería un asunto sencillo, *a piece of cake*. Como estaba previsto, el presidente llegó a Madrid y lo mandó llamar a la casa del embajador, donde estaba alojado. No durmió usted en la víspera, señor. No dormimos. Pasó largas horas mirando sus trajes y corbatas, poniéndolos sobre la cama, comparándolos, eligiendo la combinación perfecta para la cita del día siguiente. También ensayó conmigo: yo era el presidente y le hacía preguntas y usted respondía con aplomo, brevedad y medida simpatía. Sostenía una tesis curiosa: que el presidente, harto de que lo tratasen con excesiva reverencia, prefería a las personas que lo trataban de igual a igual, de tú a tú. Por eso, no quería dar la imagen del adulón, del servidor incondicional: quería impresionar al presidente tratándolo con una cierta confianza, sin miedo, incluso con un airecillo de informalidad, como si su alta investidura no le intimidase en absoluto. Yo no dudaba un segundo de que su plan era el correcto, señor. A la mañana siguiente, lo vi partir optimista, confiado, sonriente, con el consulado en el bolsillo. Se veía usted radiante. Si se cruzaba por la Castellana con un productor de cine, lo contrataban enseguida. ¡Qué gracia natural la suya! ¡Qué aire de triunfador nato!

¡Qué cara de cónsul! Feliz hubiese estado de hacerle compañía, pero usted no me lo sugirió y el presidente tampoco. Además, señor, yo quería ser escritor, y bien se sabe que los escritores deben mantener una distancia crítica del poder, salvo cuando los presidentes los invitan a comer, que allí tragan casi todos como cerdos y dejan de lado la tesitura crítica. Esperé con impaciencia su regreso, señor. En juego estaba su futuro diplomático. Temía que el presidente se llevase una magnífica impresión de usted, al punto de pedirle que regresase al Perú para colaborar con su gobierno, en cuyo caso, ¿adónde iríamos a parar la chica dominicana, de nombre Milita, y yo? ¿A buscar fortuna en los bosques de las afueras de Madrid, como tantas otras chicas y chicos latinoamericanos? Suerte con el presidente, señor: asegúrese ese consulado, hágame el favor. Horas más tarde, cuando todavía me paseaba en piyama hablando con Milita y escuchando los merengues del maravilloso Juan Luis Guerra, se apareció usted con un rostro sombrío y apagó enseguida la música, dejándonos fríos a Milita y a mí. Se encerró en su habitación. No quise tocar la puerta. Era obvio que las cosas no habían salido como las planeó, pero, ¿qué había pasado? Me lo contó esa noche, sonándose intermitentemente la nariz, pues las lágrimas y la mucosidad nasal lo tenían bastante congestionado: se había reunido a solas con el presidente, y la química personal funcionó bien desde el principio, y conversaron en un ambiente de calidez y franqueza, y entonces le expuso su deseo de ser cónsul en Madrid, y el presidente le dijo que lo estudiaría y le contestaría pronto, no sin mencionar que era muy amigo de sus padres, a quienes elogió con cariño, cuando, ya hacia el final de la corta reunión, ocurrió un lamentable incidente, que, en su opinión, agrió las cosas y echó por tierra sus legítimas pretensiones consulares, pues el presidente le preguntó en tono informal de qué marca era esa corbata tan bonita que llevaba puesta, y usted le dijo con un leve airecillo sarcástico que era una corbata de segunda mano comprada en la calle La Colmena del centro de Lima, aludiendo a un reciente escándalo: las denuncias de que altos personajes del gobierno traficaban con ropa donada por el gobierno de Japón, y entonces se rió usted de su propia broma, destinada a enviarle al presidente el mensaje de que no le tenía miedo y se atrevía a decirle socarronerías, pero él quedó silente, petrificado, una promesa de venganza encerrada en esos ojillos astutos, y usted dejó de reírse súbitamente y comprendió que su broma le había caído pésimo al presidente, quien lo condujo a la puerta y lo despidió con alarmante frialdad. Lo tenía muy claro: el consulado estaba perdido. ¡Y todo por una broma desafortunada! Le dije que no se sintiera triste, que un personaje de Kundera también había arruinado su vida por una broma incomprendida, pero de nada sirvió mi consuelo y siguió usted derramando su pena por las vías nasales. Déjeme decirle ahora, doctor, un par de cositas más: admiro el coraje que se permitió en esa audiencia con el presidente; lástima que perdimos el consulado; y creo que mejor futuro tiene como humorista que como agente consular. Así es la vida, doctor. Como dicen los americanos: *shit happens*. Ahora bien, ¿todavía tiene las tarjetitas que mandó a imprimir anunciándose como cónsul? ¿Se ríe cuando las ve o le viene de nuevo la ola luctuosa? ¿Por qué no me manda unas para el recuerdo, doctorcito? Y no tenga pena: se lo perdió el Perú. Habría sido el cónsul más elegante en la historia del país.

Algún oscuro ganapán fue nombrado en ese cargo que le correspondía casi de manera natural, y nosotros seguimos viendo telenovelas venezolanas y comiendo mazapán con chocolate, y volvió usted a darles de comer a los patos del Retiro, pero la vida ya no fue entonces la misma, porque su ánimo ensombreció y fui yo el culpable de sus avinagrados humores.

Así llegamos al episodio que puso fin a nuestra amistad. Todo comenzó cuando me interesé sexualmente en una guapa española que vivía en el piso de abajo. Se llamaba Valeria y era seis años mayor que yo. La conocí una noche en el ascensor. Yo había tomado un par de copas en un bar cercano, y me parece que ella también regresaba alegre. Conversamos cuatro cosas tontas, nos reímos y nos caímos en gracia. Me impresionó la inteligencia de su mirada, la belleza de su cuerpo y, sobre todo, una cosa tentadora, peligrosa, indrescriptible, que emanaba de su sonrisa; más me impresionó que esa misma noche, antes de salir del ascensor, me besara fugazmente en la boca. Solíamos encontrarnos pasado el mediodía en el bar a la vuelta de la esquina. Estaba casada. Su marido trabajaba en un banco. Tenían una hija pequeña que iba al colegio. Por eso la hora más conveniente para vernos era hacia el mediodía, cuando se quedaba sola en la casa y usted se marchaba a correr y al gimnasio. Yo era un hombre joven y en apariencia sano, señor: mi cuerpo reclamaba otras pieles, otros calores y humedades, la plausible excitación del amor. Valeria me sedujo sin ningún esfuerzo. Me bastó con escucharla, acompañar su sonrisa, mirar sus manos elegantes —las manos, señor, las manos: ¿se puede enamorar de una persona con manos feas?— y mirar de soslayo, adivinándolos bajo las ropas livianas de la primavera, sus senos altivos y sus promisorias nalgas. Si usted solo me ofrecía una sana amistad, ¿no tenía derecho a buscar el amor en otra persona? ¿O debía contentarme con las clases de merengue que me daba la rumbosa Milita en la sala, señor? Valeria se fijó en mí, me perturbó, me habló de su vida, me tocó las manos, me hizo beber un par de cervezas y me llevó a su cama. Los juegos del amor con ella fueron muy fáciles y en extremo placenteros. Yo había tenido la suerte de compartir refriegas amorosas con algunas chicas en Lima, pero al lado de ella era inexperto y bastante torpe en esas cosas, y Valeria, dulcemente, se encargó de educarme. ¡Alguien tenía que hacerlo, doctor, y usted al parecer carecía de interés en cumplir tan noble tarea! Reconozco que me equivoqué al ocultarle mi relación con Valeria. Lo admito. Debí contárselo. Si éramos buenos amigos, ¿por qué no podía decirle que había conocido a una mujer guapa y me estaba acostando con ella en el piso de abajo? Pero su ánimo no era el mejor, pues aún arrastraba la pena del consulado perdido, y yo temía por otro lado que se enojase por el hecho de que Valeria fuese casada. Además, ella me pidió que no se lo dijese absolutamente a nadie, ni siquiera a usted, y le prometí que guardaría el secreto. Yo me había mudado a Madrid para hacerme escritor, pero por el momento estaba demasiado ocupado haciéndome hombre, gozando de la sabiduría y audacia de esa mujer madura, dejándome amar por ella, agitándome entre sus piernas. No me interesaba escribir. No quería ir al gimnasio. No tenía sentido seguir hablando por teléfono. Solo me provocaba hacer el amor con esa mujer hermosa que no me pertenecía del todo y sabía sin duda mucho más que yo. Lo hacíamos siempre en su apartamento. Pero esa tarde ella prefirió

subir a verme porque su hija estaba jugando con una amiguita y la nana cuidaba de ellas. Yo estaba solo. Milita,
la dominicana, ya se había marchado. Usted, por suerte,
se había ido al cine. No había ningún peligro. Valeria le
avisó a su empleada que estaría en casa de una amiga y
tendría a mano su teléfono móvil. Le gustaba hacerme el
amor oyendo jazz. Le gustaba hacérmelo despacio, casi
diría que con deliberada lentitud. Cuando yo me apura-
ba, doctor, ella me calmaba, me llevaba a su ritmo astuto,
enloquecedor. Puse un disco de Billie Holiday que ella
me regaló, serví un par de copas de vino y dejé que hiciera conmigo lo que quisiese. Así nos gustaba amarnos:
Valeria tomaba la iniciativa y yo le seguía atentamente. Esa tarde, después de quitarnos la ropa y jugar con
nuestras zonas más inquietas, ella me pidió que la amase
por detrás, tumbados en la alfombra persa, mirando los
débiles rayos de sol que caían sobre el bosque. En esa
posición estaban fundidos nuestros cuerpos, yo perdiendo media vida entre las nalgas victoriosas de esa mujer,
cuando nos encontró usted. Nunca supe cuánto tiempo
nos vio, porque estábamos de espaldas a la puerta por la
que entró mucho antes de lo previsto, decepcionado de la
película. Embriagado por el deseo, sentí de pronto unos
pasos enérgicos detrás mío y, temiendo lo peor, el marido celoso que venía a matarme, volteé sin aliento y lo vi
caminando hacia su habitación. Luego se oyó un porta-
zo. Valeria y yo nos vestimos temblando y ella se marchó
deprisa, sin decir una palabra, mientras Billie Holiday
todavía cantaba *they can't take that away from me*. No supe
qué hacer. Esperé. Usted no salía de su cuarto. Apagué
la música. Seguí esperando. Me calmé. Por fin toqué su
puerta. Usted me hizo pasar. Me miró furioso, moviendo

la cabeza en gesto de fastidio y desaprobación. Le conté que Valeria era mi amante, sin mencionar por supuesto su condición de mujer casada, le dije que nunca antes lo habíamos hecho en nuestro apartamento, le expliqué que ella me había visitado inesperadamente y yo no preví que usted volviera tan pronto, le pedí en fin mil disculpas y prometí que nunca más volvería a ocurrir un incidente semejante. Entonces habló usted. No imaginé que seguiría tan enojado. Nunca entendí por qué le molestó tanto encontrarme haciendo el amor con una mujer en la alfombra de su apartamento. No olvido sus palabras, doctor: *Mi casa no es un prostíbulo, te vas mañana mismo.* Me quedé en silencio. Me sorprendió su dureza, su incapacidad de comprenderme y reírse de la situación. ¿Tan terrible le parecía follarse a una mujer hermosa? ¿Dónde estaba la afrenta a usted? ¿No podía perdonarme? No: su mirada era fría y definitiva, yo había cruzado la línea y debía marcharme cuanto antes. No quise rogarle nada, doctor. Uno también tiene su orgullo. Solo me atreví a preguntarle si estaba seguro de que tenía que irme. Su respuesta fue breve: *Sí. Mañana mismo.*

Me fui a los pocos días, tras recobrar lo poco que me quedaba en su cuenta bancaria. Usted dormía. No pude darle un abrazo. Dejé un dinero para pagar las cuentas pendientes y una nota pidiéndole disculpas y dándole las gracias. Me fui pero usted nunca se fue de mí, doctor. Aquí lo tengo conmigo. Aquí lo llevo en mi corazón. Cierro los ojos y le doy el abrazo que no pude.